［図説］

ポケットと人の文化史

Hannah Carlson

ハンナ・カールソン

岸川由美 訳

POCKETS

An Intimate History of How We Keep Things Close

原書房

CONTENTS

CONTENTS

＊本文中の（ ）内は原注、〔 〕内は訳注を表す。

はじめに

あわただしく退避したあと、わたしはなにか使えるものは入っていないかと全身のポケットをぽんぽんと叩いた。場所はニューヨーク市ラファイエット・ストリート、時は9・11のあと。真っ昼間の避難指示がただの訓練なのか、なにかより深刻な状況なのかは、判断のしようがなかった。「ただちに避難を」の指示に従ったため、その週のスタッフミーティングに出席していた女性たちの大半はハンドバッグや鞄、リュックをデスクの下に入れたり、椅子の背にかけたりしたまま置いてきていた。わたしはまばらになっていく人ごみに目を走らせ、これからどうしようと途方に暮れて立っているのは自分ひとりではないのに気がついた。

その日のわたしはしがない給料と中途半端な野心が許容する服装をしていたが、二一世紀のオフィスウェアの制約を考えると、意外なほど万能な格好だった。あこがれの同僚たち（いまは収入のために働いているだけで本当にやりたいことは別にあるからというスタンスの人たち）に影響されつつも、これがわたしの本職だと野心をむき出しにしている人たちの洗練された着こなしを取り入れるのに成功していたと自負している。とはいえ、特に上等な服などなにひとつ身に着けていなかった。こんにちカジュアルシックで通る服装は往々にして製造工程の削減で達成される。ファストファッションがグローバル化された結果、とりわけ女性服は、機能性や着やすさよりも流行性が重視される。わたしのパンツについている小さなポケットはおまけのようなもので、ニットのトップスは体のラインが出るためポケットをつける余地はなかった。

オフィスの同僚（上質のスーツ着用の出世街道まっしぐら組）は携帯電話をチェックして重々しくうなずくのをいつの間にかやめていた。彼はもっとましな場所へ移動して待つことに決めたようだ。電子手帳はいまや左の胸にしまわれ、カードポケットつきの財布は尻の右ポケットに入っていて、キャッシュカードと地下鉄のＩＣカードもきっとそこに挟まれているのだろう。彼はその場から去り、舗道に集まっている人たちに背を向ける前に、わたしのほうを見て眉をひょいとあげ、二〇ドル貸しておこうかと目顔で問いかけてきた。

彼のように、何人かの男性たちはポケットに入っていた金を気前よく貸してくれた。ポケットは夜遊びのときに鍵や口紅を入れておく場所にもなる。けれどもポケットつきの服を着ている人たちの多くが自身の幸運に気づいていない。あって当然のものをありがたがるのは難しく、便利で頼りになるポケットがつねに服についていると、ポケットの存在は意識から抜け落ちがちだ。ビーチに服を残して全裸で海に入った男性が、ポケットに入れておいたものを探して思わず自分の尻に手をやる、なんてこともあるほど、ポケットはあって当たり前なのだ。

そんなことはないと言われるかもしれないが、似たようなケースが少なくとも一度、緊急退避と物資の不足をとくと考えたはずの作家によって文学に記録されている。わたしがダニエル・デフォーの『ロビンソン・クルーソー』に出会ったのは避難訓練から数年後のことで、出版社を退職して服飾史と物質文化（人が作るもの、人が扱うもの、人とはなんであるかを定義する助けとなるもの）を教えていた。デフォーのミス、彼の同時代人が「とんだうっかり」[1]と呼んだそれは、わたしがニューヨーク市のあの舗道に立っていたとき、なぜああも落ち着かない気持ちになったのか、その理由をあきらかにしてくれた。

デフォーは無人島の浜辺に打ちあげられたかの有名な漂流者に、ナイフ一本、パイプひとつ、それにタバコ少々のみを持たせた。それだけではさすがに生きのびられないため、デフォーは救済策を用意した。[2] クルーソーは自分の乗っていた船がすぐ沖合に難破しているのを見つけるのだ。船を調べに行こうとクルーソーは服を脱いで泳ぎ、嵐をしのいだ堅パンを含め、役に立ちそうなものを船内で見つけて大喜びする。ポケットいっぱいに堅パンを詰めこんだクルーソーは浜辺まで泳いでもどると、残りの食料と大工道具をどうやって運びだそうかと計画を練る。こんにちの読者の多くは見落とすかもしれないが、「ポケットいっぱいにビスケットを入れて全裸で浜辺まで泳いでもどる有名なくだり」[3] は、当時おおいに憶測を呼んで失笑を買った。一七二五年の『ロンドン・ジャーナル』誌によると、デフォーのミスは小説が出版されたあと何年も「巷で話題にのぼった」

デフォーのうっかりがこれほどの注目を集めたのは、滑稽なものからいささか猥褻なものまで、さまざまなイメージをかき立てたからだろう。けれどもポケットそのものに関して(わたしのように)より基本的な疑問を持った人もいるのではないだろうか。ポケットとはいったいなんだろう? そして、あるのが当然と思うのはなぜだろう?

ポケットは、その有名な親戚、工夫の塊であるバッグとは少しばかり、けれどもあきらかに異なっている。世界中で、そして数千年にもわたって、バッグは特定の目的のために使用されてきた。背囊、薬袋、寄付金用の小袋、それにファッションバッグ(これはほんの数例だ)は肩にかけたり、首からぶらさげたり、頭に載せたり、手で持ったり、ベルトに固定したりと、さまざまなスタイルで携帯できる。体にぴったり合った服や仕立服では比較的あとから取り入れられたポケットは、必要なものを持ち運ぶ唯一無二の解決策では決してない。だが服と一体化している小袋――しっかり縫いつけられて置き忘れることのない折り目――への需要は、ポケットが幅広く採用されてきた理由のひとつだ。

一九世紀の評論家であり歴史家のトーマス・カーライルは、ポケットはそもそも服を着る理由のひとつと断じている。「もっとも弱い二足歩行動物」[4]である人間にとって、服は多くの神学者が認めるように、裸身を隠すためのものではなく、突っ張った皮膚の嘆かわしいまでの不十分さを補うためのものなのだと。一八三六年刊行のカーライルの『衣装哲学』は衣服の社会的役割をはじめて真剣に考察した書物のひとつであり、カーライルはその中で、「人は有袋類ではない」[5]と自明のことを指摘する。袋なしには（あるいは近くに難破船でもないかぎり）、人は、カーライルによると、人を人とする道具――行動と活動を可能にする道具[6]――を持ち運ぶことはできない。

カーライルの読者たちは、動物を引き合いに出した彼の分析と同様に、生まれつき体に小さなポケットがついている動物がいることに好奇心をそそられた。一七七〇年、のちにニューサウスウェールズと呼ばれるオーストラリア南東部にはじめて上陸したジェームズ・クック船長の報告で二本の後ろ足で大きく跳躍し、子どもを「底が深い楕円形の袋」[7]にしまっている不思議な動物が紹介されるまで、有袋類の存在はヨーロッパでは知られていなかった。いかにもかわいく思えるこの生きものは野生動物の殿堂へと歓迎され、政治漫画からアルファベット教本、哲学論文にいたるまでが、ポケットと袋の類似性に着目した。一八二一年のサリー・スケッチのアルファベット教本でKのページを見た子どもたちは、人が作ったものを身体に外付けされるパーツとみなせるのを学んだことだろう（図版1）。袋のあるカンガルーのほうが自然の姿だと警句を飛ばす者が現れるのに時間はかからなかった。「ポケットを持たぬ人類のほうが自然の失敗作なのだ！」[8]

K
k
K, Kanguroos! _I see you're not sleeping,
But out of a pocket your young ones are peeping.

図版1■サリー・スケッチ作『豆博物学者のための動物アルファベット』よりKのページ、1821年。

より懐疑的な論者は、有袋類と人間を比較して、興味深い点を指摘した。アルファベット教本で「ポケット」から「子ども」が「頭をのぞかせている」[9]カンガルーが雌だとしたら、自然は人間の男にほぼ「ポケットの独占権」を授けていると言えるのはどうしたことか？　男物のスーツはポケットだらけであるのに対して、たいていの女性服にはポケットがひとつもついていないと、これらの批評家たちは辛辣に述べている。この不条理さにスポットライトを当てたのが、一九四四年にエイミー・ペインが発表した児童書『ポッケのないケイティ』(*Katy No Pocket*)で、カンガルーのお母さんのケイティは——生物学的な理に反して——体に袋がついておらず、袋を求めて長く困難な旅をする[10]（図版2）。お母さんに一生懸命ついてくるフレディとともに、ケイティは都会にたどり着き、「全身ポケットだらけ」[11]の職人と出会って、工具入れつきの作業用エプロンを彼からプレゼントされる。エプロンをつけたケイティはフレディをポケットに入れてカンガルーらしく楽々と子どもを運べるようになるのだった。[12]

誰がポケットを持ち、誰がポケットを「手に入れる」必要があるのかが、この児童書のテーマのひとつだ。衣服のささやかな構成要素でありながら、ポケットは日々の暮らしの体系について多くを物語り、力の不平等な分配ぶりまで白日のもとにさらす。極めて明快な機能を持つ衣服の構成要素に性差があるのは、たまたまというより、男物のシャツは右側にボタンがついていて女物は左側についているのと同じ、謎の伝統のひとつだろう。偶然だとしても、左側にボタンがついているせいで朝の着替えに困る者はいない。ポケットのあるなしはより大きな問題であり、ポケットがなければ即座に不便に感じることだろう。

服についているポケット（一ダースであれ、はるかに少ない数であれ）をいかに使うかはまた別の問題だ。わたしたちが携帯しなければいけないと考えるものはなにか、そしてそれは時代とともにどう変わったのか？　ケイティの新しいポケットにフレディがすっぽり入っていても——あるいはクルーソーのポケットに小型の弓のこがあっても――驚きはしない。より興味深いのはポケットの中のゴミなど、少々変わったもののほうだ。他者の収集癖への関心は、「ポケットの中身を見せて」とか「バッグの中身拝見」など、人々の趣味や好きなもの、不安という、秘められた情報をのぞける無数のリストや一覧表を生みだしてきた（図版3）。ズボンのポケットに入っているものが本人の手である場合、その関心はあからさまな当惑へと一変もする。というのも、ズボンのポケットは、詩人ハワード・ネメロフが挑発的に語るように「欲情の場所」[13]を示し、ポケットに手を入れる行為は礼儀を固守する人々からにらまれた時代もあった。それにもかかわらずどんな状況でなら、ポケットに入れた手がエレガンスやクールさのサインとなったのだろう？

ポケットの使い方と同様に重要なのがその作りであり、デザインの観点から見ると、ポケットの機能はほかとはまるで違う。ポケットは身体に服をまとわせる役目を果たさない唯一の機能部分なのだ。フ

図版2■エイミー・ペイン作『ポッケのないケイティ』（1944年）からエプロンをした職人と話をするケイティとフレディの挿絵。

ァスナー、紐、ボタン、それにベルト通しとは違い、ポケットは服の脱ぎ着やフィット感の調整の役に立たない。歴史的に見ると、衣服はポケットを取り入れるために姿を変えたとも言えるだろう。少なくとも、衣服はこのしたたかなヒッチハイカーが乗りこめるよう、場所をあけてやったのだ。

五〇〇年近く前に男性服のブリーチズ〔腰から膝下までを覆うズボン〕に最初のポケットがつけられて以来、仕立職人《テーラー》やドレスメーカーたちは考えうるあらゆる場所にポケットを縫いつけてきた。その最たるものがスリーピーススーツで、上着の懐からテールの先端にいたるまでポケットが登場する。ニューヨーク近代美術館で衣服の世界をはじめて掘りさげた展覧会で、建築家バーナード・ルドフスキーは男性の身体に分布されたポケットを視覚化し、二〇世紀なかばの過度なポケットの数を示した。同展覧会のカタログではX線写真のような服の透過像を掲載し、ポケットには対のものもあれば単独のものもあり、形もさまざまで左右対称の場合もあるのを明示した（図版4）。色分けされた分布図は、さまざまな衣服につけられたポケットが胴体のあちこちに配置されているのをわかりやすく見せている。その多くは胸と太腿に集中し、利き手が意識されているようだ。ズボン、シャツ、ベスト、上着、それにオーバーコートを着用した男性は、二四個もの「幾重にも重なった」[14]ポケットを使える可能性があった。

ポケットの数が急増するにつれて、その用途と形は高度に特殊化し、ポケットの数同様に、その多様性は、わたしたちとの長いつき合いを表す。たとえばふいご《ベローズ》ポケットは道具を入れられるよう大きくなり、「密猟者のポケット」は不法に手に入れた獲物を上着の背中にうまく隠せるようになっている。大きな袖ポケットは寒さと人目から手を守ってくれ、極小のチケットポケットは柔軟性を代償に中身をすばやく確実に取りだせる。オーダーメイドの高級紳士服用語に精通しているテーラーでもないかぎり、蓋《フラップ》を中にしまったダブル・ビーサム・ポケットのほうが、ボタンのあるフラップとひだつきパッチポケットよりフォーマル

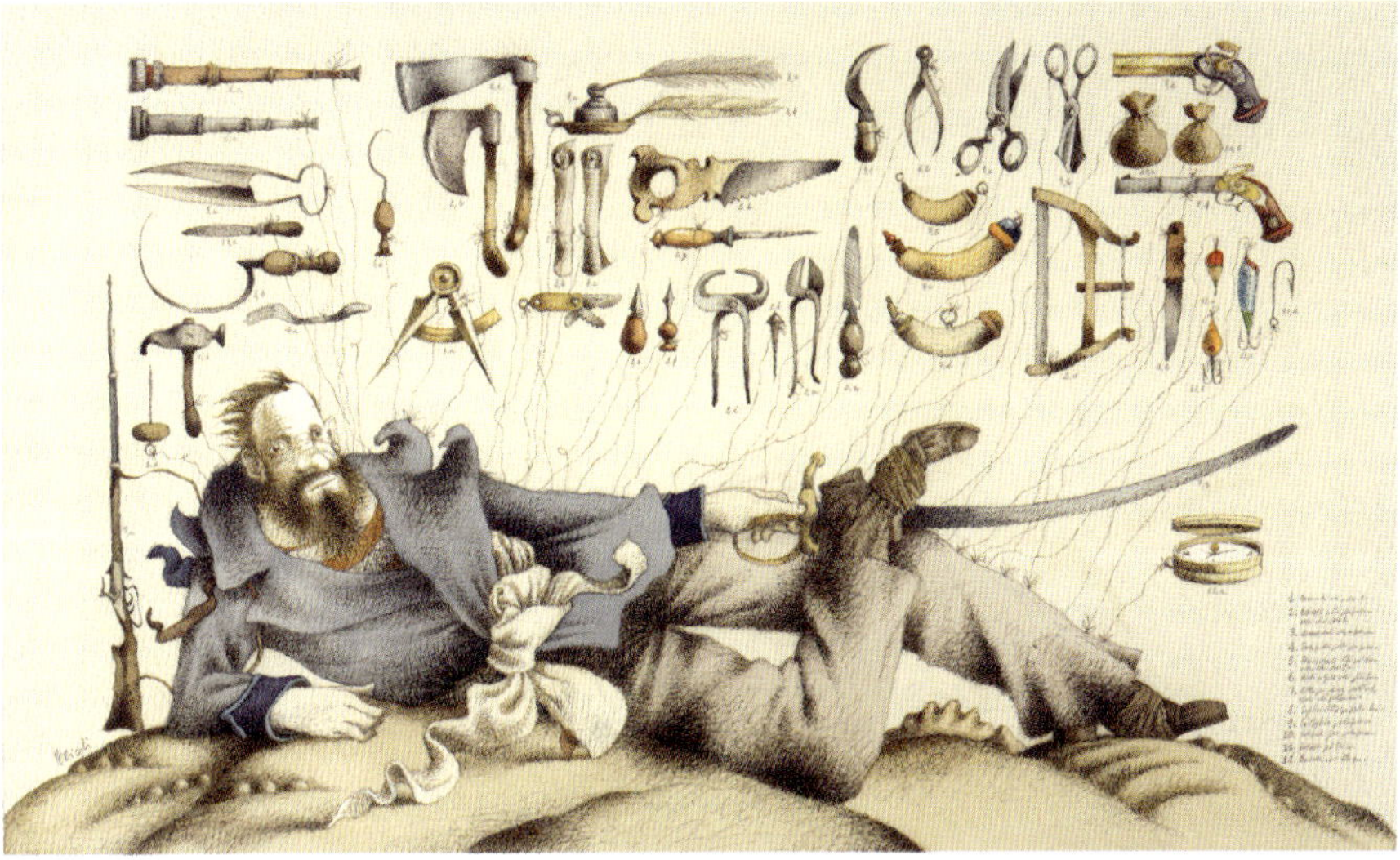

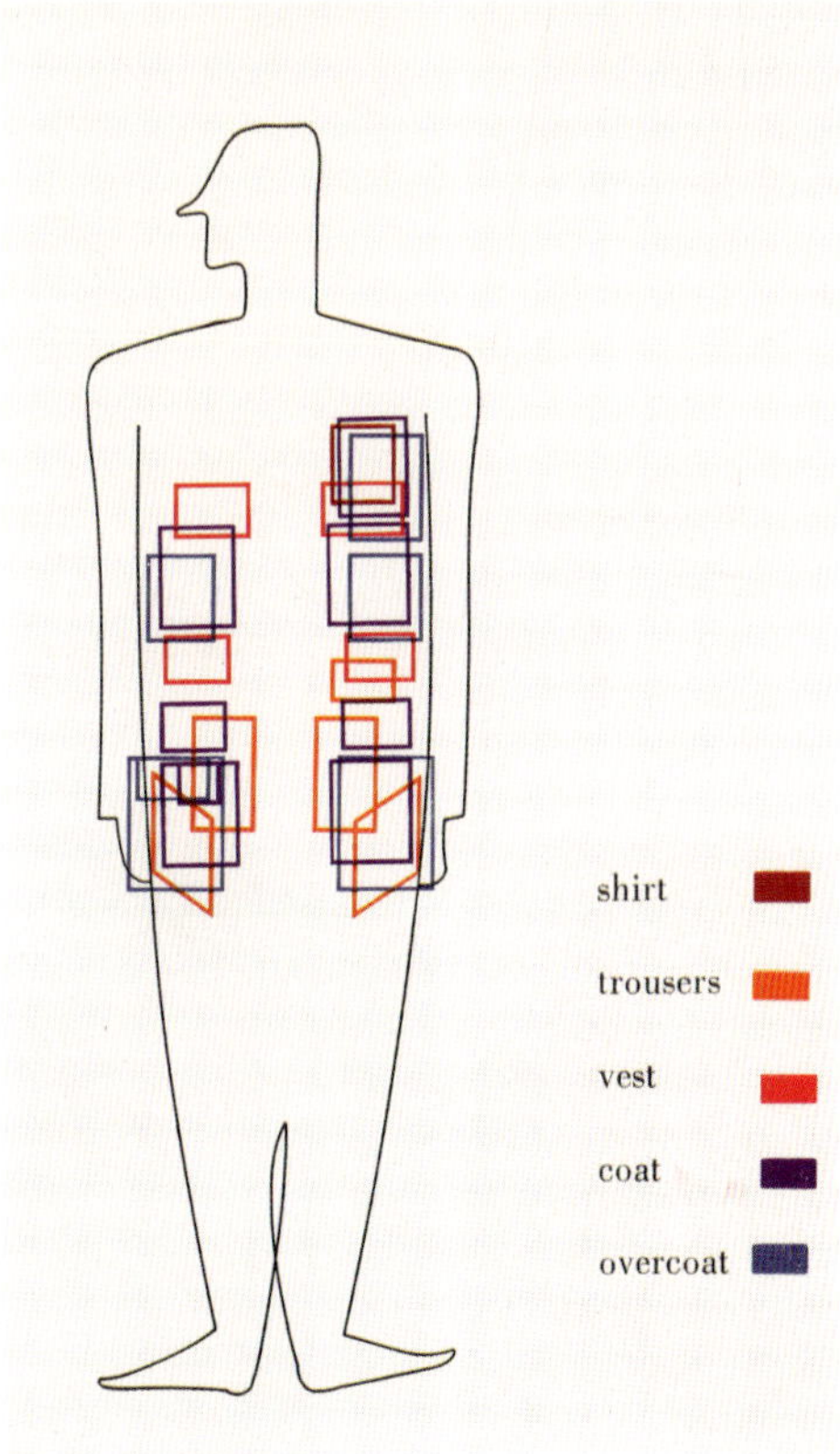

(上)図版3■トゥリオ・ペリコーリによる『ロビンソンの肖像』(Ritratto di Robinson) 1984年。ペリコーリ作のロビンソン・クルーソーの肖像画では、彼の姿とともに漂流者が使った道具の名前がイラストつきで紹介されている。風船のように空に浮かぶハサミ、ノコギリ、コンパス、ナイフが、クルーソーの身長と身幅を採寸している。

(下)図版4■1947年刊バーナード・ルドフスキー著『服はモダンか? 現代アパレル考』(Are Clothes Modern? An Essay on Contemporary Apparel)より「ポケット」。

とされる理由は知らないだろうが、専門家でなくとも服を着たことがあれば、ポケットには飾りと実用性、両方の用途があるのを知っているはずだ。その存在感をアピールするものもあれば、目立たないようデザインされているものもある。いつでも使えるよう開きっぱなしのもの、フラップ、スナップボタン、ボタンでしっかり守られているもの。デザイナーたちはテニスのネット、引き出し、散らばったトランプカードを模して、奇想天外な形のポケットを生みだしてきた。その一方で「ポケットの平等性」[15]を求める女性たちの訴えにはどう対応してきただろうか？

わたしたちがポケットへ寄せる愛ゆえに、服を着る意味、ポケットから得られる自己満足感の意味の見直しが必要だろう。多くの者にとって安心感は、数々の個人的所有物――ひそかに自分をケアしたり、実用的または感情的力添えをその場で与えてくれたりする小物――により支えられている。ポケットはわたしたちを保護し、守る一方で、不審と不安につながることもある。警察が市民に向かって最初に発する警告は「見えるところに手を出しなさい！」だ。わたしたちは絶望の淵にあってもポケットを頼りとし、小説家ヴァージニア・ウルフは確実に溺死できるようポケットに河原の石を詰めこんでから、流れの速いウーズ川に入水した。

ポケットは進化し、衣服や物と同様に進化しつづける。将来、袖に縫いこまれた導電糸にドアロックの開閉がプログラムされ、鍵を持ち歩くことがなくなっても、わたしたちはポケットを必要とするだろうか？人は文明の進んだ未来でかつての必需品が不用品になるのを夢見てきた。その一方で、ふんだんにポケットのある時代に暮らしながら、わたしたちは役立ちそうなものを常時携帯しているわけでもない。「ポケットに船が入ってるのかい？」[16]と、ウィリアム・ゴールディングの小説『蠅の王』で無人島に流れ着いた少年ラルフはいつか助けが来るのかと水平線を眺めて皮肉を言う。非常事態に備えてポケットサイズにできないものもたしかに存在する(携帯電話にも「船を作ろう」などというアプリは搭載されていない)。だが服飾メーカーは小物をポケットに携帯できるよう努め、衣服と小物の切っても切れない関係を受け入れている。考えられて作られた場合には、ポケットは、人が求めるものを予測し、携帯できるものを増やそうとするたゆまざる努力の象徴となる。[17] ポケットがあれば、人が完全に孤独になることはない。それでどうにかしろとなぜか突きはなされたように感じるときでさえ。

図版1■12世紀の叙事詩『シドの物語』のクレメンス家私家版の表紙。1883年。「クララ・クレメンスへ、メリークリスマス／1884／パパより」と刻印されている。

第1章

ポケットの起源

肌身離さず、こっそり携帯

マーク・トウェインはもっとも役に立つ発明品のひとつとしてポケットを挙げている。蒸気船、電報、大陸横断鉄道が普及するのを目の当たりにした男性にしては、ポケットとは意外な選択だ。しかし「中世の遍歴の騎士になる」[1]という夢を見たとき、彼がなにより求めたのはポケットだった。

中世の夢にうなされて目覚めたトウェインは、いつも枕もとに置いているノートに悪夢の詳細を手早く書き留めた。「鎧にはポケットがひとつもなし。自然の要求に対処しようがない。痒くても掻けない。鼻風邪をひいても洟をかめない。ハンカチを使えず、鉄の袖では洟をぬぐえない」[2]。すぐれたコメディアンがそうするように、トウェインは自身の体験をパロディとして活用した。一九世紀後半、騎士道文化がふたたび注目された結果、カウボーイや泥棒男爵〔悪徳実業家の意味〕などの自由奔放な男性像が称賛されることに憤慨したトウェインは、「遍歴の騎士などという戯言に一発かましてやろう」[3]と考えた。そして最初のタイムトラベル冒険小説のひとつとされる作品を書きあげた。[4]

小説『アーサー王宮廷のコネチカット・ヤンキー』の主人公、現実的なハンク・モーガンはアーサー王が君臨する一三世紀前の英国へ飛ばされ、ほかの騎士たちにしぶしぶつき合って、「聖杯探し」[5]の旅に出る支度をする。トウェインは自身の夢を題材とした場面で、輝く鎖帷子と色鮮やかな紋章旗で装おうとも、騎士たちは無敵ではなく、一般的な挿画に描かれているように楽々と動けたわけでもないことを指摘する（図版1）。金属を幾重にも体に結びつけられたモーガンは、熱を伝導する物質にすっぽり覆われたら誰もがそうするように、汗をかく。トウェインの汗だくの騎士は硬い鎧によってさらに苦しめられる。流れる汗をハンカチで拭きたくても、それを携帯できないことに気がつくのだ。「ポケットなしの鎧を作るようなやつは首吊りにしろ」[6]とモーガンはうんざりして毒づくのだった。

　コネチカットから来たヤンキーは鎧に苦しめられたあげく、これより王国の騎士は婦人用の手提げ袋を携行することにしようと、「けしからぬ」[7]提案をする。騎士にいわゆる女性的なアクセサリーを持たせるのは、この「鉄の男ども」[8]の男らしさを損なうトウェイン流のさらなるやり口だ。トウェインはよく知っていただろうが（彼は自宅書斎に収集していた多数の服飾史の書籍に書きこみをしている）[9]、中世時代、袋物《パース》（purse）は男女を問わず携行する、ほとんど衣服にはつきものの小物だった。だが中世と現代の暮らしを歴史的に比較してみせたトウェインは、より本質的な謎をあいまいにしてしまっている。そもそもなぜ袋物《パース》の代わりにポケットを使うことになったのだろう？

　そうなったきっかけやいきさつを特定するのは極めて困難だ。特定の人物が登場する誕生秘話、とりわけひとりの人物がなんらかの状況でひらめきを得て発明にいたるという話にわたしたちは流れがちだ。アール・タッパーがいい例だろう。[10]大恐慌時代、デュポン社で職を得たタッパーは、田舎の親戚の家を訪れ、残り物の保存に苦労しているのを見て、蓋を繰り返し開け閉めできる容器（タッパーウェア）を開発した。だがほかの発明の場合はこれほど明確ではない。バブルガムからフラフープ、湯が沸いたのを音で教える笛吹きケトルまで、日用品の驚きの誕生秘話を明かすと謳う本の大半は、正確な起源は不明だとしている。[11]古くからある一般的なものであればあるほど、それを生みだした個人や誕生の過程は判然としない。衣服の構成要素はどれを取ってもそうだ。たとえばボタンとボタンホールは中世ヨーロッパで普及したことはわかっている。[12]これは王族の衣装目録に登場するようになったためだ。「首まわりを大きくしなくても服を頭からかぶれるいい方法を思いついた！」と誰かがひらめいたのか。答えは永遠にわからないだろう。

とはいえ、誰もがその価値を認めて広く使われるようになった日用品のルーツにはたどってみるだけの価値がある。そこには一種の越えがたい溝が刻まれているはずだ。特定のアイデアが浸透する前のことを、わたしたちはもはやはっきり思い出すことはできない。それが現れたあとでは、わたしたちも世界も少し変わってしまっている。コネチカットから来たヤンキーが鎧にポケットをつけたがるのはばかばかしい笑い話だが（ポケットは身を守るという鎧の役目と正反対だ）、そこでほのめかされているのは、あるのが当然になっているものとの葛藤だ。

初期のポケットは独立していた

世界の衣服を調べると、ヨーロッパにおける服の仕立の伝統で、内ポケットは特異なものであったことがうかがわれる。インドの腰布《ドウティ》やサリー、東南アジア、アフリカ、太平洋諸島の各地で着られている巻きスカートなどのように、折りたたんだり、包んだり、結んだりして着用するドレープ服には従来ポケットがない。[13]言い換えると、布を織りあがった形のまま着用する伝統を持つ社会では、衣服にポケットがつけられることはないのだ。バッグを携帯するか、腰帯の上でたるませた布をポケット代わりにするかである。たとえば、チュバと呼ばれるチベット族の足首丈の服では、長い帯を腰に巻き、懐に小物をしまうことができる。[14]古代ローマ人が着ていたトーガにはスリング状のひだがあり、後期ローマ皇帝アウグストゥスは武器を隠し持っていないかそこを調べさせた。[15]

多くの文化、そして西欧史の大半で、人は道具や日用品をそれなりに安全な服の中、多くはベルトの中にしまいこむか、ベルトに袋や巾着をぶらさげるかした――トウェインも騎士たちの男らしさを損なわせるため、手提げ袋を腰にさげさせようとした。もっとも、実際に中世まで時をさかのぼっていたら、トウェインのもくろみは失敗に終わっていただろう。中世ではベルトや手提げ袋は趣味のよさと富の証、セックスアピールの象徴であり、むしろ必須のアクセサリーであった。一三世紀に広く読まれた寓話『薔薇物語』で「愛の神」[16]が語るように、意中の女性の気を引くには「優雅さなくしては話にならない」。収入に応じて服装に気を配り、手袋やベルトを用意し、必ずや「絹の手提げ袋で身を飾ること」と、この愛の神はアドバイスする。

実際、人々はそのように飾りたてていた。地位と虚勢のしるしとして手提げ袋は貴族階級の理想的戦士像に不可欠なものだった。[17]一四世紀から一五世紀にかけて、写本の挿絵には、威厳ある地主や流行に敏感な若い伊達男たちが刺繡入りのシルクやベルベット、上質な革製の華やかな手提げ袋をこれ見よがしに身に着けている姿が多数描かれている。宝石がちりばめられた手提げ袋さえ見られる。巾着型の手提げ袋もあれば、金属の枠に布が縫いつけられ、凝った留め金や内ポケットがあるように見えるものもある。ベルトにつけて腰の前後に垂らされ、短剣を差しておけるようスリットの入っているものが多かった。ボッカチオの『デカメロン』の挿絵では男性が短剣差しつきバッグをさげている（図版2）。ベルトとバッグの組み合わせは男性服の見ばえをよくする重要な役割を果たし、チュニックのウエストをベルトで絞ることで肩幅が強調された。一三四二年、フィレンツェの歴史家ジョヴァンニ・ヴィッラーニは、凝った留め具のついたベルトで太鼓腹を締めつけ、手提げ袋をぶらぶらさせているさまは、馬がきつすぎる腹帯をしているようだと苦言を呈している[18]。

　女性もベルトに手提げ袋をつけてはいるが位置が低く、太腿の中ほどで服の上か下に垂らした。ボッカチオの挿絵にある女性は服の下に手提げ袋をつりさげており、服をたくしあげて手提げ袋が見えるようにしているのは、男の気を引くためであろう（図版2）。中世の詩人たちによると、身に着けたベルトと手提げ袋には非常に大きなセックスアピールがあったようだ。チョーサーの『カンタベリー物語』に出てくる巡礼者のひとり、粉屋は、美女アリソンの腰帯を絶賛し、しなやかな体に腰帯が巻かれ、歩

図版2 ■ ジョヴァンニ・ボッカチオ作『デカメロン』、1414年版の挿絵。

くたびに脚のあいだで手提げ袋が揺れるさまを語って聞かせた。[19]数世紀にわたり、男性と女性で手提げ袋の身に着け方に違いはあったものの、手提げ袋自体はどちらか一方のジェンダーにかぎられたものではなかった。

中世でもポケットは使われていたが、服からは独立した地味なアクセサリーだったようだ。「ポケット」(pocket)の語源はフランス語で袋物《パース》を指す「ポシェ(poche)」であり、中世アングロ＝ノルマン語でイントネーションがよりきつい「ポーク(poke)」に変化した。[20]小さいことを示す接辞、-etteがつくことにより、単純に「小さな手提げ袋」の意味となった。初期のポケットには幅広い用途があった。チョーサーの『カンタベリー物語』では蠟引きのポケットが錬金術師の必要品として挙げられている。[21]ウィリアム・コープランドは生薬を紹介した一五五二年刊行の本で、「流れを鎮める」[22]もしくは凝固させるのに役立つ薬をポケットに入れ、「問題のある」箇所に当てるよう薦めている。とはいえ、日常使いのポケットは通常、身

図版3■ノース・グリーンランドの泥炭湿地で発見された衣類のひとつ。放射線炭素による年代測定で1180年から1530年のあいだのものとされている。

に着けるものであった。[23] そしてあらゆる手提げ袋と同じで、手渡ししたり、誤った人の手に落ちたりするものであった。一五三〇年の新聞には、悪妻からポケットと剣をはぎ取られた夫がしまいには洗濯ものを運ばされる話が出ている。[24]

ポケットが誤った人の手に落ちないよう、服の内側に縫いつけるのは、即座に実行できるアイデアではなかった。一二世紀を通じて、男女の服装はどちらもゆったりとした長いローブかチュニックであった。産業革命以前の時代においては、衣服そのものが大きな投資であり、ヨーロッパの仕立屋は、世界中の同業者たちと同様に、布地を最大限に活用した。布地は労働力よりはるかに値が張ったのだ。[25] 一四世紀になると、仕立屋たちはより手のこんだ構造を本格的に試みるようになる。[26] ドレープ服に対して、体に合わせて仕立てた服では、貴重な布地が細かな形に裁断されたあと、胴体と四肢の曲線にぴったり沿うようはぎ合わされる。一部の合わせ目はあえて縫い残された。ノース・グリーンランドの墓地で見つかった中世の衣服は、この手法を確認できる珍しい例だ。[27] 完全な状態で発見された八枚の服のうち、四つは前身頃とサイドパネルのあいだにスリットが入っていた（図版3）。スリット部分はそこから服が裂けないようていねいなかがり縫いで始末され、男女両方の服に見つかっている。[28] この小さなスリットは腰の側面に位置し、服の中にしまわれたバッグに手が届くようになっていた。ウェストミンスター寺院には、そこに眠る父王のそばにたたずむようにエドワード三世の王女ジョアンの小さな彫像があり、王女は両手をスリットに差し入れている。このように、着用者がスリットに手を入れているポーズは一般的だったのかもしれない（図版4）。

ヨーロッパの仕立屋が服作りの技術を発展させようと、中世の衣服では服にポケットを取りつけることは不可能だった。上質の毛織物は、上着に、チュニックに、オーバードレスにと繰り返し再利用され、解体しては表裏をひっくり返されて新たな服となった。当時の洗濯とは衣服を石で叩くことであり（汚れを落とす石鹸はまだなかった）、ボタンなどの留め具は傷まないよう取り外しできるようになっていた。中世の仕立屋は衣服の再利用や手入れの邪魔になるものは徹底的に避けた。[29] また、衣服の再利用や手入れは美意識やセンスと直結していた。衣服を体に合わせて見目よくするため、ボタンや紐（小さな穴《アイレット》に通して幅を絞る）などの留め具が使われたものの、中世の衣服は装飾が比較的少ないままで、表面には装飾品がついていなかった。ポケットは再利用の邪魔になったはずだ。

図版4 ■ エドワード三世の墓のかたわらで、ドレスのスリットに両手を入れて悲しむ王女ジョアンの彫像。ウェストミンスター寺院、1377年。

ブリーチズは「これ以上なく安全な倉庫」

ポケットに意義が見いだされるのは、服作りがより自信に満ちた、血気盛んとさえ言える段階に達してからのことだ。ポケットは、男性のみに着用の権利があるとされた衣類、ブリーチズのために生みだされたようだ。

男性服に脚の形がわかる下体衣がようやくつくようになるのは一四世紀前半になってからのことだ（ユーラシア草原地帯の騎馬遊牧民に起源を持つズボンには長い歴史があり、遅くとも紀元前一〇〇〇年には着用されていたものの、その慣習は中世ヨーロッパで廃れた[30]）。一部の服飾史学者は、金属板で構成された鎧、プレートアーマーの発展が、二股で（つまり脚が二本に分かれて）体にフィットする服への変化を推し進めたのではとしている[31]。鎧の下で体を保護する必要から、両脚をそれぞれしっかり包みこむ布製のパッドが考案されたわけだ（図版5）。ホーズと呼ばれたこの服は当初はタイツのような見た目であった。しかし、やがて腰から膝までの上半分が独立して個別の服となり、半ズボン《トランク・ホーズ》やブリーチズと呼ばれるようになる。女性服はこの流れに従うことはなかった。上半身はタイトな胴着《ボディス》で胸の谷間と腰を目立たせるようになったのに対し、下半身はスカートに覆われる形を保つままとなった。男性服におけるこの変化が分岐点となり、ついには現在でもおなじみの男はズボン、女はスカートという区別ができあがった（図版6）。

ブリーチズは、丸々した硬いカボチャ型、しもぶくれのブルマー型などヨーロッパ全域で幅広いスタイルがあった。男性固有のものとされ、家庭内における夫婦間の主導権争いはスカート対ブリーチズの争いになぞらえられた。「ブリーチズをめぐる争い」[32]（のちには「この家ではズボンをはくのは誰？」に取って代わられる）は無数の物語詩《バラッド》に描かれ、夫婦が文字どおりズボンを奪い合う（図版7）。このように権力の座の重

図版5 ■ マスターE・S作『騎士と、ヘルメットと槍を持つ貴婦人』ドイツ、15世紀なかば。銃器の発達により、15世紀にはチュニックの上の鎖帷子では身体を保護できなくなり、銃弾を跳ね返すプレートアーマーが開発された。ドレープ状の鎖帷子とは異なり、プレートアーマーは身体にフィットするよう製作されるため、特注の布製パッドを中に着なければならなかった。

要な象徴となる一方で、ブリーチズは実用的な役目も果たした。臀部を品よく覆うだけでなく、程度の差はあれど役立つものを驚異的なほど幅広く収納したのだ。

　ブリーチズの形をふっくらさせるため、内側には髪の毛や端切れ、キルトの裏地、綿が詰めこまれた。男性の堂々たる歩みは、堂々とふくらんだブリーチズによってさらに誇張された。批評家たちは「樽ほどもあるブリーチズ」[33]をはいて闊歩する洒落男たちをおおいに嗤った。流行の鍵はシルエットとサイズで、清教徒のフィリップ・スタッブズをはじめとする批評家たちによると、奉公人から徒弟まで誰もが巨大なブリーチズで流行りの格好を見せびらかすことができた。[34]そのため、数世紀にわたってほぼ素材のみをターゲットにしてきた（たとえば騎士や一介の紳士のダブレットに使用される金糸や銀糸の量の規制）贅沢禁止法が、その矛先をシルエットに向けるようになる。一五六〇年代前半には、「巨大すぎる半ズボン《ホーズン》」[35]を制限する一連の布告が英国君主によって出されている。一五六二年の布告では使用する布地の長さを一と四分の三ヤード（約一・六メートル）まで、裏張りはひとつまでとした。[36]一五六四年の芝居ではこの法律を無視した若い奉公人たちが七ヤード（約六メートル）もの布地を半ズボン《ホーズ》に詰めこみ、わざわざ服をそんなに重たくしてと嘲笑われる。グリムという名の登

図版6■男女が分けられた公衆トイレに使用される現在の国際ピクトグラムはいまもズボン／スカートで区別されている。

場人物は若者たちのブリーチズをロバに担がせる水袋にたとえ、「ケツがないやつ以外には無用の長物だ」[37]と言う。グリムは、奉公人たちの行動がうぬぼれから来るものなのか、それとも「ほかの連中の荷物」[38]もそこに入れて運んでやろうという意図にすぎないのだろうかと首をひねる。

この奉公人たちのような流行の餌食は嘲笑されるだけでなく、贅沢禁止法を取り締まる街の門番からも目をつけられることになる。[39]貴族であれば目こぼしされても、権力のない者たちは厳しく検問された。リチャード・ウォルウェインという名の奉公人の場合がまさにそれで、一五六五年一月、彼は「巨大なズボン《ホーズ》」[40]とともに拘禁される。ウォルウェインのホーズは本人からはぎ取られたあと中身を抜かれ、「行きすぎた愚行の例となるよう」[41]槍にぶらさげられて（まるでロンドン橋のさらし首のように）さらされた。別の労働者、トーマス・ブラッドショーという仕立屋は法に違反するブリーチズをはいたまま帰宅させられ、片脚はふくらんだままなのに対して、反対の脚は布を破られ、中身をずるずる引きずらなければならなかった。[42]このような公衆の面前での辱めは、分をわきまえない成りあがりたちの虚栄心の中身がゴミやぼろ布であることをさらけ出し、文字どおりブリーチズをサイズダウンさせる役目があった。

男物のブリーチズの中身はゴミやぼろ布だけではなかった。ブリーチズの取り締まりには別の逸話もあり、「法に反するブリーチズ」[43]をはいていたかどで法廷に引き出された名称不明の男は、おとがめなしとなっている。理由は彼のブリーチズはポケットと呼ばれる目新しい機能つきだったからだ。情状酌量を求めて裁判官の前に進みでた男は、ブリーチズの内側に縫いつけられたバッグのようなポケットからつぎつぎにものを取りだしてみせた。サーカスで小さな車一台から延々とピエロが出てくる出し物のように、シーツ二枚、テーブルクロス二枚、ナプキン一〇枚、シャツ四枚、ブラシ、手鏡、櫛、ナイトキャップ、それに「ほかの日用品」[44]が引っ張り出され、ほどなく法廷は彼の持ちもので「溢れかえった」[45]。男は自分の持ちものを

The Married Mans complaint
Who took a Shrow inſtead of a Saint.

Here in this Song is ſet forth to the life
A Hen-peckt Husband and a Head-ſtrong wife
He is as much to blame to let her wear,
The Breeches as ſhe is to domi neer
Yet howſoe're 'twil make you ſmile I ſee
But from ſuch Matches Jove deliver me.

Tune of, *Come off my Mother Sirrah, Sirrah, &c.*

図版7■『結婚した男の不満　聖女の代わりにじゃじゃ馬を娶った男』1550年頃。いわゆるブリーチズをめぐる争いを描いたバラッドの木版画。

しまっておける「これ以上なく安全な倉庫」[46]はほかにありませんと裁判官に訴えた。自分のブリーチズはひどく重たく、「垂直の監獄」[47]のようだと認めながらも、「ものをしまう場所」としてちょうどいいと、男はポケットの便利さを絶賛したのだ。その熱弁ぶりに裁判官は大笑いし、「被告人の倉庫の家具は変えなくてもよい。ここに散らかしたものを片づけたら、あとは好きにしなさい」[48]と言って帰らせた。

　倉庫は言いすぎとしても、この話に出てくるような初期のポケットは、こんにちおなじみの封筒型の入れものよりしっかりした作りでスペースもあった。服飾史家ジャネット・アーノルドが調べた極めて珍しい例では、一五六七年のものとされるスウェーデン人の伯爵であり政治家だったスワンテ・ストゥーレの男物半ズボン《トランク・ホーズ》に、シンプルな巾着のようなものが縫いつけられている[49]（図版8）。アーノルドはこの初期のポケットをポケットバッグと呼び、取り外しが可能なことを示した。しかし一六世紀の人々はこれをポケットと呼んだ（わたしもここではそう呼ぶ）。この種のポケットはウエストバンドに取りつけられ、そこにぶらさげられた。ストゥーレのポケットは深さが一二インチ（三〇センチ）あり、ほかのブリーチズでは二〇インチ（五〇センチ）になるものもあった。素材はリネン、

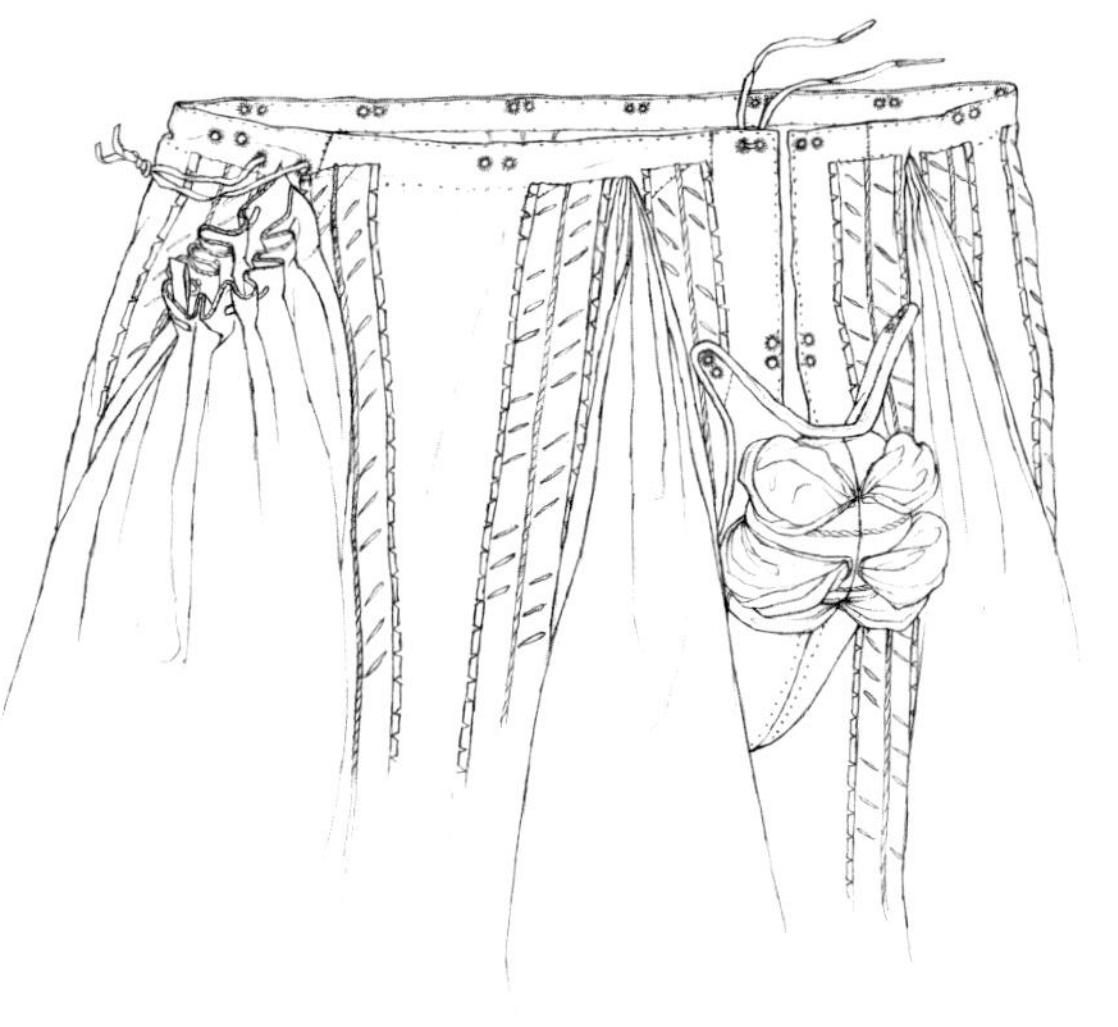

図版8■1567年ジャネット・アーノルド作、スワンテ・ストゥーレ着用のトランク・ホーズの図。ホーズの右側には引き紐のついた「ポケットバッグ」。左右の脚は前部中央のコッドピースによってつながり、これがズボンの前チャックの役割を果たした。コッドピースには一種のポケットの役目もあったと一般的に考えられている。

粗いキャンバス生地、あるいは耐久性の高い革など。巾着式のものもあれば、側面の切り替え部分に縫いつけられたプリーツ状のものもあった。初期のポケットは必ずしも出し入れしやすいものではなく、当時のバラッドの木版画に描かれている男は、ポケットの結び目をほどいて中身を出すのに両手を使っている（図版9）。

とはいえ、芝居で描かれる熱烈な崇拝ぶり——法廷でのあの熱弁にさえ匹敵する——をその尺度とするならば、初期のポケットの利用者たちはポケットをとても便利なものと考えたようだ。家財をすべてポケットに入れていた男のように、劇作家たちはポケットのサイズを故意に誇張した。一六世紀後半の喜劇に出てくる道化フリスコは、自分がはいている半ズボン《ホーズ》が英国製のものではなく、大きくてぶかぶかなことで有名

図版9■『農夫の予言』1550年頃。このバラッドの木版画で、男はブリーチズの内側にある「ポケットバッグ」に手を入れるのにあきらかに苦労している。

なオランダ製のものならよかったのにと嘆く。運に見放された三人組の敵をだましたフリスコは、仕返しを恐れて身を隠せる場所を血眼で探す。「ああ、おいらがオランダ人のホーズをはいてたら、ポケットの中へ潜りこめるのに！」。[50] シェイクスピアによると、シーザーほど規格外の人物になると、「月をポケットにねじこんだり」[51] できるらしい。なにはともあれ想像の上でポケットのサイズに限界はない。倉庫から避難場所、そして天空まで、ポケットの大きさは状況に合わせて広がるのだ。

コッドピースは「ポケット代わり」？

初期のポケットの代替品候補となったのが、生殖力と男性性の象徴とされるコッドピースだ。[52] 陰嚢を意味する俗語「コッド（cod）」に由来するコッドピース（codpiece）は、左右の脚を半ズボン《トランク・ホーズ》の股間部分で結びつける取り外しが可能な三角形の布で、現在のズボンの前チャックの役目を果たしていた（図版8）。目立たない前チャックとは異なり、コッドピースは往々にして目立つよう突きだしており、コッドピースが正装とされる場面では、より大きく見せるために中に藁を詰めこんだと考えられている。むろん、女性の視線はそこへ集まった。一四五〇年代に記された箴言集の中で、詩人ピーター・アイドリーは女性の好奇心と厚かましさに気をつけるよう息子に警告する。教会内で股間を強調する男性服に熱い視線を注ぎ、コッドピースの中身のほうはどう「目立つ」のかしらと噂する女性たちのふるまいをアイドリーはとりわけ非難した。[53]

コッドピースを目立たせるのはおしゃれであった。一四九〇年代に記されたヘンリー・メドウォール作の戯曲『フルゲンスとルークレース』（現存している英語で書かれたもっとも古い戯曲）では、貴族の洒落男コーネリアスは、人目を引くコッドピースを股間につけているという設定だ。コーネリアスは「新しいもの

図版10■1510年ヴィットーレ・カルパッチョ作『若い騎士の肖像』

好きの洒落者」[54]として紹介されるので、「これぐらい大きなコッドピース」をつけていなければならない。サイズの指示はないため、その大きさがいかほどのものかは演出しだいである。

のちにコッドピースの内側には硬い骨組みが入るようになり、内側に空洞ができることもあった。近代の歴史学者はこの空洞がポケットとして使われたと推測している。たとえば一六一九年の事典では、コッドピースを「ほどく」と、「シャツとコッドピースのあいだにリネン袋を結びつけられ、持ち運ぶものをなんでもしまえる」とされている。[55]イタリア人の画家ヴィットーレ・カルパッチョが一五一〇年に描いた『若い騎士の肖像』では、鎧で覆えない場所を分厚い詰め物入りのコッドピースが守っている。コッドピースの外側にあるポケットらしきものの中には四つ折りの書類が収められ、そこに見える赤い四分円は封蠟のようだ（図版10）。だがコッドピースが入れものとして使われていた証拠はひどく少ない。[56]しかもその機能に言及されるのは、あからさまに「恥ずべき箇所をひけらかし」[57]たがるのを男性同士でからかうときなのだ。入れものとしての役目に異議を唱える者もいる。チェーザレ・ヴェチェッリオは「そんなかぐわしい場所」[58]に果物をしまい、人前でコッドピースをはずして取りだす者がいるものだろうか、と首をひねった。一五九〇年、その行為がヴェチェッリオ（さまざまな国の服装を網羅した詳細な解説本を数十年がかりで記した著述家であり芸術家）の目に「無作法」に見えたのは、コッドピースの流行が廃れはじめたしるしだろう。実際、コッドピースに実用的な用途があったとする見解は一世紀にもおよんだ流行[59]への後づけの説明なのかもしれない。

コッドピースとは違い、ポケットが入れものであったことに議論の余地はない。そして当然中身も多かった。しかしながら服にポケットをつけるようになったいきさつについて、仕立屋たちは歯がゆいほど無口だ。多くはスペイン語で出版された、一六世紀の仕立屋の指示書がいくつか現存しているが、ポケットに関する記述はなく、新たなデザインや技法としても取りあげられていない。[60] だが、説明や注釈なしにポケットは仕立屋の請求書に登場するようになり、服とは別に記載されることが多かった。一五八一年、ウィリアム・ピーターが雇った仕立屋は、ブルーのベニス風半ズボン《トランク・ホーズ》の請求書に、ポケット作製にリネン半ヤードと付記した。請求書には「別の半ズボン《ホーズン》用の革製ポケット（ふたつ）」[61] の代金も含まれていた。おそらくここでもそうだったのだろうが、ポケットは着脱・交換可能だった。一五五〇年代、服飾百科事典で一般的にポケットが登場したとされる頃、それはまだ現れたばかりで浸透からはほど遠かった。博物館にいまも残る数少ない半ズボン《トランク・ホーズ》を見ると、ポケットがついているものもあれば、ついていないものもある。[62] たとえば、ジャネット・アーノルドが調べたスワンテ・ストゥーレの半ズボン《トランク・ホーズ》は、その息子の衣装とともに鉄製の保管箱にしまわれているのを発見された。父親は「年配男性らしい地味なスーツ」だったのに対し、息子はファッショナブルなベルベットのアンサンブルと、「耐久性

図版11■『女の虚栄心　ひだ襟』（細部）マールテン・ド・フォス作とされる。1600年頃。右端に立つ男性はゆったりしたトランク・ホーズをはき、脇の縫い目に沿って作られたポケットはトップステッチで縁取られ、紐ボタンで補強されている。

のある」革とウールの狩猟服だったとアーノルドは記録している。ところがポケットがついていたのは父親のトランク・ホーズのほうで、息子の服はどちらにもついていなかった。

男性服のポケットが一般化すると、縁取りで装飾されるようになる。一六〇〇年のオランダの風刺版画では、女性の同伴で来店した男性客がはいているブリーチズはポケットがステッチで縁取られ、アクセントに紐ボタンがついている（図版11）。女性服もドレスのスカート部分にポケットがつけられることがあり、場所はプラケット（スカートの開口部）が一般的だった。エリザベス一世の衣装目録を見ると、ふだん使いのドレスやマントのいくつかにはポケットが縫いつけられている。[63] しかしそれらに装飾性はなく、女性の多くは絶対確実な手段、ベルトにさげた袋を使いつづけた。女性客がバムロール（腰を張り

図版12■『女の虚栄心　仮面とバッスル』（細部）マールテン・ド・フォス作とされる。1600年頃。バムロールの試着のときにオーバースカートをたくしあげる女性客は小物入れを紐でつりさげている。中世の女性は小物入れをこのように携帯していた。

ださせるために巻く腰当て）の試着のときにオーバースカートをたくしあげている図版12では、つりさげられた小物入れが見えている。

ポケットと暗殺

男性のブリーチズにポケットがつくようになったいきさつはいまだ不明だが、ポケットへの反応と適応は歴史的文献に表されている。ポケットでの携帯を阻止すべく、さまざまな法令でまっさきに製造と販売を制限されたのが小型拳銃だ。「ポケットダグズ」と呼ばれたポケットピストルが、ヨーロッパ全域で「ひそかに携帯」されるようになるのを恐れていた統治者たちにとっては、もっともな理屈と言えるだろう。[64] 一五四九年の冬の夜、警鐘となる事件が発生した。[65] ヘンリー八世の跡を継いだエドワード六世の私室に侵入者が忍びこみ、エドワードの飼い犬に吠えたてられてポケットから拳銃を取りだし、発砲したのだ。エドワード六世はその七日後にはその後繰り返し発布されることになる法律を発令し、わが身を守ろうとした。暗殺を恐れ、どこであれ王のいる場所から三マイル（約五キロメートル）圏内ではなんぴとたりともポケットピストルを携帯することを禁ずると宣言したのだ。

それまで拳銃の長さは数十センチあったが、一六世紀前半の重要な技術革新のひとつ、鋼輪式《ホイールロック》の登場により、いまやポケットにしまえるサイズになった。従来兵士が使っていた銃器は持ち運びにくく、火縄で火薬に点火するためには立ち止まって両手を使う必要があった。それに対してホイールロック式は前もって装塡し、[66] いきなり片手で取りだし発砲できた。[67] 戦闘の流れを変えたこの種の拳銃は狩りに、スポーツ射撃にと重宝し、[68] 軍に従事する貴族たちは平時にもこれを愛用した。宝石をちりばめた高価なハンドピストルはしばしば蒐集品や陳列品、贈答品となった。

紳士の肖像画では金や銀で「びっしり飾られた」[69]鞘入りの剣やレイピアに片手を添えるだけなのがふつうであったのに、私掠船船長であり探検家だったサー・マーティン・フロビッシャーは一五七七年に描かれた肖像画で、拳銃を握っている[70]（図版13）。フロビッシャーは、首には「いちばん大きなひだ襟」[71]をつけ、腰には「いちばん長い剣」をさげているのが「いちばんの洒落男」であり、男の外見は自身の評判と攻撃力を具現化するものであることを理解していた（現在でも、あまり使われなくはなっているが、身なりのいい人のことを「きちんとしている《シャープ》」という。sharp は「刃物がよく切れる」の意味もあり）。とはいえ、フロビッシャーはさらに一歩進んで拳銃の引き金に指までかけている。ゆったりしたベニス風半ズボン《トランク・ホーズ》の脇で拳銃

図版13■『サー・マーティン・フロビッシャー（1535?-1594）の肖像』、コルネリス・ケテル作、1577年。私掠船船長であり探検家だったフロビッシャーは片手にホイールロック式短筒を握り、反対の手は剣の柄にかけている。

を握るポーズは、ポケットピストルがもたらす脅威を画家とモデルが認識していたことを示すようだ。
一方、拳銃の所有は国によって規制され、用途を限定されるようになる。[72] 統治者たちはフロビッシャーのように上流階級の者ならばその忠誠心を信頼できるとしつつも、年収一〇〇ポンド未満の者たちによる武装反乱を恐れた。[73] 彼らが自身の身を守るためであった法律はやがて治安を維持するためのものとなる。イングランドのごくささやかな法執行機関では騒乱を鎮圧するのは難しく、都市における大衆の暴動は差し迫った問題であった。[74] 君主の名において、また国会の承認のもと、さまざまな法令が印刷され、公的行事の場で読みあげられ、市民のために掲示された（図版14）。臣民が「命の脅威と危険にさらされている」として、エリザベス一世は長さ四分の三ヤード（約七〇センチ）未満の拳銃を禁じた。それより短いものは「平時においては強盗や恐ろしい殺人を実行する」[75] 以外の用途はないとした。一五七九年の法令ではこれをさらに改定し、[76]「一般的にポケットピストルと呼ばれる」小型拳銃の製造、輸入、また「ポケットなど男性の身体に付属する場所に隠して携帯できる」銃の販売を禁じた。エリザベス一世の後継者、ジェームズ一世は「ハンドピストルは手もとにひそかに携帯する目的で作られたのが明白であり……使用を廃止すべきである」と不穏視した。

最終的にイギリスでは所有者の身分にかかわらずポケットピストルは全面的に禁止された[77]（もっとも、この法令が定期的に再発令されたのは効果がなかったからだろう）。同時代のフランスでは別の対策が取られ、拳銃ではなく「男性の身体にある」人目から隠れた場所——つまりはポケットそのもの——に着目した。一五六四年の発令でアンリ三世は男性の半ズボン《トランク・ホーズ》の詰め綿を制限した。[78] また、ポケットの長さに明確な条件をつけたのは大きな銃を隠し持てないようにするためだろう。むろん、法令によって拳銃を規制するのではなく、ポケットのサイズを制限するのはおかしな対策に見えるかもしれない。ところがこの対策は一九世紀後半に合衆国で再登場し、州議会は男性のズボンにつけられるようになったバックポケットを「ピストルポケット」[79]と呼んで全面的に禁止しようとした。

効力はさておき、近現代にこのような法令が発されたことは、ポケットが暴力行為の温床になりかねないと国家にみなされていたことを示唆する。ジェームズ一世によると、ポケットピストルは「悪行と殺人の憎むべき道具」であった。王は平和な王国が「血により穢された」[80]のを嘆くだけでなく、武器を隠し持つのは卑怯だと批判した。これはわたしたち現代人はおそらく失ってしまった一般的な怒りの一面だろう。息子への助言を記した公開書簡で、ジェームズ一世は君主のしかるべき服装とふるまいを述べ、目に見えるところにある武器と隠し持った武器の違いを細心の注意を払って説明した。「騎士然とし、恥じるところのない」[81]武器、つまり「レイピア、剣、短剣」のみを身に着けるよう息子に忠告している。ジェームズ一世は、貴族が宮廷に参集したり、自邸で過ごしたりするときは武器を携えているのが当然と考えていた。すなわち武器そのものは問題ではなく、武器を隠すことが従来の社会的不文律を乱し、騎士道にもとづく行動規範の全面的な崩壊の兆しとなるわけだ。か

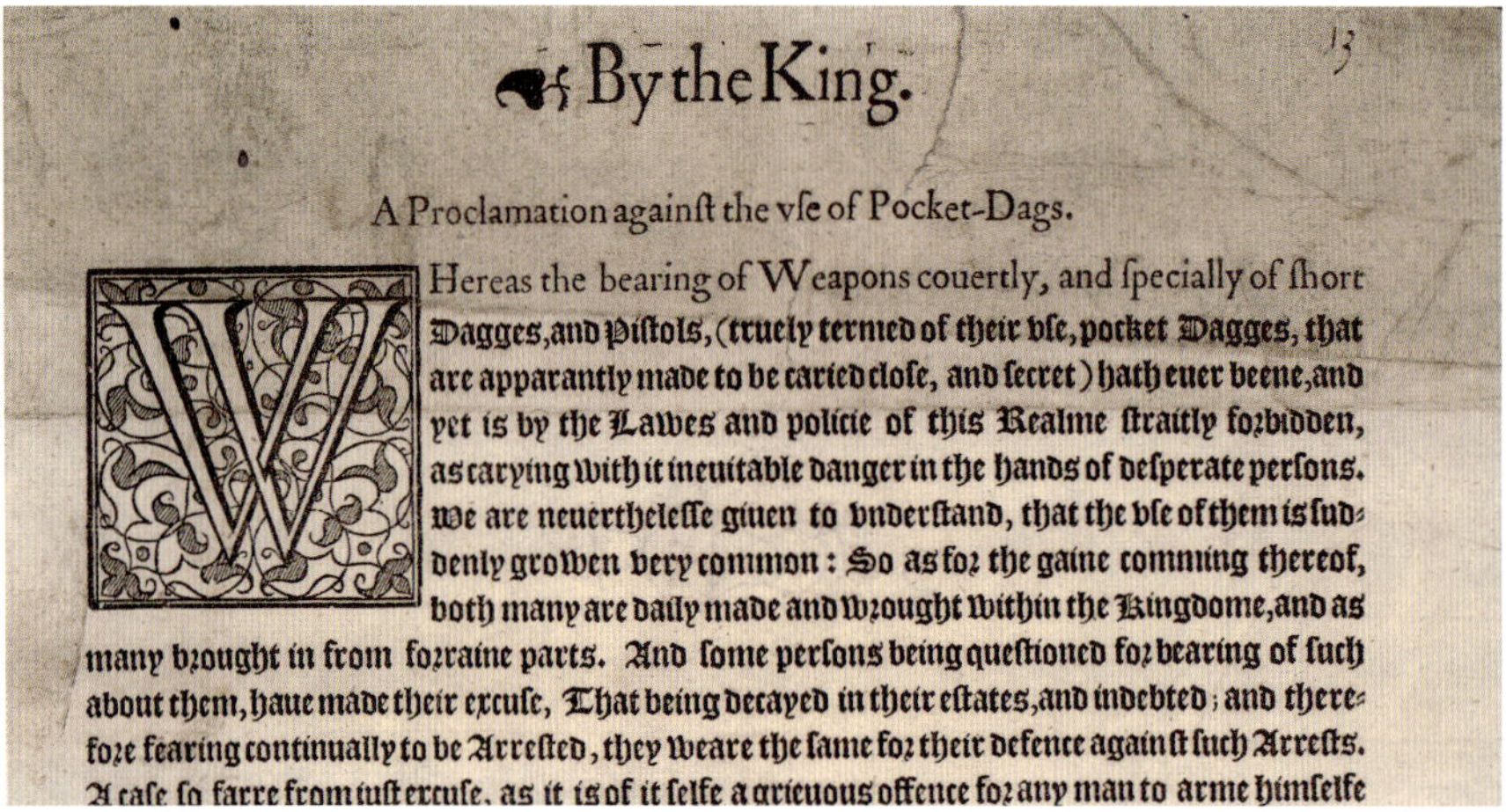

By the King.

A Proclamation againſt the vſe of Pocket-Dags.

Whereas the bearing of Weapons couertly, and ſpecially of ſhort Dagges, and Piſtols, (truely termed of their vſe, pocket Dagges, that are apparantly made to be caried cloſe, and ſecret) hath euer beene, and yet is by the Lawes and policie of this Realme ſtraitly forbidden, as carying with it ineuitable danger in the hands of deſperate perſons. We are neuertheleſſe giuen to vnderſtand, that the vſe of them is ſuddenly growen very common: So as for the gaine comming thereof, both many are daily made and wrought within the Kingdome, and as many brought in from forraine parts. And ſome perſons being queſtioned for bearing of ſuch about them, haue made their excuſe, That being decayed in their eſtates, and indebted; and therefore fearing continually to be Arreſted, they weare the ſame for their defence againſt ſuch Arreſts. A caſe ſo farre from iuſt excuſe, as it is of it ſelfe a grieuous offence for any man to arme himſelfe

図版14■1613年ジェームズ一世によって発令された「ポケットピストル使用禁止令」。ジェームズ一世のこの法令によると、無法者のみがポケットハンドガンを携帯した。

くしてポケットは危険視されるようになる。ジョン・フレッチャーとフィリップ・マッシンジャーの一六一九年の合作戯曲『お国のならわし』(*The Custom of the Country*)で、短気な自慢屋デュアルテは、町中で鉢合わせた宿敵アロンゾに「ポケットの短剣を出せ」[82]と言いはなつ。デュアルテはアロンゾを、自身の名誉を公然と守るため剣を携帯することもできない臆病者、「人を殺す」[83]小型の武器をポケットに入れ、下等な犯罪者の域にまで身を落とした最低の卑怯者と非難した。

ポケットを犯罪の道具に使った殺人犯や強盗犯はたいした数ではなかっただろう。だが武器を隠し持つという初期のポケットの用途はたしかに衝撃的で、政治的な議論を巻き起こし、初期のポケット像に影響を与えた。拳銃による政治指導者の暗殺がはじめて成功したあとには、勇気とは顕示されるべきものだという声があがった。[84]一五八四年、オラニエ公ウィレム一世(エリザベス一世と同盟を結び、スペインとは敵対)がホイールロック式拳銃で殺害される。暗殺者はポケ

図版15■『沈黙公ウィレムの暗殺』フランス・ホーヘンベルク作、1584年(細部)。ホーヘンベルクは暗殺の場面を順を追って一枚の絵に描写[85]。これはニュース報道の役割を果たしたが、伝聞であったため正確さには欠けた。

ットから書簡を取りだして渡すふりをして、ウィレム一世に発砲した（図版15）。身分の低い陰気な男という、暗殺者としてなんの魅力もない男が、イングランドとスペインの権力バランスをひっくり返しかねない衝撃的な犯罪をやりおおせたことは、その後繰り返し言及されることとなる。[86] ポケットに隠し持ったものは自信を与えもする。ポケットに拳銃があれば勇気を顕示する必要はない。

犯罪と新たなスキル：「倉庫へダイブ」

国家が危険視した場所に、ほかの者はチャンスを見いだした。ポケットは犯罪者にとっては抗しがたい誘惑であり、ポケットの登場により、一部の泥棒には呼び名の変更と新たなスキルが求められた。中世より、cutpurse（巾着切）は貴重品を被害者から直接掏り取る泥棒を指す言葉であった。一五六八年作のピーテル・ブリューゲルの絵画『人間嫌い』で、巾着切は羊のいる野原で老人の財布をさっさとつかみ、紐をナイフで切っている[87]（図版16）。もっとも、たいていの巾着切は人ごみに潜むのを好み、喧騒にまぎれて掏りを働いた。ポケットから掏るとなると、身体が触れて気づかれる危険性が高まり、高度なスキルもいる。掏摸の手口の変化にともない、初期の pickpocket（掏摸）は裏社会の隠語で「ダイバー」と呼ばれた。一六八五年にジョン・ダントンが著した寓話『良心の様相と叫び』（*An Hue and Cry after Conscience*）で裏社会のさまざまな人間から話を聞くことになる世間知らずな語り手は、ダイバーと話をしてその呼び名を言葉どおりにとらえ、「水に飛びこむ」仕事をしているのかと問いかける（「率直に話してくださいね」と語り手はお願いする）。ダイバーは、自分の仕事は「気づかれないようあんたの倉庫へダイブしてあんたのものを……ちょうだいすることだ」[88] と仕方なく答えた。ダイバーは巾着の紐を切るのではなく、プライベートな場所へダイブするわけだ。

　作家ロバート・グリーンが一五九一年に行った犯罪手段の調査によると、ダイバーは巾着切より格上の犯罪者とみなされていた。ダイバー自身、「掏摸のてっぺん」[89]を気取り、巾着切と間違えられるのを「願いさげ」として食事のときに肉を切るためのナイフを持ち歩くのも拒絶した。ダイバーや掏摸には優秀な外科医並みの腕とスキル、「器用な手」[90]が必須であるとグリーンは述べている。売春婦もまた掏摸の特殊なスキルを持つと考えられていた。ポケットを探るのに身体が触れても、その職業がいい口実となった。ピーター・アーティンが一六六一年に発表した猥本、『バーソロミュー＝フェアの奇妙な話』（*Strange News from Bartholomew-Fair*）で、語り手の「さまよえる売春婦」は行為の最中に客のポケットに「ダイブ」し、「掃きたての部屋みたいにすっからかん」[91]にする。売春婦は客にパーソナルスペースへの侵入を許させることで掏りを成功させるとアーティンは考えた。他人のポケットを探るのは個人的な場所への侵入そのものなのだ。

図版16■『人間嫌い』ピーテル・ブリューゲル、1568年。人間嫌いの老人はフードをかぶって背を向けている——巾着切にまるで気づいておらず、それこそがこの絵の狙いだ。開けた場所で盗みに遭いながら物思いに耽って気づかないのは、実質上、老人の過失と言える。

ポケットは社会問題？

ポケットはその劇的な登場から、技術史家ジョージ・バサラが「先行するもの」[92]と呼ぶ人工物《アーティファクト》、小型バッグや手提げ袋からはいくらか距離があったようだ。アーティファクトには必ずそれに先行するものがあり、新たに出てきたものが「理論、創意工夫、あるいは創造力のみによって生まれることは決してない」[93]とバサラは言う。目新しい技術革新にではなく、その連続性に着目すれば「アーティファクトの広大な結びつき」[94]を再構築できるとバサラはつけ加える。それは現存のものからいつしか消えたものまで網羅する、いわばアーティファクトの系譜だ。モノの相関図は、わたしたちが作りだす身近な品々の多様性をより上手に説明することだろう。アーティファクトの系譜では、ポケットは手提げ袋のたんなる派生物に位置づけられるはずだ。ポケットと手提げ袋には多数の類似点があるものの[95]、それぞれの意義はまるで違う。ブリーチズに「間に合わせ」のバッグのようなものをつけることで生まれたポケットは、人目に触れるバッグよりあきらかにプライベートなものであり、それが持つようになる用途と意味を予見することは不可能だった。

手提げ袋は人の見た目を左右する重要なアクセサリーで、簡単に取り外せる。また、ポケットより数千年長い歴史を持つことで特に金貨および銀貨入れとして記憶された。聖書でユダは銀貨三〇枚が入った袋と引き換えにキリストを裏切ることから、小袋にはいくらかマイナスなイメージがつきまとうようになった。実際の中身はなんであろうと、いまも小袋はなにより金入れとして認識され、そのイメージの延長から持ち主の地位、財力のあるなしを表すものとされるわけだ。寓話や風刺では、気前のよさから欲深さ、ケチくささまで、小袋が金銭に対する持ち主の態度を指し示す場合もある。

ポケットも金銭と結びつけられる（これは移民の物語が「新大陸にたどり着いたとき、彼の全財産はポケットに入っていた二ドルだけであった」などとはじまることからも裏づけられる）。ところが少なくとも小袋と比べると、ポケットに入れて持ち運ぶものの中で金銭は特に興味を引くものでも、言及されるものでもない。人々の創造力をとらえたのは小袋とポケットの構造的な違いだったようで、ポケットに入れたものはまるで底のない深みに吸収されるように消えてしまうというのだ。ポケットに中身をのみこまれるイメージは「ポケット」という単語を使った最初の慣用句に登場し、名詞を動詞に変換する英語の愛すべき気まぐれが活かされる。『オックスフォード英語辞典』によると、〝to pocket up（ポケットにしまう）〟[96]はもともと武器を出さずに衝動を抑えこむという意味だった。つまり、侮辱されても、体面を保つために武器を取る（たとえばポケットピストルを取りだすなど）のではなく、怒りをのみこみ、決闘を回避することだ。この慣用句は、か

図版17■『レスター伯ロバート・ダドリーの肖像』スティーブン・ファン・デル・ミューレン作、1564年頃。エリザベス一世の顧問官は腰にさげた手提げ袋から純白のリネンのハンカチをのぞかせている。1560年代の短い期間、男性の手提げ袋に入れられたあと、ハンカチの収納場所はポケットへ移り、ポケット・ハンド・カチーフという長い名前をつけられた。ハンカチはポケットからのぞいているものとされる数少ないアイテムのひとつだ（懐中時計の鎖をのぞく）。

つては完全に独立していた貴族たちが、しだいに身分と特権のため君主に頼らざるをえなくなり、宮廷で侮辱された際にどうすべきか判断に苦慮するさまを想像させる。一六一一年、著述家アンソニー・スタッフォードは貴族の権力が失われたのを嘆き、宮廷で貴族は「身をかがめてお辞儀」[97]しなければならないと記した。敵と対立しても「なんでもない顔」[98]を装い、決して本心を表に出さず、「上の者の足を舐め」[99]ねばならない、と。紳士が「偉大になるには、どれほど不当に遇されても我慢《ポケット・アップ》することだ」[100]。名誉は腰に帯びていてもいいが、プライドは宮廷ではのみこむべきものだった。

いまや貴族の名声は戦士としての猛々しさや武勇伝とはなんの関係もない一連の特性にかかっていた。なにを見せ、なにを見せないかに、完全に新種の計算——新種の衣服——そして日常的な出会いに隠匿や偽りが求められる場合もあるという自覚がともなった。初期の礼儀作法の指南書には、社交の場では人に与える印象を考えることが大切であり、人前での行動と誰もいないときの行動を区別するようにとある。指南書ではポケットはプライベートな場所とみなされ、ポケットから手紙を取りだして人前で読まないよう助言されてい

図版18■ディオール&サカイ・コレクション、2022年春。写真撮影ブレット・ロイド。

る[101]。こんにちなら携帯電話をチェックするようなもので、公の場で私用に意識を向けるのは目の前にいる相手に退屈していることを意味した。

ポケットはある意味、人の延長であるため、その中身はなによりも当人の本質をさらけ出すものとみなされた。戯曲でも文学でも、ポケットの中身を調べる行為は手っ取り早く他者の中身を知る抗いがたい手段だ。シェイクスピアの歴史劇『ヘンリー四世』で、ハル王子こと若き日のヘンリー五世は老騎士フォルスタッフを大言壮語ばかりの大嘘つきと揶揄する。フォルスタッフがいかにたいそうなことを並べようと、そのポケットを調べさえすれば、埃まみれの飴玉や、「飲み屋の勘定書、（それに）売春宿の請求書」と、騎士の放蕩ぶりがありありとうかがえる証拠が出てくるのだ。このようにポケットの中身は人の表向きの顔と、それに相反したり、ずっとだらしなかったりする本当の顔とのへだたりを暴露しかねない。シェイクスピアの戯曲『テンペスト』でアントーニオは、おまえのポケットは「しゃべるのか？」と問う。もしもしゃべれたら、いまのは「嘘」だと言うんじゃないか[102]？　一六三〇年の喜劇で劇作家トーマス・デッカーが指摘したように、「上等な服」[103]を着ていても「破れたポケット」には「硬貨」も「良心」も入っていないのかもしれない。

たいていの人はポケットが破れないよう気をつけていただろう。ポケットにしまう必需品がどんどん増えるにつれ、人は携帯できる倉庫へ新たに依存するようになっていった。ポケットは硬貨から拳銃、「売春宿の請求書」まで、人が穏やかな心を保つためになくてはならない品々をしまう、一種の保管庫の役割を担ったのだ。ポケットが最終的に普及すると、人の安心感はさまざまなモノに支えられていることが認識されるようになる。司祭ジョセフ・ホールは一五九八年に著した風刺書で、成りあがりの洒落男たちは「ポケットに忍ばせた手鏡をいまだのぞきこみ」[104]、手鏡やハンカチといった紳士の持ちものなしには身だしなみも整えられないらしいと述べている。それ以前は袖口で洟をぬぐい、顔が汚れていないかを確かめるすべはなきに等しかった。コネチカットから来たトウェインの騎士が鎧の非実用的なデザインに腹を立てたのもこの理由からだろうか。ポケットがないと、いつも身に着けていたものが与えてくれる安心感もないのだ。

　では男性服において、なぜポケットと手提げ袋が単純に共存することにならなかったのだろうか？　一五六〇年代に復活した中世様式では、紳士は手提げ袋、短剣、そして剣を腰にさげつつも、おそらくポケットつきと思われるブリーチズをはいている[105]（図版17）。ところがその後五〇年のあいだにポケットが一般化すると、そちらが主流になっていく。一六世紀末には、手提げ袋は時代遅れの田舎くさいファッションとみなされるようになった。ホームスパン〔手織りの毛織物〕の上着をまとう「地味な田舎者」[106]だけが手提げ袋や「腰巾着」をつけていると、作家ロバート・グリーンは記した。一六世紀が進むと洗練された紳士が手提げ袋（または巾着）を身に着けることはほとんどなくなった。男性用の手提げ袋は単純に廃れ、その流行の復活には長い時間がかかった[107]。ブリーフケースなど、手荷物に分類されるハンドバッグは男性の手で日常的に携帯されてきたが、明確に男性用としてデザインされた「マース」（murse）と呼ばれる「男性用袋物（man purse）」に流行に敏感な者たちが手を伸ばすには、手提げ袋の流行終息からおよそ四〇〇年かかった（図版18）。女性的なクラッチバッグから、洒落たウエストポーチ、スポーティーなメッセンジャーバッグまで種類は幅広いものの、それらを男性が身に着けるのは社会実験の域にとどまる。二〇一九年の「ラグジュアリー・マース市場」[108]拡大を取りあげたファッション・ジャーナリストは、マースを身に着けてみて「自分のような男にも似合うのか？……変じゃないか？」と自信なさげに自問している。だが男性の多くは試してみる必要もなかった。男性服には持ちものをきちんとしまえるポケットがついており、それで充分なのだ。ポケットを受け入れることで、男性はバッグと引き換えに自分だけの秘密の場所を手に入れた。

第2章

ポケットの普及

「一〇〇人もの職人が作った品々」を収納

一六世紀、男性のブリーチズに縫いつけられた最初のポケットは評判となり、人気が人気を呼んだ。仕立屋はポケットを増やすべく、縫いつけられる場所にはどこにでもポケットをつけた。女性たちは日用品を持ち運ぶのに手提げ袋に頼りつづけたのに対し、男性たちは新たなポケットの数々を享受し、それらはスリーピーススーツとともに発展した。

スリーピーススーツの基本となる、上着、ネクタイ、ズボンのセットは一七世紀後半に登場する。この組み合わせは現代同様、仕事の会合、宮廷、婚礼および葬儀で着用された。その息の長さは注目に値し、いずれ廃れると繰り返し言われてきたものの、こんにちスーツは社会的および審美的完成形とされ、謹厳さ、信用、市民道徳と同意義の衣服となった。だがその台頭を目の当たりにした一部の者たちの目をとらえたのは、スーツの実用的な（非実用的なものも少々）メリットだった。

一八世紀の文化批評家で、ポケットがスーツの重要な特徴——そして野心的な現代人には欠くことので

Gulliver's Travels. 11

following the firſt; and being greatly aſtoniſhed, he roared ſo loud, that

they all ran back in a fright; and ſome of them broke their limbs by leaping from his ſides to the ground. They ſoon after returned; and one of them, who ventured to get a full ſight

of

図版1 ■ ジョナサン・スウィフト作『ガリバー船長の冒険　リリパット国とブレフスキュ国への旅』の挿絵、1776年。この児童向けの『ガリバー旅行記』で、漂流者は小人の国で目を覚ます。

きないもの――であることをジョナサン・スウィフト以上に示した者はいないだろう。スウィフトが描いたアンチヒーロー、頑固な旅行者レミュエル・ガリヴァーが着ていたスーツは、スウィフトが「社会を揺さぶる」[1]ために執筆したと認めていることで有名な彼の著作で、入念な調べを受ける。『ガリバー旅行記』の冒頭、小人の国リリパットの海岸へ流れ着いたガリバーを発見した小人たちは、好奇心と警戒心から賢明にも身体検査を行う（図版1）。小人たち自身の服は「質素で素朴」[2]、アジア風とヨーロッパ風の「中間」のようなもので、彼らはガリバーが着ていた無数のポケットつきのアンサンブルなどおそらく見たことがなかったのだろう。宮廷から派遣された役人ふたりがガリバーの身体を調べるが、いくつもあるガリバーのポケット（発見しただけでも一〇個）に入りこみ、ポケットの中身に首をかしげる勇敢な小人たちの描写が笑えるものでなければ、プライバシーの侵害が気になったかもしれない。

小人が調べたガリバーのポケットの中身は長いリストになり、未来の開拓者として彼には見知らぬ土地への旅に充分な備えがあったのをうかがわせる。ガリバーはコンパス、小型望遠鏡、そして日誌を手に、目の前に広がる土地を見渡して「計測」[3]し、入念に記録をつけることができたはずだ。チクタクと時を刻みつづける（そしてリリパットの役人いわく、「彼があがめる神かもしれない」[4]）懐中時計は、ガリバーをいっそう勤勉にしたことだろう。ずしりと重たい金貨、銀貨、銅貨は、必要となれば賄賂を渡せるようガリバーがたっぷり金銭を用意していたことを示す。[5]金でだめなら、ガリバーのポケットにはナイフ一本、拳銃二挺、銃弾ひと包み、そして（湿気らないよう防水容器に入った）大量の火薬も入っていた。ナイフとフォーク一式は、現地の食習慣がどうであれ彼に食事のマナーを守らせてくれ、剃刀、ハンカチ、櫛で身だしなみを整えることができた。気分転換には、小人たちが膝まで埋もれてくしゃみをした嗅ぎタバコが頭をすっきりさせてくれただろう。

ポケットの中身の豊富ぶりを描くことで、スウィフトは旅行者ガリバーの偏見と考え違いを（世界はすべてわがものという考えも）明確に風刺した。[6]一方で、冒険の成果が、活動的な市民生活はいわずもがな、服の収納力に支えられていることも強調している。支えられる度合いは十人十色だ。一八世紀、男性のポケットの数は身分や経済状態を超えて平等だったわけではなく、「ポケット友愛会」[7]でいまだ結ばれてもいなかった。男性服の内ポケットが標準化するのはガリバーの時代ではあるものの、当時の服は完全にハンドメイドであり、ポケットの見た目も数も多種多様であったため、ポケットが一気に普及することはなかった。興味深いことに、男性服と比べて、女性服でのポケットの普及は遅々として進まなかったが、女性たちはこれを気にしなかったようだ。こんにちとは違い、格差に対して女性が不満の声をあげることはまずなく――不便さも感じなかったらしい。必需品の持ち運びには手提げ袋があり、女性たちはそれで満足しつづけた。

ポケットつきスーツの隆盛

スウィフトが『ガリバー旅行記』を著すのに先んじることほんの数年、スリーピーススーツがいまの三つぞろえの形になった。[8]多くの者にとって、この新たな流行は伝統との劇的な決別であった。この種の転機は滅多に起きるものではなく、原因についての服飾史家の意見は、政治的圧力、社会の再編成、あるいは単純に新たなものを求める気運を含めて、どれにより影響力があるかで分かれている。[9]スーツの場合は、当時の行きすぎた様式へ誰もが抱えていた不満に、東洋のカフタンの抑制ある優美さへのあこがれが合わさった結果であるとして、ある程度意見が一致している。リリパット人の服と同じで、スーツは多文化から拝借した要素が新たな形を作ったハイブリッド服と言え、ポケットもまた新たな形を取っていく。

スリーピーススーツ誕生までにはいくつかの要素が働いた。一六四〇年代から一六六〇年代のあいだに、ツーピースのダブレットとブリーチズが極端な形になってしまったことは多くが認めている。[10] ダブレット（主要な上着となる服）は、かつては丈夫な上着としての役目を果たしていたものが、薄っぺらになってサイズも縮んだ。丈が短くなったため腹部があいてシャツが見え、その結果、それまで紐や留め具でダブレットからつりさげられていたブリーチズは、腰ではく形になる。一方、ブリーチズはさながらペチコートのようにサイズが横へ広がり、フランスの流行にならってリボンでたっぷり飾りたてられた。一六四六年の風刺画に描かれた、流行に敏感な洒落男は、まるで服を脱いでいる途中のようだ（図版２）。一六六一年、日記作家でチャールズ二世の顧問官を務めたジョン・イーヴリンは衣服の改革を提唱する小冊子で、リボンで飾られたペチコート・ブリーチ

図版2■『英国の珍妙な装い、または英国紳士の服』1646年。丈の短いダブレットに幅広のペチコート・ブリーチズと、フランス風ファッションを極めた英国紳士を揶揄した風刺画。

ズをはいた男は、あたかも街にあるすべてのリボン店で「略奪してきた」[11]かのごとく、五月柱《メイポール》〔さまざまな色のリボンが結びつけてある柱。この柱を中心に、リボンを持ってメイポールダンスを踊る〕そっくりだと嘆いた。

男性服への不満が募っていたこの時期、チャールズ二世は「服に新たな流行」[12]を取り入れる意思を表明する。新たなスタイルが確立した日を正確に突き止められることはまずないが、スーツの起源は一六六六年一〇月一五日月曜日と、月日が特定されている。[13]ヨーク公の誕生日であったこの日、王と廷臣数名は王自身が発表したとおりに、新たな装いで宮廷に現れた。この場に立ち会った者たちは、王は風格があって控えめで「男らしい」ひとそろいの衣服を着ていたと伝えている。その服装はフランス風のスタイルに黙って従うことを拒絶しているのは一目瞭然で、東洋風の意匠を借りたものだとわかった。[14]チャールズ二世はダブレットとペチコート・ブリーチズを「ペルシャ風の美しいベストに取り替え……今後の変更はないと断言された」[15]と、その日その場にいたイーヴリンは満足げに記している。

ベスト自体、注目に値する新工夫であり、重ね着の発想もまたしかりだった。王は膝丈のベストの上に膝丈の上着を重ねた。いまでは最初期のスリーピーススーツとされるこのアンサンブルは、ダブレットとブリーチズとは根本的に異なる考えを提示した。上（ダブレット）と下（ブリーチズ）を紐や留め具でつなぐのではなく、スリーピーススーツは服を重ねることで成り立ち、よりすっきりしたラインになった。イーヴリンがペルシャを連想した衣服は、実際にはより広範囲な地域で着用されていた。さまざまなバージョンのカフタン[16]――何層にも重ね着するゆったりとした長いコート――はペルシャだけでなく、トルコや中央アジアの文明全域で着用され、オスマン帝国の高官の来訪や、衣装本、旅行ガイド、舞台、そして仮装パーティーなどでヨーロッパの人々はその魅力的な実例を目にしていた（図版4）。長らく称賛されてきたカフタンから着想を得たファッションは、優美な長い上着をチャールズ二世に授けた。人々によると、王と廷臣たち

図版3■『コンスタント・コリドンへのキューピッドの情け、あるいは投げ矢で傷を負った麗しのシルヴィア』という題名のバラッドの挿絵、1675年。より落ち着いた服装の紳士が描かれている。紳士がまとう初期のスリーピーススーツには上着に垂直のポケット口が2セットあり、ボタンで装飾されている。

図版4■ニコラス・デ・ニコライ著『東洋での旅のあいだに制作した服飾版画』(1587)年より『イェニチェリの総大将、アガ』オスマン帝国の総大将は上に重ねたカフタンのポケットに手を差し入れている。取り外すことのできる袖は背中に垂らされ、下に着用しているカフタンは対照的に模様入り。

はより控えめで慎み深く見えた。スーツは「かつて宮廷に現れた中でもっとも優雅で雄々しく、実用的な服装である」[17]とイーヴリンは褒めたたえている。

この「実用的な服装」は、ポケットがブリーチズから上着とベストへ移動するとさらに実用的になり——ここから本格的にポケットが普及しはじめる。カフタンにならい、最初のスーツの上着にはウエストのすぐ下にポケット口が垂直に入っていた。上着の左右に垂直のポケットがふたつずつ並び、口を開けたままボタンで飾られることもあった[18]（図版3）。これら最初期のスーツについていたポケット口に、ものを入れるための袋がついていたかは定かでない。一六世紀、一七世紀のカフタンにはポケット口はあっても袋はついていないのがふつうだ[19]——たとえば、イスタンブールのトプカプ宮殿に所蔵され、スレイマン一世治世のものとされるカフタンにはついていない（カフタンについているポケット口は、中世初期ヨーロッパの長上着であえて縫い残された側面の切り替えのように、中にさげているバッグに手を入れるためのものだ）。垂直のポケット口に不満を抱いた仕立屋たちは、一〇年ほどするといまではより見慣れた水平のポケット口に切り替える。これにより封筒型のポケットを身体に対して平らに取りつけやすくなった。

スーツの起源がカフタンであったことはほどなく忘れ去られ、スーツは西洋の装いとみなされるようになる[20]。たとえば、一七八七年の『紅毛雑話』で森島中良は、スーツは日常着であると説明している[21]。江戸時代、外国の衣服や作法を直接見る機会のなかった日本の読者のために、森島の本は長崎の出島に居住したオランダ人の日常生活をはじめて比較的詳細に描写した。当時の日本は鎖国下で、（キリスト教の布教には特に関心を見せなかった）オランダ人にのみ出島で貿易の窓を開いていた。森島はオランダ人の服一式を手に入れたとして、帽子、オーバーコート、ブリーチズ、長靴下、靴、そしてベルトを含む特徴を絵と言葉で記録した。持ちものは着物の帯や袖にしまっていたであろう日本の読者のために、森島は、オランダ人のスーツには「ものをしまう場所がある」と、「ポケット」という言葉の説明を加えている。[22]

「（オランダ人の）装いには貴賤の区別がないようだ」[23]とも森島は『紅毛雑話』に記した。一八世紀ヨーロッパおよびアングロアメリカ〔米国とカナダを含む地域〕で、男性の多くがスーツのなんらかの基本形を着用していたのは事実ではあるが、森島が出島で典型的社会階級の断面図を目にすることはなかっただろう。森島がヨーロッパの港を訪問していれば、自由民か非自由民か、当人の階級（あるいは当人が自称する階級）、そして行う労働により、社会階級間で衣服は実にさまざまなのを目撃していたはずだ。スーツではカットがものを言った。紳士の肩の曲線から背筋に寄り添ったスーツは、仕立屋により正確に採寸されていることを物語った。しわやたるみのあるスーツは素人が仕立てたものか古着で、質流れ品や盗品でさえあるかもしれなかった。布地も重要だ。鮮やかな深い色に染められたなめらかなシルク、ベルベット、しなやかなウールは豊かな財力を意味する。生地の織りが粗くなるほど、そして

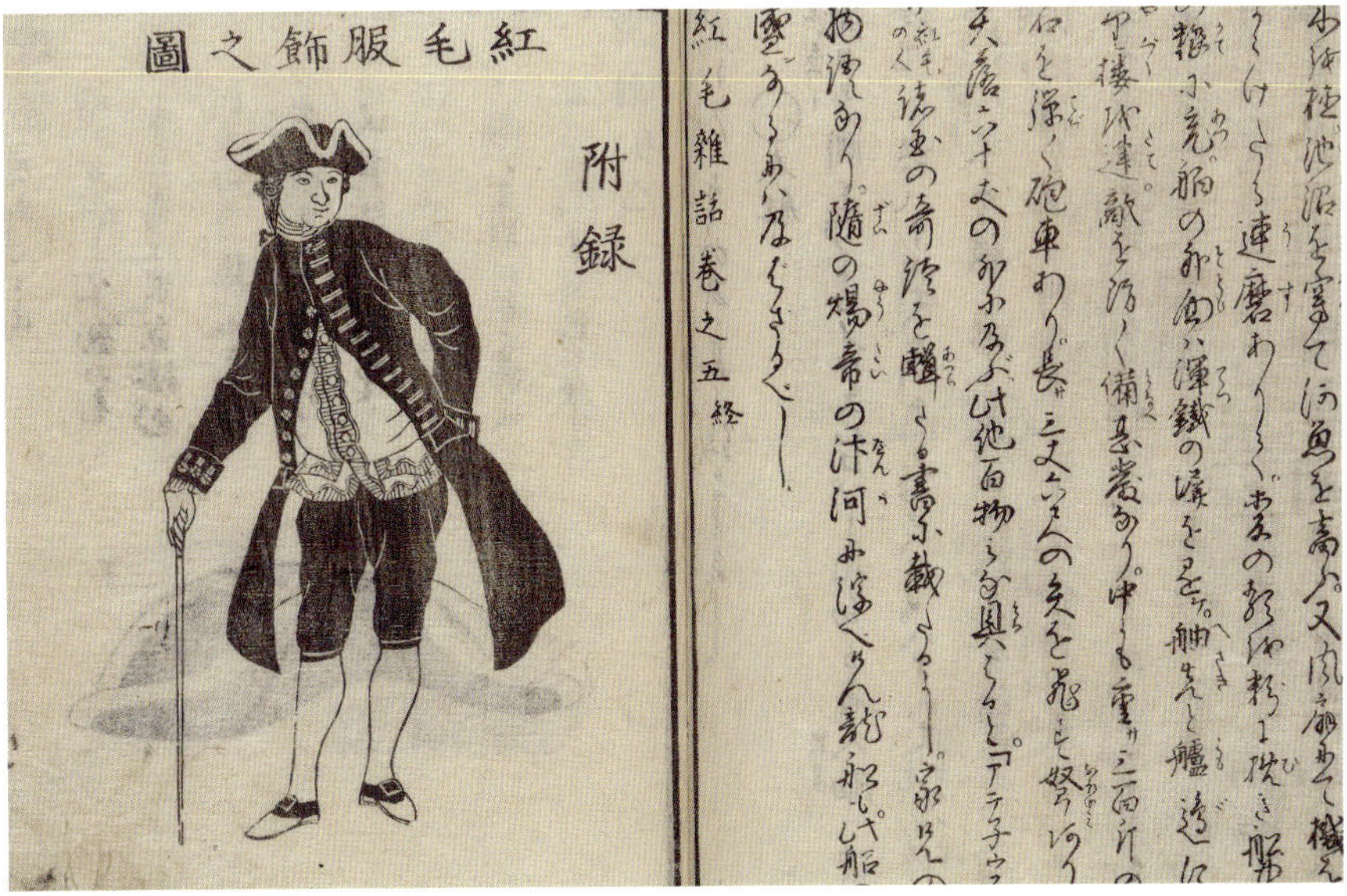

図版5■森島中良作『紅毛雑話』の挿絵、1787年。森島によるオランダ人のスーツの描写。日本ではオランダ人は「紅毛人」と呼ばれた。

色味が鮮やかでなくなるほど（自然の色やくすんだ色は色落ちしやすい安価な染料が使われたことを示す場合が多い）、その価値はさがった。

一八世紀になるとポケットの数、位置、仕上げの装飾の詳細に関する記述が驚異的に増える。富と特権の頂点に君臨したのが、高い装飾性を持つ宮廷服だ。宮廷での正式な謁見やその他の公式な行事の場で着られるこの服で、ポケットは注目の的であった（図版6）。熟練のデザイナーの手で生みだされた立体的な葉飾り刺繍がポケットの蓋《フラップ》を縁取り、さらに豪華なものでは上着全体が刺繍で縁取られた。また、軍服のデザインを模して、ポケット、襟《カラー》、袖口が金銀糸などの縁飾り《ブレード》で縁取られもした。[24] 一七六〇年代の肖像画で、名称不明の紳士のスーツを縁取っているシングルおよびダブルのブレードは、完璧に対称的で整然とし、権威に満ちた雰囲気を与えている（図版7）。

とりわけスーツが装飾を排した簡素なスタイル（あるいは女性服のごてごてした装飾と比較するとそう見えたもの）に落ち着くと、スーツについたポケットの小さな細部が重要性を増した。流行に取り残されないようにするにはスタイルのごく小さな変化にも目を光らせておかねばならず、それには「ポケット

図版6■密に刺繍が施された宮廷服。フランス、1810年頃。

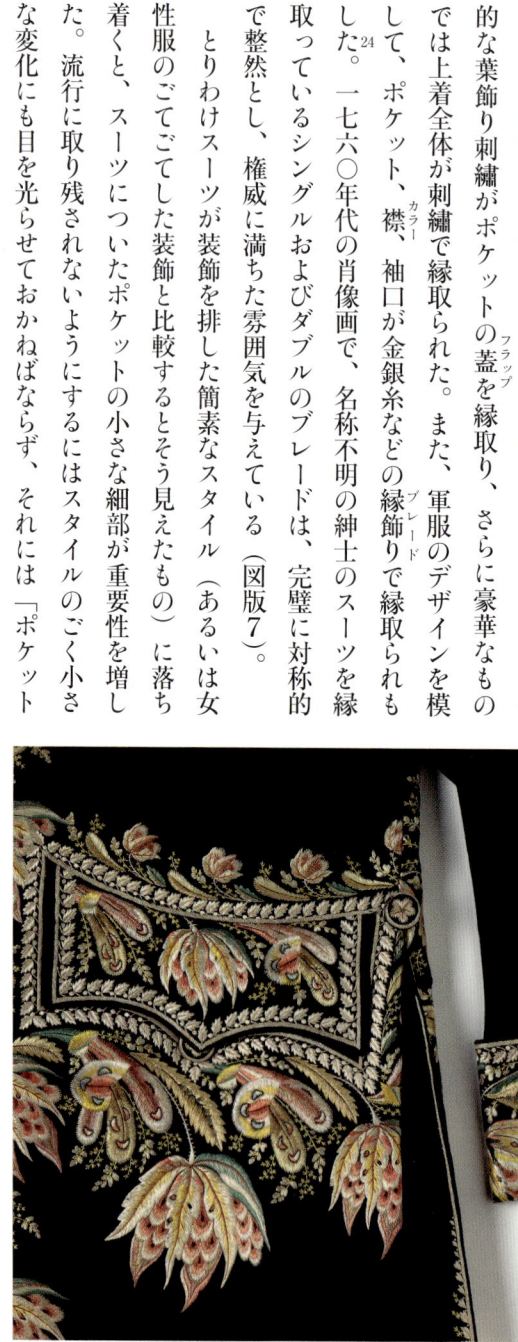

図7■『緑のスーツを着た男の肖像』ポンペオ・ジローラモ・バトーニ作、1760年代。

のさまざまなスカラップ」[25]（言い換えると、ポケットのフラップに山がひとつあるかふたつあるか）も含まれた。一七六〇年頃の極細の上質な羊毛《スーパーファイン・ウール》の赤いスーツでは、細やかな細部に多大な労力が注がれているのが見て取れる（図版8）。ポケットのフラップの裏地に張られたブルーのシルク・タフタ（上着の裏地にもブルーのタフタが使われている）が表からもわずかに見え、[26]まるで極細のパイピングのようだ。簡素でおとなしいスーツも装飾を施されたベストを重ねることで華やぎ、一八四〇年代を通してベストは色彩と美の楽しい隠し札となった。一七六五年に作製された紳士物ベストのポケット用デザインでは、花と葉が生き生きと縁を飾っている。パステルカラーと宝石を思わせる鮮やかな色彩で描かれた刺繍の図案はクリーム色のシルクに映えたことだろう（図版9）。

スーツの上着やベストの多くは、そこまでの職人技にはいたらなかったし、上質の素材でもなかった。富める者たちが用いた上質のウールやシルクに対するのが、縞柄、チェック柄、水玉柄の大量の安価なリネンだ。[27]アメリカ、ロードアイランド州のジョセフ・ノイスの所有物とされる、裏地のない縞柄リネン製ワークジャケット（当時は「袖つきベスト」とも呼ばれた）には、フラップつきのスラッシュポケット〔縫い目のないところに切りこみを入れて作られたポケット〕がふたつあり、質素な素材に工夫に富んだ装飾を添えている（図版10）。フラップには同じ布地が使用されているが、身頃の縦線に対して横線なるよう縞の向きが変えてある。同じ生地のくるみボタンにも向きによる遊びが見られる。

すべてのスーツの上着がポケットで飾られていたわけではない。ロンドンのさまざまな呼び売り商人を紹介した本に描かれた行商人のスーツには、ポケットのフラップがひとつも見当たらない（図版11）。売り物の帽子三つを頭に載せ、腕には古着をかけているが、どれも上等そうではなく、自分で着ているひどく簡素な上着やベストと似たりよったりで、版画家は行商人のみすぼらしさを強調しようとしているかのようだ。

図版8 ■ スーパーファイン・ウールの男物スーツの上着から、ポケットの細部、オランダ、1760-1770年。左右のボタンとボタンホールは機能するが、フラップ中央の山に隠れたボタンは飾り。

図版9 ■ 紳士物ベストのポケットのための刺繍デザイン。ファブリケ・ド・サン・ルフ（デザイナー）作、1785年頃。

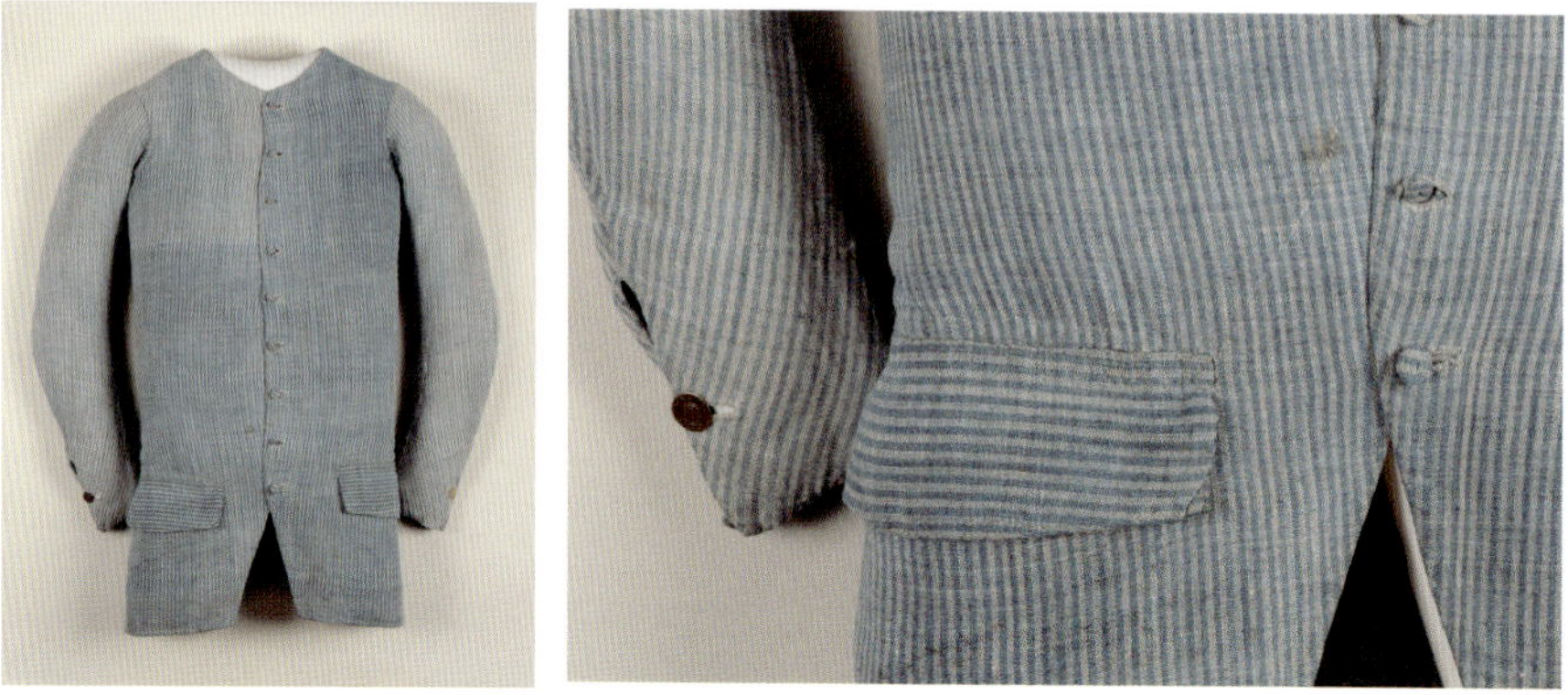

図版10 ■ ジョセフ・ノイスのジャケット。ブルーのリネンの縞柄ジャケットは18世紀のワークウェアの定番。フラップの位置が左右でずれているのはおそらく経年のため。ボタンホールの縫い目は雑だが、ジャケットの仕立ては素人技ではなく、どの切り替えでも縞柄にずれがない。

31
Old Cloaks Suits or Coats
Qui a de vieux habits a vendre
Panni vecchi drappi vecchi da vendere
Mauron delin:
P. Tempest ex:

図版11 ■ マーセラス・ラルーン作『ロンドンの呼び売り』(1687)年より「古着、スーツもしくは上着」。

逃亡した使用人や奴隷の特徴を記した広告には、ポケット欠如の記述もしばしば見られる。一七六七年、バージニア州ウィリアムズバーグの裁判所から年季契約の見習いジェームズ・アクスリーが失踪した際、裁判所の職員は、アクスリーがはいている革製のブリーチズ──いわば一八世紀のブルージーンズ──はテレピン油のシミつきで、彼は「ポケットもフラップもついていない布製のグレイの上着」[28]を着ていたと記した。

その他の労働者は、自由の身であれそうでなかれ、スーツを着ることは皆無で、(プロレタリア階級を示す) 古くさいズボンに、たいていはすでに仕立てられたものを買った、丈が腰までの短いジャケットを合わせた[29] (図版12)。船員は、長い航海へ向けて衣服をそろえるため、既製の服、言い換えると「衣類《スロップス》(slops)」──雑な仕立のだぶだぶのズボンとジャケット──を買うことができた最初の職業のひとつだ。これにはポケットがついているとはかぎらなかった[30]。奴隷の服もそうだ。奴隷所有者の多くは新たに登場した既製服産業を活用し、最安値の布地を使うよう指定して服を大量注文した。服の製造側も、上着にポケットを縫いつける余計な手間

図版12■ジョージ・ブルース商会の『活字と装飾見本』(1833年)の挿絵。アメリカの新聞広告で一般的に使われていた脱走者の版画。脱走者が着ているのは腰丈のダブルジャケットと丈の長いズボン。

と費用を省いたのだろう。もっともつねにそうだったというわけではない。バージニア州の農園を所有していた政治家ナサニエル・バーウェルは、仕立屋ジョン・グライムスに農園労働者用のスーツを三五着作らせ、ポケット代として六シリングを追加で支払っている。[31] 農園主や農園監督官の妻が服を作ることもあったが、一八世紀後半になると奴隷が自分で服を作ることが増えた。一七七〇年のとある奴隷所有者は、男性奴隷たちが「布地をもらい、妻か姉妹に裁断と縫製をまかせることを選んだ」[32]と手紙にしたためている。奴隷所有者に服を与えられるより、自分の家族に作ってもらうほうが屈辱的ではなく、ポケットなどもつけてもらえたのだろう。一九三〇年代のインタビューでシャッド・ホールはかつての奴隷所有者たちがポケットを排除したのは節約のためだけでなく、用心のためでもあったと回顧している。子どもの頃、彼の「はじめてのズボンには（彼やほかの子どもたちが）卵を盗めないようポケットがついていなかった」[33]

一八世紀には社会的役割の区別にはまだあいまいさがあったため[34]（それに中古品や盗品を手に入れる手段も充分にあったので）、服はしばしば階級の境界を超える目的で利用された。上流階級になりすまそうとする者――または自由の身であるように見せねばならない者――は外見と印象を操作するすべをおうおうにして心得ていた。[35] ノースカロライナ州の脱走奴隷ステップニーがそうだった。[36] 彼は「整髪の知識」[37]を活かして流行に合わせ、髪を「編みこんでうしろにまとめ、ときには三つ編みにして垂らしていた」。これは三つ編みつきの鬘をかぶった白人のヘアスタイルへのあてこすりだったのかもしれない。一七九四年八月、ステップニーの所有者が彼をとらえるために出した広告によると、ステップニーは「狡猾かつ巧妙」だった。その上着は流行りの仕立で、「黒いベルベットのケープ、袖口《カフス》、ポケットフラップ」つき。むろん、特徴を描写されて簡単にそれとわかる衣服は逃亡向きとは言えないだろう。だがチャールストンのような国際港湾都市へ逃げこみ、「自由民」で通そうとする逃亡者は、そのような都市では自由労働者、移民労働者、奴隷労働者を含む、流動的な熟練労働力が増加していた事実を味方につけることができた。[38] 大都市ならば肌の色で一概に奴隷と断じることはできず、欠けているところのないスーツは人目を欺きつづけるのにおおいに役立ったはずだ。

奴隷所有者ジェームズ・ウォーカーによると、イードムという名の脱走奴隷は、一七七〇年バージニア州ウィリアムズバーグの農園から逃げだす前日、たいそう骨を折って自分の服の見た目を変えている。[39] イードムは「コットン〔一八世紀の「コットン」は低品質のウール を指した。巻末の原注を参照〕のジャケットを茶色に染め」[40]、おそらくは染色されていない低品質の白いウールを別の布地に見えるよう（奴隷の服に見えないよう、というのが重要だ）濃い色に変えたのだ。イードムは流行にも明るかったようで、「ポケットとカフス」まで服につけている。一七七二年にバージニア州の農園から逃げた別の奴隷ディックは「ビーバー生地の短い上着」を着ていた。[41] ディックは毛羽立ったこの安価なウールを「すっかり様変わりさせた」。裏地をつけることで張りを持たせて保温性を高め、上着の表側に「スラッシュポケット」、つまり水平のポケットをつけ足したのだ。針と糸で、脱走者たちは逃亡生活に役立つ機能的なスペースを加えるのと同時に、奴隷のみすぼらしいお仕着せ――ポケットのない上着――をより立派で洗練された衣服に生まれ変わらせた。

自身の洗練を表明するほかにも、職人や腕のいい素人の手で作られたそれなりに仕立のいいスーツ（たとえ購入したお直し品であれ）を着ていると、ポケットの中身とも秩序ある関係を保つことができた。男物スーツにつけられたポケットは持ちものを分ける目的でデザインされ、几帳面な男性はスーツのさまざまなポケットに持ちものをしっかり分別できた。たとえば、上着の蛇腹式ポケットは持ちものごとに分けてしまえた。[42] ポケットはスーツのあちこちに配置され、その一部は特定の用途を持っていた。グレートコート（一種のオーバーコート）の大きな脇ポケットはとりわけ書類の持ち運びに便利だった。[43] フォブポケット（腰の部分にある小ポケット）は小さいながらもコインや懐中時計を安全にしまえた。『オックスフォード英語辞典』によると、「フォブ（fob）」する、とは「だます、欺く、惑わす、たぶらかす」[44]の意味であり、フォブポケットの場合、欺かれるのは掏摸のほうだ。着用者でなければ腰に位置する小ポケットは手を出しにくく、気づかれずに中身を掏るのは無理だろう。『ガリバー旅行記』でフォブポケットはガリバーの腹に押されていて、小人たちも中へ入りこめなかった。

泥棒たちも盗んだものを隠せる秘密のポケットを持っていた。一七二九年八月二七日に現金入りの封筒を盗んだかどで起訴された郵便局員ティモシー・ロビンソンは、自作の「プライベートポケット」[45]であわや犯行を隠しおおせるところだった。ロンドンの中央刑事裁判所に残されている裁判記録によると、雇い主に盗みを問いただされたロビンソンは、これ見よがしにポケットをすべてひっくり返して、しらを切った。雇い主はそれでも納得せずに「手で彼のポケットを探り」、ほどなく「硬いものを探り当てたが、入れ口を見つけられなかった」。結局、上着を断ち切ってばらばらにすると、ポケットの裏に巧妙に隠された秘密のスペースが見つかった。ロビンソンは自分の服ではないと言い張ろうとしたものの、「彼の申し立ては信用できない」として有罪判決をくだされ、植民地への流罪を言い渡された。

ポケットの普及にともない、製造業者や職人たちは便利な道具の小型化にのりだす。もっとも早くポケットサイズ化されたもののひとつ、そしてもっとも悪名高いのは拳銃だが、多くの道具はここまでの議論を引き起こすことはなかった。小型化への需要は極小パーツの製造を後押しし、より精巧な懐中時計やコンパスが作られるようになる。機械の性能が向上すると、ヘッド部分を交換できるねじまわしなど、独創的な道具が登場した（図版13）。アメリカ第三代大統領トーマス・ジェファーソンは友人への手紙で、緯度の計測などを可能にする小型測量器に感嘆している。「わたしの持っているポケットサイズの六分儀は、極小の目盛りの割に驚くほど正確だ」[46]。ジェファーソンはポケットサイズの定規、製図用具、温度計、測量コンパス、水準器、地球儀まで携帯し、「歩く計算機」[47]と呼ばれた。ジェファーソンはこれらの器具を使ってその日の温度、風向き、天候、鳥の渡り、そして花の開花など季節の変化を象牙のメモ帳に書き留めた（図版14）。このメモ帳は消すことができるので、保管用のノートに書き写したあとは消してまた使用できた[48]。ジェファーソンが歩く計算機なら、彼のスーツはさながら移動式研究室だ。

象牙のメモ帳は比較的頑丈だが、ミニチュアサイズの道具の多くは壊れやすかった。そのため保護するためのカバーやケースが道具同様に重要となった。一七〇二年のトランプの札には六分儀や製図用コンパスを安全に収納できるポケットケースの広告が載っている[49]（図版15）。ガラス製の携帯用酒瓶も、革製ケースで守られていれば、図版16の酔っぱらった治安官の酒瓶のようにぞんざい

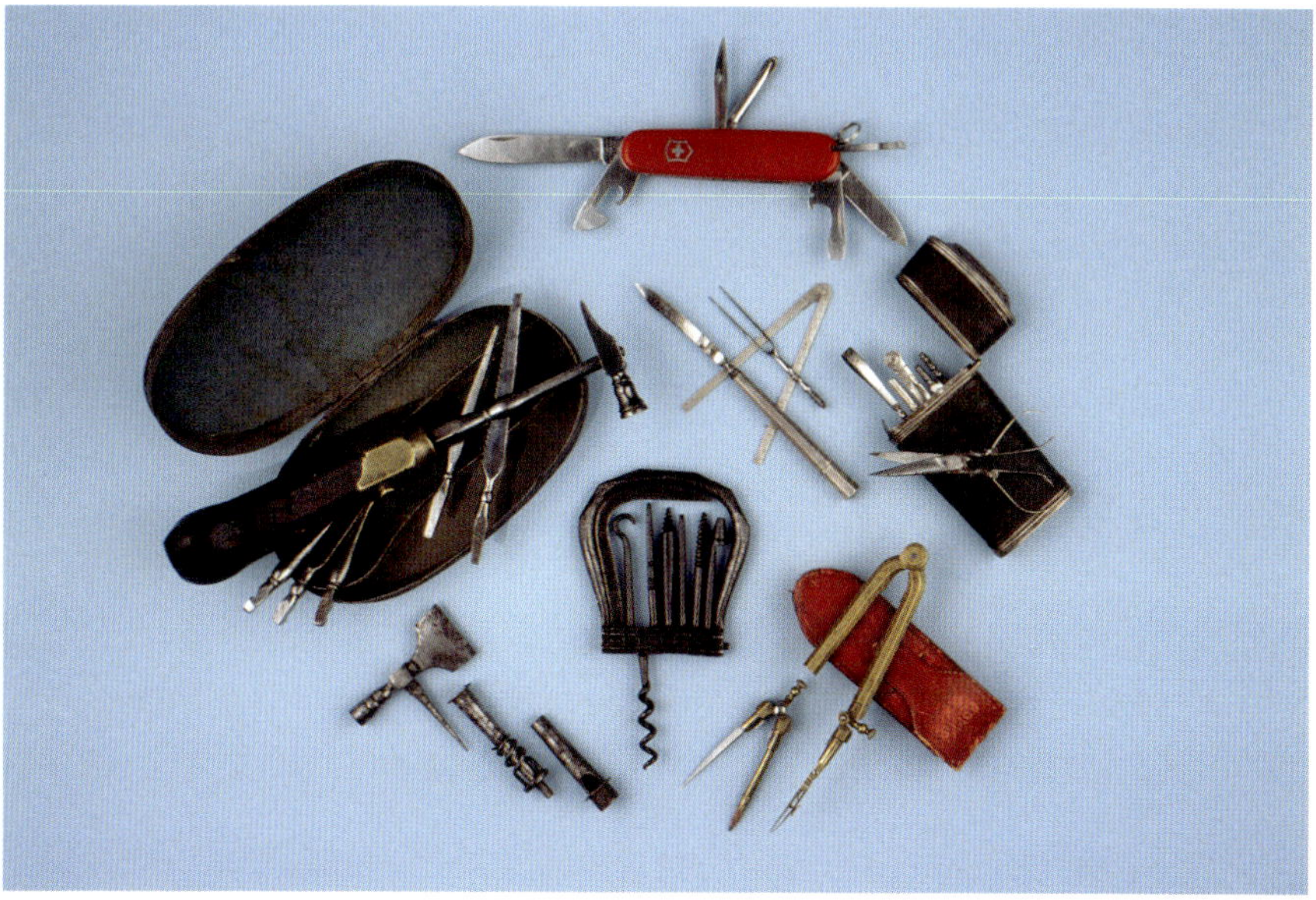

図版13■ポケットサイズの工具セット。上中央から右まわりに：現代のスイス・アーミーナイフ（サイズ比較用）；小型工具入れ（左側のナイフ、フォーク、折りたたみ式定規もセットに含まれる）；筆記具をペンか鉛筆に変えられるポケットサイズの製図用コンパスとケース；ヘッドを交換できる工具；銃のメンテナンスに使うガンツール（ここでは解体した状態）；リチャード・リングリーのポケット工具セット（上にハンマーが載っている）。ディングリーは1768年から1805年まで工具を製造・販売した。

にポケットに突っこまれていても大丈夫だっただろう。ときにケースの優美さはそれをポケットに忍ばせる理由のひとつとなった。宝石をちりばめた小箱《エテュイ》（étuis）は美意識と所有欲を満たしたはずだ。エテュイには筆記用具から、耳かき、ピンセット、香水瓶など必携の衛生用品までなんでもしまわれた。薬効があると考えられていた嗅ぎタバコも、銀製や磁器製、べっ甲製などの高価な容器に入れられた。嗅ぎタバコの取りだしはひとつの儀式のようなもので、差しだし方と受け取り方に様式があった——受け取る側は右手の人差し指と親指で上品に嗅ぎタバコをつまむのがよしとされた。作法に通じている者によると、嗅ぎタバコを差しだした相手との関係性を「ぞんざいな、横柄な、慎重な、（または）不愛想なつまみ方」[50]で示すことさえできた。

だが簡素なポケットケースや手作りのものでも、パスポートや自由民であることを示す証明書などの貴重品を守ることはできただろう。一七九六年に施行された法律により、アメリカ人の船員は英国海軍から強制徴用されないよう、アメリカ市民であることを証明する船員保護証明書を携帯するようになった。[51]アメリカの一部の州では、それに加えて自由民で

図版14■トーマス・ジェファーソンの象牙のポケットメモ帳。モンティチェロ。

あることを示す証明書（自由証明書）の携帯を黒人の船員に義務づけた。[52] この種の書類には持ち主の年齢、身長などの記載と、役場の刻印や印章があるだけで、偽造も譲渡もたやすく、奴隷出身でのちに政治家となるフレデリック・ダグラスはこれを利用し、友人の船員から証明書を借りてフィラデルフィア行きの列車に乗りこんだ。車掌に身分証の提示を求められたとき、ダグラスはばれやしないかと内心は焦りながらも落ち着き払ったふりをして、「いかにも船員らしくふざけたしぐさで証明書を」[53] 取りだした。彼は自叙伝で、「船乗りの服のポケットから船員保護証明書を引き出し」[54]、すでに自由の身のようにふるまった、と記している。

　紙そのものは傷みやすく、自由証明書は法的拘束力を持つ公文書として登録簿が郡庁舎に保管されていたものの、個人に発行された証明書には紛失、盗難、破損の危険がともなった。一八五二年から一八六五年までバージニア州に自由民として登録されたジョセフ・トランメルはこの欠点を念頭に、蓋をスライドできるブリキの小箱を作った。[55] その中ならば証明書も安全で、小箱のたしかな重みとポケッ

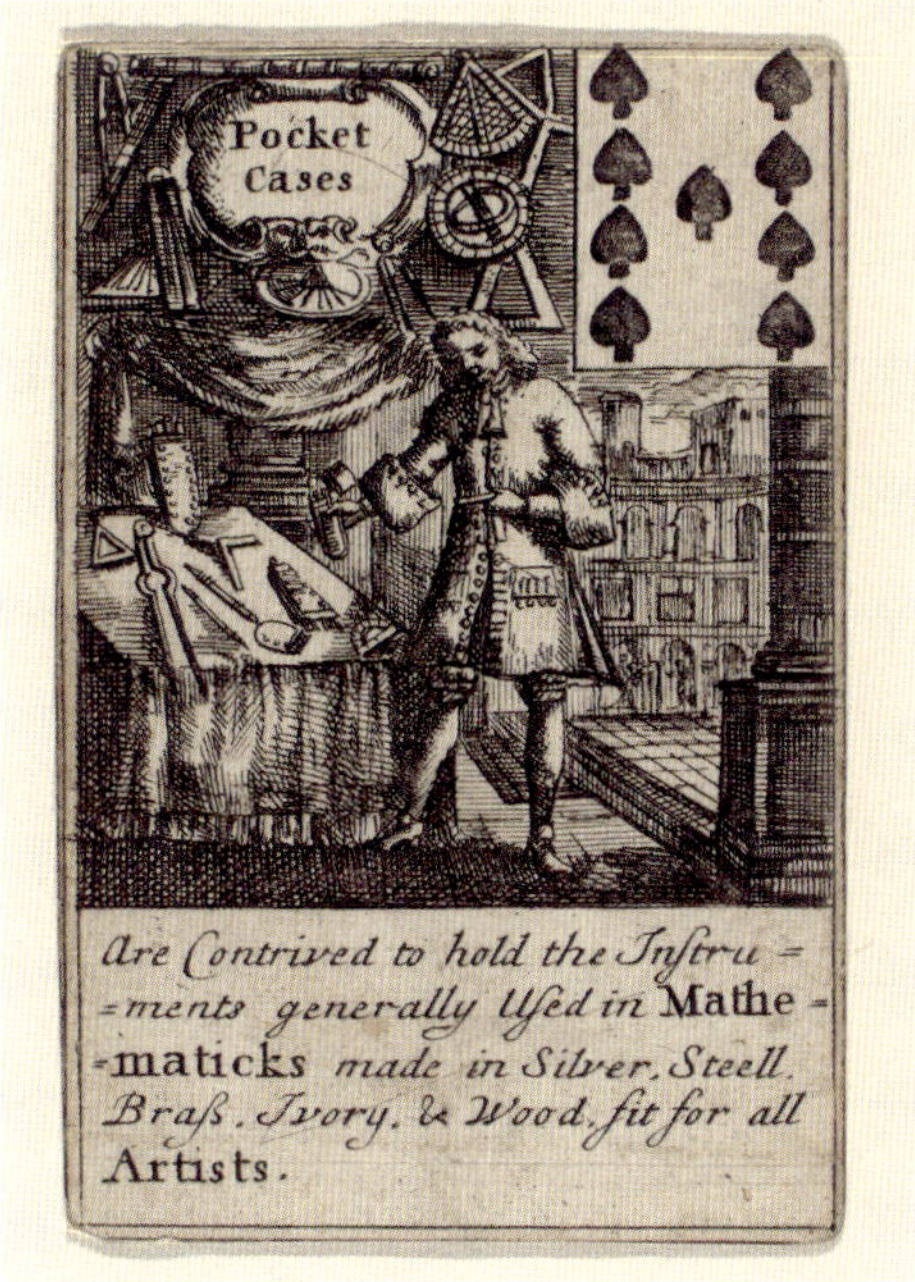

図版15■トランプの札に描かれたポケットケース、1702年頃。

トの中身が揺れる感覚はそこに書類がちゃんとあることを常時教えてくれたことだろう[56]（図版17）。

多かれ少なかれ重要な書類（紙幣を含む）、中でも印刷物を携帯するために、さまざまな種類の小型紙入れ《ポケットブック》が登場する。ポケットブックとは、多くは革製の、縛ることのできる平たい入れもので、暦や帳簿、覚書用の紙片などが挟まれることもあった。片面、もしくは両面にちょっとしたものをしまえる蛇腹型の紙入れがついていて、こんにちの財布のように使われた。ポケットブックという言葉は現在ではもっと大きな、中仕切りつきの女性物ハンドバッグを指すため混乱を招くが、二〇世紀に入る前には、ポケットに入れられる本型の入れもの全般を含む言葉であった。

また、ミニサイズの本もポケットブックと呼ばれ、意外なところで人気があった。たとえば『兵士のためのポケット聖書』（一六四三年）の編纂者は、聖書の言葉の便利な抜粋は、「完全版の聖書を携帯できない兵士の心を満たす」[57]と説明している。このように「便利な」本は「戦いの前に、戦いの最中に、そして戦いのあとに」開くことができた。小型地図や「ゴー・ウィズ・ミー（Go With Me）」と呼ばれたその他さまざまな小型ガイドブックは、旅行者に（辻馬車の運賃表、よく使う外国語のフレーズ）、商人や行商人に（重さや長さの換算表）、そして応接間での粗相のない言いまわしやマナーの決まりごとを確認する必要のある社交に不慣れな者に、情報や実用的なアドバイスを提供した。時間つぶしや自身の博学ぶりの誇示にも利用でき、とある親切な紳士は乗合馬車の中でポケット版シェイクスピアを取りだし、みなのために朗読してみせた。[58] かくして本の抜粋版や編集版が普及した。これらは読むためのものではなく、参照するためのものだ。ポケット版には紙幅の制約もあった――必要な知識や情報のみがかぎりあるページの中に収められた。

身分証明書、計測器具、聖書、盗品を多かれ少なかれ整理して携帯するうちに、スーツはたんなる布製の

図版16■『改心する治安官』1750年頃。酔っぱらいの治安官はコートのポケットに酒瓶を入れたまま柱によりかかっている。

図版17■自由証明書(バージニア州により携帯が義務づけられていた、自由民であることを示す証明書)携帯用のハンドメイドのブリキ缶。ジョセフ・トランメルはポケットに入れられるようこれを作った。1852年。

覆いというより、個別の引き出し——鍵つきや隠し引き出しまで——がついた戸棚やタンスに似ていく。一八世紀、フランスの家具製作者は引き出しとポケットの類似性を認識し、家具に「ヴィド・ポッシュ(vide poche)」(からっぽのポケット)をつけ加えた。当時のヴィド・ポッシュは寝室用の家具であった。多くは高い縁つきの天板か下に隠し引き出しのついたテーブルで、夜、ポケットから出したものをそこへしまった。

それほどたくさんのポケットが必要かと疑問を抱く者はまれだった。一七六八年に発表され、絶大な人気を博した紀行小説『センチメンタル・ジャーニー』で、著者のローレンス・スターンは、なんでも持ち歩く男が自分のポケットを調べまくるはめになった様子を皮肉る。語り手の召使い、ラ・フルールは、とある手紙は自分が持っているはずですと、あちこちにあるポケットを上からパタパタ叩いてみせる。これはその後数世紀にわたって見慣れたものとなるしぐさだ。ラ・フルールは、手紙を見せてくださいと頼んできた女性も、自分の主も(問題の手紙は主から女性への返事だが、実はまだ書いていない)、自分自身も(基本的な礼儀も心得ていない主になぜ仕えることにしたのだろう?)失望させまいと、懸命に手紙を探すふりをする。「もちろんございますとも」とル・フルールは期待の目で待つL夫人に言い、ほらここに、とまずは左のポケットを探し、つぎに「逆をやってみて……それから全部のポケットを探り——順々にポケットというポケットを探り、時計入れの小さなポケット《フォブポケット》まで忘れずに」探した。やがて「くそったれ《ペスト》!」と叫ぶと、その一瞬後には「畜生《ディアブル》!」「へまをしたものです」[59]と、手紙などあるわけもないのに床にぶちまけたポケットの中身を見まわし、ル・フルールは果敢にも自分を叱責した。

このようなポケットの中身探しはスウィフトには我慢ならなかったらしい。不運な旅行者であれ、野心を抱いた商人兼冒険家であれ、ポケットを探るのは自己欺瞞の証なのだ。『ガリバー旅行記』でスリーピーススーツについている数々のポケットが示すのは、自分は準備万端だというガリバーの自信過剰ぶりだ。リリパット国を発ったのちも、つぎつぎと窮地に陥るガリバーは、しばしばポケットに助けを求める。懸命にポケットを守るわりに、その中身が彼の役に立ったためしはない。「秘密のポケット」に隠していた眼鏡のおかげでよく見えるようになったところで、自分がなにを見ているのかを理解する助けになることはまずない。同様に、ガリバーのポケットコンパスも彼が道に迷うのを止めることは一度もなかった。敵かもしれない相手から「(自分の)命を買おうと」[60]模造真珠の腕輪を差しだしたところで、馬の国では豚に真珠ならぬ、馬に真珠だった。ポケットが増えると無駄にものに依存するだけだとスウィフトは結論する。世界をめぐる旅に疲れてついにイングランドへ無事帰国したガリバーは、「祖国にもどり、しかるべき衣服をまとっているると、わたしは一〇〇人もの職人が作った品々を身に着けているはめになる」[61]とぼやく。スーツとは、スウィフトの考えでは、現代の芸術品であるのと同時に、自己満足や合理性が優先される新時代には一般的な精密機械のようなものだ[62]。

別のポケット

男性服がスーツへと大変身を遂げたのに対して、女性服の基本形は変わらないままであった[63]。中世以来、女性は体を締めつけるなんらかのボディスと足もとまであるスカートを相変わらず着用し、女性服は、一見したところ、冒険旅行向きではないように見えた。たとえば、必需品がすぐ取りだせることを示すポケットフラップは見当たらない。しかし、一八世紀の女性にはそんな違いは些細なことだった。必要なものを携帯する、実に便利な手段が女性には昔からあったのだ。何世紀もそうしてきたように、女性は取り外しのできる小物入れを携帯していたが、一七世紀なかばからは小物入れを腰から紐で太腿のあたりにさげる代わりに、もっと手が届きやすいよう、歴史学者が結びつける《タイ・オン》ポケットと呼ぶものを使うようになった。梨型の平たい袋がひとつ、またはふたつついているこのポケットは腰に結んでスカートの下につけて、スカートにある小さな入り口から手を差し入れた。ダニエル・デフォーの小説で、大胆な女詐欺師モル・フランダーズが語るように、女も「どこにいてもわが家にいる気分」[64]でいられたのだ、ポケットに金があればの話ではあれ。

バーバラ・バーマンとアリアン・フェネトウは女性たちがタイ・オン・ポケットに愛情を注いできた歴史を記録している。[65]タイ・オン・ポケットは既製品を購入することもできたが、しばしば家庭で手作りされた。花柄などの凝った刺繍が施されることもあれば（図版18）、端切れを美しくはぎ合わせたものもあった。女性から女性への贈り物にもされ、友人や親戚のために縫われたものには名前や日付が入っていることが多い。そうやって手をかけられながらも、タイ・オン・ポケットは人目に触れるものではなかっ

図版18■タイ・オン・ポケット、18世紀。よく似た模様の刺繍入りリネンで上部が作りなおされている。

た。市場や店でさまざまな品物を売る女性たちは、すぐに手が届くようスカートの上につけていたかもしれないが、そうでなければ女性たちはタイ・オン・ポケットを人には見えないスカートの下につけた。嫁資目録や洗濯伝票ではタイ・オン・ポケットはしばしば下着に分類されている。[66]一八世紀の脱衣光景にその着用例が見られる。女性のコルセットを締めあげるべく奮闘するふたりの召使いを描いた風刺画では、腰の左右にポケットがさがり、ペチコートのひだのあいだにうまく収まっている（図版19）。

タイ・オン・ポケットは酷使された。サリー・ブロンスドソンがつけていた手縫いの日誌にはボストンの雇い主ダヴェンポート夫人に一七九四〜一八〇〇年のあいだにもらったおさがりと給金代わりの衣服が記録され、タイ・オン・ポケットが頻繁に交換されていたことがうかがえる。一四のときからダヴェンポート家に奉公していたブロンスドソンは「D夫人からいただいた服」[67]をていねいに記録していた。着るものをもらうことは年季奉公契約の一部と考えられていたようだ。一七九四年、ブロンスドソンはドレス、シュミーズ、靴一足、ショール一枚、エプロン複数、麦わら帽子ひとつ、そして「ポケットひとつ」を含む日用品二二品目を書き記した。六年間の奉公でブロンスドソンは計一一のポケット、「おさがり」四つと「新品」七つをもらっている。

タイ・オン・ポケットは、男性のスーツと一体化したポケットと比べてはるかに紛失しやすく、それが大きな欠点だった。遺失物を探す広告には、謝礼を弾みますと、なくしたポケットの中身が詳細に記された。なくしやすいのをのぞけば使いやすくて、申し分なかったものの、女性のタイ・オン・ポケットは風刺作家たちからは嘲られた。たとえば風刺画や猥本では、女性のタイ・オン・ポケット――子宮を連想させる形とリボンで縁取られた暗示的な縦の切りこみ――がしばしば女性器になぞらえられた。好色そうなコルセット職人が顧客に試着させせながら相手のポケットに手を差し入れる図は、タイ・オン・ポケットが身体の一

Fashions
Victim a Satire
TIGHT LACING, or FASHION before EASE.
From the Original Picture by John Collet, in the possession of the Proprietors.
362
Printed for & Sold by Bowles & Carver, at their Map & Print Warehouse, No. 69 in St. Pauls Church Yard, London.
Published as the Act direct
No. 4552

図版19■『きつく締めあげたコルセット、または楽するよりファッション優先』ジョン・コレット作、ボウルズ・アンド・カーヴァー発行、ロンドン、イングランド。1770年-1775年頃。

部であることを印象づけている（図版20）。

　だが、性的な意味合いより注目されたのが、タイ・オン・ポケットの収納力だ。通常一二から二〇インチ（三〇から五〇センチ）の長さがあり、たいていは中に仕切りのなかったタイ・オン・ポケットには（一部にはあった）、ポケットサイズのさまざまなものをしまうことができた[68]。中身の多くは家事にまつわるもので、ハサミ、指抜き、針、糸を入れた「ハウスワイフ」と呼ばれる裁縫セットがよく携帯された[69]。とはいえ、男性のポケットの中身と同じく百人百様で、ポケットナイフから形見の品まで収納された。独立戦争時につけられていた日記で、サウスカロライナ州の女性は自宅が襲撃された際、母親のポケットの中身まで荒らされ、本人にしか価値のない、子どもが赤ん坊だった頃の思い出の品、ベビーキャップふたつまですべて奪われたと嘆いている[70]。

　一方、女性のポケットはなんでも詰めこまれた倉庫、「暗いクローゼット」[71]で、そこへしまわれたものは二度と日の目を見ることがないとも考えられていた。ロンドンの中央刑事裁判所で窃盗犯の供述調書を取っていた職

図版20■ティム・ボビン作『人の情熱の描写』よりトーマス・サンダースの挿絵、1773年。この頃には女性のドレスメーカーは職業として認められ、女性服や子ども服を手掛ける権利を獲得していた。しかしながらステイ（のちにコルセットと呼ばれる）と乗馬服はいまだ男性の仕立屋によって作られた。この風刺画からもわかるように、コルセット職人が男性では、女性の顧客と性的関係にいたりやすいのではと不安視された。

員は「女のポケットは底なしなのか？」[72]とうんざりしている。容量の大きなタイ・オン・ポケットのせいで、女性はだらしないというわれのない非難を招くようになったらしい。この裏には、女性たちがささやかながらも貴重なプライバシーをみずから作りだしたことへの懸念もあったのではないだろうか。[73]サミュエル・リチャードソンの一七四九年の小説『クラリッサ』で強引な放蕩者ラヴレースは、クラリッサが友人宛にしたためた手紙を見つけようとしてクラリッサのポケットを探るものの、結局あきらめる。女のポケットは「その身長の半分の深さ」[74]があり、女性の長いスカートが強い風を受けた帆のように「満帆」でうまくいきそうなときにも、ポケットが「重し《バラスト》」の役目を果たしてしまうと彼は語る。[75]そのバラストがきちんと効果を発揮していることにラヴレースは業を煮やしたのだろう――容量の大きな女性のポケットは秘密を厳重に守る貴重品入れにもなるのだ。

　また、コンパクト化された道具は女性が公共の場へ出るのを助け、女性の可動性を高めていると危惧する声もあった。一七五〇年に書かれた物語では、借り物の上着が、女性のメモ帳の使い方がふしだらだと非難する（人間の愚かさをモノに語らせる文学的手法は一八世紀なかばにちょっとした流行になった）。[76]「身持ちの悪い魂」[77]を持つこの淑女は、ジェファーソンが観測の記録用に携帯していたのと同じ種類のメモ帳に、密通のアイデアを書き留めていた。彼女はポケットサイズの象牙のメモ帳に、「疑われたときのために役立つえりすぐりのうまい口実と、見つかりそうになったときのためのすばらしい言い訳」[78]を書いておいたのだ。この場合、すぐ手の届くところにある道具のおかげで、女性はその行動を絶えず制限しようとする社会でうまく泳ぎまわることができたと言えそうだ。

　女性のタイ・オン・ポケットが幾分かの嘲りを受けたのに対し、男性服のように服と一体化したポケットは猛烈な反感を買った。それがもっとも顕著になるのが、女性が乗馬服を着たときだ。[79]ドレスを着て巨大な馬の手綱をさばくのは難しく、動きやすさを求めて女性たちは男性服を拝借した（通常は上半分）。スーツの上着に似たこの乗馬専用スポーツウェアは男性の仕立屋が作り、共布のスカートと合わせた。百科事典の原型となった一六八八年の著作で、ランドル・ホームは女性の乗馬服を「男物のジャケットに似た、ポケット口つきのボタンで留める長い上着」[80]と定義している。仕立屋は最初の女性用パワースーツと呼べるものを生みだしたのだ。

文人ジョゼフ・アディソンはロンドンの新聞『スペクテイター』紙に、女性の乗馬服は慎みに欠け、醜悪でさえあると不満を述べた。この「両性具有」または「雌雄同体」の服は両性が合体したようだとアディソンは口角泡を飛ばさんばかりに非難するが[81]、彼が問題と考えたのは着用者の態度だったようだ。幹線道路や、ハイドパークの乗馬道、屋内の賭博台でさえ、街を「汚染する」これら「女紳士たち」[82]は「男のようにずうずうしく」闊歩するとアディソンは怒る。無礼にも「わたしの顔面に帽子をぶつけた」[83]女騎手に彼はことのほか立腹したようだ。このような男勝りのふるまいは乗馬中以外にも見られた。一七一二年、総合文化誌『ジェントルマンズ・マガジン』で、匿名の人物はアルコーブでおしゃべりをしていた若い女性の集団についてこう記した。ひとりは両腕を頭の上にあげて人目もはばからずあくびをし、脚を投げだすと、「まるで将校のようなしぐさで」乗馬服のポケットから懐中時計を「おおいばりで引っ張り出した」[84]。別の言葉で言えば、その女性はポケットのおかげで手軽に利用できるようになった携帯可能なテクノロジーを享受していたのだ（女性服には懐中時計を携帯できるフォブポケットはなく、女性は時計をネックレスのように首にさげるか、ピンで服に留めていた[85]）。書き手はこの光景にあきらかに気分を害したようで、女性が乗馬服を着ると「女性的な優美さが男勝りの勝気さに一変する」[86]と結んだ。

男勝りの女騎手たちは「アマゾン」とあだ名された。女性の乗馬服姿は、フランス語のファッション用語を使い、アマゾンのユニフォーム《オン・テニュ・アマゾン》（en tenue Amazone）[87]と呼ばれた。リチャード・スティール（アディソンとともに『スペクテイター』紙を創刊）の目には、わがもの顔で男物を着る女騎手は家父長制を脅かす危険な存在として映ったようだ。[88]しかしほかの者の目にはオン・テニュ・アマゾンは抗いがたいほど魅力的だった。その美しさを認め、上流階級の多くの女性が乗馬服をまとった自身の姿を肖像画に残している。ヨーク公夫人メアリー・オブ・モデナは乗馬の名手として知られ、一七歳のときに描かれた肖像画では乗馬服に男物の長毛の鬘をつけ、首もとには華やかなクラヴァット、手には鞭を持っている（図版21）。右手を腰に当てて肘を張ったポーズはルネッサンス時代の王や戦士と長らく結びつけられてきたもので、自信と高慢さを演出した。もっとも、公爵夫人のポーズはちょっとしたおふざけでしかないことを示すヒントがこの絵にはいくつか隠されている。腰がほっそりとくびれているだけでなく、丸みを帯びた右側のヒップが突きだされて縁飾り《ウェルト》ポケットがわずかに開き、ピンク

図版21■『ヨーク公夫人、メアリー・オブ・モデナの肖像』サイモン・ベレルスト作、1675年頃。公爵夫人は流行の乗馬服姿で、口の開いたポケットからはピンク色のシルクの裏地がのぞいている。

色のシルクの裏地が色っぽくのぞいているのだ。一七世紀後半の肖像画で男物のウェルトポケットの口が開いているものはなく、たいていはボタンでしっかり閉じられているか、上等のハンカチが差し入れられている[89]。対して、このアマゾンの開いたポケットは女性器を想起させる。パワースーツを着た女性のポケットをだらしなく開けて描いたのには、これは一時的に男物の服を着ているお遊びであり、害はないことを示す意図があったのかもしれない。

女性が男物を着ようと、長らくその性別は一目瞭然であったが、たとえば舞台の「ブリーチズ役〔いわゆるズボン役。女優が少年役を演じること〕」[90]では異性装は定期的に見られた（図版22）。異性装が人目を欺くすぐれた作戦とみなされることもある。一七、八世紀のバラッドや小説では家族や国を守るために武器を取る女戦士が賛美された[91]。一家の大黒柱が倒れれば女性も異性装をして働きに出なければならなかっただろう。英国初の女性職業作家のひとりアフラ・ベーンは一六八四年の戯曲で、男物の服を着た女性は「女性には否定されている一〇〇〇もの小さ

図版22■『化粧室の女優、またはブリーチズをはいたミス・恥知らず』ジョン・コレット作、1779年。

な特権を」[92]享受できると語っている。

異性装は無謀な逃亡を助け、異性のようなしぐさでポケットを使えるかどうかは、逃亡の成功と望まぬ詮索を分けるカギにもなった。ハリエット・ジェイコブズは、一八四〇年代ノースカロライナでの自身の実体験を記した『ある奴隷少女に起こった出来事』でこれを証明している。北部へ脱出する前、ジェイコブズは友人と家族が用意した隠れ場所を転々とするが、このとき彼女は友人のベティが手に入れてきた服——船乗りの服一式、「上着、ズボン、防水帽」[93]——で変装する。ポケットに両手を入れて、船乗りのように「体を右へ左へ揺らして」[94]歩くよう、ベティはジェイコブズにアドバイスし、船乗りのしぐさをまねるジェイコブズに合格点を与えた。ジェイコブズは街中で「何人かの知り合いとすれ違ったが」[95]気づかれず、「自分に子どもを産ませた男がすぐそばを通り、体が彼の腕をかすめた」と述懐する。

このような切迫した状況でもなければ、多くの女性はポケットをスカートの下に結びつけたままでいた。ポケットがなかったわけではなく、別のポケットがあったと言えるかもしれない。しかし一八世紀末に起きたファッションの変化がタイ・オン・ポケットの存在を最終的に脅かした。そしてそのときになってはじめて、男女間のポケットの違いが目に見える影響を与えるようになった。

ポケットの独占

スーツの登場以来、男性はポケットを固守して手放そうとしなかった。洒落者《フォップ》というもとは「まぬけ」を意味したファッションが流行ったときも男性はポケットを失うことを拒んだ。たとえば一七七〇年代に細身のスーツの上着が流行り、街の若者たちがほっそりとした縦長のシルエットを求めたときは、一時的に前身頃からフラップつきのポケットが消えた。しかし仕立屋たちはすぐさまその埋め合わせとして上着の胸もとに安全にモノをしまえる内ポケットを添え、[96] 以来これはスーツにつきもののポケットのひとつとなる。とある一九世紀の評論家の目には、男性たちが機能性と利便性という第一原則を求める声に仕立屋が応えているように見えた。その暗黙の盟約はポケットの存在自体によってあきらかだった。「服が変化しようと、男性のポケットはサイズ、形、位置がそのままである」[97]

男性服には必ずポケットがあるという決まりごとは、一九世紀最初の数十年、男性服産業が衣服の製造過程を近代化させたことで確立する。（かつては低品質の衣類を販売していた）既製服産業の質があがり、あらゆる予算に応えられるまずまずの品質のスーツが製造されるようになると、スーツはさらに規格化された。[98] デヴィッド・クラップという印刷工の徒弟は、一八二四年には新品のスーツ一着、シャツ数枚、オーバーコート一着、帽子ひとつ、パンタロン、ベスト一着に収入の三分の二以上を費やしているが、[99] 一八五〇年には、ブルックスブラザーズのような既製服の『大規模小売店』へ行き、懐を痛めなくとも、つるしの安いスーツできちんと身なりを整えることができた。あつらえの高級スーツを作る従来の仕立屋たちも既製服産業における最新の革新を取り入れていく。一八二〇年代に発明された巻尺などの道具を活用し、代表的な体型を把握することで、何度も試着する手間をなくし、時間とコストを削減したのだ。概して、生産力の爆発的な上昇は縫製の甘いスーツを過去のものとした。一九世紀なかばには、位置がずれているポケットや「ポケットやフラップのない上着」に出くわすことは格段に減った。システム化と規格化で質のばらつきはなくなり——ポケットも男性にのみ提供されるようになる。

男性は合理化のプロセスを通して、ユーモア作家ウィリアム・リヴィングストン・オルデンが一八七七年に「ポケットの独占」[100] と風刺したような状況を手に入れたようだ。もっとも、オルデンはその理由を既製服産業の成功に見るのではなく、男性がポケットを独占するようになったのは自然の授かりものであると繰り返し主張する。オルデンは、人間は有袋類の袋の埋め合わせに服を着るといういまだによく言及されるカーライルの言葉に反論し、人はポケット自体をある種、生物学的な授けものとみなしているのだと指摘[101]。彼の風刺によると、ポケットは生殖器官や顔の髭以上に、男性を女性と区別する衣服の要素なのだ。オルデンは科学者のごとく中立的な筆致で、ポケットが、子どもの身体の発達過程そっくりに、時間をかけて発達するさまを描写してみせる。五歳頃、人間の男児のズボンにポケットが出現。そこから男児は徐々に上着、ベスト、フォブポケットを獲得するが、ピストルポケット（ズボンのバックポケット）の登場は親知らずが生えてくるまで遅れる。こうして銃、金銭、そして「文明に不可欠な」[102]その他の道具を持ち運べるよう自然が準備しているのだから、男性はそれらを行使するよう定められているに違いない、というわけだ。

オルデンはこのシナリオを女性にも当てはめてみせた。男性に「負けまいと」、女性は「見えないところに隠して携帯している秘密のバッグを、事実上ポケットであるとおおいばりで主張する」[103]。しかしオルデンはおどけた調子でそれを一蹴。「比較解剖学者たちは」タイ・オン・ポケットを「あきらかに人工的で後づけのもの」としていると指摘した。おそらくオルデンは、「女性が軍隊や人類の市民的指導者になるよう作られていない」[104]のは自然そのものが示す事実だと読者に言いたいのだろう。

オルデンの風刺は冗談ではあるものの、彼の誇張は明白な事実にもとづく。男児はポケットの獲得を大人への階段をのぼる特権と認識し、女児がそんな特権を享受することはなかった。一八六〇年の『ピーターソンズ・マガジン』の挿絵に描かれるように、幼児服からの脱皮は、成長した男児がいずれ着るようになる服の力の試運転でもあった（図版23）。はじめてのズボンをはいた幼い男児は、両脚を大きく広げてポケットに両手を入れ、ふんぞり返って歩く練習をしているかのようだ。いまは子犬相手にいばって見せているだけ

図版23■『ピーターソンズ・マガジン』より『ぼうやのはじめてのズボン』、1860年。

だとしても、大人になれば男児が人の上に立つことがその姿に暗示されている。男児は衣服を通して、男性の権利、および男性に期待されるふるまいを学ぶのだ。一八九四年の『ハーパーズ バザー』誌でとある書き手は、彼女の息子は――そのポケットはありとあらゆるもので「はちきれんばかりにパンパン」になっている――幼くして不自由のない安心感を授けられている、と記した。男児のポケットは、「支配権の証明です。ポケットを所有することにより、息子は一生を通して、支配権をその手に握っていることでしょう」[105]

男性は実用性と象徴性、両方の機能を併せ持つポケットにより自身の支配権を顕示し、ポケットが与えるあらゆる組織的能力に誇りを持った。長期的に見ると、スーツの多様な場所に縫いつけられた袋は、ハンドメイドから工業製品へと変遷しながら、男性たちに社会的な役割とプライベートな娯楽の準備を整えさせたことになる。「わたしは自分の服に対して称賛しか抱いていない」[106]と、ウィーンの建築家でときにはファッション・ジャーナリストでもあったアドルフ・ロースは、二〇世紀の変わり目にスリーピーススーツ考として記した。その頃には三つぞろえは「昔からずっとあった」ように感じられていたようだ。スウィフトによるガリバーの風刺には目もくれず、ロースは男性の「初期の衣服は自立のための服である」[107]と断言している。

第3章

ポケットの流儀

「ポケットに手を入れてなにをしているんですか?」

スリーピーススーツのブリーチズにポケットがつけられると、手を入れるのにちょうどいい場所ができた（図版1）。ただ手を入れておくだけのこともあれば、さっと手を突っこむ場合もあり、手がポケットと特別な親和性があることについて異論はないだろう。

しかし、社交の場でポケットに手を差し入れるのが許されるかとなると意見が分かれる。パンタロンに両手を突っこんだまま通りをぶらつくしぐさは優美な遊び人風か、それとも見苦しい礼儀知らずか？ ここで意見はふたつに分かれ、少なくとも数世紀にわたり、否定派が優勢であった。一八〇二年にキティ・デリケート、憤慨したレディがフィラデルフィアの新聞に宛てた手紙で不満を述べたように、これは「悪しき生きものである男がこぞって身につけている無作法なふるまい」[1]だった。

すべての男性と断じるのが公正を欠いているとしても、ポケットに手を突っこめるのが男性のみだったのは事実だ。男性だけがブリーチズ、もしくはフランス革命後に流行する長ズボン《トラウザーズ》をはいた。「ポケットから手を出しなさい！」[2]という命令を無視し、トラウザーズにだけ許される、好きなだけポケットに手を入れる

Dessiné par I. D. De S. Jean 1693.
auec Priuilege du Roy
Homme de qualité en habit garny d'agrémens
se vend a Paris sur le Quay Pelletier a la Pomme d'or au premier appartement.

図版1 ■『称賛により飾りたてられた服をまとう上流階級の男』ジャン・デュ・ド・サン・ジャン作、1683年。このフランスのファッションプレートに描かれた宮廷人はベストを着ずにカジュアルな上着だけというくつろいだ姿で、ブリーチズのポケットに片手を入れている。いまではおなじみのポケットに手を入れたポーズの初期の例。

権利をあくまで享受する男性もいた。落ち着かないのをごまかすためにポケットに手を入れずにはいられない者もいただろう。積極的に反発する者もいて、一八、九世紀を通しこれら「礼儀作法への反逆者たち」[3]はポケットを使って挑発的なポーズを取った。「冷めた横柄さ」から「投げやりな無関心さ」まで、反抗心を示すには、ひねった腰とだらしなく丸めた背中がカギとなった。けだるげな姿勢であればあるほど効果的だ。

歴史学者エリザベス・ウィルソンは、このようなささやかな反抗は、礼儀作法と「主流の文化の見せかけの道徳心」[4]を嘲る傾向を持つファッションに、エネルギーと反体制的な鋭利さを与えると考える。だが堅苦しい行儀作法はとうの昔に過去のものになったこんにちでも、ポケットに手を入れたポーズは、センスのいい知識人、悩み多き一匹狼、ヒップスターの卵に同じように好まれ、ファッションの特集記事、広告、各種の自己宣伝に用いられる。このポーズのなにがこうも表現力豊かなのだろうか？　そしてなぜこのポーズは人気がありつづけるのか？　ジェスチャーは歴史を調べるうえでもっとも記録に残りにくく、居心地のよさ、悪さを表す過去のしぐさを正確に再現するのは難しい。だがポケットに手を入れた男性の軽薄で尊大な態度に対する批判のおかげで、この「悪い癖」[5]の跡をたどることはでき——ポケットそのものについても多くがわかる。

彼はポケットにさりげなく手を入れている

手の置きどころに関する問題はポケットの登場より古くからあり、自分自身やまわりのものをみだりに探るのは悪いふるまいとされた。最古のエチケットの指南書も、手については特別な注意をうながしている。

これらの指南書は、手で鼻をほじったり、体を掻いたり、シラミなどをつぶしたりしないよう読者を戒め、自分のふるまいを意識させようとした。一四六〇年の指南書にはとりわけ率直なアドバイスが掲載されている。「ホーズに手を入れてコッドウェアを掻かないように」[6]（コッドウェア〔codware〕）は中世時代のスラングで陰嚢の意味）。「掻かない」ようにとの注意はもっともなものだ。なにせこれは若い小姓に向けられた注意で、彼らの役目はテーブルに食事を給仕することだったのだから。ところがこの種のアドバイスはしだいに神経質さを増し、イタリアの詩人ジョヴァンニ・デッラ・カーサが一五五八年に著した有名なマナー本、『礼儀作法書』（ガラテーオ）ではそれがとりわけ顕著になった。[7]

　本の冒頭、デッラ・カーサはよいマナーを身につけ、社交術と社会的名声を得ることは、やってはならない行動のリストを避けるだけの話ではないと説く。つまり、身体から伝わる恐れのある細やかなメッセージを理解しなくてはならないのだ。「感じのいい」動作と「不快な」動作を分けるのはジェスチャーであると彼は主張する。[8]避けるべきふるまいには「不快なことがらを連想させる」[9]言葉や会話すべてと、「汚らしさ、不潔さ、嫌悪感、気分の悪さ」を想起させるあらゆる行動が含まれた。序文を結んだあと、デッラ・カーサは第一のルール、手にまつわる教えをこう説く。「人前でどこでも自分の体の好きなところへ手をやるのは無作法な習慣である」[10]。これが具体的にはなにを意味するのかは首をひねりたくなる――デッラ・カーサはこれよりあきらかに無作法ないくつもの行動の前にこの忠告を持ってきているのだ。[11]デッラ・カーサは手の扱いに関しては実に神経質で、このマナー本の中で繰り返し取りあげ、用を足したあとテーブルへもどり、同座している人たちから見えるところで手を洗うのさえ、手を洗う理由が一目瞭然のため避けねばならないとした。[12]

　では男性はどんな理由からポケットに手を入れるのだろう？　これは重要な疑問で、デッラ・カーサがこの問題に決着をつけたと考えたはるかあとまで議論されつづける。フランスの劇作家ジャン・ラシーヌの一六六八年の喜劇『訴訟狂』では、法廷でのふるまいを依頼人に指導する弁護士が、ついに匙を投げてこう言う。「ポケットに手を入れてなにをしているんですか？」[13] この弁護士のように、とかく下半身のこととなると、人は下衆の勘ぐりをしがちで、ポケットに入れられた手を自慰行為などの猥褻な欲求と結びつけてしまうのだ。ウィリアム・ホガースの紳士の描き方はまさにそれで、紳士は都会へ出てきたばかりの田舎娘モルとほかの娘たちが娼婦の道へ引きずりこまれるのをいやらしい目つきで眺めている（図版2）。ポケットに入れられた紳士の手は、その目つき同様思わせぶりだ。無作法とみなされるのを避けるため、手のしぐさには気をつけねばならず、デッラ・カーサによると、手が示唆する動きには、はっきり認識できる動作と同じくらい意味があった。[14] 一八世紀になるとエチケットの指南書は名指しでポケットを取りあげ、ポケットに手を入れる行為を避けるべき動作に含めた。一七五八年のエチケットガイドでは、ポケットに手を「突っこむ」のは「育ちの悪い子ども」だけだとされている。[15]

　対して、育ちのいい子どもは、食べもの、セックス、暴力への動物的欲求を示唆するジェスチャーはすべて避けるよう心得ており、あからさまな表現を自制心に置き換えた。[16] 人前で身体に公然と言及するのは、一八〇二年の手紙でキティ・デリケートが不満を述べたように、「下品」なだけでなく、「最下層の人々がやること」[17] なのだ。デリケートの手紙は『ポートフォリオ』誌の編集者ジョセフ・デニーのペンネーム、サミュエル・ソンターに宛てられたもので、長期連載された彼のコラム『アメリカンラウンジャー』は、「日々のちょっとした話題や最新のマナー」[18] を取りあげた。デリケートの投書を取りあげたデニーは、男性のふるまいに関する彼女の懸念には矛盾があるとたしなめた。キティ・デリケートが糾弾するように、「レディの前」でブリーチズに手を「入れる」のは下層階級だけの習慣だろうか？　もしもそうなら、それがあらゆる階級で見られ、粋だとさえみなされるのはどういうことだろう？　全男性を「無作法」とひとくくりにしりぞけておきながら、階級差があるとすることはできない。

　デリケートの意見の矛盾は、粋とはなにかという、より大きな文化的問題を映しだしている。礼儀作法は上流階級と「がさつな田舎者」[19]を区別するはずなのに、颯爽と舞踏室へ入ってくる紳士たちは、ポケットに手を入れているではないか。デニーはデリケートが並べる不満をことごとく鼻であしらい、編集者としてこう締めくくる。[20]手の置き場所で大騒ぎするなんて――投書者のペンネームをもじると――デリケートになるにもほどがある。

　デニーからすると、ポケットに手を入れるしぐさに無作法なところはなにひとつない。デニー、本名ソンターは、「自分は当世風のノンシャラントをお手本に自分のスタイルを確立した」[21]と得意げに述べている。このノンシャラン

図版2 ■ ウィリアム・ホガース作『娼婦一代記』第一図、1732年。悪名高い女衒である娼館の女将が都会へ出てきたうら若いモルを出迎え、娼婦の道へ引きこもうとする。戸口にたたずむ紳士は片手をポケットに入れ、モルと馬車の中の女たちをニヤニヤ眺めている。

ト〔本来は無関心な、無頓着な、などの意味を持つ形容詞〕とは、貴族のように気取ってなにもせずにいるのをかっこよく見せることのできる遊び人たちのことらしい。彼らがブリーチズのポケットに手を入れるのを上品なジェスチャーとするのには正当な理由があった。なにせこのジェスチャーは最初にスリーピーススーツを取り入れた昔の宮廷人にまでさかのぼれるのだ。宮廷人たちは、手はつねに見えるところにあるべきだという意見を無視し、礼儀作法の一貫したルールも、服が与える可能性を禁じることはできないと示した。新たな衣服は人のしぐさを変える。ベストに上着を重ね、中央がボタン留めになったことで、懐に手を差し入れられるようになったのだ。

　手を差し入れるしぐさでもっともよく見られたのは、腹部までさりげなくボタンをはずしたベストに右手を入れるものだ。一六八〇年代、ベストに手を入れるこのポーズは太陽王ルイ一四世の宮廷のカジュアルながらも優美な催しを描いた版画やファッション画に登場するようになる。[22]謁見や式典の最中に立っているのにも、お辞儀や優雅な退室と同じく、肉体的完成度を求められる。立

図版3■トーマス・ハドソン作『ウィリアム・シャーリーの肖像』、1750年。ナポレオン・ボナパルトが肖像画で片手をベストに差し入れるはるか以前から、男性たちは肖像画で同じポーズを取ってきた。

ち姿にも考え抜かれた計算が必要であり、宮廷人たちはダンス教師の助言に頼るようになった。これらダンス教師の権限はダンスのステップを超えて、日々のささやかながらも大事な行動の所作を担うようになっていく。しっかりと立ちながらも「気取らずに肩の力を抜く」[23]には、ベストに片手を差し入れるように、と紳士たちはアドバイスされる。洒落男たちにより広められ、ダンス教師によって支持されたこのポーズでは、肩の力を抜いてたたずむ貴族は自分自身をそっと抱擁しているように見える。英国では、ベストに片手を入れるポーズは慎み深さと自制心を表すとして、肖像画で人気を得た[24]（図版3）。

もっとも、男性の手はベストに縛りつけられることはなく、ほどなくブリーチズのポケットに進出する。ルイ一四世統治時代も後年になると宮廷での式典が減り、厳格に身を律するのは粋でないと考えられるようになる。そして宮廷人の先導により、一八世紀の理想となるさりげない無造作感は、やがて海峡を越えて広まった。一七一一年、アディソンが『スペクテイター』紙で述べるように、「ファッションの世界は自由で気楽になった。マナーもかつてよりゆるやかだ。感じのよい無頓着さがなによりも粋なのだ」[25]

スーツ登場後の最初の数十年、アングロアメリカではポケットに手を入れるしぐさはフランスの宮廷人やその模倣者と結びつけられ、お上品すぎると批判された。ほどなくこのしぐさは新種の都会派、着飾ったフランスのファッションに追従する洒落者《フォップ》や色男《ボウ》気取りを見分ける目印となる。ロンドンの生活の戯画にはこの種の男たちのしぐさが詳細に描かれている。とあるスケッチには「頭のてっぺんからつま先までおしろいまみれで、パリ風《ア・ラ・モード・ド・パリ》に、ポケットに手を入れ、新作のメヌエットを口ずさむ男」[26]が描かれていたそうだ。ジョージ・ファーカー作一七〇七年の恋愛喜劇『伊達男の策略』（*The Beaux Stratagem*）には、女相続人をたぶらかして結婚しようともくろむ若い伊達男役は、「フランス風（の歩き方）」[27]をするという演出指示がある。その様子に見とれている別の登場人物は、くだんの伊達男が「ポケットにさりげなく手を入れて歩いている」[28]と劇中で語る。一八世紀初期の暮らしを語るこの話では、ポケットに手を入れるしぐさは、無教育な無作法さとはなんの関係もなく、パリ風《ア・ラ・モード・ド・パリ》という意味しかなかった。

ポケットに入れた手が上流階級と結びつけられていたのは、一八世紀後半の英国の風刺画にも示され、ポケットに手を入れためかし屋《マカロニ》が驚くほど数多く描かれている。マカロニとはヨーロッパ大陸巡遊旅行《グランドツアー》中に感化され、ヨーロッパの宮廷ファッションや礼儀作法を身につけた若者たちに顕著なサブカルチャーであり、彼らがイタリアで食した料理から名前をつけられた。道ゆく人たちが見られるよう版画屋の窓に貼られた風刺画では、「フランス風」をこきおろすのにこの種の男性たちが描かれた（図版4）。そこに描写されたマカロニたちは髪粉をはたいた異様に背の高い髷をかぶり、カラフルなシルクのスーツをまとって、私室で鏡を前にとてつもなく長い時間を過ごすのだ。独立前のアメリカでキャップに羽根飾りをつけた（そしてそれをマカロニと呼んだ）若者もまた、同じファッションセンスをまねしようとした。

風刺画ではフランスかぶれのファッションだけでなく、マカロニのわざとらしいポーズも嘲笑された。一七七二年の版画『ぼくの格好を気に入ったかい』のマカロニは、バレエの四番ポジションに足を置き、フランスのダンス教師からレッスンを受けていることをうかがわせる[29]（図版5）。脇

図版4■エルウッド作『版画屋』1790年。マカロニを含む、よく知られた社会的タイプの戯画を見に集まった人々。

に挟んだ帽子、腰にさげた剣と、貴族らしい装身具も携帯しているが、版画家は当時広く批判されていた宮廷人の性的堕落ぶりの風刺にことのほか力を入れ、ボディパーツにまつわる視覚の遊びと衣服を利用して、マカロニのセクシュアリティの疑わしさを指摘しているように見える。マカロニのブリーチズのしわは女性器をほのめかし、通常、男性器の象徴である剣は腰に斜めにかけられ、凝ったリボンとタッセルで派手に飾られている。[30] この倒錯した性器はここに描かれた人物が両性具有者（当時この言葉は同性愛者を示すのにしばしば使用された）であるのを暗示する。なにより思わせぶりなのが、ブリーチズの開いたポケットに意識的に差しこまれている片手だ。ポケットは身体のどこかを具体的に表すものではないにしろ、それは関係ないだろう。少なくともポケットに入れられた手は、この人物の抑制のない衝動と行きすぎた性を誇張してみせている。

ポケットに入れた手はマカロニやこんにちでは同性愛者とされる人々たちにのみ結びつけられていたわけではない。男性のささやかな欠点をあげつらう風刺作家たちは、このしぐさを引き合いに出しては、うぬぼれたきざな態度を強調した。女性批評家たちも、活気を帯びる出版文化に貢献するようになり、このうぬぼれたポーズをやりこめようと棘のある皮肉を放った。アメリカの婦人雑誌『淑女の雑記』(*Lady's Miscellany*) に掲載された一八一〇年の記事は、男性がポケットに手を入れるしぐさは大衆の面前で脱衣するかのようだと批判した。

> 流行を追うのに忙しい男性は、散歩中に淑女を見かけて挨拶するや、小さな布切れ（ブリーチズ）の前垂れの横ボタンを、まだはずしていなければ、はずし、ポケットに手を入れて片脚で立ち、反対の脚はぶらぶらさせて、おしゃべりしだすことがあまりにも多く見受けられます。[31]

(上)図版5■『ぼくの格好を気に入ったかい』、1772年。

(下)図版6■「全面前垂れ」のブリーチズ。「前垂れ」または「前蓋」はボタンで開け閉めした(ブリーチズに前ボタンはなかった)。

一八世紀から一九世紀初頭のブリーチズには前ボタンがなく、ウエストバンドに沿ってボタンで留めるようになっていた。前身頃に（現代のズボンのように側面の切り替えに沿ってではなく）つけられたポケットに手を入れるには、ブリーチズのボタンをひとつふたつはずしたようで、それが服を脱ぐように見えたのだろう（図版6）。一八〇三年、アン・ライヴリーというペンネームで『フィラデルフィア・レポジトリ』誌へ寄せられた投書は、風紀を乱しているとして「フィラデルフィアの色男《ボウ》たち」[32]を攻撃した。彼らは「その美しい身体をちらつかせて」注目を浴びようとし、入室するや「ブリーチズをつかみ……笑みを浮かべておしゃべりしながら、ボタンを閉め、ボタンをはずし、ボタンをはずしてふたたび閉めるのです」[33]

かくして男性たちはブリーチズのボタンを露骨にいじることでまんまと女性たちをどぎまぎさせ、「つつましやかな淑女たちを赤面させています」[34]。一七七八年のホガースの版画『バグニッジ・ウェルの美女たち』には、娼婦の客引き場として知られた人気の公園やロンドンの大通りで女を物色する好色漢の姿が描かれている。男はポケットに差しこまれた両手で女への興味を伝えている（図版7）。若者が率直に誘いをかけているのに対して、娼婦のほうは腕組みをして思案げだ。同じジェスチャーも、細心の注意を要する求愛の儀式ではその意味合いが変わってくるかもしれない。一八〇八年のフランスのファッション画《プレート》に描かれているカップルは、一見したところ静かに散歩しているように見えるが、タイトルの『秘密の会話』が愛の言葉のやりとりであるのはこの絵を見る者には一目瞭然だ（図版8）。ふたりはぴったりと体を寄せ、女性のドレスが引っ張られるほど腰が触れあい、男性の手はポケットをふくらませている。

ポケットの奥に手を入れてレディと会話に「興じる」のは、礼儀作法を守るつもりはないという意思表明でもあるだろう。マカロニの風刺画では自己陶酔として皮肉られ、あからさまに性を連想させたジェスチャーも、一八世紀後半の革命の時代には反対のものとしてとらえられるようになる。挑むような顔つきでコーヒーハウスへ入ってきた若者が「国王然としてブリーチズをまさぐった」[35]と立腹した人は、この変化を理解していたようだ。社会的義務や制約に縛られていないことの表明は、若者が自身の立場を主張する手段のひとつであり、相手に影響を与えんと男性同士が品定めし合う公共の集会場ではなおさらそうだった。#MeTooの時代にわたしたちが再度思い出させられたように、しばしば男性は目に余る態度で自身の沽券を示すのだ[35b]。

身振りと身につけたポーズの種類で男性の立場がある程度決まるという発見は一大転換をもたらした。それまでは人の記憶にあるかぎり、階級とはひと目でわかるものであり、「目上」に対しては恭順が求められた。帽子を取る必要があるか、通りで道を譲らなければならないか、晩餐の席でどこに座るかは、その場における自分の立ち位置を把握し、「身分が上」の人を正確に見極めることにかかっていた。しかし、厳格な社会的階級が崩壊しだすと、社会的な場面を切り抜けるのに大きな混乱が生じ

図版7■『バグニッジ・ウェルの美女たち』、1778年。

Modes &c. N.° 50.
La Conversation mistérieuse.
(Voile formant coifure. Robe boutonnée. Manches à l'anglaise.)

図版8■『時代のモードとマナー』よりplate50、フィリベール＝ルイ・ドゥビュクール作『秘密の会話』、1808年。

た。多くの者が助言を求め、広く読まれたチェスターフィールド伯爵のエチケットガイドを参考にした。その本でチェスターフィールドは、応接室という情け容赦ない競技場を支配する不文律を明快な言葉で分析した。

チェスターフィールドの助言集は自身の庶子へ宛てられた私書としてはじまり、のちにこれがまとめられて出版された。ヨーロッパの宮廷を巡遊する息子を案じたチェスターフィールドは、服装から会話の仕方まであらゆることを手紙でアドバイスした。人といるときはさりげなくふるまい、自信と冷静さを印象づけることが大切であると強調。社会における序列からはじき出されないようにするには、いかなる権力者にも「圧倒されていない」[36]のを示すこととした。目上の前で「震えあがる」者をいったい何人見てきただろうか[37]、とチェスターフィールドは吐露する。震えあがるのは恥であるばかりでなく、チェスターフィールドの見解では、二度と回復できない社会的な「死」にいたる[38]。自分は圧倒されることはないと示せるかどうかは身のこなしにかかっており、リラックスして落ち着き払い、「悠然とした姿勢と態度を貫く」必要があるのだ[39]。

リラックスしすぎてもいけないとチェスターフィールドは警告する（「ガーターをゆるめ」たり「長椅子に寝そべ」ったりしてはならないと彼は釘を刺している）[40]。しかし、印象操作という大博打にひとたびのりだすと、多くの若者が誤ってそちらの方向へ向かってしまうようだ。自分の着たいように服を着て見せること以上に、うまく自信を誇示するすべがあるだろうか？――ガーターをゆるめ、自分は間違いなく自身の服の「所有者」であり、「囚人」ではないことを示す以上に？[41]　一七九七年の礼儀作法をめぐる喜劇『法定相続人』（*The Heir at Law*）では、しぐさが重要な役割を果たす。思わぬ遺産が転がりこんできた若者ディック・ダウラスは、新調した上等の服に着替え、ふるまい方ぐらい知っていると自分の父親に請け合ってみせる。「ようはだらけた姿勢をすればいいんだよ」[42]。フィラデルフィアの『ポートフォリオ』誌の編集者、ジヨセフ・デニーと同じく、この架空の人物ダウラスも平民の出だ。そしてダウラスも当世風のノンシャラントをお手本とするが、彼の場合、これは秀でたファッションセンスのみを武器にして社会階級の階段を駆けあがり、ロンドンのボンド・ストリートを闊歩する、たたきあげの伊達男や洒落者《フォップ》を指した。[43] ポケットに両手を「突っこんで」、「だるそうにぶらぶらして」いるのがいまの流行りだから、自分だって「伊達男《ダンディ》になれるさ」[44] とダウラスは自信たっぷりだ（図版9）。危ぶむ父親に彼が説明するように、「それがファッションってもんさ、父さん。だらしないのがいま風なんだよ」[45]

「現代的なゆるさ」を大衆へ――ホイットマンとのらくら者《ローファー》

伊達男《ダンディ》と洒落者《フォップ》の貴族的な身のこなしは長らく賛美されたものの、一九世紀の最初の数十年にはしだいに首をかしげられるようになった――平等主義に徹する新国家アメリカでは特にそうだ。作家ジェームズ・フェニモア・クーパーはアメリカ人の立ち居ふるまいを取りあげた一八三〇年の随筆で、あらゆる「気取り」は「銀のフォークでもくわえて生まれたつもりか」と「嘲笑される」と記した。[46] 一八六〇年に刊行された指南書『完璧な紳士』は、あからさまな気取りは排除しながらも、一大衆が社会生活を送るための方法として「アメリカ流のルール」[47] と呼ぶものを考案。移民の国家に立ち居ふるまいを教えようと、中流層の作家たちが中心となってそうしたガイドを執筆し、ぞくぞくと出版された。それらの本では、アメリカ人はダンス教師が好む派手さを避け、気取りを捨てて謹厳さを旨とすべきだとした。[48]『知識、美徳、そして幸福を求める若者のための手引書』（*The Young Man's Guide to Knowledge, Virtue, and Happiness*）の表紙に描かれたいかめしい顔の若者はこの助言を真摯に受け止めたのだろう。彼にはそれ以前の洒落者《フォップ》や伊達男《ダンディ》の脱力感が

図版9■『小粋な洒落者（フォップ）』、1816年。生地屋もしくは仕立屋からふらりと出てくるフォップ。ダンディ同様、完成された消費者である彼は「手足の運びを華やかなファッションと調和させる[49]」すべを心得ている。

見られない（図版10）。背筋をまっすぐ伸ばしてベストに片手を差し入れ、一八世紀の節度ある紳士の姿勢を意図的に拝借している。

しかし男性の多くは無造作さ、あるいは「飾り気のないそぶり」[50]を試みつづけた。そして誰よりもそれを魅力的にやってのけたのがローファーたちだ。アメリカニズムとして広く受け取られているローファー（loafer）という言葉は一八三〇年代に誕生し、一九世紀には波止場にたむろする者から浮浪者まで、非協調的な態度を示す社会のはずれ者全般をゆるやかにひとくくりにした。だが、のらくら者《ローファー》最大の支持者ウォルト・ホイットマンは、銀のフォークをくわえて生まれたふりをして嘲笑されることなく、貴族の気高き無造作さ、そして自身の権威と存在感を醸しだすことができるのを示してみせた。[51]のらくら者主義《ローファーリズム》が持つ魅力――そしてホイットマンが作りだしたイメージ――により、二〇世紀版のポケットに手を入れた無造作な

図版10■フランク・ファーガソン著『知識、美徳、そして幸福を求める若者のための手引書』1853年版の表紙絵。ベストに片手を差し入れた「美徳」ある若者は中流層にふさわしいふるまいと自制心の鑑だ。

図版11■ジョージ・カレブ・ビンガム作『村人』、1847年。

ポーズが誕生する。

当初のらくら者《ローファー》は社会の落ちこぼれを指した。作家チャールズ・ディケンズはアメリカ旅行中、馬の取り替えで停まるたび、二、三人のローファーが酒場から「ポケットに手を突っこみ、ほろ酔いでぶらぶらと出てくる」[52]と不満を漏らしている。ディケンズの頭にあったのは、教育者で画家であったジョージ・カレブ・ビンガム作の『村人』（図版11）のように、うらぶれて背中を丸め、ポケットに両手を入れたのらくら者《ローファー》だろう。ポケットに手を入れたしぐさのこのバージョンは、無教養な田舎者を示しているのが明白で、酔っぱらい、ビジネスに失敗した者、街角に身を潜める不審者といった、都会のはみだし者を描いた挿絵にもよく使われた。

もっとも、すべてののらくら者《ローファー》がうらぶれて背中を丸めていたわけではない。超然とした顔つきで杭によりかかっているのらくら者《ローファー》のイラストは、どこか中流層を惹きつける矜持を感じさせる（図版12）。同じのらくら者《ローファー》でも彼らは孤高だ。自分を拒絶した社会に対してのらくら者《ローファー》が示す敵意と軽蔑になにか「輝かしい」ものを、「くたばれと言わんばかりの横柄さ」[53]になにかロマンを、感じ取るジャーナリストもいた。自己を改革するよう努力を求める野心的な社会や、ベンジャミン・フランクリンらにより推し進められた産業化を奨励する文化を、のらくら者《ローファー》は真っ向から敵視するかのようだ。ホイットマンはあきらかにこの拒絶に同調し、記念碑的な詩集『草の葉』の冒頭でこう記した。「わたしはよりかかり、のんびりのらくら《ローフ》する……夏草の葉先を見つめながら」[54]

ホイットマンはのらくら者《ローファー》の輝かしき敵意を体現までしてみせた[55]（図版13）。『草の葉』の有名な口絵のもととなった写真は、たまたま撮影されたものだった。一八五四年の暑い七月の日、ホイットマンはワークウエアー——キャンバス地のズボンとシャツ、ベストも上着もなし——で通りをぶらついていた[56]。その年、彼は新聞社での仕事から離れ、大工をしていた父親と兄弟を手伝っていた。彼は作業現場へふらりと現れることもあれば、ただぶらぶら歩いて夢想に耽ったり、執筆したりしていたようだ。ブルックリンの写真館で街行く人たちを眺めていたガブリエル・ハリソンは友人の姿に気づいて声をかけ、「入れよ！」とホイットマンを店に招き入れる。「暇で暇で、なにかしたかった」[57]。ホイットマンは気晴らしでハリソンの暇つぶしにつき合い、その結果生まれた肖像写真は、堂々たるアメリカ人反逆者像という、歴史に残るアイコンになった。

ホイットマンはできあがった写真に満足した。「自然で、正直で、堅苦しさがない。きみや、わたし、こうしてしゃべっているいまこの瞬間のように自発的だ」[58]。ハリソンの銀板写真はのちに版画となり、ホイッ

図版12 ■ 雑誌『囚人の友』より『ザ・ローファー』、1847年。

図版13 ■ ホイットマンの詩集『草の葉』の初版口絵に使用されたウォルト・ホイットマンの肖像。ガブリエル・ハリソンによる銀板写真をもとにサミュエル・ホリヤーが作製した版画、1855年。

トマンは生涯、『草の葉』のすべての版にそれを載せている。ホイットマンは自分の名前は前付けに記していない。本を開いた読者は、代わりにほかとはまるで違う彼の肖像と向き合うのだ。のちにホイットマンが「通りの姿」と呼ぶこの肖像は、[59] 帽子をかぶったままで、まるで屋外で撮影されたかのようだ。このイメージの中心にあるのはホイットマンの胴《トルソー》であり、気取りのない、労働するふつうの男、ホイットマンが言う「無秩序な生身の人間」[60] として詩人を紹介する。背筋を伸ばす代わりに、ホイットマンは帽子を傾けて眉をつりあげ、腰を軽くひねって体重を片脚にかけている。片方の腕は肘を折り曲げ、反対の手は「ゆったりとポケットに」[61] 入っている。その姿は自信に溢れ、思案げな鋭さと抑制のきかないセクシュアリティが均衡を保っている。

もっとも、ホイットマンでさえこの肖像画は誤った雰囲気を醸しだし、誤解を招くのではないかと案じた。挑発的に見えるのを悔やんだのだ。ホイットマンによると、彼の肖像画は「くたばれと言いはなっている」[62] ように見えた。初期の読者と批評家もこれに同意した。彼らはこの肖像画に動揺し、不快に感じた。『ロンドン・クリティック』誌に掲載された批評はその典型的なものだ。「作者はまさにその作品を表している――粗野で、見苦しく、品がない」[63]。ホイットマンは「戦争がはじまった。批判の集中砲火を浴びせかけられた」[64] と述懐している。ポケットに手を入れたホイットマンのポーズは、彼の熱心な支持者ラルフ・ウォルドー・エマーソンの後年の肖像写真に見られる洗練された作家像からはかけ離れている。エマーソンは「口絵の肖像写真に読む気が失せ」[65] ながらも『草の葉』を読んだと認めている（図版14）。

二一世紀のわたしたちの目には、ホイットマンの口絵肖像画のほうがなじみのあるもので、礼儀正しく背筋を伸ばして着座しているヴィクトリア朝の人々にはいささか違和感を覚える。ホイットマンはいかにしてささやかな文化の変化を先取りしたのだろうか？　あのポーズは特に考えたものではないとしながらも、彼は戦略的に大衆文化を取り入れたように見える。批評家と彼自身が言及しているように、ホイットマンは洗練された紳士の堅苦しいポーズを拒んだ。彼はくだけたポーズを取り、自身をのらくら者《ローファー》や世慣れたタフガイ、無法者、そして「バワリー・ボーイ（Bowery Boy）」たちと同列に並べた。バワリー・ボーイとは労働者文化のあこがれであったギャングたちだ（その名が示すように彼らはニューヨーク州ロウアー・マンハッタンにたむろした）。『フランク・レズリー挿絵新聞』に描かれたバワリー・ボーイのように、ホイットマンはポケットに手を入れて気取りのないポーズを強調している（図版15）。自身の詩で示した性に目覚めた人格を、ホイットマンが積極的に体現しようとしていたことを示唆する証拠がある。長らく謎とされてきた最初の肖像版画への「ひとつふたつのわずかな修正」は、ホイットマンのズボンのふくらみを強調することだった。修正されたふくらみは「形のいい大きないちもつ」[66]の持ち主というホイットマンの主張を反映して

図版14■ラルフ・ウォルドー・エマーソンの肖像写真、撮影エリオット・アンド・フライ、1873年。これがあるべき作家の肖像写真。

A "BOWERY BOY" SKETCHED FROM LIFE.

図15■『フランク・レズリー挿絵新聞』1857年7月18日号より、『暮らしのスケッチ、〈バワリー・ボーイ〉』。

いる。
バワリー・ボーイの性的挑発と魅力を取り入れながらも、ホイットマンが口絵の肖像画のヒントとしたのはそれだけではないだろう。さまざまなやり方で『草の葉』に示されているように、ホイットマンは「自然の最善の部分を取り入れた、これまでにない新たなさりげなさを見つけ」[67]ようと模索していた。ポケットに入れられていない手で、ホイットマンは威嚇的にこぶしを握るようなことはしていない。彼の姿勢はバワリー・ボーイのそれよりずっとリラックスしている。ひねった腰は攻撃的に突きだされているのではなく、『よりかかるサテュロス』のようなギリシャの裸像を彷彿とさせ、もたれかかっているようにも見える（図版16）。理想美に無骨さを組み合わせるのは新たな優雅さを形作る方法のひとつであり、一九世紀なかばのエチケットガイドもこれを支持した。宮廷の信頼が失墜し、ダンス教師は軟弱なポーズを広めたかどで批判されるいま、「古代ギリシャの無意識の彫像」にこそ「紳士の本物の身のこなし」が見いだされるのかもしれないと、一八六〇年の『挿絵入りマナーブック』（*Illustrated Manners Book*）は述べている。[68]
見るからに「無意識の」ポーズのモデルはより身近なところにも存在した。子どもたちであれば、宮廷から受け継がれ、伝統主義者によって広められたマナーをまだ身につけていないではないか。中でも男児は規則を守るのが苦手だ。生意気でわんぱくな少年たちの縛られない自由な姿は、その自主性と自信が国家の健全さを示すとして、アングロアメリカ全域の文化で賛美された。[69]一八六〇年にイーストマン・ジョンソンが描いた『裸足の少年』（ルイス・プラングが作製した複製画は大人気となる）はその典型だ（図版17）。少年はホイットマンがその人生でも詩においても忘れようと努めた社会的期待には気づいてもいない。「ごまかしや堅苦しさを捨て、自信と子どもの快活さを持って前進する」[70]ことがホイットマンの望みであったのは彼自身が認めている。

実際、ホイットマンは口絵の肖像写真をこんな言葉で評価したではないか。「正直で、堅苦しさがなく、自発的」[71]。ホイットマンの態度が自然で自発的に見えるのは、その歴然とした粗野さにも由来し、中流層にふさわしい立派なふるまいを重んじる者にとってはこの粗野さがなにかと目障りだった。「のらくら者《ローファー》の運命に身をさらしては」ならないと、エチケットガイドが危機感を募らせて警告したのは、そこに「あらゆる点で人目を引き、絵になり、無造作な威風を湛えたスタイル」[72]があるのが明白だったからだろう。そんな必死の警告もどこ吹く風で、ホイットマンとのらくら者《ローファー》たちはローファー流が賛辞と模倣に値することを示してみせた。ギリシャ風および子どもの「自信と快活さ」を取り入れることで、ホイットマンは大衆のために現代的なゆるさを作りだした。ポケットに手を入れてポーズを取る彼は、「自然が生みだした貴族」[73]と言えるだろう。

(上) 図版16■『よりかかるサテュロス』プラクシテレス作とされる。ローマで作られた紀元前4世紀のギリシャ彫刻の複製品。

(下) 図版17■『ウィッティアの裸足の少年』ジョン・グリーンリーフ・ウィッティアの詩を題材にイーストマン・ジョンソンが描いた絵画のL・プラング・アンド・カンパニーによる複製画、1868年頃。

手の置き場にまつわる警告は、デッラ・カーサのような潔癖家から受け継がれて残りつづけた。マナーを気にする母親や学校の教師は「ポケットへ手を入れる悪い癖」[74]をなくすために、少年たちのズボンのポケット口を縫って封じ、この慣行は一九世紀末までつづいた。一八九五年、英国の寄宿学校ハロウ校では全男児のポケット口はいまだ縫い合わされたままで、作家ジェームズ・ジョイスは一九一六年の『若き芸術家の肖像』で、主人公スティーブンは「腕をランナーのようにいつもしっかりと両脇に当て、決してポケットに手を突っこんだりしない」[75]と記した。しかしヴィクトリア朝が終焉に向かうと、誰もがほっと溜息をつくかのように見え、ホイットマンとのらくら者《ローファー》たちが喜んで手本となってみせたフォーマルさの不在が徐々に定着する。体を拘束しない服が好まれるようになり、人々は新たに登場する座り心地のいいふかふかのソファにだらしなく寝そべり、ダンスフロアを「流れるみたいに」ではなく、まるでゴルフコースのように「大股で」[76]歩くと、二〇世紀アメリカのエチケット界の大御所エミリー・ポストは不満を漏らしている。応接間で男女交じって歓談しながら、ポケットに手を入れる紳士はますます増えていった。伝統の支持者たちは「不快な習慣」[77]を控えるよう警告を発した。だが警告にもかかわらず、のらくら者《ローファー》にも社会的しきたりにとらわれない《ボヘミアン・サークル》仲間にも属さない男性たちが、当世風に無造作に見せるためにますますこのポーズに頼るようになる。

この頃には嫉妬心がいくらか頭をもたげるようになったようだ。なぜ自分たちは「さりげない俗っぽさ」[78]を行使できないのかと女性たちが疑問を抱くようになる。ゆうゆうと歩く男たちは「自然が生みだした貴族」などではない。彼らは衣服の性差の伝統に頼っており、それがそのときまでは自然に見えていたのだ。同じように肩肘の張らないゆるさを手に入れるには、レディもズボンをはくしかなかった。

一八九〇年、バーモント州ホワイト・リバー・ジャンクションの若き三人の「同志」はカメラに向かってポーズを取り、ポケットに手を入れるジェスチャーはなにより男物の服の特徴頼みであることを示した（図版18）。大学かアマチュア演劇で男役を演じた記念だろう、三人の友人たちは男性服を着て若い男の身のこなしをまねている。堂々とした気楽なポーズは自然で、ものまねじみたところがない。左右にたたずむ女性ふたりは片足をあげて作り物の切り株に載せ、どちらも片手をポケットに入れている。三人の女性たちはこの異性装により、一八九〇年代にはたいていポケットのついていなかった足首丈のスカートとコルセットではなしえない不遜さを表現できた。男装の女性たちはあきらかに嬉々としており、これはズボンをはいているせいではなく、

図版18■『同志』、キャビネットカード、バーモント州ホワイト・リバー・ジャンクション、1890年頃。ズボンをはいてカメラに向かってポーズを取る三人の女性。

ズボンをはいていることで可能になるポーズと態度のせいであろう。かくしてポケットに手を入れるふるまいは、その便利さゆえに、女性からの盗用をのがれられなくなる。一九一三年の『ニューヨーク・トリビューン』紙は、多くの若い女性が「自分の兄をまねし、ポケットに手を入れて大通りを闊歩」[79]したがっていると記した。

ポケットに手を入れるふるまいが男性の「下品な流儀」と非難されることはもはやないものの、現在にいたってもその無作法さに目を留める者はいる。手、ポケット、性器の関連性がいまもときおりわたしたちを躊躇させることを、彫刻家ジョナサン・ボナーは一九九九年『フロント・ポケット』と銘打った一連の作品で示した(図版19)。ボナーは「ズボンの前ポケットに入れて持ち運ぶ」[80]ために、機能的に見えるが意味のない物体を一対ずつ制作。これらは持ち主を狼狽させることを目的とした架空の商品だ。『ポケット・エア・バッグ』はポケットの中でふくらみ、『ポケットアイスの山』はみっともないシミを作る。使用する様子を記録した写真では、ノータックのカーキパンツのシルエットがみっともなく崩れているさまが強調されている。『鉛のポケットエッグ』は、まるでポケットに手か分厚い財布が入っているかのように、気まずいでっぱりを作った(図版19)。ボナーは前ポケットを突きださせる物体が身体の輪郭を著しく変化させ、着用者の外観を変えることを示してみせた。

手の置き場所から読み取れるのはエチケットに関することがらだけではない。古代より、手は発話の重要な補佐役であり、表情に次ぐ表現力を有してきた。演説する者たちは演台で、説教壇で、政治集会で、俳優たちや画家たちと同様に、手の表現力を研究し、説得や感情表現のための細かなニュアンスをつかもうとした。一方、人類学者、言語学者、そして心理学者は、発話と組み合わされた手の律動的な動きを解読し、社

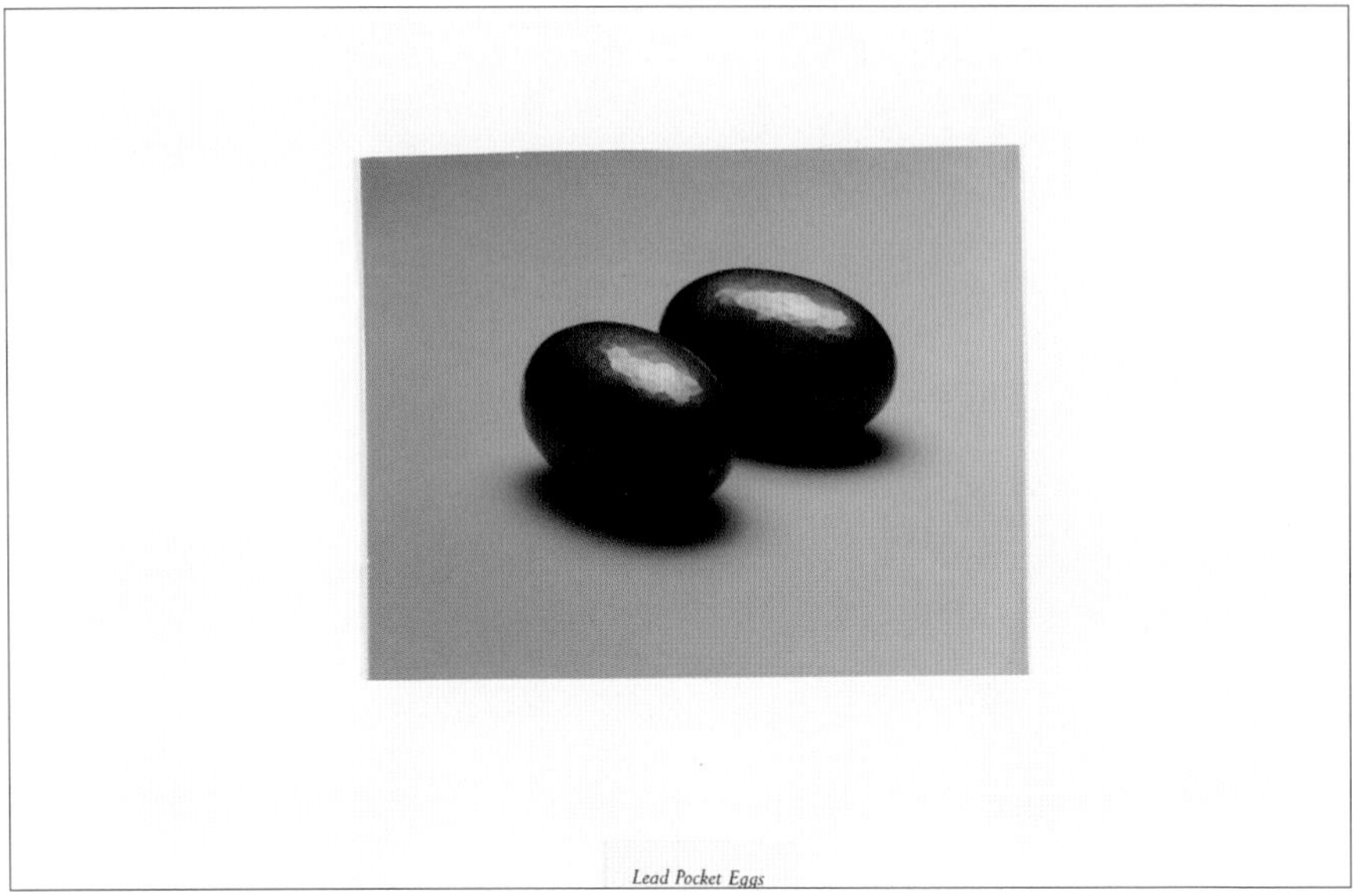

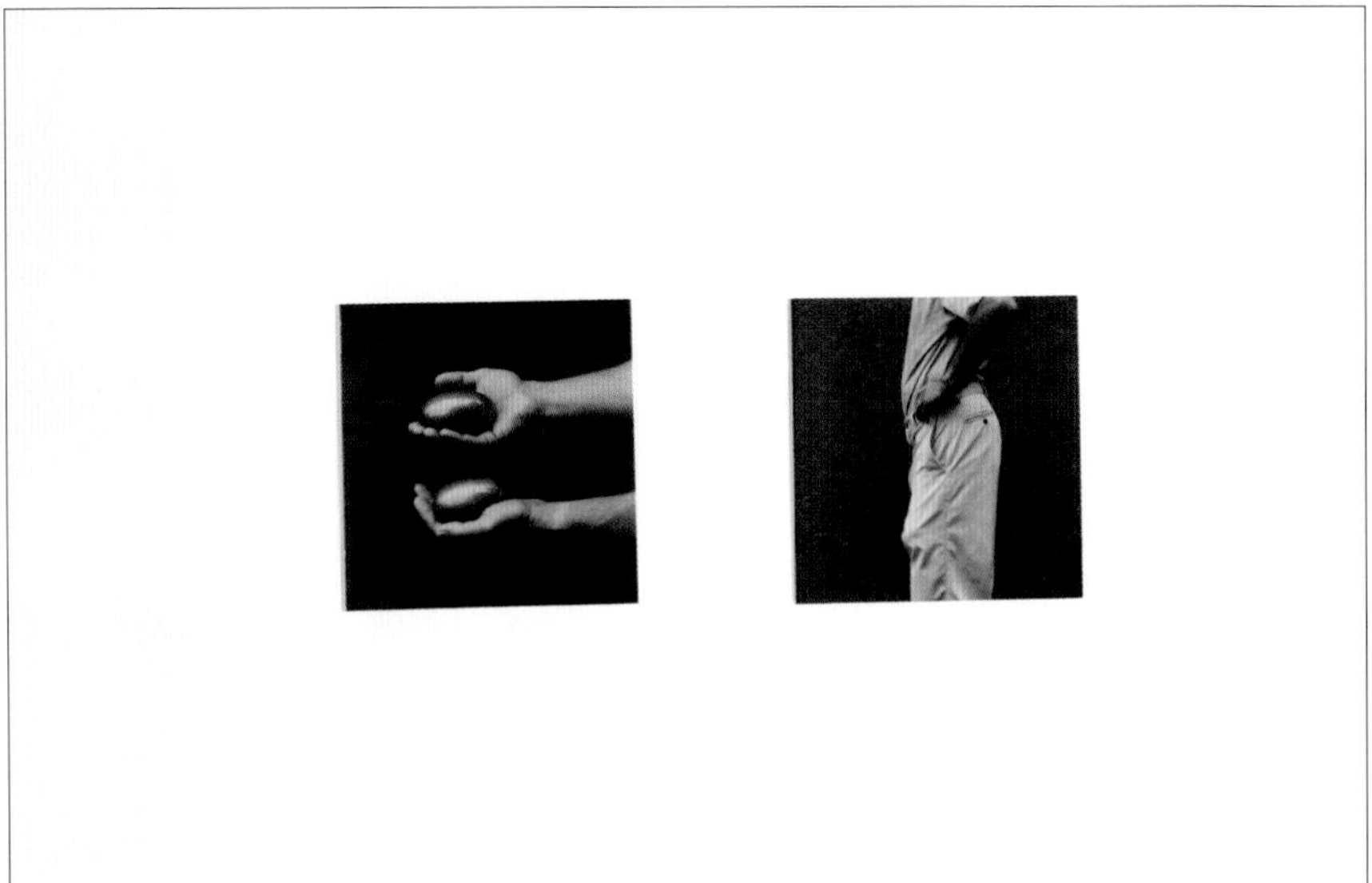

図版19 ■ ジョナサン・ボナー作『フロント・ポケット』シリーズより『鉛のポケットエッグ』、1999年。

会的相互作用《インタラクション》における非言語的コミュニケーションの効果を分析した。実践者も研究者もハンドジェスチャーを大きくふたつのタイプに分類している。親指を立てるサムズアップサインなど象徴的なもの、そしてバレエのように抽象的なハンドモーションから成ってスピーチを強調する、より「写象主義的」[81]なものだ。言うまでもなく、どちらのカテゴリーでもジェスチャーをするには手が見えていなければならない。ならばコミュニケーションツールである手を動かさずに隠しているハンド・イン・ポケット・ジェスチャーは、そもそも意図的な表現とみなされる資格があるのだろうか。しかし、見る者が気づくのはたしかなのだ。人は他者のジェスチャーや態度に注意を払って相手の気分や反応を見定める。相手が「両手をポケットに入れて椅子の背によりかかり」[82]座っていれば、人はそれに気づく（なんたる傲慢な態度！）。おそらくわたしたちはコミュニケーションに手の助けを大いに期待するため、手の不在はあらゆる動作と同じくらい豊かな表現手段になるのだろう。

ハンド・イン・ポケット・ジェスチャーは、手と衣服の相互作用《インタラクション》からその意味が生まれる。これは極めて珍しいコラボレーションだ。というのも、ハンドジェスチャーは小道具を必要としないことがほとんどだからだ。会話の最中に相手がどんなふうに衣服を引っ張ったり整えたりしたか、またはどうやってコーヒーカップを持ちあげたかには、特に気を留めもしないだろう。[83]しかし相手がポケットに手を入れ、その結果、腰と背中をひねれば、それはあきらかに作られた、ときにはわざとらしい、意図的なポーズととらえられるはずだ。他者のボディランゲージを分析するほんの一瞬のあいだに、わたしたちはいくつもの特定のニュアンスを観察・評価し、解読しようとする。[84]手がポケットに入っているという情報を、わたしたちは封じこめと理解し、そこからの想像的な飛躍で、その態度は相手の心が近づきがたく、遮断されていることを示すと考えるのだ。

近づきがたさの明示は、人ごみの中ではとりわけ有用なアプローチであると、社会学者ゲオルク・ジンメルは都会の生活を調査して結論した。「大都市の無関心な態度」——公の場において人々が集団でお互いを無視する行為——の特徴をとらえるべく、ジンメルは二〇世紀への変わり目に都会人が他者の期待と要求から自身を切り離すのに使った方法を特定する。主な方法のひとつが、たとえば見知らぬ相手と出会ったとき、顔へは注意を向けないことだ。無関心はさまざまな形を取ることができ、ポケットに手を入れるのも（ジンメル自身は言及していないが）仮想的な「無関心の領域」[85]を作りだす効果があったと言えるだろう。

この無関心は長らく策略的なものとして理解されてきた。一八世紀、チェスターフィールドが息子に助言したように、社会的に「目上の者」にこうべを低く垂れすぎるよりは、無関心を装うほうがましだった。社会学者ピエール・ブルデューはこの見解をアップデートし、他者のいるところでのふるまいや姿勢を日常的な相互作用《インタラクション》における些細な要素として片づけるべきではないとした[86]。人のふるまいは社会秩序を反映し、秩序の永続もしくはそれへの抵抗のいずれかを可能にするのだ。一九〇〇年、パリ万博でカメラを向けられた社会学者W・E・B・デュボイスは、慇懃なポーズをあからさまに拒絶している（図版20）。パリでデュボイスはアフリカ系アメリカ人の功績を記録した写真展の開催に当たり、トップハットにアルバート公風ベストと、流行の最先端の衣服に身を包んだ。ホイットマンとは異なり、デュボイスは正装を受け入れ、ホイットマンなら拒絶していたであろう糊のきいた襟《カラー》もつけている。しかし、その両手はポケットの奥に突っこまれ、デュボイスもまた自身の肩の力の抜けた冷静さを強調している。

この写真におけるデュボイスの態度は権利と力強い自制心を示すものだ。多くにとって、自身の態度は身を守る鎧となり、それは往々にして冷静《クール》さとして特徴づけられた。ポケットに手を入れるのは、夜間やステージでサングラスをかける行為にも少し似ており、一九三〇年代後半に現在の「クール」という言葉の使用

図版20 ■ 1900年パリ万博でのW・E・B・デュボイスの肖像写真。

法を広めた伝説的テナーサックス奏者レスター・ヤングは、（はじめて）ステージでサングラスをかけて演奏した。[87] 黒人ミュージシャンに求められたルイ・アームストロングのような人当たりのいい人物像に背を向け、ヤングは広く賞賛された反抗的なスタイルを模範とし、無表情と冷徹さを選び取った。この反骨精神は、ジャズ・シーンに関わるブラックアメリカンの革新者たちから生まれ、やがてほかのミュージシャン、アーティスト、映画スター、ビートニク〔第二次世界大戦後、物質文明に反発して人間性の開放を目指した若者たちのこと〕、そして若き反逆者たちがその要素を取り入れるにつれて広まっていった。この「クールな人物像」[88] は、独自の美的アプローチや芸術的ヴィジョンを作りだした個人を崇拝し、ハンフリー・ボガートからプリンスまで、スタイルの確立者を美化する現世的かつ大衆的な消費社会における、「文化的貴族」を表すと、歴史学者ジョエル・ディナースタインは記している。

無関心はこのアウトロー風ポーズの顕著な要素であり、ポケットは重要なアクセサリーだ。ポケットに「さりげなく」手を入れることで、その人物の性的カリスマ性と神秘性が強調される。そのポーズは性的領域と精神的領域のあいだで揺らぎながら発達し、数百年をかけて意味を失うことなく、むしろ獲得してきた。ベストの胸に手を差し入れるのは現代ではあまりにも古風なしぐさに見えるだろうが、ポケットに手を入れたポーズはいまだに一般的だ。あらゆる種類の媒体に広がり、おそらくもっともよく見られるのが、このポーズが最初に登場したファッション業界だろう。モデルの無関心そうな態度は、ある意味、まとっている服よりも目立つ。写真家ヘルムート・ニュートンが撮影した、イヴ・サン・ローランの「スモーキング」スーツを着た女性がポケットに片手を入れ、視線を下へそらしている一九七五年の写真は、冷ややかで冷笑的な距離感の体現だ。サン・ローランのミューズ、カトリーヌ・ドヌーヴは、「スモーキング」は自信と性的権限、自身のふるまいを「変える」強烈なチャンスを与えたと語っている。

ファッションで一目置かれる野心など持ち合わせていないわたしたちのような者でも、気づくとポケットに手を入れている。意識的になにかを表現するつもりはなかろうと、近所の人や同僚と話をしているうちに手はポケットへと向かうのだ。ポケットは手持ち無沙汰になるのを解消してくれる。人前で緊張して手が震えそうになったなら、ポケットに手を入れてごまかせる。反射的なジェスチャーだとしても、これまで宮廷人やのらくら者《ローファー》、ファッショニスタたちがそうしてきたように、多くの者は必要になればポーズとしての取り入れ方を心得ているだろう。この知識は意識的な判断レベルにまで浮上することはあまりないものの、これはポケットに手を入れる行為が、ただのカジュアルな、もしくはリラックスした態度と解釈されるべきではない理由である。たとえどれだけわずかであっても、ハンド・イン・ポケット・ジェスチャーは、貴族の誉れの魅惑、あからさまな性的表現の衝撃、礼儀作法に対する計算された無関心、そして仲間への追従の拒絶を連想させるものなのだ。

図版1 ■ ハリエット・キャンベルの肖像』アンミ・フィリップス作、1815年頃。

第4章

ポケットの性差別

「なぜわれわれは女性のポケットに反対するのか」

独学で絵を学んだとされる画家アンミ・フィリップスは、ニューイングランドの小さな町で「肖像画を描きます」と広告を出したとき、生き写しのように描ける腕だけでなく、洗練されたファッションとアクセサリーに関する（そしてそれを絵に描きこむ）知識も売りこんだ。[1] その言葉に偽りはなく、彼が描いた肖像画で、ニューヨーク州、オールバニーのハリエット・キャンベル七歳は、ピンクのエンパイアドレス、リボンのついた室内履き、パラソル、そしてレティキュール――ファッションアクセサリーとしての初のハンドバッグ――で飾りたてられている（図版1）。同じ年、彼はもうひとりのハリエット、こちらはティーンエイジャーのハリエット・リーヴェンス、にも絵の中でまったく同じ格好をさせている。この服装は年長のほうのハリエット向きに見えるが、幼いハリエットを描くキャンベルの絵筆には真摯さと敬意が滲む。幼いハリエットは、母親のレティキュールとぶかぶかの室内履きを見つけてきて、身に着けているようには決して見えない。彼女は驚くほど落ち着き払い、見る者をまっすぐ見据えて片眉をわずかにつりあげ、のちに女性参政権論者《サフラジスト》が「服従のしるし」[2]と呼ぶものを慣れた手つきで握っている。

ハリエットのハイウエストドレスは、あの頼りになるお供、結びつける《タイ・オン》ポケットが滅びる原因となった。[3]一九世紀初期、ギリシャ神殿の建築を模して円柱状の線を描いて流れ落ちる、透け感のある薄手のドレスをギリシャの女神のごとくまとうのが大流行する。[4]きわどいものは布が体に張りつかんばかりで、その結果、その下に着る下着の数が徐々に減っていく。そうなると、かさばるタイ・オン・ポケットには行き場がなくなった。[5]そこで女性たちは代わりにレティキュールと呼ばれる小さな袋を携帯するようになる[6]——これはフランス語の réticule（レティキュル。手提げ袋）から来ており、そのラテン語の語源 reticulum は「net（網）」の指小辞語である。その名のとおり、初期のレティキュールはローマ時代の女性たちが携えていた巾着型のネットバッグに似ていた。女性はそれを腰にさげ、その長さはときには足首まであった。一八一七年にとあるロンドンっ子が驚嘆したように、いまや女性たちは「手にポケットを持って歩いた」[7]

それまでも女性服においてポケットは異なる歴史をたどっていたが、女性が日用品を持ち運ぶのに手提げを使うようになると、ふいに人々はその違いに注目するようになる。一八二八年、女性ファッション誌『ラ・ベル・アサンブレ』は、「ポケットの問題」にまつわる「関心の盛りあがり」[8]に触れ、これらの「重大な品々は……重大な論争を引き起こした」としている。ポケットの格差問題は（いまだに）しばしばユーモアや軽い見くだしで覆い隠されるが、その芯部にあるのは深刻な疑問だ。なぜ男性服にはポケットがたくさんついているのに、女性服にはこうも少ないのか？　女性服が現代化へ向かってもポケットの数は同等からはほど遠く、この疑問はさらに切実さを増す。男女間で事前の備えに差が生じ、ズボンに縫いつけられたポケットは特権の証ではないかという疑念は、二〇〇年以上にわたって両性のあいだで戦いの火種となった。

女性のポケットは現れては消える

一九世紀初期の雑誌や新聞は、新たな流行に対して否定的な見解を述べ、「ポケットのないとても不便な習慣」[9]に黙従する女性たちの「愚かしさ」をとりわけ叱責した。女性たちは流行に挑むより、消費者としての自由な主体性を喜んで放棄し、よって忠告は聞き流された。一八〇六年、『ウィークリー・ビジター』誌は、流行を追ったがために買い物で失敗した若い女性の話を報告している。女性は行商人の品物に目を留めて買おうとしたものの、代金を払うことができなかった。その理由は？　ポケットを携帯していなかったからだ。行商人は仕方なく、用意の悪い女性の家までついていき、代金を支払ってもらっている。[10]一七八九年のスケッチはさらに手厳しい。『ファッションの利便性!!』とタイトルのついたスケッチでは、幼い子どもが母親にケーキを買うお金をねだり、母親はこう返している。「聞き分けのないことを言ってはいけませんよ、ぼうや、もう一〇〇回も繰り返したでしょう、わたしはポケットは

図版2■『ファッションの利便性!!』G・M・ウッドワード作、1789年頃。ケーキのお金はあげられません、と母親は子どもに言う。「もう100回も繰り返したでしょう、わたしはポケットはふだんから身に着けていません!」

ふだんから身に着けていません!」(図版2)。女性たちは利便性を犠牲にしてまで流行に従った。子どもにお菓子を買ってあげるという、ささやかながらも意義のあることさえ顧みずに。

ポケットの実用的な代用品、レティキュールが登場したあとも、女性に対する嘲りはなくならなかった。レティキュールを携帯することで、女性たちはかつては自分の目にしか触れることのなかったアクセサリー、ポケットを、事実上、人目にさらすことになる。それまでポケットは下着に区分されていたため、[11] それが表に出されるのは多くの人にとって見苦しい光景に映った。一八〇〇年のイラストは、レティキュールと下着のつながりを示しつつ、非実用的なドレスを選ぶ女性たちを冷笑する(図版3)。華やかな淑女たちは花飾りのついた、視界の悪そうな帽子をかぶり、ウィンタードレスとは名ばかりの、寒さからは守ってくれそうにもない裸身がスケスケの服を着用し、長靴下もはいていない脚の下のほうでレティキュールをぶらぶらさせている。ほどなく英国人は手提げ袋という意味

FULL DRESS
PARISIAN LADIES in their WINTER DRESS for 1800

図版3■『1800年用ウィンタードレスをまとうパリの淑女たち』ジョン・コーズ作。手にレティキュールをぶらさげる女性たちの姿は嘲られた。「男性はかくも優雅に手をポケットにしまうが、淑女方は手にポケットをぶらさげておいでだ」

のフランス語の単語を嘲り《リディキュル》と意図的に言い間違えるようになり、おそらくその非実用的な小ささを皮肉って、欠かせない《インディスペンサブル》ものとも呼んだ。[12]

タイ・オン・ポケットは、より保守的な女性や、勤勉な主婦、そして「老婦人《オールド・レディ》」[13]のものとして見られるようになる。主婦は必要なものをなんでもこれに入れて持ち運んだ。その衰退を嘆くさまざまな声によると、タイ・オン・ポケットは「誠実」で便利な入れものであった。[14] 一七九六年の母から息子への手紙は、そこに結婚問題も関わってくることを示している。デラウェア州の名家リッジリー家の夫人は、レティキュールを携帯する女性たち、いわゆる「ポケット反対派」[15]とは結婚しないよう息子に忠告。夫人は自分の言い分を説明するために、息子の妹たちと、「作り笑い」を浮かべた魅力的な若い訪問者を比べてみせる。訪問者は、リッジリー家の娘たちが針仕事に精を出す姿に目を丸くし、自分はハサミや指抜き、針、糸なんて携帯したことがないわと言い切った。「だって淑女がポケットを身に着けるなんてありえませんでしょう――フランスの淑女はそんなことはしませんわ」。流行に敏感な女性たちによってタイ・オン・ポケットが使われなくなったのは、伝統的な女性の手仕事の放棄であり、リッジリー夫人にとっては、息子の嫁候補失格の証であった。

しかし細身のエンパイアドレスの流行は短命で、一八二〇年代には女性のスカートは大きくふくらみはじめる。ふたたびタイ・オン・ポケットを身に着ける女性もいたが（さいわいまた装着できるようになったため）、多くはドレスの腰の側面の切り替えに男性服のように縫いつけられたポケットを試すようになる。一時のあいだ、一八五〇年代と一八六〇年代のたっぷりふくらんだスカートの下には、ポケットもぴったり収まった。だがこの試みに弾みがつくことはなかった。釣り鐘型のフープスカート〔張り骨などで大きくふくらませたスカート〕の流行が過ぎると、女性のポケットは思わぬ場所につけられることになる。一八七〇年代と一八八〇年代のドレスは前面が平たく、巨大な腰当て《バッスル》でヒップがうしろへ突きだした（図版4）。ドレスメーカーたちは苦肉の策として、もっともスペースのあるバッスルの中にポケットをつけた。

幾層にも重なるドレープの下に巧みにつけられたポケットは、「体の奥の奥」[16]に埋もれているようで「天国」よりも見つけにくいと[17]、とある書き手は不平を漏らしている。ひとりの女性は着なくなった自分のドレスを再利用するために糸をほどいていると、ポケットがあるのにはじめて気づき、びっくりしたと報告している[18]。あまりに目立たないよう縫いつけられていたため、そこにあることを知らず、一度も使わずじまいだったそうだ。そんな場所にあるポケットにはよほど体をねじらなければ手も届かないだろう。ポケットは必要なときに「ものを取りだせない」[19]と、執筆者T・W・Hは一八九三年に『ハーパーズバザー』誌に記している。彼女は鉄道馬車の車掌に乗車賃を払うため、体をうしろへねじってバッスルにしまってあるお金を取りだそうと悪戦苦闘した。うしろで待っている乗客

図版4■『パリジェンヌの流行』というタイトルのファッションプレート。『ピーターソンズ・マガジン』1885年11月号。

の列はどんどん長くなり、しまいには車掌も乗客も早くしてくれと彼女をせかす始末だった。「ポケットがサウスボストンにあっては、急げと言われても無理でしょう?」[20]と彼女は憤然として言い返した。

T・W・Hはさらに、現代の衣類はすべての性別の自由な動きを制限しているのだろうかと首をかしげる。男性と女性、男児と女児でポケットを比較する「満足度調査」[21]を行ったら? その結果なにがわかるだろう? 一八九九年、『ニューヨーク・タイムズ』紙の記事がその答えを出している。「世界におけるポケットの使われ方」[22]は著しく偏っていた(図版5)。「男性服には大量についているが、女性服にはほとんどない」[23]という見出しを見れば状況は明白だ。男性のポケットは「発達、増加し、改良されている」[24]のに対し、女性はタイ・オン・ポケットを放棄後、事実上「ポケットを失った」と記事は述べている。

この影響は大衆小説により詳しく描かれている。一九〇八年刊行の『たのしい川べ』(いまでは児童書とされているが、ケネス・グレアムは大人向けに執筆し

THE NEW YORK TIMES, MONDAY, AUGUST 28, 1899.

riously of making common cause with the Bonapartists. It is the general opinion among the dissatisfied supporters of Prince Henri that Prince Victor Napoleon is no more an ideal pretender than the Duc d'Orléans, but what is said to be drawing a good many Orléanists and Bonapartists together is the future of Prince Louis Napoleon, who is at present at the Czar's Court. Royalists of both parties declare that in him they have a strong man—one who possesses the qualities necessary in a French pretender, and which are lacking both in Prince Victor and the Duc d'Orléans.

SCARCITY OF DIAMONDS.

De Beers Syndicate Takes Advantage of Transvaal War Scare to Limit the Output and Raise Prices.

The possibility of a war between Great Britain and the South African Republic has already had a disquieting effect on at least one industry in this country. The diamond market is in a condition which could almost be described as one of panic. The market value of stones is now 40 per cent. higher than it was a year ago, and, from present indications, there seems to be no prospect that the high-water mark has been reached.

This fact of itself would, of course, not cause the diamond importers and dealers any anxiety. But there is in addition a remarkable scarcity of stones, and it is probable that the coming season will find a good many traders unable to make good their contracts, except at heavy loss.

It is the great De Beers syndicate which is responsible for this state of things. The syndicate is controlled by Cecil Rhodes and half a dozen other men, and they have apparently determined to limit the output of the Kimberley Mines—which, in reality, means the output of the world—to an infinitesimal quantity. It is customary for the representatives of the large importing houses of the United States, England, France, and other countries where there are large markets for the sale of precious stones to visit South Africa in the Summer in order to make their purchases. Frequent

WORLD'S USE OF POCKETS

Men's Clothes Full of Them, While Women Have But Few.

CIVILIZATION DEMANDS THEM

A Tailor Tells the Queer Purposes Pockets Are Made by Some Men to Fulfill.

"Assuming," said the Philosopher of Small Things, "that Adam and Eve both began life without any pockets, it seems to me that the difference in the progress of the sexes toward pockets illustrates and proves the superiority of the male. Man's pockets have developed, improved, and increased with the advances of civilization. Woman is actually retrograding—losing ground and pockets. They tell me the women have fewer pockets in their clothes now than they had two generations ago.

"Our grandmothers," continued the philosopher, "used to have big, deep pockets in their skirts which they could get at somehow and in which they usually carried the household keys, a ball of yarn with knitting needles stuck in it, a little smooth-worn gourd for darning operations, and very often a few doughnuts or cookies or apples and a pair of spectacles. Then the big, long gingham aprons had pockets, and later young housekeepers and even unmarried women wore dainty little white frilled and tucked aprons with the most absurd and charming pretenses of pockets in front—gave the girls the opportunity to show how small their hands were by sticking their tiny white fists into them, and were very fetching.

through life and unnumbered suits. Careless men scatter things everywhere through their clothes. All of us have seen men of that kind turning one pocket after another inside out looking for something they wanted.

"But," said the philosopher, "there you touch one of the greatest blessings of many pockets as a source of hope. Because he has many pockets the average man is never quite sure that he is flat broke or utterly without matches. He will go for days every now and then turning out his pockets, picking out the lint that gets wadded in the corners, hoping that he has stuck away a bill and overlooked it or missed a small coin; and no other joy like the joy of finding forgotten or unexpected money in a remote and unsuspected pocket. Many times I have packed dollar and two-dollar bills in pencil or fob or hip pockets, hoping to forget them and find them some time in an emergency, but I always remember them and catch myself banking on them with my second sub-consciousness.

WORLD DEMANDS MORE POCKETS.

"The world demands more pockets than it has. The women have none, and if they ever get within hailing distance of equality with men must have dozens. The fact that men need more than they have is evident every day.. We see small packages slipped into umbrellas and papers carried in hats. The surface road conductors use the sweatbands of their caps for extra pockets and pack transfer tickets into them. The only useless pockets are those in the tails of a frock coat. You can't carry anything in them that you can afford to sit on, and even a handkerchief there gives a hanging bustle effect.

"The desire for pockets has become by process of evolution a fixed sex trait. As soon as a boy gets on trousers with pockets he begins to swagger and assert his superiority, and feel that he is in business, sure enough. Watch a boy stick his hands in his trousers' pockets and spread his legs apart and argue a point of family difference, and you'll see his older and younger sisters, and very likely his mother, cower before him. I tell you it's all a matter of pockets.

"No pocketless people has ever been great since pockets were invented, and the female sex cannot rival us while it is pocketless. The boy who carries pieces of string, marbles, fishing worms, bits of crockery, sections of partially masticated chewing

図版5■『ニューヨーク・タイムズ』紙より「世界におけるポケットの使われ方」、1899年8月28日。

た）の中で、数々の冒険をするヒキガエルは自動車を盗んだあと、洗濯婦の格好をして刑務所から脱走する（図版6）。ヒキガエルのこの異性装は「悪夢」となる。[25] なにせ左胸に「いつもある」[26] ベストのポケットに手が届かないのだ。これでは財布も取りだせないので逃げるのに必要なお金も出せず、肝心なときに逃げる手段が大幅に減った。女性服には「真の勝負のための備えがない」[27] と、ヒキガエルは驚くほど率直に意見している。

サフラジストがポケットの平等を要求

一方、多くの女性たちが「ポケットを所有し、享受する女性の権利のために熱心な活動」を開始した。彼女たちは、ヒキガエルの考えとは違い、女性が「ポケットを身に着ける人間として作られたことに疑問の余地はない」[29] と固く信じた。もっとも持続的に関心を寄せたのは女性の権利を主張する活動家たちで、女性服全般——中でもポケットとともに特にかさばるスカートと息苦しいコルセット——を政治問題とした。活動家たちは衣服の不平等に関して、いらだちを滲ま

図版6■ケネス・グレアム著『たのしい川べ』の1940年版にアーサー・ラッカムが描いた口絵。女性服を着ているせいで財布に手が届かず、不運なヒキガエルは、世界は「ポケットをたくさん持っている動物」と「ポケットをひとつしか持っていない、あるいはそもそもポケットを持っていない劣等動物」[28] に分かれていることを悟る。

せながらも説得力のある分析を発表している。「ポケットの平等」[30]を求める声は、面食らうほど現在とたいして変わらない。

女性の権利拡大を訴えた活動家エリザベス・キャディ・スタントンは、すっかり両手をふさがれて――片手は華やかに揺れるスカートの裾をつまみあげ、反対の手は傘、ハンドバッグ、そしてその他のこまごました必需品をつかんで――通りを歩く女性と、同じ通りを「ヒバリのように自由に」[31]歩いていく男性の違いに激怒した。ポケットがないのは「認識されていない女性のハンディキャップ」[32]のひとつであると、別の進歩派の女性たちは世紀の変わり目に主張した。ポケットは女性の「最大の幸運」[33]である。フェミニストの作家シャーロット・パーキンズ・ギルマンは、物質世界のデザインが社会的意味合いを刻みつけると指摘する。道具やデバイスにすぐに手が届くことで、人の実際的および精神的「備えの度合い」は向上し、「あらゆる緊急事態に対処する」自信が与えられる。ポケットなしでは、ヒキガエルが言ったように、なるほど女性たちは「真の勝負のための備えがない」のだ。[34]

ギルマンは一九一五年の社会学的研究書『女性のための衣装哲学』で、主婦や他者の家で労働に従事する女性の大多数が着用している、ポケットのない安価なキャリコのハウスドレスは、水、埃、汚れ、または電化製品導入以前のキッチン火災の危険に対する備えにも防御にもならないとした。本来はそれらに対して保護用の「レザーエプロン」か防水の「オイルスキンのマント」を着るべきだとギルマンは論じる。[35]しあわせな家庭生活という作り話は、女性が実際に労働しているという事実を無視している。ギルマンは、女性しかいないユートピアが舞台の小説『フェミニジア』（*Herland*）で、登場人物たちにあらゆる仕事――重要な国政も含めて――に適した制服を着用させている。[36]性別よりも人間性を重視し、ギルマンはズボンとスカートの二択から離れ、必要不可欠なもののみにそぎ落とした衣服を提案。それが「ポケットでしっかり裏打ちした」[37]ボディスーツだった。これらのポケットは「実にうまく配置され、手が入れやすくてしかも邪魔にならず、服自体を丈夫にしつつ、ステッチが飾りにもなっていた」[38]。当時ギルマンの小説が広く認められることはなかったが、そこにはいまなお大事な提案がある。ポケットは構造的、審美的、そして実用的な目的にかなうよう、誰の服にでもつけられるはずなのだ。

保守的な論者たちは、ポケットが違いを作りだし、ポケットがあれば女性でもウォール街の大物になれるという意見を、たいていは鼻であしらった。この種の議論はばかげたものだと簡単に一蹴され、一九一三年、『サンフランシスコ・クロニクル』紙の記者は、女性参政権論者《サフラジスト》は「いまやポケットを女性解放問題に引きずりこんでいる」[39]とした。これら反女性参政権論者《サフラジスト》の多くの目には、女性はすぐに無関係で些末な二次的問題にそれるように見えたらしい。そのまま脱線していればいいとさえ考える者もいた。投票権を求めていきなり「やかましく騒ぎ」だしたサフラジストたちは、代わりにポケットだけ要求していろ――そっちこそ「本当の不平のもと」[40]だろうと、とある皮肉屋は述べている。

だが社会的、政治的な大前進のさなか、女性たちはポケットが与える柔軟性と安心も求め、ポケットのついていない女性服の伝統に黙従する危険を危惧した。「近い将来、女性服にはポケットをつけないことが法制化されるだろう」[41]と一九〇七年、家庭雑誌の寄稿者は警告している。この不安は的を射ていたようだ。変化に反対する保守勢力により、一部の社会的伝統は、女性は専門職に向いていないという考えから服のデザインにいたるまで、自然が生みだしたものとして再認識されていたのだ。サフラジスト、アリス・デュアー・ミラーは洞察力のある愉快な風刺で、現状維持を貫くために伝統や生物学を持ちだすのは、循環論法だと指摘した。本当に女性がポケットを求めるのなら、すでにあるはずではないか！　ゆえに、サフラジストはポケットを求めて「自然と衝突」[42]すべきではないと、ミラーは一九一五年の詩「なぜわれわれは女性のポケットに反対するのか」に書いた（図版7）。仕立屋の作ったポケットを自然の権利と主張するなら、投票権も含めてなんであれそう言えるはずだ、と。[43]

　ミラーのユーモアは、伝統的なジェンダーロール〔性別による役割分担〕を固持する者たちには通じなかった。保守的な声はすべてのサフラジストをジェンダー・ノンコンフォーミング〔伝統的な男女のジェンダーロールに当てはまらない人〕とみなしがちで、とりわけ女性の同性愛者のサフラジストを性的倒錯者として糾弾した。たとえば弁護士兼活動家、そして全国実業および専門職女性クラブ連合会長だったゲイル・ラフリンは、ポケットのないドレスでの出席を拒んだとして『セントルイス・スター』紙に非難されている。[44]「ミス・ラフリンはふだん着ている男のような服を脱ぐことが滅多にない」[45]と記者は述べた。ラフリンは連合の行事のために新調のドレスを用意されるが、

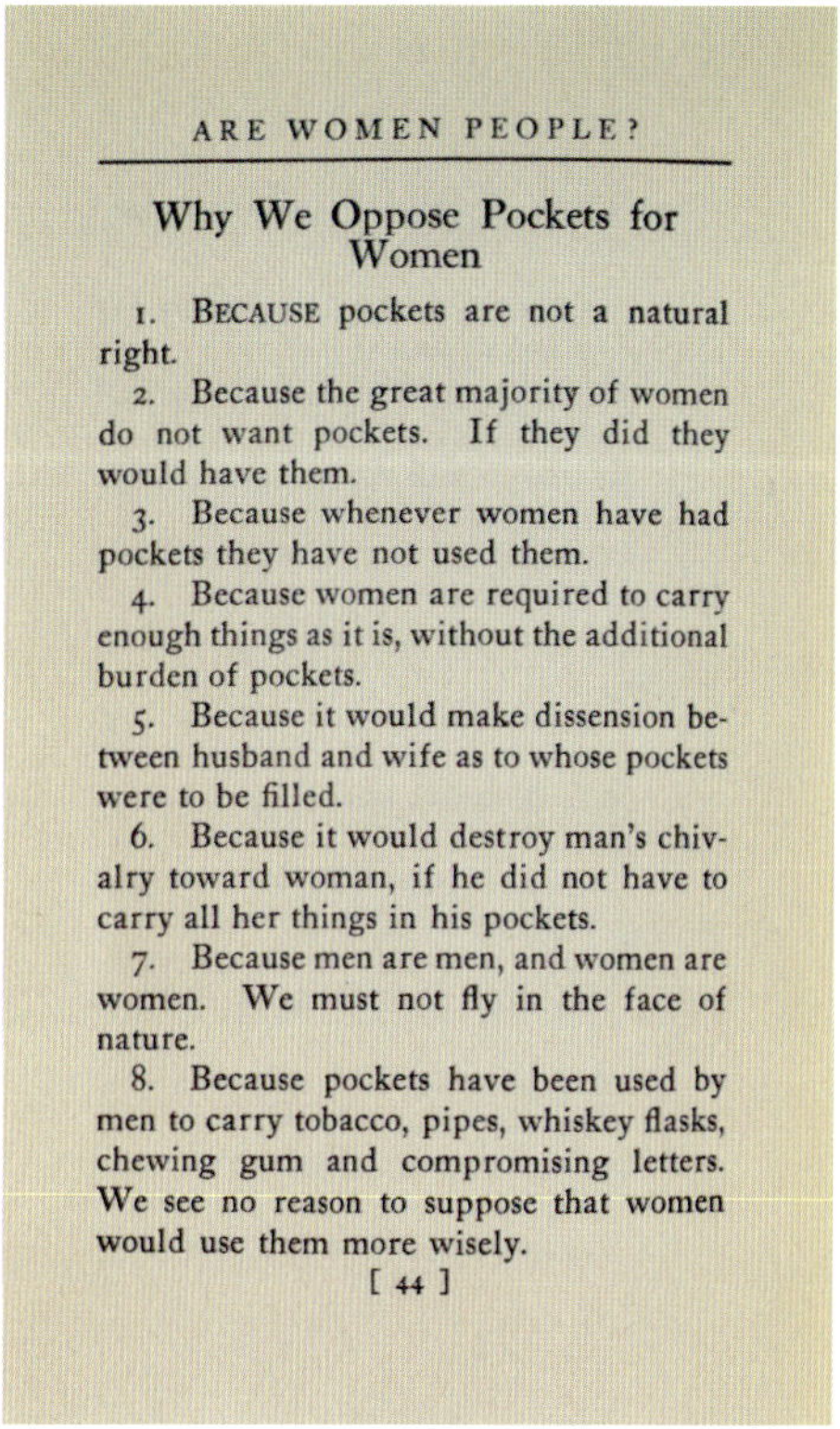
ARE WOMEN PEOPLE?

Why We Oppose Pockets for Women

1. Because pockets are not a natural right.

2. Because the great majority of women do not want pockets. If they did they would have them.

3. Because whenever women have had pockets they have not used them.

4. Because women are required to carry enough things as it is, without the additional burden of pockets.

5. Because it would make dissension between husband and wife as to whose pockets were to be filled.

6. Because it would destroy man's chivalry toward woman, if he did not have to carry all her things in his pockets.

7. Because men are men, and women are women. We must not fly in the face of nature.

8. Because pockets have been used by men to carry tobacco, pipes, whiskey flasks, chewing gum and compromising letters. We see no reason to suppose that women would use them more wisely.

[44]

図版7■『なぜわれわれは女性のポケットに反対するのか』アリス・デュアー・ミラー著　1915年刊行『女性は人か?　女性参政権時代の詩集』(Are Women People?　A Book of Rhymes for Suffrage Times)より。反サフラジストの主張を模倣して「投票権」を「ポケット」に置き換えることで、ミラーはポケットであれ、投票権であれ、片方の性別のみが持つとする滑稽さを描きだした。

その手の「服」には通常ポケットがついていないことを知らなかった。あの年になるまで知らなかったとは、と記者はラフリンを嘲る。[46] 彼女が頑として譲らなかったことを指摘し、記者はこう記した。「ミス・ラフリンはポケットが縫いつけられるまでドレスの着用を拒んだ」[47]

反サフラジストの風刺画やプロパガンダも同じく否定的で、サフラジストを著しく魅力の欠けた存在として描いている。一八九八年チャールズ・ホイト作のミュージカルコメディ、『満ち足りた女』(*The Contented Woman*)では、せっかく縫いつけたボタンを色が間違っているという理由で夫にむしり取られた妻が、その仕返しに夫の対抗馬として市長選に出る。妻の衝動的な報復は、一時的には溜飲がさがっても、ホイトの芝居によると、長引く影響を残す。芝居のチラシには「権利を求めて大騒ぎする」[48] 女性たちの様変わりした姿が描かれている(図版8)。妻が身につけかねない「おぞましい」癖のひとつは男性の悪癖をまね

図版8■チャールズ・H・ホイト作『満ち足りた女　政界へ進んだ女性の寸劇』(The Contented Woman: A sketch of the Fair Sex in Politics)、1898年。サフラジストたちは男性服風のジャケットにベストを着用し、男性のズボンのように切り替え部分にサイドポケットが縫いつけられた「サフラジスト・スカート」のポケットに手を入れるという風刺。

ることで、「偉そうに演説をぶつ」[49]サフラジストは「男のように」どこかへ手を突っこまずにいられないのだ。しかしサフラジストにとって「ポケットは意義ある問題」[50]であった。ポケットがあれば「通りを歩く備えができ」、反抗的であるがゆえに悪癖とされるが、威厳あるポーズを取ることができるのだ。とある女性弁護士が嘆くように、陪審員団の前へ進みでるとき、女性は男性弁護士のように威厳漂うさりげないそぶりができなかった。「ポケットに深く手を入れて『さて、陪審員の紳士のみなさま――』と切りだす男性のさりげない態度ほど、説得力のあるものがあるでしょうか？」[51]

既製服とハンドバッグの台頭

ポケットの格差の説明では、自然を理由としない場合、往々にして女性の虚栄心と流行への服従がやり玉にあげられた。女性がポケットを求めて「戦わず」[52]、一九世紀後半までほとんどの衣服を生産していたドレスメーカーの言いなりだったのだ、と（ドレスメーカーはあつらえのぴったりしたドレスを生産した。女性のドレスは身体に沿う凝ったスタイルであったため作りが複雑で、一〇〇年前に男性服が果たしたようには産業化できなかった）[53]。一八九五年にスタントンが公表したドレスメーカーとのやりとりからは、彼女ができあがりにも注文をつけていたことがうかがえる。もっとも、それで注文が通るとはかぎらない。スタントンはポケットをひとつつけるよう求めたが、ドレスメーカーは「つける場所がありません」、ポケットをつければ「でっぱって見ばえが悪くなります！」と反論した。[54]ふたりはさんざん口論し、ドレスメーカーは専門家である自分の助言に従いなさいと偉そうに言い張った。それでもスタントンは論破したのを確信する[55]――ただし、できあがったドレスにはポケットがひとつもついていなかった。

多くの場合、「でっぱって見ばえが悪く」なる心配のほうが、女性のドレスにポケットがないデメリットを上回った。ポケットサイズの新たなテクノロジーでさえ、家の外へ冒険の旅へ出かける女性像をドレスメーカーや衣服製造業者には想像させなかった。イーストマン・コダックは初のアマチュア用手持ち携帯カメラに、「コダックをあなたのポケットへ」とキャッチコピーをつけて売りだした（図版9）。コダックは市場占有率《シェア》を最大限に広げるべく、女性にも簡単に操作できることを示そうとコダックガールを起用[56]（図版10）。しかし、コダックガールが登場する広告は、カメラはアクセサリーで、パラソルと同等なのを暗に認めるものだった。たしかにポケットコダックは「持って」出かけることができるが、手につかんでいなくてはならない。こんにち、女性が携帯電話を持ち歩くのに工夫しなければならないように、一九〇〇年のアマチュア女性写真家は知恵を絞らなければならなかった。

第一次世界大戦前夜には、コダックガールが身に

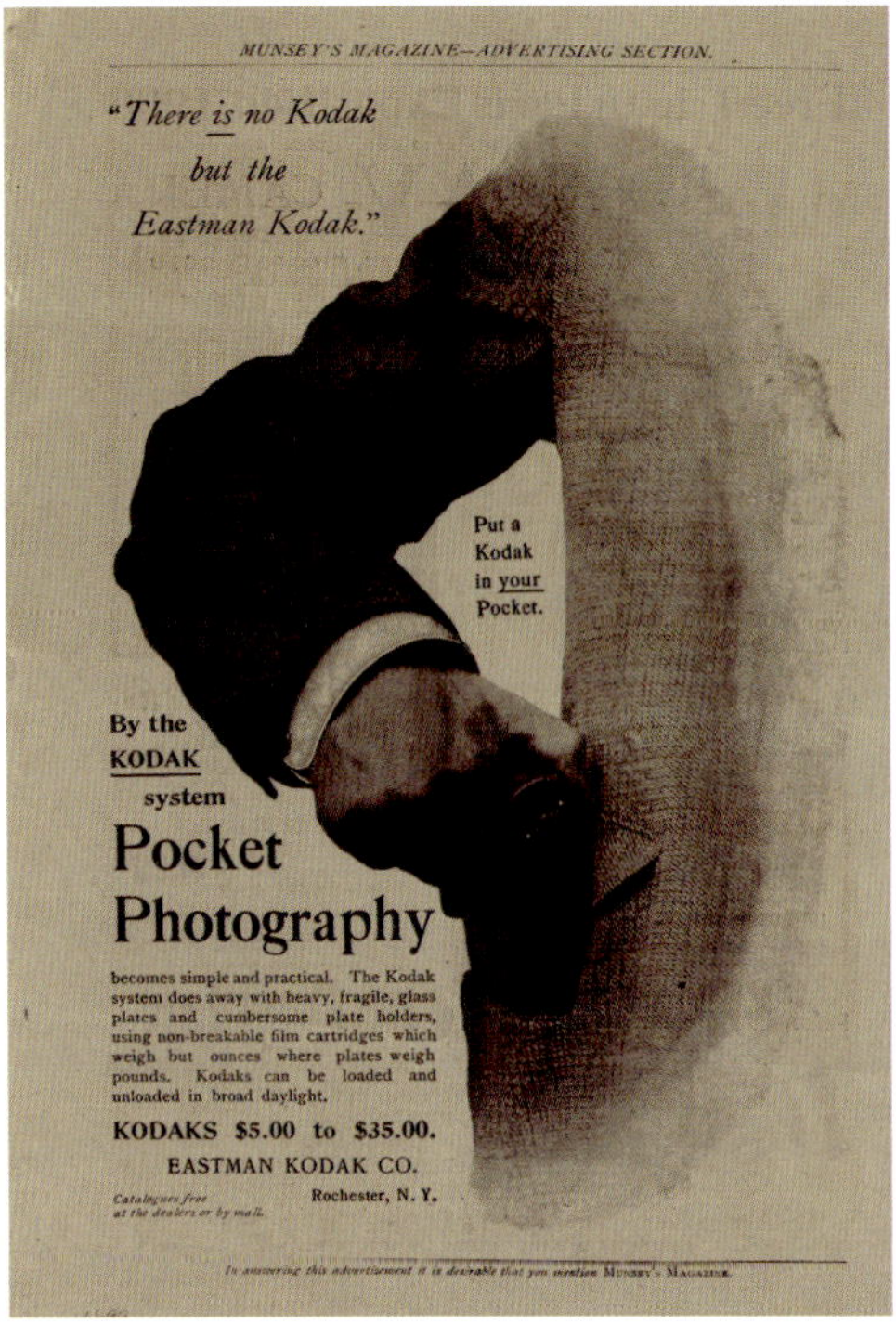

図版9■コダックの広告『ポケット・フォトグラフィー』、『マンジーズ・マガジン』、1899年より。

着けていたような花飾りのついた帽子、パラソル、それに裾を引くスカートは姿を消しはじめる。スタントンと多くの者たちが長いこと不満を述べていた動きづらい衣服というジャンル全体がようやくその魅力を失い、機械化時代《マシーン・エイジ》にまったくそぐわないものになった。女性はより多くの選択肢を持ちはじめ、百貨店を訪れ、高品質でファッション性の高い既製服を買えるようになる。最初によく売れたのはテーラードジャケットとシャツブラウス、スカートの組み合わせで、これであれば大学を卒業したての女性から、秘書、店の売り子まで洗練された装いに見え、職場にも、街で用事を片づけるのにもふさわしかった。シオドア・ドライサーの小説『シスター・キャリー』で、主人公のキャリーは店のショーウィンドウに飾られている「すてきなジャケット」[57]を見つめ、あれを着れば自分も田舎娘からあか抜けた街の娘になれるのにと胸を熱くする。モダンな女性服はようやく現実的で理にかなったものになったようだった。女性服は動きにくくも、窮屈でもなくなっ

図版10 ■ コダックの広告『コダックをあなたのお供に』、『レディーズ・ホーム・ジャーナル』、1901年より。

たばかりか、広がる女性の役割と活動に適応するようになる。女性服は「現代の必要性、ものの見方、要求に沿っている」[58]と、一九〇九年の『ヴォーグ』誌は満足げに記した。「ポケットを熱望していた」[59]女性たちが「喜ぶ」ときが来たという知らせが流れた。

　だがその知らせは楽観的すぎた。セパレーツの既製服にも、使えるポケットを期待することはできなかったのだ。一九一〇年、ポケット問題についてインタビューされた速記者とされる勤労女性は、「なんであれポケットの名に値するものがついている既製品のスーツはどこにあるの？」[60]ときき返している。女性服はたしかに実用的になり、一八九五年の『ハーパーズバザー』誌のファッションプレートに描かれている自転車用ブルマー（図版11）などのようなスポーツアンサンブルにはポケットがついていた。しかし衣類製造業者は、世の中へ進出する女性たちに機能的な手段を与えることより、大量生産を可能にする簡素化の達成に関心があった。[61]彼らは服ごとのパーツを減らして単純化したパターンを用いたスーツやセパレーツを作製し、一九二〇年代にはドレスもヴィクトリア朝時代のフリルたっぷりのものと比べるとシンプル化された。このシンプル化と標準化の工程で、「女性服はポケッ

図版11■『ハーパーズバザー』誌1895年6月号より、散歩、旅行、テニス、サイクリングのためのより機能的な服のイラスト。「旅行用スーツ」（左端）とブルマー（中央）のふたりは手をポケットに入れている。

ト向きではない」[62]という考えが広まった。
実際にはそんなことはなかったはずだ。「女性服はうまくものを隠すのに実に適しており……ポケットがたくさん」[63]ついているべきだとする意見が一九一二年の『インディペンデント』紙に掲載されている。なのに便利なポケットは近代になってもヴィクトリア朝時代のポケットと同様に、現れては消えるのだった。第一次世界大戦勃発時、デザイナーと大手百貨店は困難な時代に女性たちが背筋を伸ばして活発に動ける服を急遽売り広め、ポケットが華々しく登場する。ミリタリーカーキ、テーラードスーツ、そして重要なベルトに交じり、準備万端であることを示すポケットは必須アイテムとなった。スカート、コート、そしてドレスに「子どものリュック」[64]並みに大きなポケットがつけられたと『ウィメンズ・ウェア・デイリー』紙は記している。突然増えたポケットを着用者たちはどう解釈すべきだろう。今季パリでポケットが大流行したのは「フェミニスト運動の成果、それともただの気まぐれ？」と一九一六年の『ヴォーグ』誌は問いかけた。結局、ただの気まぐれという結論にいたったようで、『ヴォーグ』誌は前例のないポケット大流行をあまり真剣に受け取らないよう読者に忠告している。[65]ファッショナブルなパリジェンヌは編み物を持ち歩いたり、手紙を隠したりするのにポケットを使うのかもしれないとして、自分も「特に理由はないけれど」なんとなく気に入ってはいると編集者は記した。[66]
『ヴォーグ』誌の寄稿者ヴァージニア・イェーマンは、便利なポケットは、戦時の厳粛な効率性などなんらかのスタイルやルックを支えるときに現れ、「そのあとは、あっという間に消えてしまう」[67]と、一九一八年に書き記している。「ポケットは女性参政権につづくべきもの」[68]であっても、やはり不安定なままだとイェーマンは考察する。こうも不安定では、女性がポケットに「投票」するのはありそうになかった。それにポケットがないことを女性は本当にそこまで気にするべきなのだろうか？

女性服にポケットがないのを男性のせいにすべきではないとイェーマンは論じる。得意げにポケットを独占する男性たちを批判し、ポケットなしでは彼らは「クマのように不機嫌」[69]になるだろうとしながらも、ポケットにまつわる批判合戦は複雑なものだとイェーマンは推論。「個人の感情とは別の、あくまで論理的な力」[70]が働いているのかもしれないと示唆した。彼女の言うこの力とは、衣料品産業の利権のようだ。だがポケット支持派には衝撃的なことに、イェーマンは、でっぱって見ばえが悪くなるからと、女性たちは事実上みずからポケットを拒絶したとも考える。イェーマンは男性のポケットに羨望の目を向けながらも、女性はポケットなしで立派にやっていけるとしている。いまやもっと頼りになるお供、最新のハンドバッグがあるではないか。「標準的な女性は」[71]経済的自立をたしかなものにする手段さえあればよく、「現金を携帯できればポケットがなくてもかまわないだろう」[72]とイェーマンは予測した。

テキスタイルの伝統ではまさに布バッグであった一八〇〇年代のレティキュールとは違い、現代のハンドバッグは一九世紀後半に登場した男性の手提げかばんから派生した。[73]フレームのついたハンドバッグは丈夫な革製で金属の留め具がつき、内側は仕切られて頑丈な持ち手がついていることが多かった。[74]社会における女性の活動をつねに支えることが服にはできないなら、ハンドバッグがその埋め合わせをしてくれるだろう。ほどなくハンドバッグはただのファッショナブルなアクセサリーというだけではなく、自立の証として見られるようになる。[75]その後数世代にわたってつづく発言やファッショナブルなバッグが示すように、ハンドバッグは熱烈な愛情を獲得し、強い欲求を生みだした。

だがハンドバッグとの大恋愛のさなかにも、いまだにポケットを求める女性は大勢いた。一九一三年、ジャーナリストのヘレン・デアは、サフラジストたちがこのアクセサリーを「恥ずべきハンドバッグ」[76]と呼び、廃止を求めていることを記した。史上初のレズビアン小説のひとつ、『さびしさの泉』（一九二八年）の作者ラドクリフ・ホールは、ハンドバッグの携帯を拒み、代わりに自身のスカートにポケットを縫いつけさせた。[77] イェーマンが考えた「標準的な女性」など実際には存在せず、多くは現金とそれを入れるポケットの両方を求めたのかもしれない。想像力を欠く複合名詞であるハンドバッグは、持ち運ぶのに手《ハンド》を必要とし、どこにあるか一日中気にかけ、最後に置いた場所を必ず思い出さねばならない――できればレストランを立ち去る前に、もしくはタクシーが走りだす前に。

そのなくしやすさにもかかわらず、ハンドバッグは手放しがたく、女性たちはあらゆる場面にハンドバッグを携帯し、中には意外な場所もあった。戦場にハンドバッグを持っていきたがる者が本当にいたのだろうか？　第二次世界大戦中、志願陸軍婦人部隊（ＷＡＡＣ、のちに補助的役割がなくなり陸軍婦人部隊〔ＷＡＣ〕に改名）の志願兵となった数千人もの女性たちはまさにそうした。[78] 手に持つのではなく、斜めがけだったとはいえ、一九四二年の志願兵募集ポスターに描かれている、行進する女性たちのリーダーがハンドバッグをさげている姿は、危険な前哨基地にではなく、スーパーマーケットにでも隊を率いているようでやはり場違いに見える（図版12）。

第一次世界大戦中にかぎられた数の看護服を支給した実績しか持たないアメリカ陸軍主計総監室は、女性服に関する知識が不充分だった。ところが陸軍主計総監室は報道機関相手に「耐久性のある」軍服を作れるとすぐさま豪語し、女性たちは軍に入れば高品質で機能的、そして耐久性のある服をはじめて体験できるだろうとした。[79] もっとも、ＷＡＣ軍服の開発過程が示すように、軍部は、一九世紀のドレスメーカーたち同様、女性服への文化的な期待に応えるつもりはなかったようだ。かつてＷＡＣに所属した作家のマティ・トレッドウェルは、一九五五年の婦人部隊回顧録にハンドバッグ採用の経緯を皮肉を交えて記し、軍のハンド

図版12■WAAC志願兵募集ポスター、1942年。WAACの志願兵は指定されたやり方でハンドバッグを右肩から斜めがけにし、ずり落ちないようにしている。軍のデザイナーは留め金を使って肩にバッグを固定しようとしたが、うまくいかなかった。

バッグは従軍女性に対する敵意と抵抗を避けるための妥協案のひとつだったと明かした。[80] 男性的な軍服では、婦人部隊は隠れ蓑を着たアマゾンやレズビアン、あるいは下士官兵にあてがわれる娼婦の集団だという噂を裏づけかねず、はじめのうち軍部は婦人部隊にズボンとスカートを重ね着させていた。[81] これらのスカートにポケットはなかった。また、婦人部隊のコートにも、使えるような胸ポケットはいっさいついていなかった。必需品を胸もとに携帯する試みでは、「タバコの箱ひとつそこへしまうのを禁止するというルールがすぐにできた」[82] とトレッドウェルは振り返る。それはいったいどのような試みで、いかなる反対の声があったのだろうか（トレッドウェルは詳細を語っていない）。タバコの箱ひとつで胸の形が変形し、でっぱっていびつになり、軍人がもっとも恐れること――入隊したら最後、女性の外見はもはや女でなくなる――の一種のメタファーとなったのだろうか？[83]

なにはともあれ、女性のコートの胸ポケットは、あるべき軍人の外見と女性性のデリケートなバランスを乱すとして不適切と判断された。胸ポケットに物を入れるのを禁じる規則は、最終的にポケット自体はついていない飾り蓋《フラップ》の採用に落ち着く。軍部は規則を強要するより、ポケットをなくすほうが手っ取り早いと考えたのだろう。[84] これにより婦人部隊の胸ポケットはただの飾りとなり、女性兵たちはほぼなにも携帯できなくなって、軍のデザイナーたちはみずからが作りだした袋小路に陥った。かくしてショルダーストラップつきのバッグの開発がはじまるが、その道のりは長く、そもそも材料の調達と携帯方法という問題があった。[85]

「なんでもしまえる」ポケットをデザインする

一九三七年、ファッションイベントのプロモーターで『ハーパーズバザー』誌の編集者ダイアナ・ヴリーランドは、ハンドバッグをすべて廃止させると宣言した。「いい考えがあるの！」[86]と、『ハーパーズバザー』誌に入ったばかりの彼女は廊下を歩く別の編集者に言ったとされる。このときヴリーランドが着ていたシックなシャネルのシャツは内側に複数のポケットがあり、彼女はそこに口紅、頬紅、おしろい、櫛、タバコ、それに現金を入れていた。ヴリーランドは「古くさいハンドバッグ」は邪魔だとさんざん文句をつけたあと、ハンドバッグを一掃する計画を発表し、丸ごと一号使って「ポケットでできることの大特集」を組むよう提案する。必要なものを「男性みたいに」持ち運べるだけでなく、適切な場所に物をしまえば、ポケットでシルエットが改善されるではないか[87]。ポケットは大きいかもしれないが、それが「むしろシック」だと彼女は考えた。そしてバッグを持ち運ぶことから解放されれば、身のこなしも足取りも軽くなる。「ハンドバッグほど女性の歩みを制限するものはないわ」[88]と彼女は言いはなった。

その話を聞いて驚いた別の編集者がすぐさま編集長に報告した。その後ヴリーランドは正気を失ったかのと編集長に注意される。バッグメーカーからの広告収入を危険にさらすことのできるファッション雑誌など存在しないのだ。とはいえ、のちに『ハーパーズバザー』誌のファッションページは「なんでもしまえるポケット」[89]を一貫して全面的に称賛した。一九四〇年、注目すべきトレンドの記事では、「ポケットが熱い――巻きスカートについた巨大ポケット、シャツジャケットの深いポケット、イブニングスカートの内ポケット、ショートパンツの平べったいヒップポケット」[90]とポケットを礼賛。自身はデザイナーではないヴリーランドは、数々の女性デザイナーを積極的に支援し、それには実用的な既製服、カジュアルウェア、カジュアルウェア（最終的にはスラックスも）を生みだしたアメリカのスポーツウェアデザイナーも含まれた。カジュアルウェアは「現代のドレスコード」[91]にのっとり、ドレスの代わりとして登場し、デザイナーたちは女性がポケットを求めるのは自由を感じるためであるのを理解して、スリムな理想的シルエットを崩すことなく、便利なポケットを服に取り入れてみせた。

クレア・マッカーデルはそんなデザイナーのひとりだ。第二次世界大戦で物資がひっ迫する中、（布地の戦時統制に従いながらも）アメリカの主婦の求めと予算に見合う魅力的なハウスドレスをデザインするという、ヴリーランドの挑戦状に応え、マッカーデルは「ポップオーバー」をデザインした。[92]デニムのシンプルなラップドレスというマッカーデルの画期的デザインは、現在ではそのすばらしさが理解されにくいかもしれないが、野暮ったいハウスドレスをあか抜けた服に再構成したみごとな離れ業だ。それまでハウスドレスといえば、家で洗える安いコットン素材のひらひらした服で、仕事や外出には不向きだった（シャーロット・パーキンズ・ギルマンはこれより何年も前に女性服のまさにこういう点に苦言を呈していた）。ハウスドレスの着用は女性の自信を喪失させかねなかった。とある女性はハウスドレスを着るたび、「社会で活躍する女性」ではなく「家庭の主婦」なのだと感じると嘆いている。[93]マッカーデルはこの事態を変えるべく、夕食作りにも、所用のための外出にも着られるハウスドレスを提案する。そのもっとも人目を引く特徴がスカートの側面

図版13■「ポップオーバー」ドレスのためのデザイン画、クレア・マッカーデル、1942年。

にあるパッチポケットだ。エプロンのポケットのような形でかなり大きく、素材は厚みのあるキルティング（そのおかげで中にものを入れても外から見えず、でっぱらない）（図版13）。メトロポリタン美術館服飾研究所の元キュレーター、リチャード・マーティンは、この世代のアメリカの女性スポーツウェアデザイナーは、「見えるところにあって広々とした」、「意図的に目立つ」ポケットを作る傾向があったとしている。[94] 実際、ポケットは「誇示」された。[95]

　女性のワードローブを見直して変えたもうひとりのデザイナーがボニー・カシンだ。カシンは、パリのファッションは女性のニーズに応えていないと批判。「実用性と魅力を兼ね備えていない服は心から軽蔑します」[96]と述べている。みずからを「生まれついての放浪者《ノマド》」[97]と呼び、「いつでも出発でき、なにかをしている女性のために」

図版14■パースポケット・スカート（およびその細部）、ボニー・カシン、1954年。図版15　ボニー・カシンのためのアドラーズの宣伝資料、1952年。カシン初の財布型ポケット。「財布を掏るには、本人ごと掏らなきゃいけないわ」とカシンは述べた。

デザインしていると語った。一九四〇年代初期のとある暑い日、スケッチブックを片手にロサンゼルスを歩いていたカシンは画材を持ち歩くのにうんざりし、帰宅するなり、ドレスメーカーだった母親に頼んでコートに大きな財布《パース》を直接縫いつけてもらう。服と一体化したがま口の小銭入れのようなポケットは、のちにカシンを象徴するデザインになった。一九五〇年にはハンズフリー・パースポケットとして特許を取得し、そのキャリアを通してコートやスカートに採用した[98]（図版14と図版15）。腰につけられたパースポケットはヒップを強調して腰を細く見せた。ポケットは、マッカーデルとカシン、それにほかの者たちが証明したように、機能性もファッション性も兼ね備えていた。「女性がポケットを持たないのは、ポケットは女性に似合わないからだ」[99]などというのは決して事実ではなかった。女性服にポケットをつけるにはたんに工夫が必要だったのだ。

　働く女性の服にも工夫が必要だと、『ハーパーズバザー』誌は「昼間働く」[100]女性たちも小物を携帯できる、知的で魅力的なシフトドレスのデザインをカシンに依頼する。より具体的に言うと、ＩＢＭのコンピューター一台に部屋がまるまる占拠された時代に、新たに出現したデジタル演算《コンピューティング》分野にふさわしいユニフォームを考案するよう求めたのだ。『ハーパーズバザー』誌は、今後女性が担うことになるかもしれない新たな職業の重要性を強調。プログラマーはマシンに情報と指示を与える、コンピューターの「スヴェンガリ」〔小説『トリルビー』に登場する催眠術師。人を操る人物の意味〕でなければならないとした[101]。彼女の働きによってコンピューターは「超高速で計算」[102]できるのであり、そのためにもユニフォームは考え抜かれたものでなければいけないのだ。

　カシンはスモック型のユニフォームを生みだし、『ハーパーズバザー』誌はこれをコンピューターのようになめらかですぐれたデザインと絶賛した。芸術家へ転身前のアンディ・ウォーホルが担当したイラストでは、パンチカード用、プリントアウト用、その他の小物用と、よく考え抜かれたポケットが矢印で示されて

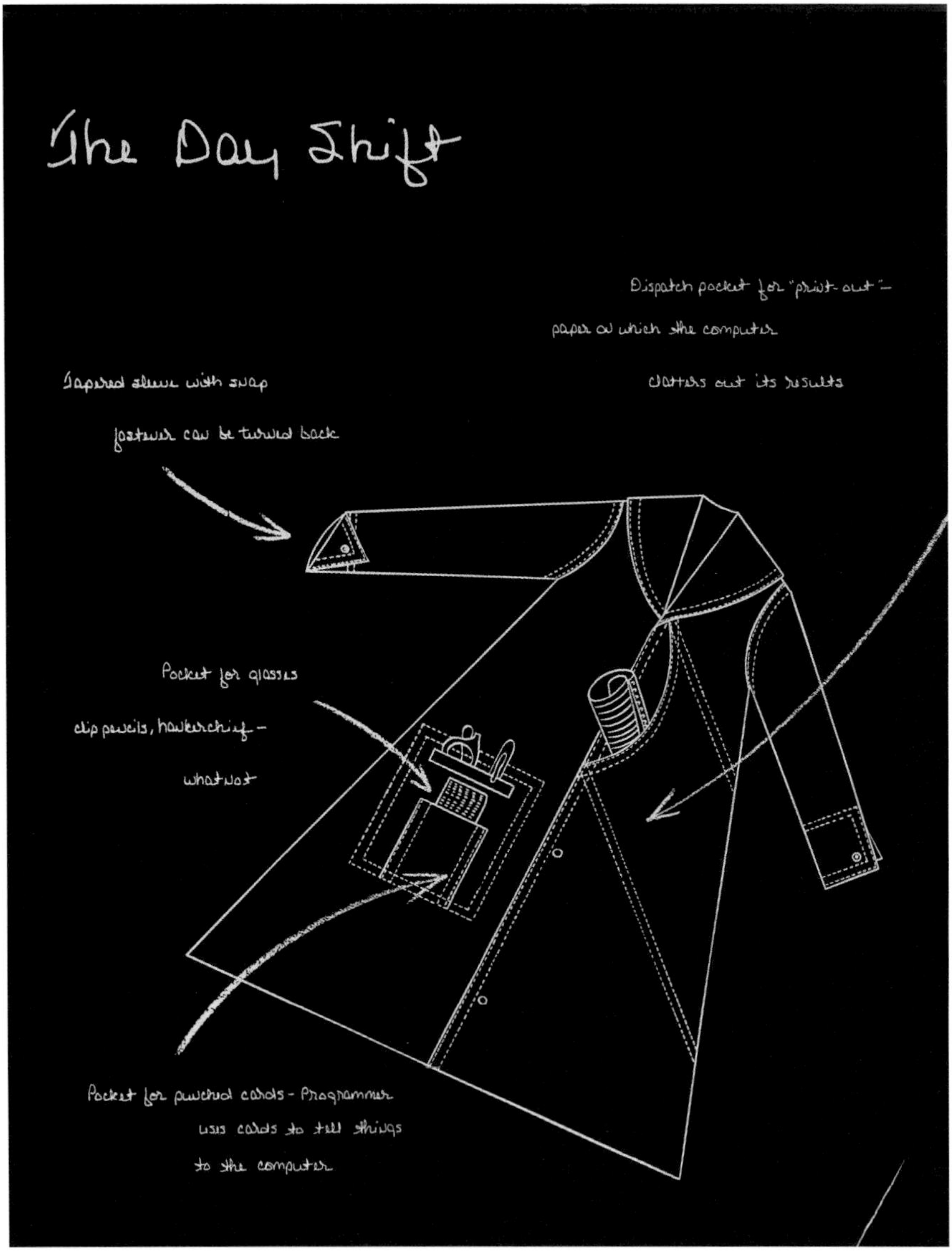

図版16■ボニー・カシン作、IBMプログラマーのユニフォームのための理論的なデザイン。イラストはアンディ・ウォーホル。『ハーパーズバザー』誌1958年2月号掲載。

いる（図版16）。眼鏡やクリップペンさえトップステッチで縁取られたパッチポケットに収まっているとスタイリッシュに見えたことだろう。カシンとウォーホルによるデザインに添えられたのは、未来へ向けた一通の手紙だった。ソ連の人工衛星スプートニク1号が大気圏に再突入し、銀河の可能性にふたたび目が向けられていた一九五八年の冬に書かれたその手紙には、多用途のスモックよりも実現の可能性ははるかに低そうな目標が列挙されていた。交通渋滞のない街、もっと簡単な空の旅、予定どおりに届く荷物、嘘をつく必要のない離婚法。それらに比べれば、動きにくい服を効率よく動ける服に変えることはなんでもないように思えただろう。

対等のポケットを求めてつづく戦い

五〇年を超える歳月が流れたあと、女性のための頼りになるポケットよりも先に無過失離婚が現実になるなど誰が考えただろうか？　二〇世紀なかば、スポーツウェアデザイナーたちはその後のカギとなるアイデアと素材を提供した。マッカーデルやカシンのあと、幾世代ものデザイナーたちがふたりの工夫を参照し、新たなアイデアを加えていった。だがそんな努力も、そもそも最初にポケットの不均衡を生みだしたジェンダーにまつわる根強い考えを消し去ることはできなかった。見苦しいだのファッションの虜だのと否定する多くの声の根底にあるのは、実際女性にポケットは必要かという現実的問題だ。たとえば一九四〇年、『ライフ』誌の記事は女性服に再登場した「ポーチ並みに大きい」[103]ポケットを嘲り、兵士、猟師、郵便配達員、整備士、少年、そしてその父親たちはみな、多くのポケットを使っていると主張した。男性で独占されているこの職業リストがほのめかすように、男性は行動し、労働する。彼らが着る服はその多用な活動を反映し、それに備えるためのものでなければならない。女性はファッションに命じられたら「ポケットを身に着ける」[104]が、女性がポケットを活用するとは「誰も予期していない」

　これがポケット問題の核心だろう。片方の性別だけが機能的な衣服を必要とするのは、それを活用し、求めているとされるのが片方の性別だけだからだ。女性の居場所と、女性に期待される限定的な社会的および経済的貢献にまつわる実に古い考えは、いまだわたしたちとともにあり、わたしたちが作り、着ることに同意する衣服に反映されている。『女性のための衣装哲学』でギルマンが主張したように、衣服が「社会的生産物」[105]であるなら、女性服にポケットがついていない事実は、女性はかくあるべきというわたしたちの考えと、女性に必要だとわたしたちが考えるものを表していることになる。自然と呼ばれる超人的で抽象的な力や、ファッションを女性服にポケットがついていない理由として責めるのはあまりにたやすく、女性服における機能性の欠如を真剣に考えることから目をそらす便利な言い訳になる。しかもその種の説明は女性がさらに社会へ進出するようになって表面化した深い懸念を巧妙に避けてくれる。申し分なく機能的なポケットを女性が実際に活用したら、なにが起きるのだろう？　女性たちは「解放の服」[106]——一八九〇年代、とある仕立屋が自転車にまたがることを可能にした自転車用ブルマーをそう呼んだように——になにを携帯もしくは隠すのだろうか？　この仕立屋は『ニューヨーク・タイムズ』紙のインタビューに応えて、自転車用の大きなブルマーにレザーで裏張りした大型ポケットをつけるよう注文され、疑問を抱いたと語っている。「全員が全員リボルバーを忍ばせたがっているとは言いませんが、大部分がそうしたがっているし、しかもはばかることなくそう口にするんです」[107]。『カンザス・シティ・デイリー・ジャーナル』紙に掲載され、広く引用されたとある詩はこの懸念を明確にした。ブルマーのポケットに女性たちはピストル、タイヤのパンク修理用のゴム、それに「女性参政権論者《サフラジスト》の演説」を「こっそりしまっている」[108]。携帯できるものが増えるほど、より自由にふるまえる。「サフラジストのスーツにはポケットが大量に」[109]あるという報道も、女性が隠し持てる必需品の数々がどんどん増えるのを社会が不安視していたことを示唆するものだ。作家チェルシー・サマーズは『ヴォックス』誌に、こんな懸念が浮上するのは、男性のものと同様に、「女性のポケットは秘密のもの、プライベートなもの、あるいは命取りになるものを携帯できる」[110]からだと記した。

二〇世紀と二一世紀を通して、女性のポケットは見慣れたパターンをたどり、流行り廃りを繰り返す。女性服はますます男性のワードローブを取り入れ、一九五〇年代にはジーンズを、一九七〇年代にはタキシードを、そして一九八〇年代にはパワースーツを自分たちのものに変えた。しかし概してポケットは不必要なおまけのままだった。ポケットはたいして布地を必要としないものの、うまくつけるにはコツがいるうえに製造コストを押しあげるので、男性服では必要コストとして受け入れられているが、女性服では不必要な出費としてしりぞけられた。たとえばクレア・マッカーデルはニューヨークにあった衣料品メーカー、タウンリー・フロックスに勤めていた当時、コスト削減をはかる生産部長相手にポケットを省かないよう繰り返し頼まねばならなかった。[111]手間と費用の増加は大量のフェイクポケットが存在する理由のひとつであり、ファストファッションの台頭により、その数は増加した。[112]ポケットフラップは見ばえがよくても、そこに実際に機能するポケットをつけるのは余計なコストとされ、グローバルビジネスの効率性という名目で削除されるのだ。

一九世紀末に作られた非公式な目録よりはるかに正確なデータが、こんにちの女性のポケットが男性のそれよりあきらかに小さくて不便なことを示してみせる。二〇一八年、アメリカの大手ブランド二〇社の男性用と女性用ジーンズ八〇本のポケットを計測したジャン・ディームとアンバー・トーマスは、女性のポケットは男性のものより平均して四八パーセント短く、六・五パーセント狭いことを発見[113]（図版17）。また、女性の手は女性もののポケットに指のつけ根までしか入らず、調査した女性もののポケットのうち半数以上が財布、携帯電話、ペンをしまえなかった。これらの発見は、中流ファッションはときに着用者のニーズではなく美観によってのみデザインされているという主張を裏づける。ディームは彼女と男性パートナーのポケットのサイズの違いを「政治的」と考えた。「ポケットのサイズは女性の身体を規制し、携帯する自立性を制限するもうひとつの問題です」[114]

　ディームとトーマスの調査は「ポケット問題」に関する最近の分析の中でもっとも説得力のあるものだ。実際、二〇一〇年代に入ると、ポケットのジェンダー問題に関する発言は顕著に――前例のないことではないが――増加した。一八〇〇年には「深刻な意見の衝突」を引き起こしていたものが、一九〇〇年にはあきらかに政治的「騒

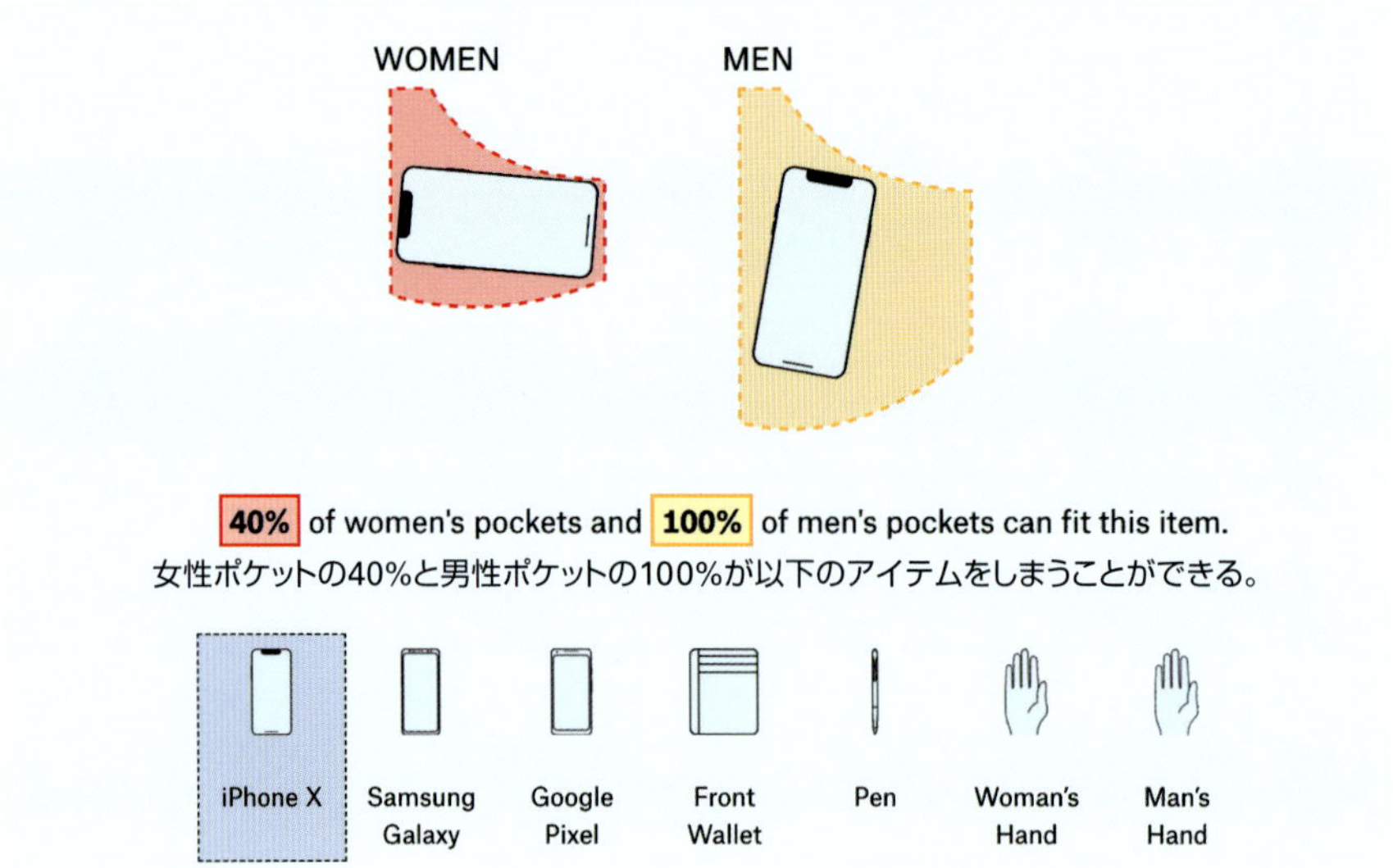

図版17■ジャン・ディームとアンバー・トーマスの『女性はポケットを禁じられていると誰か賢い人が昔言っていた』に掲載されたイラスト、オンライン記事『ザ・プディング』（The Pudding）に2018年に発表。2018年の標準的な前ポケットのサイズとそこに収まる物。

擾」を生みだした。二〇一六年頃には、未解決のままのポケットの不平等さは、『アトランティック』誌、『ワシントン・ポスト』紙、『ヴォクス』誌、『ミディアム』誌などにあいついで取りあげられ、『トゥデイ』『CBSニュース・サンデー・モーニング』『ナショナル・パブリック・ラジオ』などの番組でも話題となった。これを引き金にソーシャルメディアでは怒りが公然とぶちまけられ、#PocketInequality（ポケットの不平等さ）、#HerPocketsSuck（女性のポケットは最悪）、#wewantpockets（わたしたちはポケットを要求する）、#givemepocketsorgivemedeath（ポケットを与えよ、さもなくば死を）などのハッシュタグがツイッターやインスタグラムに何千と投稿されてトレンド入りし、ポケット不足あるいはポケットの欠如は腹立たしい不正だと批判した。インターネットに拡散されたポケットにまつわるさまざまなミームでは、ポケットがたくさんあるさまとまったくないさまを描いたイメージが繰り返し用いられた。二〇一八年ディライラ・S・ドーソンは、衣料品メーカーの幹部が「女性が求めるもの」を質問しておきながらも、女性カスタマーの良識あるリクエストには聞く耳を持たないさまを、架空のやりとりとしてツイッターに投稿した（図版18）。

Delilah S. Dawson
@DelilahSDawson
exec: So what do we think women want in fashion?
women: Pocke--
exec: Cold shoulder tops in pastels. Got it.
women: Pock--
exec: Clothes with pre-made holes in delicate fabrics.
women: Po--
exec: Cut-outs in flabby areas. Good.
women: POCKET--
exec: Shapes that require new bras!
24.7K 12:24 AM - Jun 20, 2018
7,880 people are talking about this
boredpanda.com

重役：では、女性がファッションに求めるものとはなんだろうかね？
女性たち：ポケッ……
重役：パステルカラーのオープンショルダートップス。なるほど。
女性たち：ポケ……
重役：優美なファブリックにホールつきの服。
女性たち：ポ……
重役：ゆるふわとカットアウトの組み合わせ。いいね。
女性たち：ポケット……
重役：新たなブラが必要になるデザイン！

図版18 ■ ポケット・ツイート、ディライラ・S・ドーソン、2018年6月20日。

では、ポケットを失ったら男性はどう感じるのか。[115] 二〇一七年、オンラインマガジン『バズフィード』の編集者がこの実験を決行。職場の男性四人に服のポケットを縫い閉じてもらった。[116] はじめてポケットのないズボンをはく体験はちょっとした驚きとなった。四人は社員証と財布を忘れただけでなく、テイクアウトの食事を注文してオフィスへ持って帰るのにもひと苦労した。「ストレスが溜まってまいったよ」[117] とひとりは昼には音をあげた。「ランチに行くのにも財布と鍵類を手で持たなきゃいけないし、置き忘れそうでずっと気にかかる」。ひとりは携帯電話を手に持ったままトイレで用を足す方法がわからなかった。骨の折れる一日が終わる頃には、四人の男性全員が、女性のポケットは不充分で不公平だと認めた。ひとりはこの体験を、電気が発明されているのに闇の中での生活を強いられるようなものだと語った。

このファッションのダブルスタンダードで影響を受けるのは成人女性だけではないと指摘する声もある。女性服にある制限は若い世代にも不便を強要しているのだ。二〇一八年、小説家へザー・カジンスキーはよもや子どものパンツに文句をつけた投稿がツイッターでバズるとは夢にも思っていなかった。「**ねえ、女児用のパンツにポケットをつけてよ！**　うちの三歳児はポケットがなかったりフェイクポケットだったりするとカンカンになるわけ。娘には**入れたいものがあるの**、石とかパワーレンジャーとか。仕方なくシャツの中に突っこんでるけど。そんなのおかしいでしょ。女の子にもポケットをあげて」[118]。これには女の子を持つ世界中の母親からたちまち反響があった。幼い女の子がパンツを後ろ前にはいてポケットを使っているとか、痛いのを我慢して靴に持ちものを詰めているという話がぞくぞくと寄せられる。看護師のアリソン・チャンドラは、「うちの子は女の子向けの服は断固として買わないわ。『宝物ポケット』がひとつもついてないからですって」[119] とリプライした。

未就学児がほっそりと見えるようスリムなシルエットを意識的に選んだり、自立心をアピールしたりするとは考えにくく、女児の服にポケットをつけるのを反対する根拠は脆弱だ。「ポケットはおおいなる不平等性の小さな兆候よ」[120]とカジンスキーは結び、そもそも娘にパワーレンジャーで遊ばせるのがおかしいとする否定的な反応にも、その兆候は見られた。

イングランド、ウェスト・ヨークシャーのエレノア・ハンソン、自称「八歳三カ月」[121]はこの問題解決にみずからのりだした。彼女は衣料品会社ファットフェイス宛に手紙を書き、家族でやっている農場で卵を集めるお手伝いのときに男の子用の短パンをはかなければならないことを訴えた。母親と見たファットフェイスの女の子用短パンは「おしゃれで実用的」[122]と説明があるのに、小さなポケットには卵が一個しか入らなかった。対して、最終的に買うことにした男の子用短パン——ラベルには「タフで丈夫、すぐに行動可能」[123]と記されていた——は卵が七個入った。彼女は会社に説明を求め、「女の子にもポケットが必要です！」[124]と締めくくった。ジーンズに「本物のポケット」を求めるハンソンの手紙とそれにつづく幼い消費者たちからの——アーカンソー州ベントンビルの七歳児からカジュアルブランド、オールドネイビーへ送られたものも含む——手紙はマスコミで取りあげられ、企業のCEOたちも女の子のポケットには「差」があることを認め、改善を約束した。[125]

服は「すぐに行動可能」であるべきだという幼いエレノア・ハンソンに賛同し、女性のワークウェアを展開する数々のデザイン会社が使えるポケットを導入、広告の目玉にして消費者に売りこんだ（図版19）。むろん、ポケットのない服で満足している女性も大勢いる。夜の正装には自身のスタイルを強調するすっきりしたラインや着こなしがとりわけ向いているだろう。だが昼用の服にポケットが確たる場所を見つけるまでは、ポケットの性差問題を真剣に受け止めなくてはならない。ポケットを縫い閉じる実験に参加した『バズフィード』の男性たちや、『たのしい川べ』のヒキガエルが発見したように、自由な活動は、社会生活や人とのやりとりに必要なものがすぐに取りだせるかにかかっている場合があるのだ。女性たちはそんな利便性に頼ることができない。代わりに、女性たちは幼い頃から不便を強いられ、男の子たちにはボタンやスナップつきのポケットがあるのに、女の子たちはぴったりしたジーンズをはかされる。思春期になると、ティーンエイジの少女たちは、たとえば生理用ナプキンをトイレへこっそり持っていくのにもバックパックを持っていく。隠しているつもりでもそれでは逆に目立ってしまうのだ。誰でも外出するときに頭の中で持ちものをチェックするが、携帯する必要のあるものをしまう場所まで考えるとなると、さらに工夫が必要だ。

女性がバッグを手に外出するとき、服にポケットがついている男性と同じ法的保護を受けること

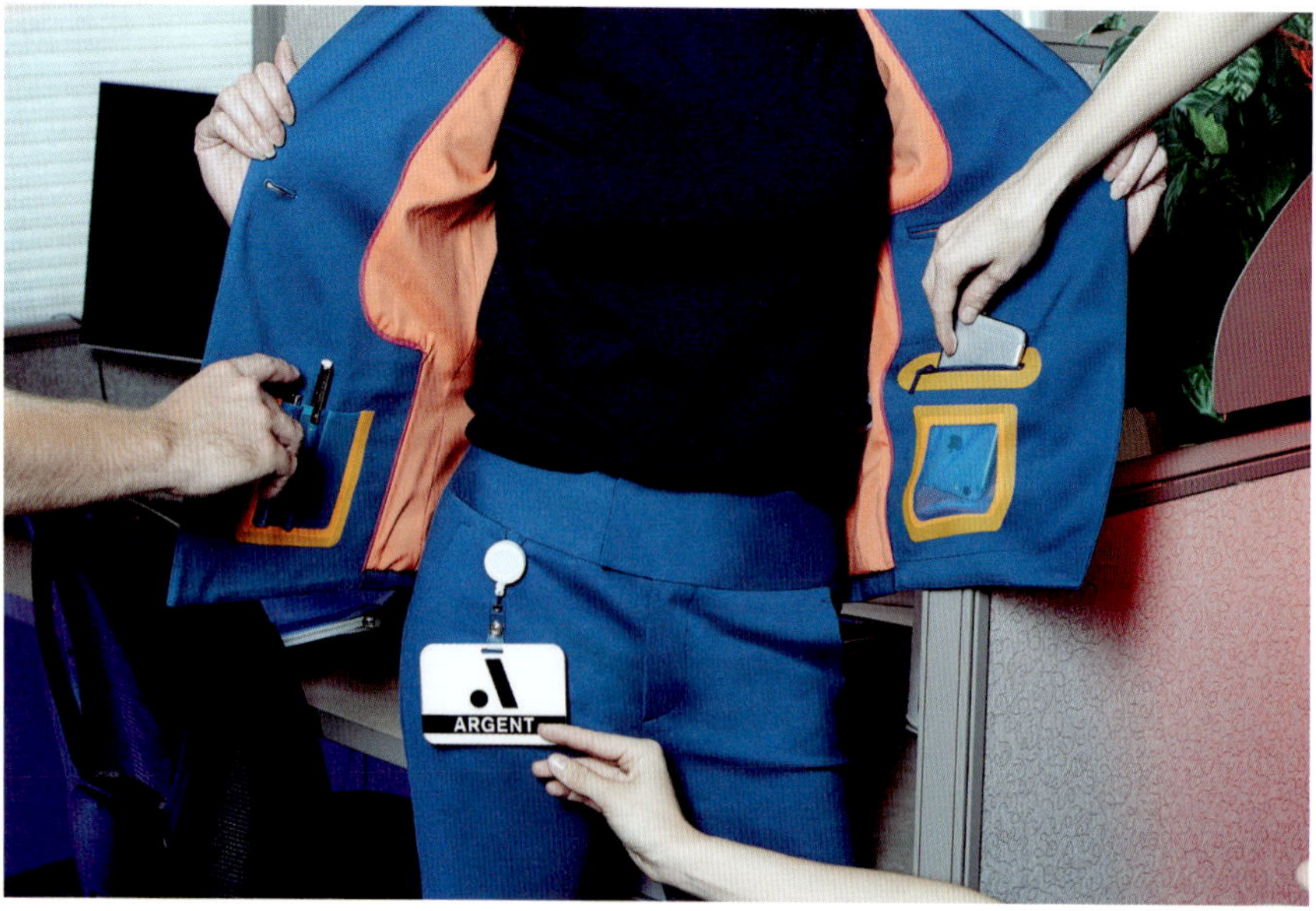

図版19■女性のワークウェアブランド、アージェントのポケット、2019年。それまで女性の上着に内ポケットがつけられることはまれだった。「女性用ブレザーを試着して内ポケットがないのに気づいたときは、服を燃やしてやろうかと思ったわ!」とエリカ・ホールは2014年にツイッターに投稿している。

はない。これは一九九九年、不当な捜索と押収をめぐり、ワイオミング州に対して最高裁判所で争われた事例からあきらかになった。[126] 人が携帯しているハンドバッグは捜索対象となるのか？　ドライバーが薬物所持の嫌疑で警察に車を停止するよう求められたとき、原告のサラ・ホートンは助手席に座っていた。彼女自身は容疑者ではなかったが、彼女のハンドバッグも中身をあらためられた。警察が車両を調べるときは、荷物は中へ置いていくよう求められることが多い。だが同乗者が被疑者ではない場合、ポケットを調べられることはない。ポケットは服と身体のあいだにあるとみなされ、ポケットの捜索は合衆国憲法修正第四条〔不法な捜査や押収を禁じる条項〕が認める「身体検査からの特別に強化された保護」に違反する。[127] 最高裁判所判事アントニン・スカリアは最高裁判所の多数意見として、ハンドバッグをブリーフケースやリュックなど、問題の車両内にあるほかの手荷物と同等とみなし、すべて捜索対象になるとした。[128] 言い換えると、スカリア判事は、ポケットにしまった札入れ同様、ハンドバッグはプライベートなものであるという社会の認識を否定したのだ。ブレイヤー判事はハンドバッグをほかの手荷物と同等とするスカリアの意見に難色を示し、「ハンドバッグは特別な入れものである」と述べ、「ハンドバッグの捜索は身体検査に近い侵害であり、どちらにも同じ法律が適用されるとしたいところだ」と認めた。彼は「女性のハンドバッグが男性の札入れのように肌身につけられていた場合は一種の上着とみなされ……判例によって適切な保護を受けられただろう」とつけ加えている。ワイオミング州でのこの事例では、ハンドバッグは後部座席にあり、原告の体から離れていた。最終的にブレイヤー判事は先の意見を支持したが、原告がハンドバッグを携帯していれば異なる判決になっていたかもしれないと記した。

　デザインはものを言う。服と一体化したポケットと服から切り離されたハンドバッグの単純な差異は、最高裁判所の事例が示したようなプライバシー問題の観点からだけでなく、女性たちがいまや数百年も維持している行為主体性の観点からも、波紋を広げる。

著名な世捨て人でニューイングランド、アマーストの「伝説」、詩人エミリー・ディキンソンはそれをいくらか認識していた。没後発見された彼女の詩稿の中で、ディキンソンはポケットに自分の「聖域」を夢想し、すぐ身近にあり、将来そこからなにが生みだされるかは推し量りがたい、小さな領域を称賛した。[129]ディキンソンは一九世紀にドレスメーカーを言い負かせた女性のひとりで、三〇代になって着るようになった輝く白いドレスの右側にひとつだけ縫いつけられた（フラップつきの安全な）ポケットを享受した。ディキンソンは自身の勝利を最大限に活用した。ポケットの中に短い鉛筆と紙片をしまい、彼女の崇拝者が「鳥の足跡の化石」[130]にたとえた筆跡で、ふと浮かんでは消える思考や、日々の考察をそこに書きつづった。そして夜になると自室の机に向かい、誰にも邪魔されずにそれらを書きなおし、切り捨て、修正して磨きをかけるのだった。[131]

ディキンソンには自分だけの部屋——そして頼りになるポケットがあったのだ。

第5章

「そこには一ペニーも入ってない」

ポケット目録

一九五七年、『ライフ』誌はふたりの兄弟を逆さづりにしてポケットを裏返させた（図版1）。まわりの床にきれいに散らばっているのはビー玉、お守り、瓶の蓋、空薬莢で、それらは「一年分のポケットの中身」[1]だ。「どこにでもいる少年らしく」[2]、ニューヨーク州ミルウッドのボビーとピーターのポールディング兄弟は外で見つけた小さなものをなんでもポケットに入れていた。少年たちの母親は服を洗濯する前にポケットの中身をあけて出てくるものに魅了され、「ダンガリー生地に隠れていたガラクタ」[3]として収集しだす。『ライフ』誌の編集者は「それなりの大きさがあり、特定可能な物」[4]が四七六個あったとして、任意の順序に並べた一覧表を写真の横に掲載した。

アメリカの生活を記録に残すため、そして写真は統計より雄弁であるとの信念から、『ライフ』誌はこの種の写真による数々の分析を行い、その中には考えさせられる調査もあった。一九〇〇年以降、典型的労働者階級の食生活はどれだけ変化したか？　オハイオ州クリーブランドのチェカリンスキー家四人の写真は、一九五一年に消費予定の二トン半もの食料――整然と並べられたガラス瓶入り牛乳六九八クオート（およそ六六〇

図版1 ■『ダンガリー生地に隠れていた1年分のガラクタ』撮影ラルフ・モース、『ライフ』誌、1957年4月8日号掲載。ニューヨーク州ミルウッドのボビーとピーターのポールディング兄弟と、母親が1年のあいだにふたりのポケットから集めたガラクタ。

《リットル》」を含む——の前で撮影された。つまり、大幅に、という答えは疑念の余地がないわけだ。また、もうひとつの事実も疑いようがなかった。冷戦開始時のアメリカは「著しい豊富さ」[5]を経験していたのだ。しかしピーターとボビーのダンガリー生地に隠れていた大量のガラクタのような、特に意味のない物からはなにがわかるだろう？　軽い調子ではあるものの、『ライフ』誌は科学的用語を用いて一年分の収集物を試験的な「産物」になぞらえ、二二口径弾の空薬莢ひとつ、キャプテン・ミッドナイト宛の手紙一通、ウサギの足のお守りひとつを含む内容を入念に記録した。[6]ポケットに入っていた品々から学べることがなにかあるはずなのだ、『ライフ』誌の編集者たちにはたとえそれがなにかまるでわからなかったとしても。

『ライフ』誌が掲載したポケットの中身は、ふたりの少年の探検を物語る品々が数百日分も集められ、写真つきで紹介されたという点においてのみ珍しいだけで、それをのぞけばその手の記録の長い伝統をなぞっているだけにすぎず、ポケットの中身は報道され、詩や物語になり、さらには博物館の蒐集品として記録されてきた。そんな伝統からは、ポケットにしまわれているものは特別であり、人が一時的に身に着けるものにはほかの大事な所有物とは異なるなにかがあるという強固な確信がうかがえる。自宅や図書館、博物館に収集されるものとは違い、人が携帯するものはその情報を共有されることもなければ、認識されることも、後世に伝えられることも通常はない。代わりに、ポケットにしまわれるのはたまたま見つけたものであることが多い。いびつな形の石ばかりの中に見つけたまん丸の石、裏に電話番号を書きつけたレストランのブックマッチ、購入した商品のレシート。

　空港や連邦ビルのセキュリティチェックを通るときに鍵やリップグロス、捨て忘れていたキャンディの包み紙をポケットから取りだすことにどこか憤りを感じておきながら、他人のポケットの中身を調べることはなぜ正当化できるのだろうか？　おもしろいことに、ポケットの中身の記録は不法な侵害ではなく、興味深い情報源とされることが多い。現実の、そして架空の探偵たちは、ポケットの中身が示す手がかりに頭をひねってきた。アガサ・クリスティの『ポケットにライ麦を』に登場する探偵は、殺害された社長のポケットに入っていたライ麦の粒が失敗した事業、クロッグミ鉱山とどんな関わりがあるのかと考えをめぐらせる。[7]あらゆる種類のアマチュア探偵がそれにならい、好奇心を満たすために興味に屈して分別を捨て、家族であれ他人であれ、人が隠しこんでいる真実を暴きだそうとしてきた。[8]その結果、ポケットの中身は万人の目に無遠慮にさらされ、称賛され、風刺され、あの古い格言を立証した。[9]どんなものを食べているか――ここでは、どんなものを携帯しているかだ――言ってみなさい、あなたがどんな人か当ててみせましょう。

『最大の関心事』：少年たちのポケット

雑誌や新聞は少女のポケットには無関心だったのに対して（これについてはあとで触れる）、少年たちはなんでもポケットに入れることで知られるようになり、そこには信じがたいほど膨大な数のものがしまわれていた。少年たちのポケットの中身を取りあげる記事は一八五〇年代頃に登場し、一〇〇年以上つづいた。それらによると、少年たちはものをなくさないようポケットにしまうだけではなかったようだ。この手の記事は往々にして同じ言葉からはじまる。「男の子のポケットをひっくり返したことはあるだろうか？」一八六一年の『ニュー・イングランド・ファーマー』誌によると、少年のポケットは「理性への反抗」であり、「単調な日常世界」における「最大の関心事」と言えた。[10]一八八五年、とある成人男性はユーモア雑誌『パック』に、少年のポケットは少年だったことがないすべての者、あるいは少年時代の記憶がはるか遠くなったすべての者の「驚く心に挑みかける」[11]とわびしげに認めた。そこにあるのは「理論的には、少年のポケットは狭いスペースでしかない。実際には、そこにはなんでも入る」[12]という謎だ。少年の胃袋のように、ポケットはいつでも広がってもうひとつだけ入れることができるのだ、たとえそれが「不思議」[13]であろうと。

一九世紀に少年のポケットを調べた者たちは、「幼い少年のポケットに入りこむ品物の多様性と数はまとめきれない」[14]と同意した。えりすぐりのものをしまう基準があったとは言えず、そこにあるものは正確にはコレクションとは呼べなかった。むしろ少年のポケットは、骨董品店や中古品店、あるいはフリーマーケットなど、なんでも売られている場所のように秩序がないとされることが多く、人間の秩序がおよばない場所とする者もいる。友人の息子のポケットの中に生きたネズミが入っているのを見つけた人は、まるでウサギの穴だと言ったそうだ。[15]少年はネズミを犬の餌にするつもりでいた。

とはいえ、ポケットの中身を列挙してみる衝動には抗えず、あらゆる書き手が膨大なリストを作成しては報告した（図版2）。一八六二年、『メイン・ファーマー』誌の寄稿者は妻とともに「うちのあくたれをつかまえて吐きださせた」[16]と説明。その結果をこう記している。

> ウナギの皮一枚、[17]チョーク一本、ちびた鉛筆一本、ビー玉七個（一個は赤い模様入り）、鉄筆一本、片方だけのミトン、タフィーキャンディの塊ひとつ（ひどく汚い）、鉄のネジ一本、ハードパテのかけら、ピーナッツ四個、大量の乾いたオレンジの皮、コミックソングの楽譜（ぼろぼろ）、凧のしっぽ一本（さまざまな色と生地）、よい行いに対して学校からもらえる小型カード一枚（一八六〇年七月の日付でかなりぼろぼろ）、パイプの吸い口ひとつ、馬蹄の一部、変色した一〇セント硬貨ひとつ（歯形つき）、木製の焼き串一本、ウィッシュボーン〔鳥胸のV字型の骨。ラッキーアイテムとされる〕ひとつ、そしてそれら全部を包んでいた、もとの色は不明のひどく汚いポケットハンカチ一枚。

CONTENTS OF A BOY'S POCKET. (SEE PAGE 499.)

図版2■『ぼうやのポケットの中身』『エブリ・サタデー』誌1870年8月号より。父親がつまんでいるのは寝ている息子のズボンから出てきた、生きたカメ。

『メイン・ファーマー』誌につづられた父親の中立的な客観性は、裁判所に任命されて遺言の内容を確認する管財人、あるいは収監する囚人の所持品を記録する看守のようだ。淡々と記録されることで、このでたらめなリストからは滑稽さと感傷が滲みだす。彼の息子のポケットの中では自然が人間社会や人工物と混ざり合っている。まだ使い道がありそうなものが、もう使いようのないものとまぜこぜになっている。そして魔法と平凡が隣り合わせになっている。父親は詳細にまで触れ——変色した一〇セント硬貨は「歯形つき」、ビー玉の一個は「赤い模様入り」——ふつうなら記述に値しない細部、「ピーナッツ四個」や「片方だけのミトン」まで克明に記録している。その几帳面さのため、オレンジの皮の数については逆におおざっぱなのが際立つ。「大量の」と匙を投げることで、父親はその多さを強調しているのだ。

長いリストは終わりがないかのようだ。文学に登場する一覧表を研究したロバート・ベルナップは、「うまくリストに含められる数には限界があり」[18]それを超えると読者はすっかり退屈するとした。だが少年のポケットの中身の列挙もついには終わりを迎え、ベルナップが効果的アンカーと呼ぶ、リストの終わりを告げて、しかもひときわ注目を集める物で、この一覧は締めくくられる。[19]この場合、それは「もとの色は不明のひどく汚いポケットハンカチ」一枚だ。ほかのどんな場合でも、汚れたハンカチに魅力があることなどないだろうが、ここでは立派に結びの役割を果たし、衛生的には問題があろうと、ハンカチが汚れているのは少年が自分の宝物を大切に守っていた証だ。

ここでやめにする親や書き手もいる。リストの作成はそれだけでポケットの中身という奇妙な現象の証になる。しかし多くはそれらを集めた子どもにまつわる仮説を立てる誘惑に抗えず、そこから子どもの未来の職業や、なにか意味のあることを予見しようとした。[20]針金や木片、それに「変わった仕掛け」[21]は、「機械工の素質」の表れかもしれないと、一九一七年にとある寄稿者は『モンロー・シティ・デモクラット』紙に記した。一九二三年、ある父親は『ボストン・デイリー・グローブ』紙に、ポケットを調べるのは息子について学ぶ大事なプロセスであり、自分の子どもを注意深く見ている親なら、「子どもの関心事、癖、未来と問題の正確な目録」[22]を見つけることができると書いた。とはいえ、大多数にとって、さまざまなものがごたまぜのポケットの中身からなにかを読み取ろうとするのは、謎の「暗号文」を解読するぐらい困難だった。[23]

そのため、ポケットの中身が持ち主の少年についてなにを語るか考察するより、「あらゆる少年」[24]に共通する「特徴」、つまりは溜めこみ癖を賛美することが圧倒的に多かった。とある母親は一八九四年の随筆で、なんでもポケットに溜めこむ息子のことを、「ポケットが足りないみたい」[25]と甘やかすように記した。片づけないのを叱る代わりに、ポケットがパンパンになっているのを喜び、なんでも「手あたりしだいしまう」のは「正真正銘の愛すべき多才さ」の兆候とみなした。[26]ポケットは少年が持つ少年らしさの大事な証だとこの母親は示唆する。ふくらんだポケットを生物学的、あるいは発達的な特徴と解釈すると、このようなポケットの中身一覧には、子どもにまつわる愛らしいエピソードで読み手を楽しませる以上の役目があったことがわかる。親たちが熱心にポケットを調べたのは、自分の子どもにはなんの問題もないという確証を探すためだったのかもしれない。

デジタル時代に子どもたちが電子機器の画面を長時間見つづけるのを心配するように、一九世紀後半から二〇世紀初頭にかけての大人と親たちは都会暮らしの快適さと運動不足が少年たちを軟弱にすると心配した。家族経営の農場で不可欠とされた児童労働は一般家庭ではもはや不要となり、子どもたちは年齢によって学年が分けられている学校で過ごす時間が増え[27]（一九世紀末には高校が急速に普及）、スカウト活動からスポーツクラブ、教会のピクニックまで、大人が組織するほかの活動に従事するようになった。いまや白人中産階級の親たちは、別の種類の社交を必要とする会社勤めの世界へ向けて子どもたちを準備させねばならなかった。

はるかに組織化された暮らしに適応していく中で、少年たちは「正真正銘の愛すべき多才さ」を失っていったようだ。アメリカの著名な男性作家たちはそんな状況に批判の声をあげ、「四〇年前の少年」を彷彿とさせるわんぱく小僧たちを自身の小説にぞくぞくと登場させた。[28] トマス・ベイリー・オルドリッチの『悪童物語』（一八七〇年）を皮切りに、トウェインの『トム・ソーヤーの冒険』（一八七六年）、ウィリアム・ディーン・ハウエルズの『ある少年の街』(*A Boy's Town*)（一八九〇年）、そして数十もの作品がこれにつづく。これらのいわゆる「ワルガキもの」作家たちは「本物の少年」とは「品行方正な少年」[29]ではないことを読者に思い出させた。本物の少年たちは、子ども向けの教訓小説や日曜学校の読本に出てくる無表情な登場人物たちのように、応接間や教会の座席で静かに座っていたり、ママの言うとおりにしたり、ちゃんと授業を聞いたりしない。本物の少年たちは束縛されることなく世界をぶらつき、川べりから製材所まで、学校や自宅は器用に避けながら縄張りを越え、大人の目をのがれて歩きまわるのだ。一九〇一年、『デトロイト・フリー・プレス』紙に掲載された詩は「自然のままの少年」[30]とは「『ロビンソン・クルーソー』を読み、ポケットはゴミだらけの少年」だと明言した。

「ワルガキもの」作家たちが示したように、子ども時代とは、親が「中へ入る」ことも理解することも不可能な、まったくの別世界だ。[31] そのため親は確信を得られる場所を探し、それには少年のポケットも含まれた。そして少年というものを理解しているのなら、とオルドリッチは『エブリ・サタデー』誌に掲載されたポケットにまつわる随筆で戒めた。そこに「なにを見つけようとびっくりしてはいけない」[32]。特に親は、少年たちが集めてくるものの中でも中心となる謎のひとつ、「ゴミ」[33]については心配すべきでなかった。新聞や雑誌に登場するポケットの中身があきらかにしたように、少年たちは自分のポケットに、壊れているもの、汚れているもの、泥のついているもの、まるで使い道のないもの、半端な紐、「なにも開けられない鍵」[34]、ベタベタしたパンの端、虫の翅などを詰めこんだ。逆説的ではあるが、トウェインが『トム・ソーヤーの冒険』に記したように、少年たちにとってはこんなゴミが「かけがえのない宝物」[35]だった。

なにより少年たちの価値観は大人には「説明できない」[36]ものだったようだ。なぜ少年たちは「ドロガメの子どもと古いドアノブ」[37]に同等の価値を与えるのか？　と一八七〇年にとある作家は問いかけた。なんの疑問も抱かずにそれらを同等とみなすのは、少年には独自の文化とマナー、慣習があり、たとえ一風変わっていようと、機能するなんらかの経済システムまであるということだろう。ものに価値を与える行為[38]――なにが大切で、なにが大切でないかを決めること――は、文化が世界に意味を与えるすべのひとつだ。よく考えればトム・ソーヤーの近所に住む友人たちも、トムの代わりにポリーおばさんの塀のペンキを塗るのに代価を要求されるのは、トムに一杯食わされているのだと気づいたはずだ。なのに全員がペンキ塗りには「ぐるぐるまわして遊べる紐のついたネズミの死骸」[39]や「青い瓶の底」を払うだけの価値があるとしたのだ。

もっとも、そんな価値基準は大人には筋の通らないものだ。一八六七年、「ダイヤモンドも子どもの目には」[40]自分で集めたガラクタや「珍しいもの」の「半分の価値もない」ようだと、とある観察者は記した。少年たちは散歩の途中で目についたものはなんでも拾い、それら珍しいものの多くは自然界のサンプルだった。カエル、カメ、ネズミ、ミミズ、カニ、蛇の皮、カブトムシ、ハツカネズミなどなど。少年たちのポケットの中身を占めるのは、生死を問わず、そういう生きものたちだ。ほかにも、斑点のあるニワトリの羽根、栗のイガ、色のついた小石、木の皮、貝殻などの野菜や鉱物が含まれた。「ワルガキもの」作家たちによると、これらは少年たちの行動範囲の広さ、そして四季とのつながりを示すものだ。ハウエルズは『ある少年の街』で、まだ熟していないリンゴから、さまざまな「木の実やドングリ、ローズヒップやサンザシの実」[41]まで、道路や川岸、森や牧草地で少年たちが四季折々に見つけてくるものの記述に一章を費やした。

これらやその他「ワルガキもの」作家たちの描写にあきらかなのは、田舎の少年の生活へのノスタルジーと、近代化されていく社会でまたたく間に消えつつある田舎暮らしの伝統を守りたいという思いだ。[42] しかし一九世紀も終わりになると、子ども時代にも商業化の波が押しよせ、少年のポケットにしまいこまれる宝物も、ドングリよりおもちゃの笛のほうが多くなったはずだ。最終的にポケットの中身は、五人の息子を持つ母親で版画家グレース・アルビーの一九三七年の作品、『幼い少年のポケット』（図版3）に描かれたものに近かったのではないだろうか。清潔なハンカチの上に広げられた宝物の中で拾ってきたとおぼしきものは石器の矢尻ひとつだ。もっとも、これは少年が野原で見つけたものかもしれないが、一九世紀後半にはあらゆる種類のコレクター向けに偽物の石器の矢尻が大量に出まわ

図版3 ■ グレース・アルビー作『幼い少年のポケットの中身』、1937年。驚くほど清潔なハンカチの上には、ノートン・サブミニチュアカメラ（おおよそ幅3・5インチ、奥行き2・5インチ、高さ2インチ）、スケートキー（スケートボードの調整に使われる鍵型のレンチ）、シアーズSTAシャープ・ポケットナイフ、矢尻、懐中時計、そしておもちゃの飛行機（おそらく1935年頃のダグラスDC-2、初の旅客機）が並べられている。

っていた[43]。

ポケットの中身のうちでも間違いなく大事にされたもの、ポケットナイフは、自然界にあるものではなく人工のものであり、（懐中時計をのぞくと）少年時代から大人への成長を示す唯一のアイテムでもある。「正真正銘の」バーロー・ポケットナイフをプレゼントされたとき、トム・ソーヤーは「うれしさに全身が震えた」[44]。たった一二・五セントのナイフはろくに切れもしない代物だったが、そんなことはどうでもよかった。ナイフは「とにかくかっこよかった」[45]のだ。一九一一年創刊のアメリカのボーイスカウト月刊誌『ボーイズ・ライフ』のページは、ポケットナイフやその他の道具の評価で占められ、ナイフとライフルの両方を製造するレミントン社などが広告を出した。ボーイスカウトの公式シールつきレミントンナイフを携帯する者は、「野外へ出れば誰もが心の中ではロビンソン・クルーソー」[46]だ。このような広告では、小型ナイフの危険性は注意深くも控えめに扱われ、ナイフは危険に立ち向かうことのできる立派な男を作りだす技術と根性を与える道具とされた。一九一二年、とあるジャーナリストは『インディペンデント』紙に、ナイフを持たない少年には「哀れみを覚える」[47]と記した。「そんな少年は立派な男になれない」[48]。「行動」はいまだにすぐれた「教師」[49]であり、ポケットナイフはつづりの練習帳や文法の本よりはるかに重要だった。ヘンリー・ウィリアム・ギブソンは一九二二年の研究書『ボーイオロジーまたは少年の分析』（*Boyology or Boy Analysis*）で、少年にとってポケットナイフはもっとも貴重な所有物であり、ポケット（とそこに入っているものすべて）は少年の財産「目録」[50]であることを成人の読者に思い出させた。

少女たちのポケット：優雅な指ぬきと慈善行為

少女の財産目録はどのようなものだったのだろう？　少女のポケットの中身に関する話は一九世紀の雑誌や新聞には出てこない。「記憶にないほどはるか昔から」ジャーナリストたちは少年のポケットの中身をおもしろおかしく頻繁に取りあげてきたと、とある「新聞の雑報記者」[51]は一八七六年に記している。なぜそれが少女のポケットには当てはまらないのかという話になると、記者は突然寡黙になる。どうやら男性ジャーナリストにとって女性のポケットはあまりにも未知の領域で、そこになにがあるかは考えがおよばなかったらしい。

少年のポケットの中身にはあれほど関心を示しておきながら、この無関心ぶりは一考に値する。おそらくもっとも有名な女性のポケットは少女のものでさえなく、成人女性ルーシー・ロケットのものだろう[52]（図版4）。この童謡の正確な由来はいまだ議論の余地があるが、はっきり言えるのはこの童謡は子どもたちの体験や夢、あるいは問題とはなんら関係ないことだ。

Lucy Locket, lost her pocket,
Kitty Fisher found it;
There was not a penny in it,
But a ribbon round it.
KG
18

図版4■『マザーグースまたは古い童謡』より「ルーシー・ロケット」、1888年。イラストはケイト・グリーナウェイ。

ルーシー・ロケット、ポケットをなくした、
キティ・フィッシャー、それを見つけた。
中には一ペニーも入ってなかった、
リボンが結ばれていただけだった。

キティ・フィッシャーとは一八世紀後半ロンドンに暮らしていた有名な高級娼婦で、ルーシーが破産させて捨てた男を拾ってやったというのが広く信じられている解釈だ。当時たいそうなスキャンダルになり、街中この噂話でもちきりだったとされる。[53] Lock（錠前）をもじったロケット（Locket）という名前の女性が、自分の愛人をしっかりつかまえておかなかったところが、大人にとってはこの話のおかしさだ。しかし子どもたちは『マザーグース』のさまざまな版に堂々と載っているこの童謡を額面どおりに受け取っただろう。そして一九世紀のあいだにタイ・オン・ポケットは過去のものとなったため、そこに描かれる光景はわけのわからないものとなったはずだ。どうしたら服に縫いつけられているポケットをなくすのだろう？　この童謡には想像力をかき立てるばかばかしさはひとつもない。牝牛が月を飛び越えることはなく、くだんの女性は興味を引くものはなにも携帯していなかったという、がっかりする事実だけが判明する。「一ペニーも」入っていないルーシー・ロケットのからっぽのポケットは、なんとも拾いがいのない落としものだ。

母親たちの服と同様に、少女たちの服にも好きに使えるポケットはあまりついていなかった。「うちの娘は室内着にポケットが一個あるだけ」で、息子のほうは「ガラクタではちきれそうになっている」ポケットがいくつもあると、とある母親は一九世紀末に記している。[54] この女性は娘のポケットの数が少ないことにはこれ以上触れず、なんらかの行動を起こすことも考えなかったようだ。だが、母親に逆らう娘も存在した。

一八九四年の回想で、サラ・シャーウッドは自分のドレスにポケットをひとつつけてもらったのは、「はじめての大きな野望」[55]だったと振り返る。母親は娘の頼みを長いこと拒みつづけ、「ポケットをつけたって女の子には使い道がないでしょう。なんでも入れたりしたら、ドレスが破れてしまうわ」[56]と言い諭そうとした。新調したドレスを受け取り、母がまたも頼みを聞いてくれなかったことに気づくと、シャーウッドは不器用ながらも自分でポケットを縫いつけ、垂れさがった歪んだ袋ができあがった。彼女の母親はついに折れ、娘のポケットを作りなおしてやった。「あの日から、母とわたしのあいだに純粋で私欲のない愛情が育ちはじめた」[57]とシャーウッドは記している。

少女のポケットの話が出てくる際、その中身についての描写は短く、少女が役に立つものをしまっていることを確認する場合が多い。『不思議の国のアリス』の主人公アリスは、汚れないよう砂糖菓子を箱にしまってポケットに入れていた。不思議の国でかけっこの参加者全員に賞品を配るようせがまれたとき、このお菓子が役に立つ。「そのポケットにはほかになにが入ってる？」[58]砂糖菓子を配り終わったアリスにドードー鳥が問いかける。「指ぬきだけよ」[59]悲しげに言うアリスからドードー鳥は指ぬきを受け取ると、それを賞品として彼女に厳かに授けた。アリスは笑いをこらえ、「優雅な」指ぬきを礼儀正しく受け取るのだった。[60]もちろん、これは賞品などではなく、将来アリスがつましく実直な主婦になることを物語る品だ。結局のところ、指ぬきは、少年のポケットナイフのように、少女のポケットにつきものであった。もとから小さいものだが、一九世紀には子どもサイズの指ぬきも登場している。[61]一八一七年の手引書『清潔さと整理整頓のための一八の格言』(*Eighteen Maxims of Neatness and Order*)でテリーサ・タイディは、女子は「時間があったらいつでも手仕事をできるよう」[62]裁縫セットを携帯しなさいとアドバイスしている。

少女たちが手近に持っておくよう求められた役に立つものの中には慈善の品もあった。施しなどの慈善行為は説教壇で、学校で、家庭でおおいに推奨された[63]。たとえば一七九三年ウィリアム・ビーチー作の肖像画で、幼いメアリー・フォードはエプロンの下のタイ・オン・ポケットから硬貨を取りだし、見るからに困窮している様子の物乞いの少年に差しだしている（図版5）。慈善行為があまりに社会の理想とされたため、ルイーザ・メイ・オルコットはそれを重荷として表現する必要を感じたようだ。『若草物語』の次女ジョー・マーチが「教訓的な話のヒロイン」であったなら「ボンネットで顔を隠し、ポケットに讃美歌を忍ばせ、慈善を施しに出かけていただろう」とオルコットは皮肉っぽく語る[64]。ジョーは、家族がクリスマスのごちそうを近隣の貧しい家へ持っていくのには同行する。だがボンネットで顔を隠すどころか、そもそもボンネットをかぶっておらず、常日頃から施しを携帯してもいないし、立派なことばかりを考えているわけでも口にするわけでもない。ジョーは「そこいらに大勢いるような、懸命に生きている娘にすぎず、そのときの気分で悲しくなったり、腹を立てたり、そわそわしたかと思えば元気いっぱいになったりと、生まれ持った気質のままに行動しているだけだ」[65]とオルコットは雄弁に説明する。オルコットによると、立派でいるためには誰だって絶え間ない努力を必要とするわけだ[66]。

オルコットにとって活発な少女時代とは、おてんばなことを意味するようだ。ジョーは指ぬきには目もくれない。作家になるという夢があり、おそらく大きかったポケットには（タイ・オン・ポケットか、一八六〇年代のかさばるスカートの下に縫いつけられたポケットと思われる）裁縫道具ではなく、時間を見つけては書き溜めている原稿がしまわれていた。

もちろん、少女たちの中には少年たちのように熱心な収集家もいたはずで、大草原で遊びまわり、近所のおもしろそうな場所を調べては発見したものをこっそりしまっていただろう。だが当時の新聞や雑誌同様、そんな少女たちが小説に登場することはまれだ。まるで幼い少女はいい子ばかりで、ポケットに入っている

図版5■『物乞いの少年に硬貨を与えるフランシス・フォード卿の子どもたちの肖像』ウィリアム・ビーチー作、1793年に展示。少女のエプロンの下からは淡い青色の大きなタイ・オン・ポケットがのぞいている。

のはどれも役に立つものや施しの品であり、詩人ロバート・サウジーが一八二〇年の童謡『男の子はなんでできているの』で歌っているように、女の子は「お砂糖とスパイス、それにすてきなものばかり」[67]でできているとしか誰も考えていなかったかのようだ。お砂糖とスパイスはなるほど有益で満足感を与えるが、その甘ったるさはその先を考える思考を事実上、鈍らせてしまった。

秘密を勝手に暴かない

「調べる権利」[68]を盾に、詮索好きな親たちは平然と子どもの持ちものを勝手に調べてきた。ところが自身の子ども時代の収集癖を懐かしく振り返りながら、成人男性たちは子どものプライバシーを尊重するべきだと、ほかの大人たちを戒めるようになった。一九二三年、フランク・チェリーは「父親という仕事」について、「秘密を勝手に暴いては」[69]いけないと記した。「息子のポケットの中身を出してごちゃまぜに」するのはだめだと、一九一二年には別の父親が書いている。「子どもの持ちものを親が勝手に片づけないように」[70]。息子たちはいずれ自分で片づけるようになると彼らは考えていたらしい。ポケットになんでも詰めこむことから卒業し、すべてのものにはしかるべきしまい場所があるのを発見して、多くの男性がプライドと満足感を滲ませてそうするように、札入れや手帳を使うようになるだろう、と。

その満足感に挑む者はほぼ皆無だったようだ。少なくとも一九世紀の新聞や雑誌には、男性のポケットを面と向かって風刺するような記事はまったく見つからない。[71]たいていの場合、一九世紀の男性たちは自分がいちばん見せたいものをポケットからいくつか見せるだけにとどまった。たとえばちらりとのぞくカラフルなポケットハンカチや、一八六〇年代に入って手の届く価格になった懐中時計などだ。通常、時計自体はポケットの中に収められたが、金や銀の鎖、革製の紐、あるいは髪の毛で編んだ紐までが外に垂らされて、中に懐中時計があるのを示し、本体を安全に固定した[72]（図版6）。男性のポケットにつきものの懐中時計の鎖は、そこが守られた場所であることを示唆するかのようだ。ポケットは、ロケットのように、子どもには夢見ることしかできないやり方で効果的に中身を守った。

それが破られるのは、死亡など、ごくまれな場合にかぎられた。写真家アレクサンダー・ガードナーは、もっとも有名な南北戦争の写真となった『死の収穫』に添えた説明文に、戦死者はしばしば靴を履いておらず、ポケットが「ひっくり返されていた」[73]と記している。死体への冒瀆は「生き残った者たちが」[74]その行為を激しく嫌悪しながらも「やむにやまれず」したことだろうとガードナーは推測する。[75]マサチューセッツ州の兵士だったジェームズ・マディソン・ストーンは南北戦争の回想録で、「自軍の死者」[76]のポケットは漁らないのが「暗黙の了解」だったと説明する。「自分たちの軍の戦死者は神聖で不可侵の存在であり、それを破る者は誰であれ軽蔑された」。仲間の遺体から金の懐中時計八個を盗んだのを見つかった新兵は、連隊から追放されたとストーンは述べている。

もっとも有名なポケットの中身は公開されるまで一〇〇年以上もの歳月を要した。一九三七年、アメリカ議会図書館はリンカーンの孫娘メアリー・リンカーン・イシャムから一風変わったものを寄贈される。[77]それはエイブラハム・リンカーン大統領がフォード劇場で暗殺された夜にポケットに入れていた品々だった。長らく家族が保管していた遺品は寄贈されたすぐあと、司書の手で一般の目から隠された。それらは茶色の紙にくるまれて「開封厳禁」[78]のラベルを貼られ、図書館長の執務室横の壁に埋めこまれた金庫にしまわれた。そして四〇年近くもそこに封印されていた。

司書の名前もその動機も、いまとなってはわからない。リンカーン暗殺に関連する衝撃的な証拠品などを所有し、定期的に公開しているほかの施設と同じに見られたくないというプライドが働いたのだろうか。[79] あるいはリンカーンの尊厳を守るという倫理的な意図があったのかもしれない。いずれにせよ、その後謎の箱が発見されるのは一九七五年、歴史家ダニエル・J・ブーアスティンが図書館長に就任してからのことで、ついにリンカーンのポケットの中身が公にされた。ブーアスティンは図書館の職員と報道陣を集めてリンカーンの誕生日に記者会見を行い、その場ではじめて遺品の封を解いた。「神話」として祀りあげられてきたひとりの男性を、図書館は「人間にもどすべき」[80]であるとブーアスティンは説明した。また、遺品は極めて平凡なものだとも強調した。眼鏡がふたつ、リネンのポケットハンカチが一枚、ボタンが一個、懐中時計の飾り《フォブ》のみ（本体はなし）。現代では価値のない南部連合発行の五ドル紙幣、新聞の切り抜き、これには一八六四年のリンカーンの大統領立候補に好意的な見解を示しているものも含まれた。これらの切り抜きはリンカーンが「わたしたちとまったく同じ」[81]だったことを示したとブーアスティンは語っている。計り知れない損失と直面しながらも断固として自身の主義を貫いた、アメリカ人が深く

図版6■拳銃を手に、懐中時計の鎖をポケットからのぞかせて座る北軍兵士、1860-1870年頃。

崇拝するこの男性も、ときには激励の言葉を必要とし、つねに彼の味方であったとは言えない新聞記事の好意的な言葉を（何年間も）噛みしめていたのだ。

暗殺というあまりに悲劇的な状況の遺品であり、崇敬されるリンカーンのポケットの中身が茶化されることはなかったが、来館者たちはいまもその品々の意味を果敢に解き明かそうとしている。遺品はリンカーンを人間にもどすどころか、「まるで聖遺物」[82]のようになったと図書館側は戸惑いをあらわにする。現在でもリンカーンのポケットの中身はアメリカ議会図書館でもっとも人気の高い展示品だ。[83]来館者たちはこれらのささやかな媒介を通して、リンカーンが一度は身に着けていた品々から得られる結びつきを体感し、いつも持ち歩いているものと劇場へ行くのに必要なものを考えながら、劇場への身支度を整える彼のなにげないひとときに思いを馳せる。リンカーンはイニシャルが赤い糸で刺繍されたハンカチを携帯し、エチケットを守っていたことがポケットの中身からわかる。一方ではなぜかエチケットに逆らい、眼鏡をきちんと修理せずに壊れたヒンジを紐で結んで公の場に出ていたようだ（図版7）。リンカーンの虚栄心のなさをこれ以上魅

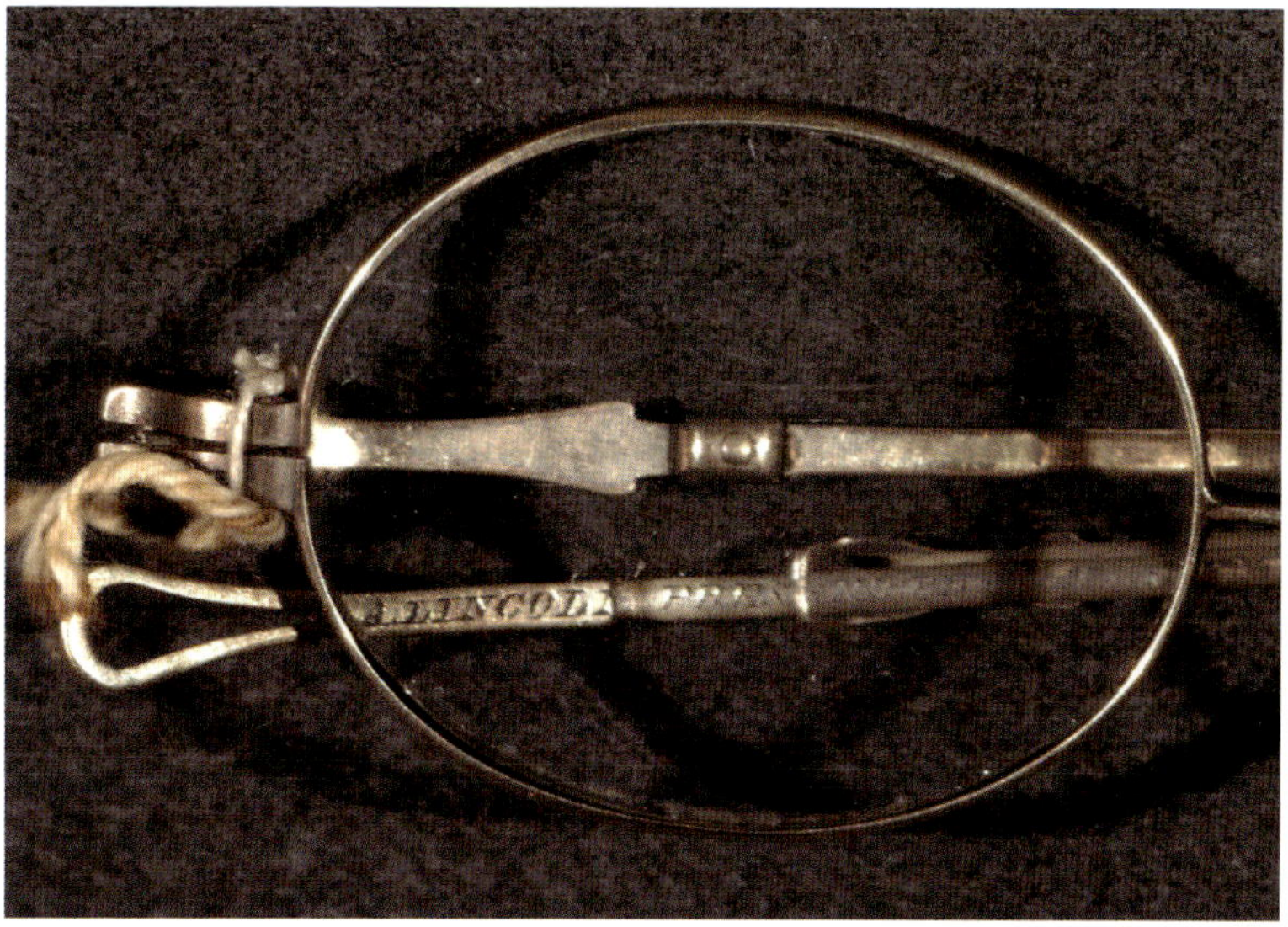

図版7■暗殺の夜エイブラハム・リンカーンのポケットに入っていた所持品のひとつ。壊れた眼鏡のヒンジが紐で結んである。眼鏡の製造年は不明。

力的に示す証拠はまずないだろう。

「男の子のポケットのほうがまだましだ！」女性のハンドバッグの中にある宝物とゴミ

二〇世紀になると、長らく読者を楽しませてきた少年のポケットの膨大な中身のリストも登場する頻度が減少する。「ハックルベリー・フィンの時代は過ぎたと少年のポケットが証明。現金と預金通帳がウナギとガムを押しのける」[84]。一九五〇年、『ニューヨーク・タイムズ』紙はこんな見出しでこの変化を嘆いた。少年たちはかつてほど熱心にポケットにものを詰めこまなくなったかもしれないが、思春期前の「すべての」少年が持つとされたこの「特徴」は、成人女性という新たなタイプの収集家が登場すると、格好の比較対象になった。「男の子のポケットのほうがまだましだ！」[85]と、一九〇五年、新聞社のデスクで多忙なひとりの記者が悲鳴をあげた。彼は、新聞広告の探し物欄になくしたハンドバッグを探す記事を掲載してほしいと、バッグの中身を思い出そうとする「興奮した」女性の話を聞いている最中だった。女性はバッグに入っていたものひとつひとつの来歴を語っては、それにまつわる思い出話へと何度も脱線しつづけた。辛抱強く最後まで耳を傾けた記者は、「無限とも思える女性のハンドバッグの中身の多様さと比べたら、男の子のポケットなんてたいしたものではない」[86]と記事をしめくくった。

広告依頼者と記者のこの会話に見られる議論は、現れては消えるポケットを女性たちがしだいにあきらめ、小物入れ《パース》や紙入れ《ポケットブック》とも呼ばれたハンドバッグを持つようになると見慣れたものになる。ハンドバッグの役割が増えるにつれてそのサイズは大きくなり、一九世紀には小銭とハンカチ入れだったものは、批評家たちが巨大な袋、いたるところで目につく小型トランク、スーツケース、ゴミ箱、物理的あるいは精神的重荷となぞらえるものに変わっていく。その移り変わりを目にした者たちは、じきに少年たちのときと同じ謎に直面する。理論的には、女性のハンドバッグは狭いスペースでしかない。実際には、そこにはなんでも入る。

この種の意見は、一八世紀のタイ・オン・ポケットで女性に向けられた批判の繰り返しだ――当時のように、ハンドバッグの一般的なイメージは散らかり放題の穴蔵だった。一九〇三年、ポケットとハンドバッグの違いから生じた夫婦間のすれ違いを記した風刺作家によると、一〇〇年経っても女性は自分の体に持ちものをうまく配分できず、「ポケットのバランスの科学」[87]を享受することも理解することもないのだ。問題の夫は、数ポンド分もの所持品を携帯しても、体のあちこちにあるポケットに割り振るので、「重さを感じることもない」[88]と誇らしげに主張。だが彼の妻は合理的に収納することができないようで、彼の上着のボタンを繕うたびに、ひとつのポケットに彼の所持品を全部「詰めこんで」[89]しまい、服がおかしな具合にゆがむのが夫の悩みの種だった。

一方、大きなバッグには愉快な可能性を見出す者もいた。一九三四年の児童書『メリー・ポピンズ』で作者P・L・トラヴァースは、その代名詞ともなる傘をさし、旅行鞄をハンドバッグのように肘にかけて空から舞いおりてくる、厳しいけれどすてきな養育係《ナニー》を描いた。子どもたちの目には、その旅行鞄は中身がからっぽに見えた。中をのぞきこみ、子どもたちは「なんにも入ってない」[90]と声をあげる。ところが中身は信じる心のある者にしか見えないのだ。ポピンズは糊のきいた白いエプロンをそこから取りだしてつけると、バンクス家に秩序をもたらすべく、必要なものをつぎつぎと出してみせる。その雑然たる中身は、かつての少年たちのポケットを思い出させ、香水の瓶、薬用のど飴の箱と一緒に、庭用の折りたたみ椅子まで出てくるのだった。[91]かくして少年のポケットの中身のおもしろさを理解するトラヴァースは、ありえないサイズのものまで加えてみせた。

一九六四年公開のディズニー映画版はこのシーンをさらに誇張して鞄の中身を新たにした。屋根裏にある子ども部屋の簡素な隣室をあてがわれたポピンズは、「バッキンガム宮殿とは言えないわね」[92]とつぶやく。そして自分の鞄から、帽子掛け、姿見、鉢植えの大きな観葉植物、そしてシェードに房飾りのついた華やかなフロアランプを取りだして部屋を飾りだす。これらの装飾品は家庭内における地位の低さを明確にするために、雇い主が使用人にまさに禁じているものばかりだ（図版8）。メリー・ポピンズの鞄にはなにか仕掛けがあるのか？　いたずらっ子のマイケル・バンクスは、鞄が二重底になっているのではとテーブルの下をのぞきこむ。やがて彼は、想像力が日常の限界を押し広げることを学び、ポピンズは油断ならない相手ではなく、マイケルの姉が早々に理解したように、「すばらしい人」なのだと気づく。ポピンズの魔法のような力を称えながらも、映画ではすべての女性に共通すると思われる彼女の資質を揶揄している。なんでも入れてある大きな鞄から荷物を取りだしつづけるポピンズは、子どもたちの性格をはかることのできる魔法の巻尺を探すが、これが見つからない。「おかしいわね、いつも入れてあるのに」とポピンズはつぶやき、腹立たしげに足を踏み鳴らし、しまいには頭ごと鞄に突っこんで巻尺を探すのだった。

女性がハンドバッグの中身を引っかきまわす姿が見慣れたものになるのは、あくまで当然であるのと同時に、理解しがたくもあったようだ。「マジシャンのバッグのようにトリックが詰まっている」[93]と『ヴォーグ』誌が称したバッグの中をのぞきこむとき、女性はまわりの誰も見ることのできないプライベートなスペースにアクセスしている。自分のバッグに気を取られて「忙しい」さまは、女性の注意がよそを向いていることを示すのだ。[94]ならばハンドバッグが一種の抗いがたい挑戦状となるのは必然ではないだろうか。主に女性の所有物であるハンドバッグは、女性性にまつわる興味深い事実をあらわにすることを約束する。独自の文化

図版8 ■ 旅行鞄から帽子掛けを取りだすメリー・ポピンズ。1964年のディズニー映画『メリー・ポピンズ』より。©1964 Disney

とルールを持つ少年時代が別世界に見えたように、女性であることもそうらしかった。

一九三九年秋、『ライフ』誌の編集者たちはこの挑戦を受けて立ち、「女性がハンドバッグになにを詰めこんでいるかという謎に光を当てる」[95]と約束。ただの写真では不充分として、医療用に（SFにも）使われだしたレントゲン写真への関心の高まりを汲み取り、ハンドバッグの「ごちゃごちゃの中身」[96]をレントゲンで「透視」した（図版9）。誌面ではレントゲン写真と並べて通常の写真も掲載され、わかりやすいようハンドバッグの輪郭が描かれた紙の上にハンドバッグの中身を同じ順番で配置した。写真とレントゲンの比較はくだらない視覚的遊びで、謎に光を当てるどころかむしろわかりにくく、レントゲンが伝えるものは写真よりも少ない。『ライフ』誌をぱらぱらめくっていた読者は、最新のバッグを特集する記事のすぐあとにレントゲン写真を見たことになる（図版10）。新商品のすてきなバッグをどうぞご購入ください、ただし、中身は丸見えですよ！　というのが『ライフ』誌からのひそかなメッセージだろうか。ここに示唆されるのは、見ばえのいい外観を作りだすというファッションの役割の両面性だ。超然として近づきがたく、完璧に自分を律しているように見える女性も、ちょっとほじくればその中身は救いようがないほど雑然としているものだ。女性たちはみずから「障害物」を引きずり、身動きを取りにくくしていた[97]――この場合、レントゲンによると、厳密には六一個の障害物で。

『ライフ』誌のレントゲン写真は光を当てるものではなかったにしろ、さまざまなメディアが独自の試みに着手し、新聞、雑誌、昼間のテレビ番組で女性のハンドバッグの中身が取りあげられはじめる。記者たちは街中で女性を呼び止め、地下鉄の駅で待ち伏せした。知り合いや友人にインタビューし、高校の生徒、郊外に暮らす主婦、ビジネスウーマン相手に非公式調査や抽出調査を実施した。有名人へのインタビューでハンドバッグの中身を見せるよう頼んだ。一九五〇年代初頭、テレビ番組の人気司会者アート・リンクレター

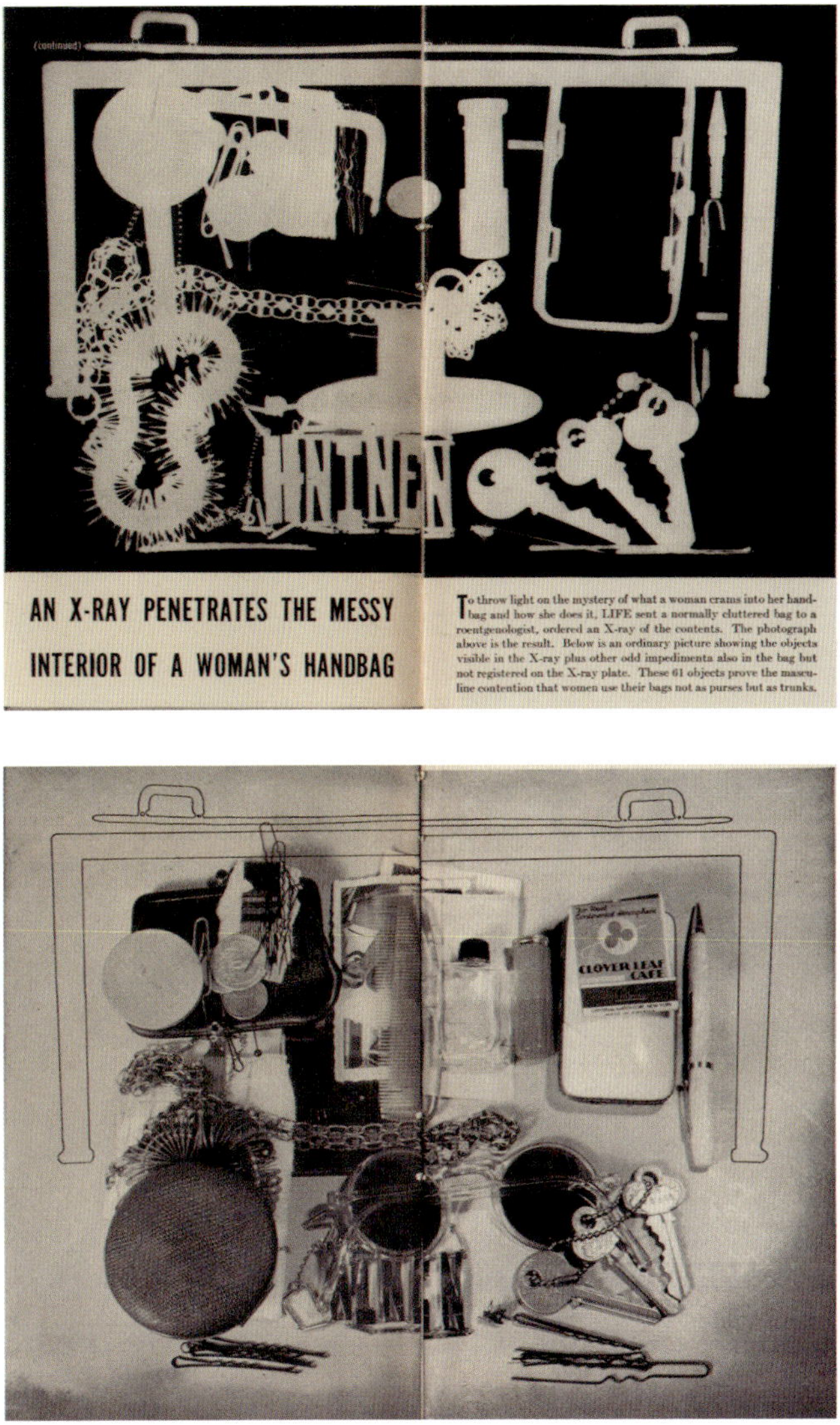
(continued)

AN X-RAY PENETRATES THE MESSY INTERIOR OF A WOMAN'S HANDBAG

To throw light on the mystery of what a woman crams into her handbag and how she does it, LIFE sent a normally cluttered bag to a roentgenologist, ordered an X-ray of the contents. The photograph above is the result. Below is an ordinary picture showing the objects visible in the X-ray plus other odd impedimenta also in the bag but not registered on the X-ray plate. These 61 objects prove the masculine contention that women use their bags not as purses but as trunks.

図版9 ■ 女性のハンドバッグの中身、ラルフ・モース撮影（上は放射線技師ドクター・H・ヴォルマー＝ピクスとともに撮影）、『ライフ』誌1939年11月号掲載。

は、ラジオ番組からはじまったCBSの観客参加型トーク&バラエティショー『ハウス・パーティー』で、ほぼ女性ばかりのスタジオの観客にプライベートな話を生放送で打ち明けさせた。リンクレターは「精神科医にも似た作用を観客に対して」[98]持っていたと、『サタデー・イブニング・ポスト』誌は指摘しており、彼の観客たちがいちばん恥ずかしかったエピソードを告白したり、ハンドバッグを開いて中身を見せたりしたのも、驚くことではなかったようだ。『ポスト』誌がいつもの「儀式」と呼んだコーナーでは、リンクレターは観客のハンドバッグの中をのぞきこみ、入れ歯やラム酒の瓶、未払いの電話料金請求書をつまみあげては、心から不思議そうな顔をして、「どうしてバッグにこんなものが?」[99]とたずねるのだった。女性たちは彼をびっくりさせようと、「ハンドバッグをパンパンにして」[100]番組へ来るようになったとリンクレターは回想録で振り返っている。

証拠となるものには大きなばらつきがあるものの、標準的な女性はなんでもハンドバッグに詰めこむものだというイメージが二〇世紀を通して定着する。ジャーナリストにはすでに見慣れた前例があった。一九四五年『ライフ』誌は、女性は一日のあいだに出会うこまごましたものに対して、「通常幼い少年がビー玉にだけ見せる所有欲や、モリネズミが光るものを集める習性と同じ収集癖を発揮する」[101]とした。ネズミのたとえが出てきたことで、女性のハンドバッグはネズミの巣、と言われるようになるのに時間はかからなかっ

図版10■ラルフ・モース撮影のファッション写真、『ライフ』誌1939年11月号掲載。

た。少年たちのほうは本物のネズミの巣のように、麦わらや草、土までポケットに入れていたのだが、そんな汚らしさは大目に見てもらえた。男の子のポケットの中身は、少年時代の気まぐれとして寛大に受け取られたのだ。少なくとも、少年たちが日々の外遊びで目に留め、拾うものたちは、健康的な冒険心、まわりのものへののびのびとした好奇心の記録であった。

女性のバッグの中に散らかっているガムの包み紙やレシートからもなにか建設的な考察を引き出せるとするのは難しいだろう。ハンドバッグにはなんであれ緊急時に必要になりそうなものが入れてあると主張する女性もいる。[102] 女性のハンドバッグ内の大量の蓄積物は、女性が「家の外でも家を」[103] 持ち歩く手段と言えるのかもしれない。一九四三年、コラムニストのフランクリン・アダムスは『アトランティック・マンスリー』誌に、女性は、アパートメント一室分の荷物を持ち歩いていると記した。[104] 「あれなら数日帰宅しなくても平気だろう」。アダムスは自分の子どもも歩くとポケットがガチャガチャ音を立てることを認め、女性批判を躊躇するが、それでも女性たちにハンドバッグの中身を見せてもらい、その一覧を雑誌に掲載した。[105]

心理学者たちはヤドカリのように家を持ち運びたがる女性の心理を研究し、一部の学者たちはハンドバッグにものを詰めこむ行為には心理的な根深い原因があるとした。[106] 一九五〇年代なかばから幅広い視聴者へ向けて心理学の言葉をわかりやすく説明した、テレビパーソナリティで人生相談コラムニストのドクター・ジョイス・ブラザーズは、これは「強迫観念」の兆候かもしれないと示唆。心理学の用語や解釈が数多く登場し、適用されつづける。一九九七年、ダニエル・ハリスは『危機に瀕したアクセサリー』というタイトルの随筆で、ハンドバッグを、家庭と女性を結びつけるへその緒と挑発的に呼んだ。[107] バッグの中身をたずねられると、女性は一種の記憶喪失状態に陥り、中身を確認して出てくるものに自分で驚くことを指摘。[108] また、当人たちも、批評家たちと同様に、中身の一部をゴミと呼ぶのだ。ハリスはこれを、バッグにものを詰めこむ女性の行為は無意識であり、家から離れる原初的な恐怖の記憶が動機である証拠とした。[109] ハンドバッグは「松葉づえ」、バスルームの「代用品」、「オールドミス的な溜めこみ、タブー、気取り、不安を注ぎこんだ大釜」だとハリスは酷評する。[110]

実際にはそこまでひどい状況ではなかっただろう。一九五七年、『ロサンゼルス・タイムズ』紙に掲載されたハンドバッグの中身を紹介する記事で、別の専門家は、大きなハンドバッグは長時間家を離れることに対するなんらかの根深い不安を反映するものではなく、むしろ「複雑な暮らしに適応する極めて分別ある手段」[111]だと反論した。外出中の化粧直しのため、そして身だしなみを整えておくために、ハンドバッグはなにより一種の旅行用化粧台だったはずだ。一九二〇年代に登場したフラッパースタイル〔ボブカットに赤い口紅、丈の短いドレスなどのファッション〕が、それ以前は通常売春婦か女優だけのものだったメイクを一般化させると、女性たちは人前で平然と鏡を見て口紅を塗りなおすようになる。[112] 一九三四年、ボーイスカウトの創設者のひとりダン・ベアードは『ボーイズ・ライフ』誌に、「ナイフのない少年は、パドルのないカヌー、斧のない木こり、コンパクトのない少女のようなものだ」[113]と述べている。

化粧品をさらに普及させるため、デザイナーたちは口紅やシガレットケース、櫛とおそろいのコンパクトを発表し、それらはすべて大切なバッグにしまわれた。容器が美しく、手に取るだけで魅了されるこれらのセットはファッション雑誌でも取りあげられた。小説家キャサリン・マンスフィールドは一九二〇年に発表した「エスケープ」という短編で、これらが信仰の対象とすらなりうることを描いた。妻から心が離れかけている夫は、妻の膝の上で口を開けているハンドバッグの中身——化粧用パフ、口紅、鏡、「種を思わせる黒い錠剤」[114]の入ったきゃしゃな小瓶——にちらりと目をやり、「これが古代エジプトなら、妻はこれらと一緒に埋葬されるのだろう」と考える。

少年たちと同様に、女性たちも不必要なものを大事にしすぎるとよく言われた。多くの女性が口紅を必需品とみなすものの、ジャーナリストたちはぴったりの色の口紅を持っていないという架空の危機を想定して愉快がった。「思春期の子はメイクの剝げた顔でハンサムな男性とばったり出会うのを恐れる」[115]と、一九八五年グレンナ・ホワイトリーは『シカゴ・トリビューン』紙に記している。そんな無価値なものしか入っていないハンドバッグへの女性の愛着ぶりはいまも昔も語り草だ。一九七三年『ヴォーグ』誌は、「船の沈没、嵐、火事、洪水などの危機に、女性は宝石は置いて逃げても、ハンドバッグは命がけで取りにもどる」[116]と書いた。火事の避難訓練などで繰り返される「荷物は置いていくように！」との指示は、ひとつにはこのステレオタイプへ向けられたものかもしれない。ホワイトリーは一九八五年の記事に、船が沈没したあともハンドバッグを手放さなかったテキサスの女性の話を記している。女性と同行者たちは四メートルを超える荒波にもまれて四時間漂流したすえ、石油プラットフォームによじのぼった。この話の本当に「信じがたい」[117]ところは、石油プラットフォームにのぼったあと、バッグがあったおかげで女性は持っていた紙にペンで「助けて！」と書き記し、瓶に入れられたことだとホワイトリーは楽しげに指摘している。最終的に救出されたのはそのメッセージのおかげではなかったものの、「その女性からハンドバッグを奪うにはモーゼの力がいると、多くが同意するはずだ」[118]とホワイトリーは結んでいる。

実際、一部の女性はそれに同意し、二〇世紀後半からはハンドバッグへの強い愛着をからかわれるのを率直に拒絶するようになった。ハンドバッグに入っているのは不必要なものばかりではないと彼女たちは反論する。「わたしの全人生が詰まっている！」[119]というのはよく使われる決まり文句で、ニューヨークのファッション工科大学美術館（FIT美術館）チーフキュレーターのヴァレリー・スティールは、ハンドバッグを取りあげた二〇〇五年の自著でこの言葉を考察した。バッグのデザインは所有者の志向――シックさ、スは実用的および感情的特徴の両方を持つものとして広く認識されている。

示すとはかぎらない。適応性の表れであり、溜めこみ癖とはかぎらない。肯定的に見れば、ハンドバッグはィティの延長だとスティールは考える。[120] 神経中枢の働きをするバッグは、女性の数々の役割を示し、不安をポーティーさ、実用性——を反映しているかもしれないが、プライベートなその中身は女性のアイデンテ

人々がなんでも進んで開示する告白の時代にあってさえ、作家ウィリアム・ディーン・ハウエルズが他者の「日々の行動と夢想」[121]と呼ぶものをのぞき見たいという欲求は歳月を経ても衰えることがなく、ポケットもハンドバッグも特別な調査対象でありつづけている。アメリカ議会図書館所蔵の、リンカーンのポケットの中身を見たがるように、人々はいまも他者の秘密をのぞきたがる。二〇〇七年、歌手のマドンナはその見たいという要求を収益化した。[122] 彼女はカンヌでエイズ研究のチャリティ・オークションを開催し、自分のハンドバッグの中身（拡大鏡、ヘアクリップ、あぶらとり紙、リップグロス）を出品したのだ。シャロン・ストーンとともに司会を務めた催しで、マドンナは「バッグに入っているのはわたしの唇に触れたリップグロスよ」と言って、安値をつけないよう釘を刺した。マドンナは生きているあいだに自身の聖遺物を作りだしたのだ。

写真家フランソワ・ロベールは、ハンドバッグやポケットの中身は肖像写真の代わりとなり、日々の行動の証は人の顔より多くを物語ると考えた。シリーズ『中身《コンテンツ》』（一九七八〜二〇一〇年）で、ロベールはポケット、ハンドバッグ、リュックの中身と所有者の手のみを撮影（図版11と12）。これは被写体が自身の所有物とともにポーズを取る、従来の肖像写真の系譜に連なる作品だ。肖像写真ではそこに写る物は入念に選別されがちなのに対し、ロベールの作品は偶然性に頼った。被写体はファインアートプロジェクトへの参加を

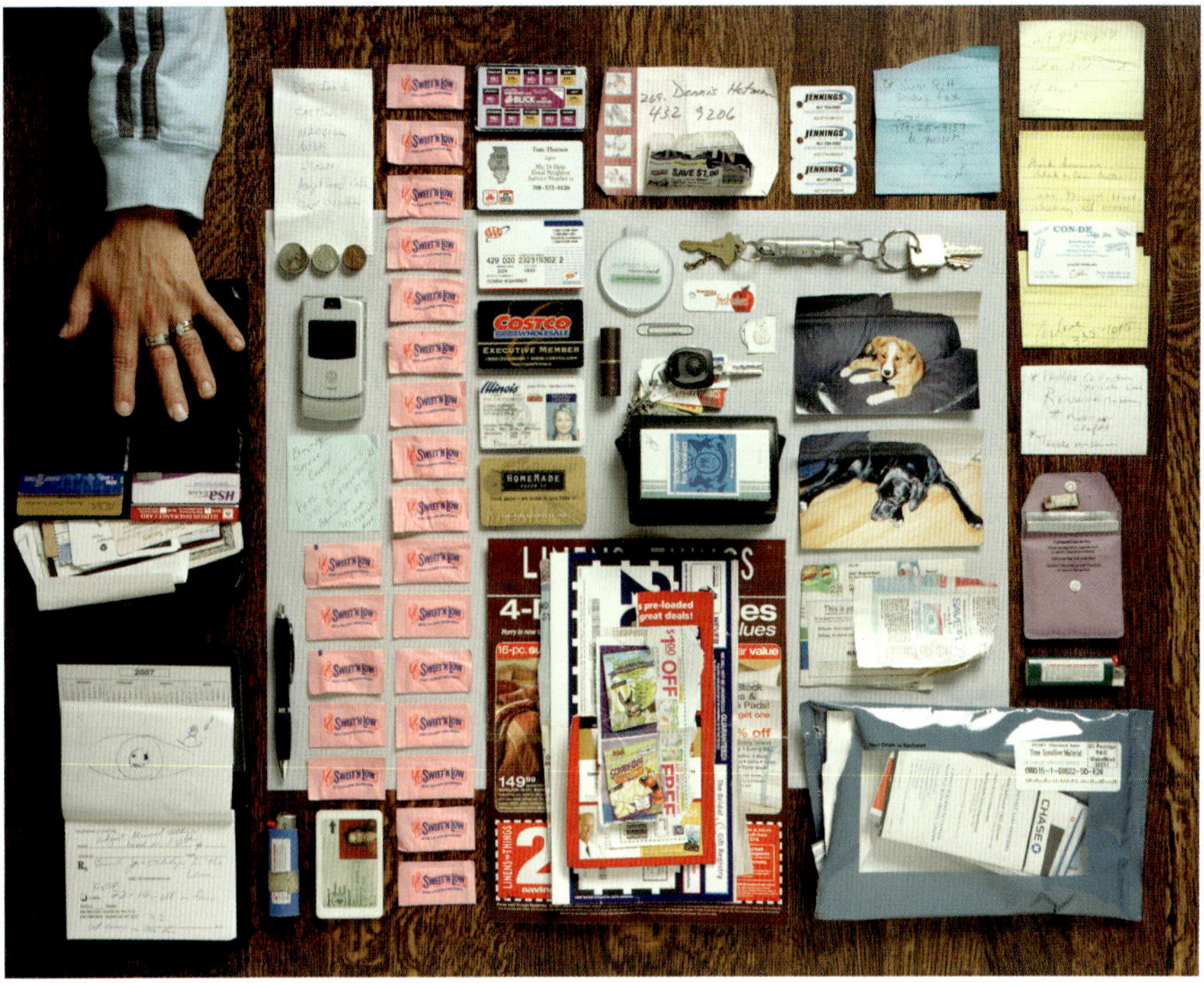

図版11 ■『スイートンロー21袋』フランソワ・ロベール撮影、
シリーズ『コンテンツ』の一部、2010年。

伝えられているが、誰も——四歳から七五歳までの友人、親戚、初対面の人一二〇人——持ちものを見せることになるのは知らされていない。キャンバス地のサッチェルバッグの中身を出したひとりは、自分が無防備になるように感じ、中身を全部は出さないでおこうかと考えた。そうすることは参加者全員に認められていた。しかし彼女は最終的にそのまますべて出し、ロベールが「こんなに簡潔な方法でその瞬間の誰かの全人生をとらえる」[123]ことに感嘆した。

ロベールは被写体の所有品を分別し、日用品を色や文字のフォント別に並べた。背景もしくはベースラインとして毎回同じサイズの紙を用意し、その上からものがはみだすこともあれば、中にきちんと収まることもあった。所持品にのみ焦点を当てることで、見る者はたとえば帰る前にあるいは念のために、ついでになにかを持っていく瞬間的な衝動について思案をうながされ、毎日立ちよるコーヒーショップでスイートンロー〔人工甘味料〕を持って帰ることになんの意味があるのだろうと思いをめぐらせるのだ（図版11）。おおよその年齢（図版12）以外、「肖像写真としての静物」から与えられる所有者に関する情報——たとえば、性別や職業、地位など——は驚くほど少ない。ロベールはハンドバッグやポケットにものを詰めこむ人たちに（彼が撮影したごく少数のミニマリストにも）レッテルを貼るのを巧みに避け、彼らのまわりに築きあげられた偏見を壊した。そうすることでロベールは、「持ちものでその人がわかる」といっても、それは社会的タイプがはじめからわかっていればの話であることを示した。実際、少年にまつわる否定的もしくは少なくとも理解しがたいステレオタイプの多くは、いつしか女性たちに転嫁された。この比喩によると、一九世紀、ロビンソン・クルーソーにあこがれ、ポケットの中は「ゴミ」だらけだった少年たちのように、女性たちも、貴重品と無価値なものの区別がつかず、なんでも溜めこみ、なにひとつ捨てることができないわけだ。このような特徴づけは、なんらかのグループに分類される女性についてよりも、現代文化が秩序にどれだけ価値を置き、誰ならそれを達成でき、誰には達成できないと想定しているかをわたしたちに物語る。

小さなバッグを持つこともできる。あるいはシチュエーションに合わせて事前に用意しておくことで、そもそもバッグを持たないという手もあるだろう。最近では「高性能」になった携帯電話の背面に現金とIDカードを挟みこみ、腰に携帯できるようになった。[124] それでもハンドバッグは生きのびている。そしていまだにちょっとした美術品、女性的なアクセサリーのままだ。女性のハンドバッグはいまも危険な大釜とみなされ、女性の持ちものの話題に必ず登場する。二〇二〇年、「感動する話」[125] 特集で紹介されたプロポーズのエピソードで、『ニューヨーク・タイムズ』紙はわざわざ以下の点に触れている。求婚者は「その日彼女が絶対に探さない場所に指輪を隠していた。それは彼女のハンドバッグの中だ」

図版12■『チクレット10個』フランソワ・ロベール撮影、シリーズ『コンテンツ』の一部、2010年。

POCKETS

The pocket theme dominates the Paris Collections, is structural, a part of the line. Above, Dior's calla-lily pockets, on beige with a linen look. Woodward & Lothrop; Marshall Field.

図版1■クリスチャン・ディオールのデイスーツ、撮影アリク・ネポ、『ヴォーグ』誌1949年3月15日号「パリの最新情報」掲載。ディオールの「カラーリリー・ポケット」により、1949年春のパリコレのテーマは「ポケット」一色となった。

第6章

ポケットの遊び

「二重の装飾価値」のためのデザイン

クリスチャン・ディオールが一九五四年に放った言葉、「男性のポケットはものをしまうためのもの、女性のポケットは飾り」[1]は本当にそうだろうか？　仮にそうだとして、ディオールは積極的にその持続化に貢献した。一九五七年に早すぎる死を迎えるまでの一〇年という短いあいだ、華やかなポケットの装飾はしばしば「まぎれもなくディオール」[2]と呼ばれた。ディオールのポケットの中には尖った先端が「肩の線の外へと張りだし」[3]、広げた翼のようなものもあった。彼の「カンガルーポケット」[4]はいささか戸惑いを覚えるほど胸の上のほうにあり、花びら型の「カラーリリー・ポケット」は大きな弧を描いて肩の先へと伸びている（図版1）。傾斜した鎖骨の下の高い位置にあるのであれ、腰に沿って鋭い角度になっているのであれ、これらのポケットはディオールが生みだすシルエットの特徴を強調する役目を果たした。もっとも、ほとんどは、せいぜい小型のハンカチ一枚しかしまえなかった。[5]

二一世紀前半、ポケットのジェンダー問題にまつわる議論ではディオールの先の言葉が多用された。記事や美術館の解説パネルにも引用された彼の言葉は、男性服と女性服ではデザインの裏にある意図が違うことをはっきりさせている。ディオールの言葉は、男性服は実用性のため、女性服は美のために作られているという、わたしたちがおおむね事実だと感じていることを簡潔にまとめている。それが一九五〇年代の女性服の現状であったことはディオール自身のデザインが裏づけており、一八世紀以降のポケットを少しでも調べれば、男性服は、対照的に、装飾にはたいしたこだわりがなかったとわかる証拠が集まったはずだ。男性服のポケットは華々しく突きだしたり、挑発的に垂れさがったり、翼やカラーリリーの形をもとにデザインされたりすることはなかった。なにかを想起させたり、ジョーク、模倣、トロンプ・ルイユ（だまし絵）を含んでいたりすることはまずなかった。男性服のポケットはただまっすぐに機能を追求してきた。

　だが、あらゆる簡潔な宣言と同様に、これを問いただしてみる価値はある。ディオールが、男性服のポケットにおける斬新さの欠落を誇張した可能性は存在する。また、装飾は審美的提案やアイデアを表現する手段になるという、装飾としてのポケットが果たす文化的役割をディオールが認識していなかった可能性もありうるだろう[6]（比喩やジョークは、結局のところ、新たなものの見方をすることを、着る者と見る者に挑みかける）。実際、二〇世紀および二一世紀になると、創意工夫に富むファッションプロジェクトでポケットはますます盛んに注目され、これは女性服、男性服、ジェンダーフリーの服すべてにおける共通点だ。美術史家アン・ホランダーが語っているように、服の実用的アイデアは「採用されるとただちに遊びが盛りこまれる」[7]

「ポケット、どこにでもポケット」

「ポケット、この春はどこにでもポケット」[8]と、一九一五年三月号で、デザイナーのエルテ（ロマン・ド・ティルトフ）がはじめて『ハーパーズバザー』誌のために描いたイラストの見出しは高らかに宣伝する（図版2）。この年、エルテ自身のデザインを用いたイラストが誌面を飾るようになり、[9]彼を魅了し、その後一〇年にわたって彼が探求しつづけるテーマがここで取りあげられたのは、まさにふさわしいと言えた。一八世紀と一九世紀にはポケットが女性服の表面に登場することは滅多になかったが、モダンなドレスへと移行する過程でレースやリボンなどの装飾の量が減ると、

図版2■1915年『ハーパーズバザー』誌に掲載されたエルテによるファッションデザインとイラスト。「ポケット、この春はどこにでもポケット」と、パリのウィンターファッション特集記事で謳いあげている。

ポケットがその穴を埋めるようになる。思いがけなく芽吹いた花のように女性服に咲いたポケットは、エルテの見出しが示唆するごとく多くを歓喜させた。前例がなかったからか、はたまたいまだに定位置がなかったからか、デザイナーたちはポケットの形や位置になんの束縛も感じなかったようだ。一九一六年に『ヴォーグ』誌が記したように、ポケットは「デザインの新たな装飾要素」[10]となった。それを考えると、脇の切り替えに沿ってつけるポケットではなく、服の外側に直接縫いつけるパッチポケットが思いのほか流行したのは驚くことではないだろう。

『ハーパースバザー』誌のファッションページではこの新たな要素にスポットライトが当てられ、ミトン型のパッチポケットというエルテの斬新なデザインに思わず目が行く。黒と赤のレザーの縁取りと手首のファーは、真っ白なレザージャケットを引き立たせている（前頁中央）。トープ色のアフタヌーンドレスにサスペンダーでつるされた赤のレザーパッチポケットは「標識灯《ビーコンライト》」[11]のように目立ったはずだ（左上）。ここでポケットは色や素材のコントラストを与え、襟や裾に用いられているデザインを復唱するリズミカルな対比手段となっている。「斬新なポケット」[12]は句読点の役割を果たしてシンプルなコートやドレスに華やぎを添え、「とびきりおしゃれ」に変えたのだ。

自身のデザインのイラスト化を依頼される数少ないデザイナーのひとりエルテは、ときにデザイナーとしての意見も求められた。[13]『ハーパーズバザー』誌の編集者に宛てた手紙の中で、エルテはいかなる装飾にも目的があるべきだと注意した。彼は「無意味な装飾を施されすぎた服は……猛烈に嫌悪する」[14]と記している。たしかに、彼のポケットの多くは機能的なデザインに見えるし、使いやすい場所に配置されている。このようなポケットには、一九一六年に『ヴォーグ』誌が述べているように、「二重の装飾価値」[15]があった。エルテにとって、その二重の役割はたんなる美しさよりも概念的であったようだ。概念的に考えることにより、物をしまうという共通点からさまざまなポケットをデザインした。それは一見、子どもっぽく見える発想で、たとえば手をしまうミトンをポケットにするといったものだ。一枚の布に（二次元のように）見えるのに、立体的なスペース（三次元）を内包しているという、より抽象的なデザインもあった。エルテは長年のあいだに紙の封筒のようにたためるポケット、バスケットのように編まれたポケット、昔ながらの裁縫袋のように口を結ぶポケットをデザインしている。彼のお気に入りはもっともシンプルなアイデアで、コートやドレス、袖、スカーフの一部を折り返し、大きなポケットを作っている。エルテのデザインの中には、かつては服から切り離されたアクセサリーであったポケットの長い歴史を思い出させるものもあり、ポケットをベルトや帯にさげたり、コートにボタン留めしたり、エプロンを模してサスペンダーに取りつけたりしている。一九二〇年の黄色いテニ

図版3■テニスセーター、デザインとイラストはエルテ、『ハーパーズバザー』誌1920年8月号掲載。ニットのセーターは袖と腰の部分がテニスネットを模した菱形の網目になっており、腰の部分で二重になり、テニスボールを収納できる。

スセーターは、肘と腰がテニスネットのような菱形の網目だ。腰のところで網目を折り返すことで、テニスボールをたくさん入れられる（図版3）。

網型ポケットは工夫に富んではいるものの、真剣なテニスの試合用というより「夏の午後の気晴らし」向きだろう。一九二〇年八月『ハーパーズバザー』誌は、当時エルテが暮らしていたモンテカルロで、エルテがデザインしたテニス服を着ているプレイヤーを見かけたと報告している。そのプレイヤーはエルテのデザインどおり、テニスボールに男性のさまざまな表情まで描き、ボールをラケットで打つのを楽しんでいたらしい。[16]この海辺の超高級リゾート地であれば、気晴らしを特注することも可能だっただろう。ほとんどの女性はエルテの詩的で空想的なファッションに手が出なかったし、彼の「麗しの野外服」[17]を飾るバスケットポケットにはかぎられた用途しかなく、庭で摘んだバラを入れるのはとうてい無理だった。それでもエルテの冒険的なデザインはどのような形にもなれるポケットの幅広い応用性を示した。

パワースーツを飾るポケット

独創的で実際に使うことのできるポケット作りへのエルテの関心はほかのデザイナーたちに受け継がれ、著名なスポーツウェアデザイナー、クレア・マッカーデルやボニー・カシンが、エプロンやがま口に似た、なんでも入れられるポケットを生みだしていく。しかし、そのキャリアを通してもっとも多様でもっとも思いもよらないアイデアを披露したのは、エルザ・スキャパレリだろう。前衛的な芸術家たちとつき合いがあったことでも知られるスキャパレリは、服作りをモダンアートの媒体とした。[18]サルバドール・ダリが幻想的な絵画で試みたように、スキャパレリは「幻想を現実にする」[19]比類なき手段を服作りに見いだした。スキャパレリのデザインはオートクチュールの顧客の多くを当惑させた。しかし、一九五四年の自叙伝『ショッキング・ピンクを生んだ女』で、彼女が「一目瞭然のクレイジーさ」[20]と呼んだものは、服の奇妙さの積極的考察と呼ぶほうが正しく、そこにはわたしたちの身体を包むよう形作られた衣服が、身体とその官能性についても語るという事実がある。このフェティシズム的可能性により、服はつねに見た目以上のものとなるのだ。

スキャパレリがそのデザインに取り入れた有名なジョーク、駄洒落、そして彼女が「遊びと悪ふざけ」[21]と呼ぶものの多くはポケットに見られる。一九三七年のデイスーツでは、ポケット口が大きな唇のアップリケになっている。一九三六年のダリとのコラボレーションではポケットが「引き出し」だ（図版4）。「ダリはしょっちゅう訪ねてきた」[22]と、スキャパレリは最初のコラボレーションを振り返る。「彼の有名な絵画作品をヒントに、ふたりでコートにいくつも引き出しをつけることにした」[23]。ダリは

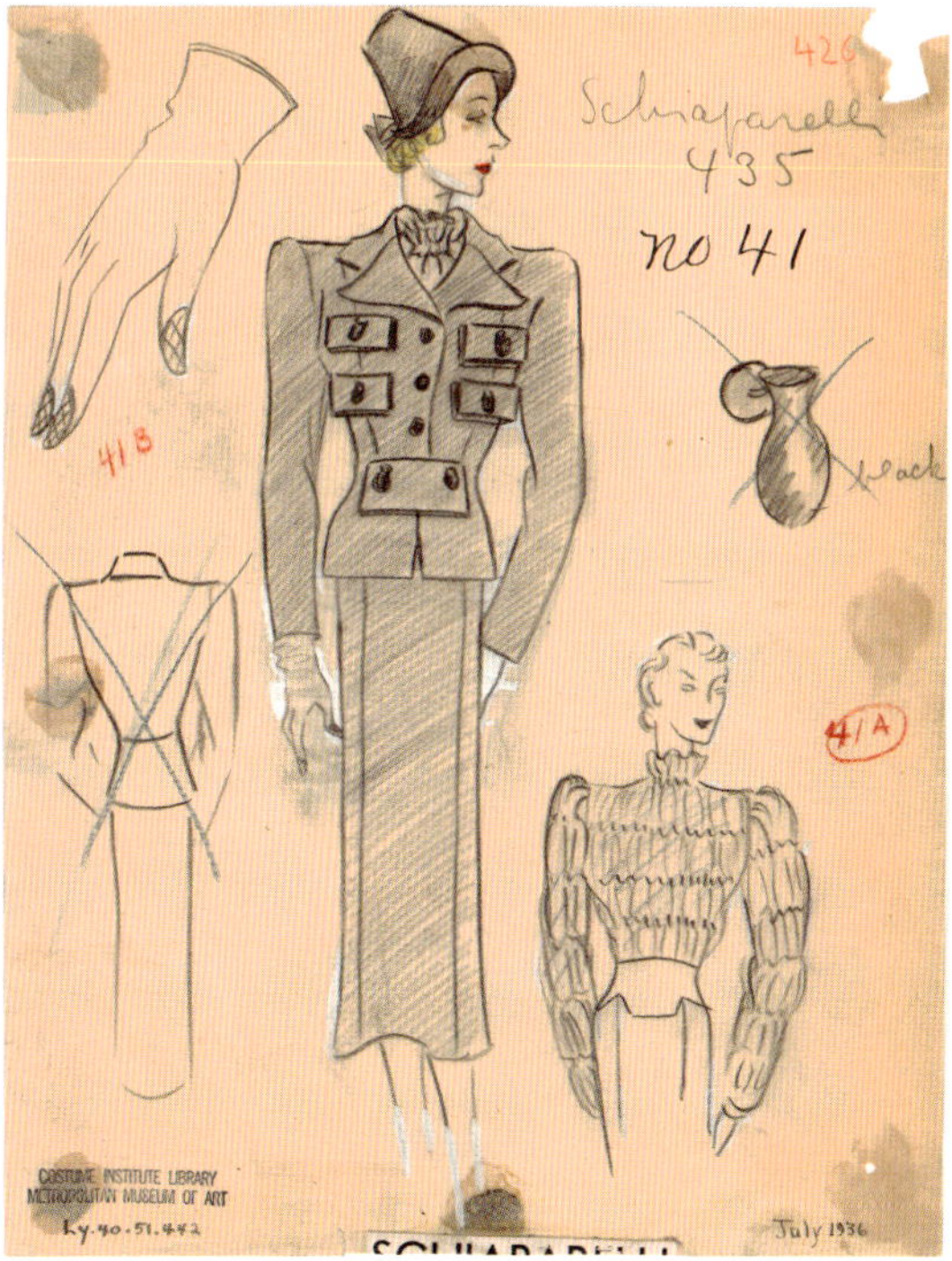

図版4■バーグドルフ・グッドマンのファッションスケッチから、エルザ・スキャパレリの引き出しスーツのイラスト、1936年。

「擬人化されたキャビネット」[24]というテーマで、女性が引き出しに変わるさまざまな作品を残している。フロイトのもっとも繊細な読者とは言えなくとも、熱心な愛読者だったダリの作品では、女性の体につけられた引き出しは誘うようにわずかに引き出されている。引き出しとポケットはからっぽの空間であり、これは一八九九年のフロイトの『夢判断』では明白な性的象徴とされている。[25]同じく一九三六年、ダリは大理石の有名な愛の女神像、ミロのヴィーナスを二分の一サイズの漆喰で再現し、引き出しをつけた。その姿はエロティック以外のなにものでもない[26]（図版５）。

対して、スキャパレリのデイスーツを飾る引き出しはきちんと閉まっている。フェイクポケットも交じっているが、いくつかは実際にポケットとして機能し、引き出しのように中にものをしまえる。性的不安を探求したダリとは違い、スキャパレリは見慣れた日用品の解釈で遊び、人体を家具に重ねて（タンスに脚や高い背があると言うように）人間の性向を探求した。だがスキャパレリのスーツの引き出しの配置とサイズは

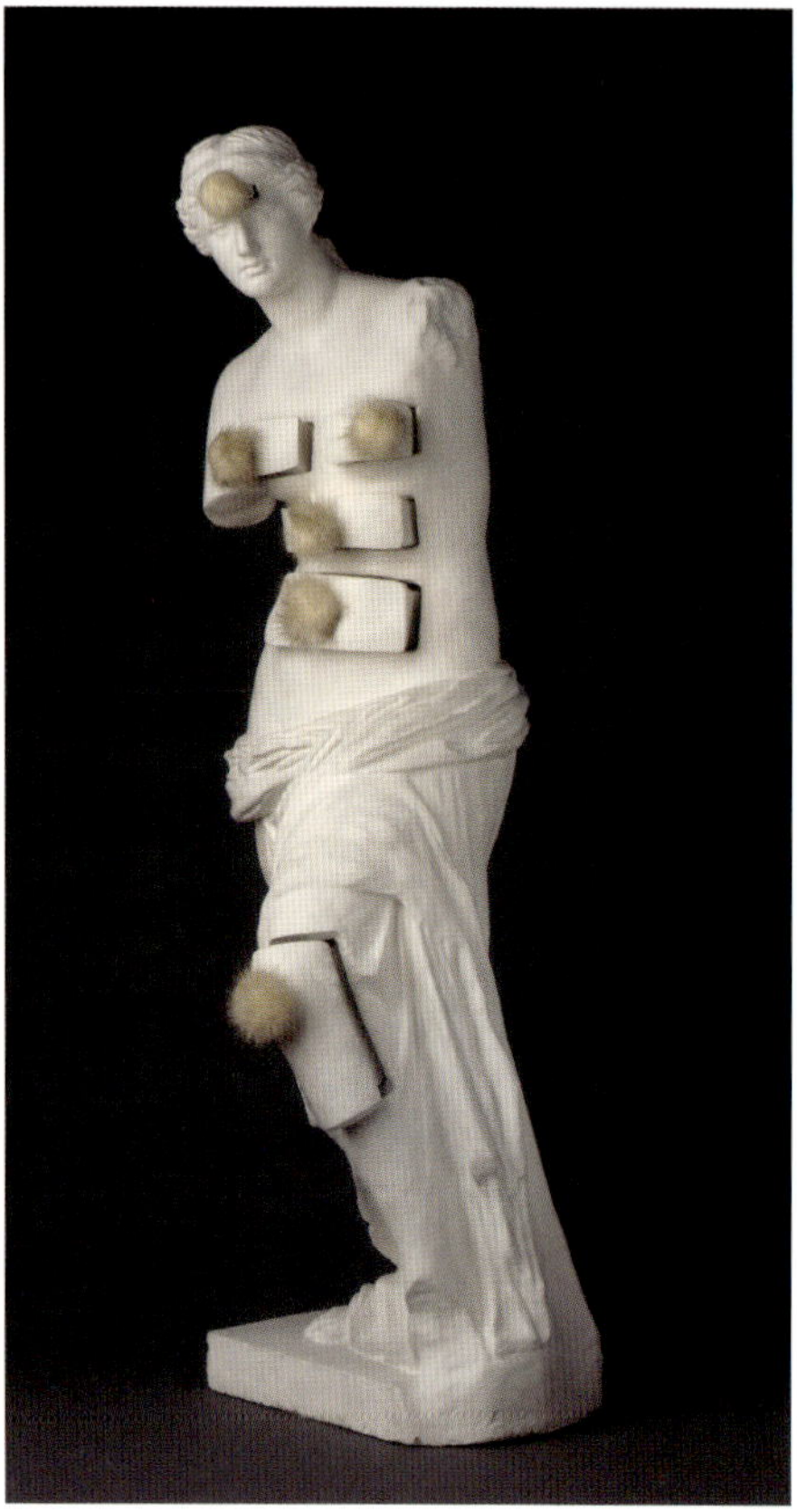

図版5■『引き出しのあるミロのヴィーナス』サルバドール・ダリ作、1936年。

別の身体の部分を暗示するものだ。ふたつ、五つ、八つと引き出しの数を変えるスーツは、胸と腹部を巧みに強調。スキャパレリは再構成された「タンス」〔タンスを意味する言葉、引き出しの胸にかけてある〕を生みだし、それをほのめかしながらも、同一視はさせなかった。

引き出しのイメージを完成させるべく、引き出しポケットにはプラスチック製のクリスタル風ドアノブ、黒のプラスチック製リング、垂れさがったプルタブなどの取っ手がつけられた。自叙伝で語られているように、スキャパレリはすぐれた宝石職人、彫刻家、職人たちと手を取り、「思いもよらないもの」[27]を活用してポケットを作った。「ひとつとしてボタンらしく見えるボタンはなかった」[28]と彼女は振り返る。プラスチック、木材、金属が、昆虫、ピーナッツ、鎖、錠前、クリップ、空薬莢、ロリポップキャンディの形になった。[29]ここでスキャパレリはもとのアイデアから離れずにいたが（引き出しとドア）、ダリはヴィーナスの彫刻でミンクのポンポン飾りを引き出しの取っ手にした。ふたりの選択の違いは、コラボレーションにより創造的な刺激を得ながらも、それぞれが自身の道を追い求めたことを示唆する。ダリの引き出しの取っ手は、手で触れてほしいと誘惑するかのようだ。スキャパレリのプルタブはウイットに富み、いささか警戒心を起こさせ、応じてはいけないと感じさせる誘いをかけてくる。さまざまなアイデアの中でも垂れさがったプルタブは乳首を連想させ、高級百貨店バーグドルフ・グッドマンで販売するにはきわどすぎたらしく、デザイン用のスケッチ画にはバツ印がついている（図版4）。

一部の批評家が主張するように、[30]スキャパレリはダリの作品をマイルドにし、どんな女性でも着ることのできる控えめなスーツに変えたのだろうか？　あからさまな性的表現を避けているのはたしかだ。しかしスキャパレリには別の意図があり、スーツを着る者が自身の秘密を保てるようにしたのかもしれない。哲学者ガストン・バシュラールが一九五四年の著書『空間の詩学』で記したように、秘密を守る錠前と鍵には精神分析医たちが「一様に」[30b]その特性とする性的な含み以外のものもあるのだ。タンスや引き出しはものを隠せる場所であり、プライバシーと秘密に対する要求を満たす想像力豊かな暮らしに重要な「混成の物体」[31]だ。要するに、引き出しとは「誰にでも開かれることはない空間」[32]なのだ。荒らされる恐れのないタンスや引き出しは存在しない。よって派手な掛け金やボルトで侵入者を「威嚇する」より、「欺くほうがよい」[33]とバシュラールは考える。引き出しスーツでは着用者だけが秘密の空間にアクセスでき、どのポケットは本物でどれはフェイクかを知っている。女性の想像力豊かな暮らしを大切にするスキャパレリは、スーツをおとなしくさせるのではなく、着用者に支配権を与える想像力豊かな作品を提示したのだ。

当時、女性たちはスーツ自体をいくらかでも支配したいと願っていた。二〇世紀を通して女性服に起きる変化の多くは、男性服の形や象徴的な権威を取り入れるものだ。スキャパレリ（一九三二年、作家ジャネット・フラナーは『ニューヨーカー』誌で彼女を「巧妙な服の大工」[34]と呼んだ）の影響を受け、幅広い素材の洗練されたスーツがあか抜けた都会生活のための服として徐々にドレスに取って代わっていく。これらのスーツは例外なくスカートと組み合わされ、その女性性を肯定するように見えるものの、同時にモダンでシンプルだった。女性服が男性服へ近づくことへのためらいと、大きな力と地位の両方を求める気持ちが、女性の身体に沿うよう仕立てられたコートやスーツの外観にもときおり現れたのは驚くことではないだろう。それと同時に、ポケットは——そして胸やヒップへのその配置法は——ジェンダーを超えて緊張を生み出し、刺激した。

スキャパレリにとって胸ポケットは挑発的な場所でありつづけ、その作品のすべてが抑制されていたわけではない。たとえば一九三八～三九年のウールのイブニングコートは、六つのパッチポケットで飾られ、そのあからさまさは衝撃的だ（図版6）。シルクのパッチポケットはスキャパレリが「明るくて、ありえない色。厚かましく、魅力的で、活気づけられる」[35]と呼んだ強烈なピンク色。一八世紀のセーブル磁器の花瓶を模したロココ風ポケットが左右の胸に並んでいる。金の刺繍で縁取られ、セーブル磁器の白い小花がちりばめられた中央には、色味の暗いモーブピンクのスパンコールで彩られたモチーフがある。遠目に見ると、それは「標識灯《ビーコンライト》のように」[36]目立つ乳首を想起させ、三段も並んださまが滑稽だ。まわりは目のやり場に困らなかったのだろうか？「この服を選んで身に着けた女性と、服に目が釘づけになる者と、気まずい思いをするのはどっちだ？」[37]と、ロビン・ギブソンはこのコートに首をひねった。

図版6■エルザ・スキャパレリのイブニングコート、セーブル磁器の器の形をしたポケットつき、1938-1939年冬。黒のウールにピンクのシルク、金糸の刺繍、スパンコール、磁器製の小花。

胸に注目させることで、スキャパレリは上流階級の衣服の礼儀正しさにまつわるルールを打ち砕いた。彼女のデザインは計算ずくで胸の谷間を見せるという従来のやり方で胸を目立たせてはいない。[38]むしろ凝った装飾を施すことで、その期待そのものに疑問を投げかけている。もっとも、ルールを壊すために装飾を用いるのは至難の業だ。輝くスパンコール、手触り、鮮烈な色は芸術・文化では軽薄さと結びつけられ、その軽薄さが着用者の品位をおとしめかねないのだ。

スキャパレリとほぼ同時代に活躍し、ときにはライバルであったココ・シャネルが心配したのはそれだ。シャネルは女性服が往々にしてジョークや気晴らしとされるのを嫌悪した。「揺るがぬ威厳」[39]を求めて、シャネルは半装飾的な服を重視したと、歴史家キャロライン・エヴァンスとミンナ・ソーントンは説明する。

一九五四年、スキャパレリがファッションハウスを閉鎖した年に、シャネルは七〇歳にしてメゾンを再開

図版7■1959年のココ・シャネル・スーツ。シャネルの装飾は最小限だ。ツイードのジャケットはチェック柄で縁取られ、袖をまくるとパッチポケットの縁取りとおそろいのカフになる。©FIT美術館。

し、現在でもシャネルスーツとして知られる体に沿うスーツをコレクションで発表した（図版7）。これらのスーツでは身体への言及は抑えられ、「二〇世紀における男性のツーボタンもしくはスリーボタンのスーツにもっとも近い」[40]と評された。

シャネルは復帰の際のインタビューで、すぐれたデザインについて語っている。彼女は体に沿うスーツ作りを時計作りにたとえ、デザイナーはスーツのメカニズムの細部にまで注意を払う必要があるとした。[41]ドレスは着る者のために「機能」[42]しなければならず、「ポケットは使える位置に正確に配置すること」。[43]「ボタンホールのないボタンはありえない」。[44]『ヴォーグ』誌が述べているように、アメリカのスポーツウェアデザイナーたちの頑丈なポケットとは違って、シャネルのポケットにはせいぜい「鍵、ライター、そんなものぐらい」[45]しか入れられそうにない。とはいえ、使うことはできた。シャネルはまったく別のものに変わるポケットや、「フェイクや、せいぜいちょっとしたジョークにしかならないものを（女性たちに）与える」[46]デザイナーたちには我慢ならなかった。

シャネルは女性のスーツやドレスを飾るジョークやフェイクポケットを悪ふざけや軽視とみなしたようだ。一九五二年、『ヴォーグ』誌はトロンプ・ルイユのポケットつきリゾートドレス——当時飛ぶように売れていた——を軽い調子で賛美し、シャネルを激高させた（図版8）。新技術のシルクスクリーンプリントで描かれたポケットとボタンはその色も形も「すべてまったくの偽物」[47]で、誰の目も欺く意図はないと『ヴォーグ』誌は記している。[48]省かれた服のパーツは「プリント技術のおかげでのみ、率直に言えば余興として、そこにある」。[49]このドレスは、欺くことを女性のファッションの目玉としているが、それは現実にあるなにかを模倣に置き換えているだけであり、スキャパレリならばそうしたように、男社会における女性の窮状を際立たせることはなかった。[50]ドレスがスーツへと姿を変えるさまを目にすること自体が余興で、その変化に終わりがないことはわかっていたのだ。

ときに見くだすような書きぶりでフェイクポケットを宣伝するファッション・ジャーナリストたちは、デザイナーたちの作品に潜む引用やパロディに関しては解説をし損ねることがままあった。[51] 一九七一年のシャネルの死去後、働く女性の増加にともない、スーツは試行錯誤の時期に突入する。当初オフィスへ着ていく服に悩む女性たちは、一九七七年の著書『成功する着こなし』(*Dress for Success*) でなるべく威圧的に見えないようにと女性にアドバイスしたジョン・モロイのようなイメージコンサルタントに従った。『ヴォーグ』誌が記しているように、モロイのアドバイスには疑問の余地があり、その結果「小さな女の子みたいにばかげたリボンタイ」を胸につけた、「恐ろしく」ぱっとせず、なんの主張もない服装が流行ることになる。[52] 一九八〇年代なかばになると自信溢れるパワースーツが登場し、その洗練されたデザインは大胆で魅力的だった。女性客たちは数千ドルを支払い、新たにデザインディレクターに就任したカール・ラガーフェルドの手

図版8■トロンプ・ルイユ・リゾートドレス』、撮影ノーマン・パーキンソン、『ヴォーグ』誌1952年12月1日号掲載。このドレスを最初に作ったのは、パリの最高級ファッションをコピーして手頃な価格で製造し、アメリカの大手百貨店向けに販売していたフランスの会社エルメス&ハーバート・ソンドハイム。

で挑発的な「シャネル」に生まれ変わった[53]とも言われるシャネルスーツの長い順番待ちリストに加わった。ラガーフェルドは、パイピングが目を引く左右のパッチポケットや、ゴールドのダブルCのモノグラムボタンなど、ツイードのシャネルスーツの特徴をすべて残したまま、由緒あるブランドの服を求める裕福な顧客向けにスーツを生まれ変わらせた。

　アイコン化した一九八〇年代のシャネルスーツへの攻撃として、イタリア人デザイナー、フランコ・モスキーノはシャネルのかつてのライバル、スキャパレリをよみがえらせる。行きすぎたファッションを批判し、シャネルスーツにそっくりなスーツを生みだすと、スキャパレリの駄洒落や言葉遊びへのオマージュとして、シャネルならばゴールドのチェーンベルトがさがっているところに、"Waist of Money"〔金の無駄。ウエストに無駄をかけた言葉遊び〕の文字を刺繍。ほかの作品でもシャネルへの攻撃をつづけ、シャネルをまねたスーツのパッチポケットに、四インチ（一〇センチ）のミニチュアサイズのシャネルジャケットを貼りつけた。別のツイードジャケットでは、シャネルの度を超えたカラーコーディネーションをまねて、カラー、カフ、ポケットにまでスカラップパターンの黒のフエルトを用いながら、胸ポケットは逆さにつけた（図版9）。モデルの手にはシャネル風キルトバッグのゴールドチェーンがきつく巻きつけられている。これは機能するポケットは必要なしという意味だろうか。『ヴォーグ』誌はこのスーツの「威厳あるユーモアセンス」[54]にしか触れていない。『ヴォーグ』誌の言う「威厳あるユーモアセンス」がなにを意味するのかは不明だ。モスキーノが示唆しているのは、ラガーフェルドによるシャネルの再生は模倣に近く、崇拝されるメゾンに新たな命を吹きこむより、むしろラガーフェルドは第一の原則を無視したということだろう（ラガーフェルドは、ココ・シャネルがそうであったようには、女性を「（着ている）服よりも重要にする」ことに関心がないようだった）[55]。モスキーノは逆さのポケットで自分の主張を通したのかもしれないが、それで犠牲になったのは着用者だ。結局

図版9 ■ 胸ポケットが逆さについているフランコ・モスキーノのスーツ、撮影ウォルター・チン、『ヴォーグ』誌1989年8月1日号『スーツにふさわしいチェック』特集より。

のところ、逆さのポケットなんて誰がほしがる？　ポケットの遊びを考えるときは、からかわれるのが誰かも考慮に入れる必要があるだろう。

　モスキーノがパッチポケットを逆さにつけたその年、パトリック・ケリーはピンストライプスーツのあちこちに斜めのポケットをつけた（図版10）。スキャパレリの作品にインスパイアされたケリーは、自身の作品にもウイットと遊びを持ちこんだ。「服で人を笑顔に」[56]し、ファッションを「本来の価格で」[57]手に届くものにしたいと彼は説明。ケリーはフランスの既製服産業の権威ある統括組織、プレタポルテ組合に加盟を認められた最初のアメリカ人で、最初の黒人デザイナーだ。組合加盟後初のファッションショーはルーブル美術館の中庭で開催され、ケリーはモナリザに敬意を表して、招待状ではモナリザのポーズをまねしてみせた（図版11）。このピンストライプスーツは、トランプのハー

図版10 ■ ポケットがランダムに配置されたパトリック・ケリーのスーツ、1989年春夏『モナの賭け』シリーズより。

トの札をさっと出すギャンブラー、「ラスベガスのモナリザ」をイメージして作られた。

ピンストライプのラスベガスのモナリザ・スーツは、サイコロを装飾に使ったシリーズ、『モナの賭け』の一環だ。どんな目が出るかわからないサイコロになぞらえてポケットはでたらめに配置されているものの、スーツ自体はフォーマルで男性的なデザインだ。生地はカジュアルなコットンツイル、ポケット部分のストライプは鮮やかな黄色に赤と、カラフルなだけでなく、ラインが服と平行になっていない。ケリーはここに自伝的な含みを持たせたのかもしれない。アメリカではなくパリが、ケリーの芸術的才能に「賭け」、プレタポルテ組合への加盟を認めて彼のビジネスを支えてくれたのだと。だがそこには着用者と見る者を楽しませるジョークもふんだんに盛りこまれ、肩甲骨の上にあるポケットもそのひとつだ。それは右手を背中の左側へぐっと伸ばせば、かろうじて届くところにある。意図的にランダムに配置する

図版11 ■ パトリック・ケリーの1989年春夏ショーの招待状。モナリザのポーズを取るケリーの肩には彼の好んだ装飾、ボタンが並ぶショールがかけられている。

ことで、ケリーのスーツは、女性版の仕立のスーツではポケットが当てにならない存在だったことを露骨に示している。遊びと悪ふざけを持ちこむことには、シャネルや同類の現代主義者《モダニスト》を含めて、全員の賛同は得られなかったかもしれないが、ケリーは一見無価値な装飾を用いることで価値ある主張をするという、女性服の長い伝統を受け継いだのだ。

男性服のポケット：TPOに合わせる

「根本的に保守的なもの」[58]と『エスクァイア』誌のライターが一九五五年に記したように、男性ファッションのポケットに遊びやトロンプ・ルイユが取り入れられることはなかった。数百年間保たれてきた不変の型と、専門職に就く女性たちが目指してきた中立的な基準には、からかう余地はないかのようだった。機能的で使えるポケットは「女性たちによりわれわれに残された、服における排他的特権のひとつ」[59]と、同じライターはいくらか身構えるようにつけ加えている。この記事は男性たちが保守主義と和平を結んだことを示唆している。だが一九五〇年代を特徴づけるのは、よりロマンティックで根元的、あるいは「無骨な男性性」[60]を普段着に取り入れる試みだ。

女性服が目指したのが、男性服が持つ権威を盗むことであったなら、男性服が目指したのはその権威の堅苦しさを少しでも払い落とすことだった。ここでもポケットは重要な役割を果たす。伝統に従い、男性服のポケットは形が制約されていた。デザイナーがポケットをバスケットやカラーリリーの形にすることは皆無だった。男性服のポケットがその下の体をほのめかすことはなく、プライバシーやチャンスを示すこともなかった。しかし『エスクァイア』誌のジャーナリストによると、「ポケットを強調すること」（ボタン、ベント、刻み目《ノッチ》も同様に）に男性服の「文字どおりの意味」は「かかっている」。中でもパッチポケットは重要な転換点の役割を持ち、「ビジネスと遊びの区切り」[61]を示した。

パッチポケットの起源はワークウェアだ。丈夫なエプロンにであれ、一九世紀以後はズボンやオーバーオールにであれ、パッチポケットははっきり目につくところにつけられた。たとえばリーバイスのブルージーンズはヒップのパッチポケットに入った鮮やかなトップステッチが有名だ。一八七三年、布を補強するトップステッチと、金属の鋲《リベット》でジェイコブ・デイヴィスは特許を取得し、ワークウェアの耐久性を高めた。「炭鉱作業員、整備士、エンジニア、労働者のために作られた」[62]リーバイスの「ウエストオーバーオールズ」（ブルージーンズの当初の名称）と「ビブオーバーオール」は非常に頑丈で、二頭の馬が反対方向へ引っ張り合っても裂けないことを、リーバイ・ストラウス社の革製ラベルは物語っている。

世界大恐慌の真っただ中で、小作人の生活を記録した作家ジェイムズ・エイジーは一九四一年、ウォーカー・エヴァンスの写真つき著作『いまこそ名高い男たちを称えよう』（*Let Us Now Praise Famous Men*）でビブオーバーオールに熱い賛辞を捧げた（図版12）。エイジーは自身が目にした代表的な衣服を振り返り、オーバーオールは「この国発祥」[63]の特異なものと考えた。エイジーはとりわけステッチに関心を寄せる。「実用的なポケットの複雑な縫い目」、紺色の生地に鮮やかな白糸は、「青写真」[64]のようだと記している。鉛筆、定規、時計をしまえるよう形作られた胸ポケットの「複雑で傾斜のある構造」[65]は、アメリカの農村地域の生産性にとってなくてはならない記録づけや計測などの作業のためのものだった。その輪郭線が目を引く

パッチポケットは、エイジーが自著で再評価を試みた男たちの能力と一種の器用さ、創造力の証だ。

歴史を振り返ると、農民や職人のほかに、猟師や兵士（同様の技術と道具をいくらか必要とする職業）もパッチポケットのついた服を着ていた。だが、軍服の華やかさを邪魔する機能的なパーツは当初とりわけ忌

避されていた。一七世紀以降、ヨーロッパと北アメリカの軍服は流行のスーツをお手本とし、兵士たちは正装で戦場へ向かった。その華やかな装いが兵士の士気を鼓舞するとされ、実用性よりも壮麗さが優先された。一八八九年、英国軍の能率化を唱えた司令官は、体にぴったり沿うようあつらえられた軍服を着た義勇軍の兵士たちが「戦のさなかにその日の務めも満足に果たさず」[66]に気取って闊歩するさまに、彼らは軍服を着たくて入隊したのだろうと憤慨している。

一九世紀なかば、イギリス東インド会社の将校が着用した狩猟服、サファリスーツの登場は、そんな状況に変化をもたらした要因のひとつだ。[67]余暇に危険と冒険を求めて虎や象を狩っていた将校たちは、実用的な服の機能性を評価した。[68]サファリスーツでは胸ポケットと腰ポケットが左右に並んでいる。通常これらは中央にひだのあるベローズポケットで、ふいご《ベローズ》のようにふくらみ、容量が大きい。レザーで裏打ちされたポケットには小型

図版12■フランク・テングルの肖像写真、アラバマ州ヘイル郡マウンドヴィル近郊、ウォーカー・エヴァンス撮影、ジェイムズ・エイジー著、『いまこそ名高い男たちを称えよう』掲載、1936年。

の火薬入れやその他の弾薬、必需品をしまうことができた。実用的でありながら見ばえもよく、サファリスーツは機能性に華やかさを添える和解策を軍隊に提示した。現代の軍服では見慣れたベローズポケットつきジャケットは、正装のスーツより民間人の狩猟服のほうが軍服のお手本にはふさわしいことをいくらか遅まきながら示したのだ[69]（図版13）。

見るからに実用的なベローズポケットはさらに意義を獲得していく。第二次世界大戦開戦直後の数年、大あわてで兵を動員していた米軍は、カーキ地のチュニックをさらに改良して、オーダーメイドでもなく、胸や腰にぴったりフィットもしていない最初の軍服を生産（図版14）。M1943戦闘服（数字は開発年を示す）のようなコットンのウィンドブレーカーはウエストを紐で絞れるようになっており、胸と腰に大きなベローズポケット、ズボンには新たに考案されたカーゴポケットがついていた。それまでとは様相が異なる戦争に合わせて軍服も姿を変えた。動きの少ない塹壕戦が主戦場であった第一次世界大戦とは違い、第二次世界大戦は機動戦だった。新たな軍服を試着してテストエリアでの訓練に挑んだ部隊の隊長たちは、「着ているジャケットやズボンのポケットを活かして戦える」[70]のがこの新たな戦闘服のもっとも重要な特徴だと報告した。ドワイト・D・アイゼンハワー司令官は「きちんとして敏速に動ける」[71]ように見えないと、このルーズフィットの軍服を毛嫌いした。だが新聞やニュース映画に報道される、勇敢に戦う軍服姿の米兵のイメージが一般大衆の認識を変えていく。アイゼンハワーにはだらしなく、魅力がないと思えた軍服も最終的には幅広い支持を獲得した。

これらの軍服のポケットは、やがては大衆のレジャーウェアにも採用されるようになる。ワークウェアから軍服、そしてスポーツウェアまで、目につくところにあるポケットは、その能力、不屈の精神、意志の強

図13■第一次世界大戦時の志願兵のチュニック。オーダーメイド品で素材はウール。ポケットの中にはシガレットホルダーがついている、1914-18年。

図版14■1944年10月の戦闘後に撮影された、コットンのM1943フィールドジャケットを着用している第79歩兵師団の兵士たち。左から右へ。アーサー・ヘンリー・ムース上等兵、カーミン・ロバート・シレオ軍曹、ケリー・C・ラサール軍曹。

さ、勇敢さが歴然とした「労働者たちの姿」を彷彿とさせた。第二次世界大戦後のカジュアル革命中、デザイナーたちはこれら活動的な男性服を参照し、ポケットなどの象徴を拝借してカジュアルな美しさを作りだした。一九四九年『アパレルアーツ』誌は、インフォーマルの流行が「たんなる一過性ではない」[72]と正確に予見。男性服メーカーおよび男性服販売業者向けのこの業界誌はアメリカ人男性の「自然なカジュアルさ」[73]と快適さへのこだわりに言及し、うまく調整することでいかなる場面でも男性は「くつろぐ」ことができると提案した。そのファッションページは「オペラを観劇している」[74]ときでさえ自分らしくいられることを読者に約束した。

最初にインフォーマルな服装の普及に成功したのは上着だ。映画業界の大御所たちのあいだではシルクやスウェード生地のベルトおよびポケットつきレジャージャケットが、郊外の父親たちのあいだではより丈夫なレザーやツイード生地のものがワードローブの定番アイテムになった。それまではウールのオーバーコートが一枚あれば充分であった。一九五五年『GQ』誌は「どこでも」上着《アウターウェア》と謳い[75]、スポーツマンもあらゆる種類のスポーツ観戦客も、いまや「通り」でも「スタジアム」でも「自宅の庭」でもジャケットを着用できるとした。パッチポケットは「スポーツステッチ」[76]で飾られ、ベローズポケットの尖った《ポインテッド》フラップには「スタイルの重み」[77]があった。ファッション記事は、厳密には必要でなくとも「やる気溢れる」[78]週末限定のスポーツマンたちを発奮させる、これらすべてのポケットを好意的に取りあげた。

このようなレジャーウェアは選択肢の幅を広げたものの、ビジネスの世界となると、服装の規則は遅々として変わらなかった。服装の適切さはいまだ男性たちを悩ませ、TPOは相変わらず重要視された。男性ファッション雑誌も服選びのアドバイスに努め、ファッション情報の提供者というより、エチケットマニュアルのようになった。一九六四年の『GQ』誌は「服はTPOに合わせよう」と述べ、これやあれは「スポーツウェアであって、オフィス向きではない」[79]と読者に念を押した。それを間違えれば赤恥をかきかねず、服の選択において、男性は「綱渡り」[80]状態のままであった。

だが、街でも田舎でも、ビルの谷間でも大自然の中でも、同じようにくつろげるものを着たいという男性の要求は、この試みを後押ししつづけた。カジュアルな美しさを表現する場がスーツに変わり、イヴ・サン・ローランは一九六八年のユニセックスコレクションでサファリスーツを生まれ変わらせた。この頃、アフリカ各地で脱植民地化を唱えたリーダーたちの一部が宗主国のスリーピーススーツではなく、サファリスーツを着用したことから、サファリスーツには反骨精神の意味合いが含まれるようになっていた。[81]もっとも、ファッション雑誌がたびたび強調したのはその汎用性だ。サファリスーツは日曜のブランチやギャラリーのオープニングセレモニーなど、「のんびりした《ピースフルな》おでかけ」[82]にお薦めされた（図版15）。フラップつきの大きなポケットは「自己主張を添え」[83]、スーツの印象をやわらげた。レジャースーツは上品さとさりげなさを兼ね備え、どんな「特別ではないおでかけ」にもふさわしかった。[84]

レジャースーツの流行は数年で終わるものの、大胆なポケットは別の衣服、とりわけカジュアルウェアに登場するようになる。たとえばウエスタンスタイルの服ではシャツやジャケットのポケットが三日月型に丸みを帯びたり、逆V字型に尖ったりして、ロデオで暴れ馬にまたがるカウボーイをイメージさせた。[85]レザーのフリンジつきポケットはビリー・ザ・キッド風だ。リーバイスが持っていた5ポケット・ジーンズの特許権が一九二〇年代に消滅すると、他社もブルージーンズをこぞって売りだし、驚くほど表現豊かなバックポケットが登場するようになる。リーバイスの定番、５０１ジーンズは「小細工を排除」[86]しているが、すぐれたものをさらにすばらしくすることは可能だろうかと、『ＧＱ』誌は一九七七年に疑問を呈した。あらゆるブランドが行動に移り、曲線、虹、星、逆V字を大胆なレザーパイピングで描いてみせた（図版16）。これ

図版15■カジュアルな外出用のサファリスーツ、スタインビカー／ヒュートン撮影、『GQ』誌1972年2月号『特別ではない日のスーツ』掲載。女性のニットドレスのベルトと前の合わせ目はトロンプ・ルイユだが（ラップドレスに見せている）、ポケットは本物（ハンカチーフが差しこまれている）。

ぞジーンズがファッションに生まれ変わったことを宣言する、「追加の活力《ジップ》つきスタイリング」[87]だ。

ヒッピーたちはデザイナーブランドに背を向けてリサイクルショップで見つけた掘り出しものに自分たちで手を加え、凝った刺繍や鮮やかなパッチワークでポケットを飾るようになる。このカウンター・カルチャー〔既成文化の価値観に逆らう文化的傾向〕の流れに乗ろうと、メーカーはジーンズ、スカート、ジャケット、ベストに飾り布《パッチ》をつけてフォークロア調を演出した。ニューヨークのブティック、ピンキー&ダイアンの一九七三年のジャケット[88]は、おそらくもとはジーンズだったものを解体した四角のパッチですべて作られ、ところどころ裏返しになっている（図版17）。ジャケットの胸ポケットはLee《リー》ジーンズのバックポケットをうまく再利用したものらしく、Leeの「レイジーS」ステッチロゴの一部が見えている。胸のパッチポケットは通常よりやや

図版16■バックポケットのコラージュ写真、ジョン・ピーデン撮影、『GQ』誌1977年4月号『ジーンズ学：ファッションのホットパンツ賛歌』掲載。

位置が低く、その奇妙さが目を引く。生地を裏返しに使ういたずらと、バックポケットを前へ持ってくる遊び。ポケットの位置を変えるこの掟破りは、男性服では最大限の反抗であった。ピンキー&ダイアンの男性用ジャケットが示すように、女性服に比べて男性服のポケットに見られる遊びは控えめになりがちなのだ――ここではうしろにあるべきポケットを前へ移して文脈《コンテクスト》を入れ替え、位置の変化を楽しむだけにとどまる。[89]

再文脈化《リコンテクスチュアリゼーション》の試みはつづき、これと結びつけられるのが、川久保玲やヴィヴィアン・ウエストウッド、ジャンポール・ゴルチエなど、カウンター・カルチャーを押し広げたポストモダン・デザイナーたちだ。たとえばゴルチエは一九九〇年のスーツで、軍服とスポーツウェアからさまざまなスラッシュポケットとパッチポケットを取り入れ、フォーマルスーツの左右に格子状に並べた(図版18)。これらのポケットに

(上)図版17■デニムを再利用した男性用ジャケット、ピンキー&ダイアン、1973年。©FIT美術館。

(下)図版18■ポケットつきスーツコート、ジャンポール・ゴルチエ、1990年。©FIT美術館。

は機能的な金属パーツと、スーツの生地とおそろいの素材のプルタブつきジッパーもついている。ゴルチエはスーツのフォーマルさを崩すことなく、左襟にボタンホールを残してサヴィルロウ・スーツの伝統を再現した（寒さをしのぐため、かつては襟を立ててボタンで留めることができたが、現在では飾りでしかない）。ゴルチエが見る者に思い出させるのは、ポケットがたくさんあるスーツの完成形はいまだ存在しないということだ。それまでも男性たちが悩んでいたように、ポケットにたくさんのものを詰めこんだら、スリムなシルエットを保てるわけがない。しかしゴルチエはベローズポケットを採用することで、容量の問題にあっさりと解決策を提示する以上のことをし、昔から存在するビジネスとレジャーの区別を取り払い、服を「TPOに合わせる」[90]要素とはいったいなにかを問いかけた。

カーゴポケット：一九九〇年代の象徴

ゴルチエの装飾的でアバンギャルドなポケットよりも一般的に広まったのが、ズボンのカーゴポケットだ。一九七〇年代、ワークウェア、軍服、スポーツウェアとサブカルチャーの出会いにより、「アーバン・サバイバル・ユニフォーム」[91]が誕生し、カーゴポケットが脚光を浴びるようになる。当初、ベローズポケットつきのズボンは一般受けしなかったが、米軍放出品がカウンター・カルチャーで人気を得ると新たな注目を集めた。一九七〇年代の若手パンクロッカーたちは保守的な主流ファッションを破壊する独自のファッションを作りだし、カーゴパンツを愛用した。[92]デザイナーたちはすぐさまこのスタイルを取り入れ、ズボンがもう少し表現力豊かになりうることを発見する。なぜブルージーンズのバックポケットでやめにする？「こんにちのファッションでポケットの位置はフロントとバックだけにかぎらない。場所と理由があればどここにでもつけられる」[93]と一九七三年の『GQ』誌は熱狂した。

『GQ』誌がサバイバルウェアと呼んだものは、一部の目には脱工業主義のように見えた。それは実際には労働することのない人々のためのワークウェアながら、見るからに機能的なデザインが強調され、「一週間分の食料をしまうことができ、面ファスナーやジッパーで閉じられるたくさんのポケット」[94]がついていた。ゆったりしたカーゴポケットパンツに組み合わせるのは、フードつきオーバーシャツ、アノラック、パーカーで、足もとにはレッグウォーマー、ハイトップスニーカー、あるいはより冒険心のあるブーツだった。一九七七年、ピエール・カルダンの考えたサバイバルウェアは、ジッパーにDカン（軍の発明品）のついたダウンコート、カンガルーポケットとフードつきケーブルニットセーター、「戦闘にインスパイアされた」カーゴポケットつきズボン、そしてウルヴァリン社のハイキングブーツだった。その宣伝文句は、街とハイキングにふさわしい装いの違いがかつてないほど試されていることを示唆している。「丸太詰まり《ログ・ジャム》より交通渋滞《トラフィック・ジャム》にぶつかりそう」[95]。しかし、TPOや適切さに関する従来の区別はもはや機能していないようだった。

一九九〇年代、カーゴパンツは別の若者世代により再発見される[96]。安価な軍放出品を愛用するX世代のスケーターやラッパーは、しばしば彼らを黙殺してきた社会で力を授けてくれる軍服を模倣した新たなファッションを創造。彼らはファッションをふたたび革新し、カーキのカーゴポケット・コンバットパンツに袖なしのパファージャケット、無地の白いTシャツ、クラシック・アディダススニーカーを組み合わせて、一九七〇年代のサバイバルウェアを新たなものへと昇華させた。この世代の要望に応えるべく、新たなストリートウェアのレーベルがぞくぞくと立ちあげられ、アンチ・ファッションを独自の美学とするシンプルなスタイルが生まれた[97]。スケーターや、シュプリームなどのストリートウェアブランド、それに実用性に関心のあるデザイナーたち（CPカンパニーのモレノ・フェラーリ、ストーンアイランドのポール・ハーヴェイ、マッシモ・オスティ）がカーゴポケットを幅広く採用した。ヒップホップやストリートウェアが主流に加わりだすと、ポケットがいくつもあるカーゴパンツは一九九〇年代の象徴となった。

一九九四年、『ヴォーグ』誌はカーゴポケットの起源をこう説明。「アーバンストリートスタイルからヒントを得て、デザイナーたちが腕まくりをし、農業労働者のオーバーオール、作業員のユニフォーム、そしてその他実用性重視の伝統的な服にインスパイアされて服を作っている」。「誰もがアクティブに見えたがっている」[98]と『ウィメンズ・ウェア・デイリー』紙は一九九八年のトレンドを解説した。ヒップハガーでドローストリングの、へその出るカーゴパンツを着る女性たちは、そこまでボディコンシャスではない中流層向けのスポーツメーカー品を購入する人たちと同じくらい熱心にそれらを愛用していることを指摘した。デザイナーから量販店まで誰もがカーゴパンツを取り入れ、男性服から女性服にまで広まったその速さは、ストリートウェアと実用本位のブランドが人気を獲得しはじめていることを如実に物語った。カーゴパンツはあきらかに、スエットパンツやヨガのレギンスにはないものを提供したようだ。おそらくそれは単調な雑用すらやる気にさせる少しばかりの目的意識だったのだろう。

カーゴパンツの起源が陸軍にあるのは広く知られている。米軍のデザイン、パターン&プロトタイプ・チームの企画官、アネット・ラフルールは、兵士は「究極のアスリート」[99]だと考えた。「民間人だって実用本位で機能的な服をほしがらないわけではないのでは？」[100]。即時に戦闘に対応できる服を考案するには、一種のマインドセットもしくはスキル、活動する身体に同調する正確な技術が求められるため、民間のデザイナーたちにとって軍服に採用される技術は垂涎の的だった[101]（図版19）。軍のアーカイブを丹念にリサーチし、その結果が新たなディテール誕生につながることもしばしばだ。たとえばカーゴポケットのフラップやボタンの中には、カナダの北極海上哨戒艦のジャケットやデンマーク空軍のズボンから考案されたものもある。[103]

もっともすぐれたアイデアのいくつかは、パラシュート部隊のためにデザインされた軍服に起源を持つ。彼らは上空から敵地へ侵入後、武器だけでなく、サバイバルのために必要なものすべてを身に着けて地上へと飛びおりる。第二次世界大戦の回顧録によると、ドイツ人の捕虜たちはパラシュート部隊を「バギーパンツをはいた赤い悪魔」[104]と呼んだ。空挺部隊に協力していたデザイナーたちはカーゴポケットを膝の上につけ、ハーネスを装着している状態でも手が届くようにした。また、絡まったパラシュートの紐を切断するナイフをしまうため、足首の近くにも細いカーゴポケットを増やしている。重いポケットの中身が落ちないようにストラップをつけるなど、兵士が最後の最後まで改良を加えていたのは当時の写真でもあきらかで、ヘルムート・ラングなどのデザイナーが発表した数々のカーゴパンツは明白にそれらを参考にしている。

デザイナーたちは本物に忠実であるようディテール

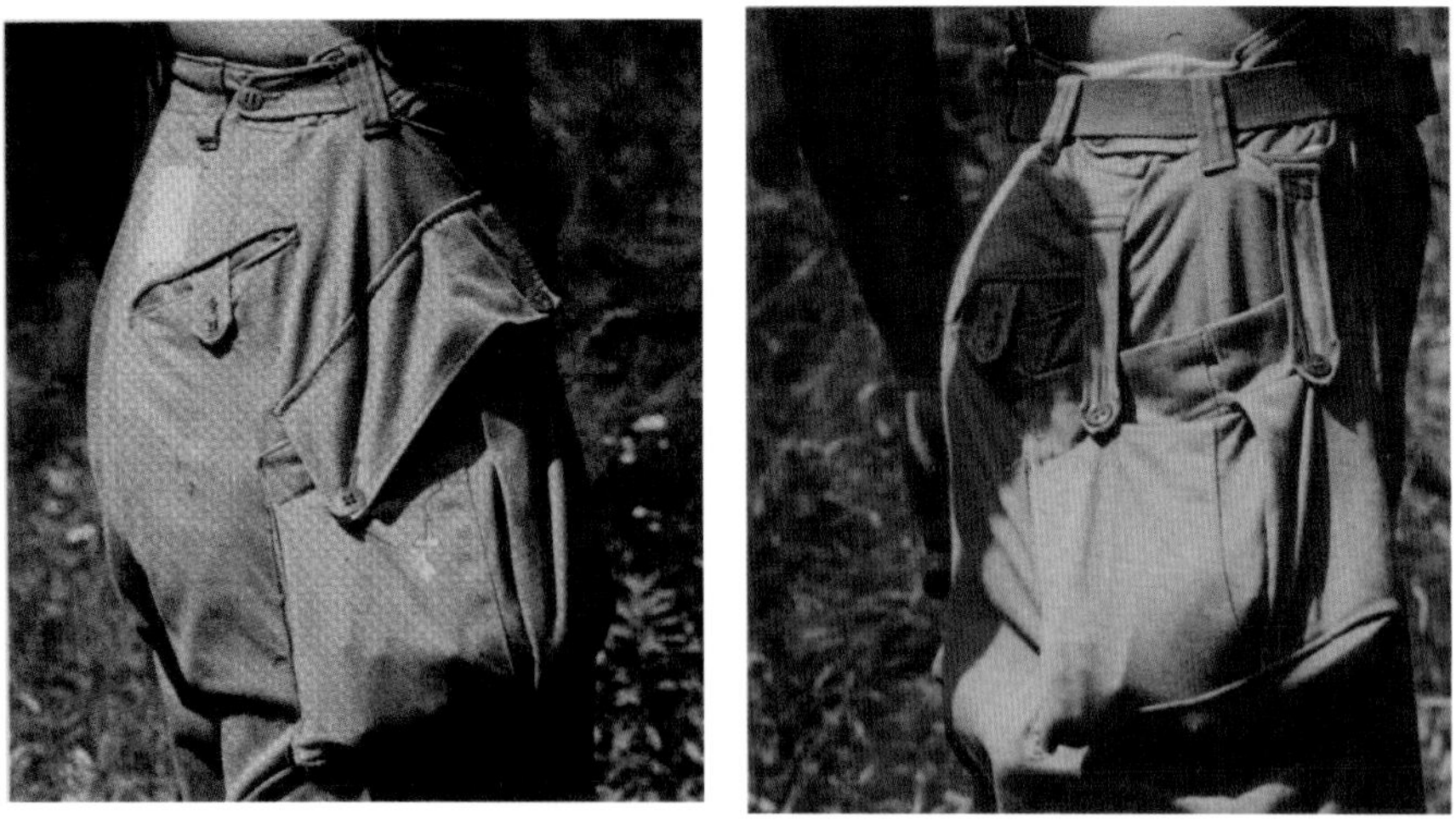

図版19■カーゴポケットの2例、それぞれ中には手榴弾が3つ入っている、1942年11月から1943年7月までバージニア州キャンプ・リー[102]で実証実験。写真からもデザインの問題点がわかり、手榴弾を3つ入れると（ポケットはその用途）、重さでポケットが下へさがり、大きく揺れる。すばやい動作の邪魔になり、脚がこすれると兵士たちから報告があった。

にこだわったものの、批評家たちはその動機に懐疑的で、ランウェイ上で再解釈されたスタイルを「実用本位のおしゃれ《ユーティリティ・シック》」と命名した。ロンドンを起点として活動するジャーナリスト、ジェームズ・シャーウッドの目には、この流行は文脈《コンテクスト》に問題があるように見えた。彼は、コンバットポケットは「ヴェルサーチェのランウェイには場違い」[105]だと言い、ドナテラ・ヴェルサーチェがそのデビューとなる一九九八年のオートクチュール・コレクションで、ピンクのクリスタルをちりばめたオートクチュールドレスにカーゴポケットを移植したことにいささか面食らった。シャーウッドはこれを仮装にたとえ、マリー・アントワネットが宮廷や宮廷服の拘束からのがれ、離宮である小トリアノン宮殿で田舎暮らしを楽しみ、薄手の白いシフトドレスをまとって貧しい乳搾りの娘に扮したのと同じだとした。「女性が戦争ごっこをしてどうするつもりだ?」[106]と一部の批評家は問いかけた。これはイギリスでは二〇一六年まで、アメリカでは二〇一五年まで、女性の戦闘任務参加が認められていなかった事実も関係しているだろう。だがこの問いは、この種の拝借の長い歴史と、そうするよう駆りたててきた強烈な想いを忘れている。歴史を振り返ると、軍事衝突中、女性はミリタリールックを取り入れることで共感を示し、わがこととして関わってきたのだ。

『ハーパーズバザー』誌は都会の定番服《ユニフォーム》を調べる二〇〇二年の特集記事で、「実用本位主義にグラマラスを融合させた」とする「新しいストリートシックスタイル」[107]をまとうモデルの写真を掲載(図版20)。人々が行き交うショッピングストリートでガラス張りの大きなショーウィンドウに映るモデルは、急ぐ様子もなくぼんやりと視線をさまよわせている。街角で人に見られるこんな場面でこそ、「一流の定番服《ユニフォーム》」[108]が必要となるのだろう。モデルが着用しているのは、バックルつきレザーストラップやスナップで留められる「ポケットだらけ」のコンバットベスト、それとおそろいのカーゴパンツで、ウエストのジッパーがシルエットを区切っている。このドルチェ&ガッバーナのアンサンブルではファーの縁取りとスパイクヒールが「無骨さを洗練へ」[109]成熟させている。価格はベスト単体で一万二四三〇ドル。彼女は都会の戦士だろうか？　少なくとも都会暮らしに慣れてはいるのだろう（彼女は「わたしをなめないでよ」とでも言いたげな顔つきだ）、たとえ戦闘の心構えはできていなくとも。

　メトロポリタン美術館服飾研究所の元キュレーター、リチャード・マーティンはこの一〇年間のテーマを一九九五年の展覧会で総括した。[110]展覧会はファッション・ジャーナリスト、スージー・メンケスが呈した鋭い疑問にちなんで「剣を鋤へ〔軍民転換の意味〕」と命名された。メンケスは、ナチスのジャックブーツやサム・ブラウン・ベルト〔刀や拳銃を携帯する軍用ベルト〕など、ファッションへ借用されたものの一部は一線を越えているのではないかと考えた。「ファッションは危険で無神経な戦争ごっこをしているのか、それとも鋭い剣を打ちなおして畑を耕す鋤とする、イザヤ書の言葉を実践しているのか？」[111]聖書の寓話は軍用の武器も民間人の生活用品に転用することで無害な道具に変わり、実際、そのような転用は平時には欠かせないことを伝えている。攻撃的かつ威嚇的な服を着ることにも

図版20■ドルチェ&ガッバーナのファーで縁取られたポケットつきベスト、クロップドパンツ、チャームブレスレット、ピーター・リンドバーグ撮影、『ハーパーズバザー』誌2002年11月号掲載。

同じく平和な効果があるかはそう判然としない。戦争を美化する一般市民の目を覚まそうと、兵役経験者たちは戦争の凄惨な現実を語ってきたが、ファッションにとって戦争は抗いがたい参考資料のままのようだ。

カーゴパンツの人気は衰える様子がなかったものの、二〇〇〇年代前半になるとあまりに一般化し、本来の魅力はいくらか失われた。多くはだらりとルーズに着用され、たんに服装がだらしない者たちにも愛用された。だが、魅力が失われてもそれがカーゴパンツの終焉とはならなかった。二〇一〇年、カーゴパンツがアップグレードして復活を遂げたことがファッション雑誌で報じられる。一部のデザイナーは「ジーンズのようなシルエット」[112]を損なわないよう、ポケットをパンツの前面へ移動させた。今回のルールは絶対厳守だ。「ポケットにいっぱいものを入れないこと。この新たなパンツはスリムなラインが命だ」[113]。これらは誰でもはくことができ、さらには、誰でも新たなはき方を自分のトレードマークにできた。漫画家ロズ・チャストが『ニューヨーカー』誌に掲載した『ニュー・グランマ®カーゴパンツ』は、編み物道具から遺書までなんでも「最初から入っている」（図版21）。カーゴパンツはカジュアルの定番として5ポケット・ジーンズやカーキパンツの仲間入りを果たし、そのポケットは二〇一六年に『ウィメンズ・ウェア・デイリー』紙が記したように「実用的伝統」[114]とみなされるようになった。つまりは「ファッションステートメント〔ファッションで自己主張すること〕」のために、どこにでも戦略的に取り外しや「配備」が可能な特徴的要素だ。

では、このファッションステートメントとはどのようなものだろう？　ポケットが語る物語はファッションの妥当性を疑問視するドレスダウン時代において、案外雄弁だ。実用的なポケット（ズボンについているものだけでなく）はときに華やかなランウェイのファッションを正当化する手助けをしてきた。いまやポケットは伝統的な美しさと仕上がりを引き立たせ、ヴァージル・アブローは、スキャパレリのトレードマークだったショッキング・ピンクを彷彿とさせる「ありえないほど大胆な」色を用いたルイ・ヴィトンのサファリスーツに、ミリタリー風の大きなパッチポケットをつけてみせた(図版22)。一種のアンチ・ファッションの美点を示すとき、装飾としてのポケットに疑いの目が向けられることはない。この力強いポケットは、着用者がどんなことにでも立ち向かえると宣言しているかのようだ。「エコ未来派《フューチャリスト》」をコンセプトに、オートクチュールにスポーツウェアを融合させたデザイナー、マリーン・セルにとって、ポケットはアーバン・サバイバル・ユニフォームの新時代における戦略の一環である[115](図版23)。

機能に公然と焦点を当てながらも、ファンタジーは忘れられてはいなかった。過剰なまでの戦術的身支度が狙いなら、完璧に装備を整えたサイボーグ、もしくは困難な任務からつぎの任務へと移動する「非合法作戦《ブラックオプス》の自転車便」[116]の格好をすることもできる。はたして、その種の白昼夢は模倣しやすい。比較的安全な環境でそんな戦闘服まがいのものを着るのはやりすぎではないだろうか? 「タクシーの乗り降りにゴアテックスのゲートル、コンバットブーツ、非常用懐中電灯」は本当に必要なのだろうか?[117] とラッセル・スミスは二〇〇七年の自著『メンズ・スタイル:考える男の服装ガイド』(*Men's Style: The Thinking Man's Guide to Dress*) で問いかけた。おそらく答えはノーだ。いや、それともイエスだろうか。ポケットに

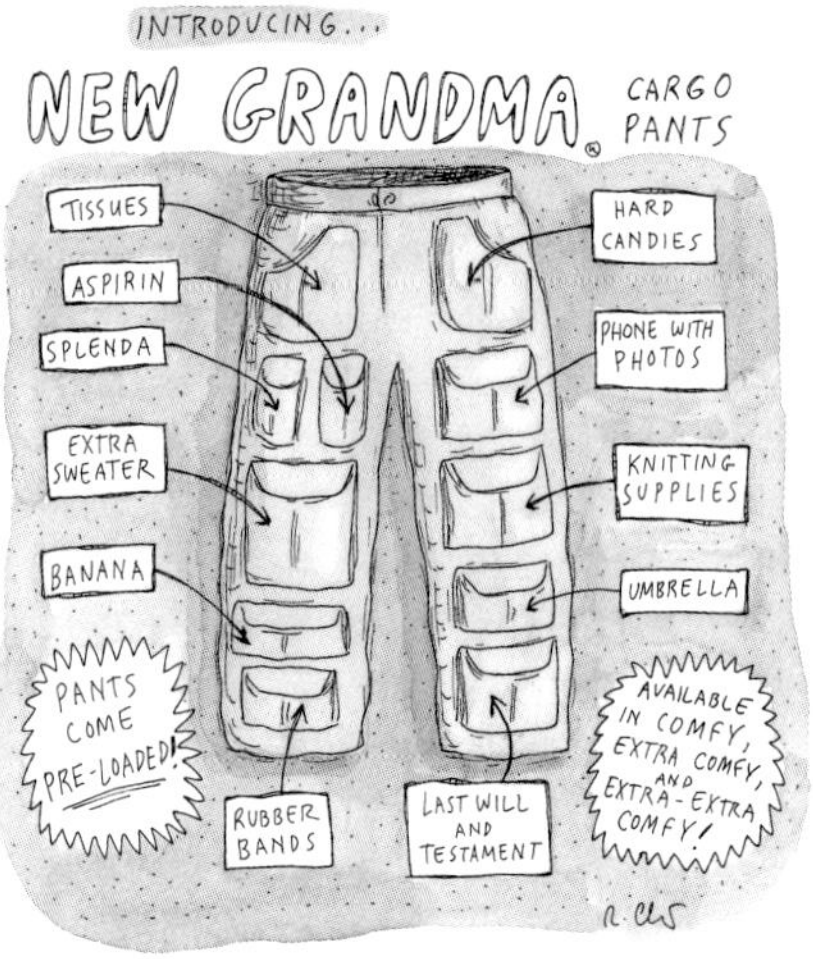

図版21■ロズ・チャスト作『ニュー・グランマ®カーゴパンツ』、『ニューヨーカー』誌、2021年。

は、着る人をドラマの中心に据えようとするデザイナーたちの苦労の跡が見える。デザイナーたちはポケットを通して彼らの服が、脅威に打ちのめされた世界、社会的および環境的試練が突如として現れる（あるいは長らくくすぶっている）世界、現代の産業化された世界で、人々が直面する現実の精神的課題にいくらかでも取り組んでいることを伝えている。

たとえミリタリーやワークウェアというルーツから離れることがなくとも、パッチポケットは「その機能を超越する」[118]役目を果たせると、『ウィメンズ・ウェア・デイリー』紙は最新の男性服コレクションを振り返って結論した。この寛容な意見はほかでも見られ、ディオールの言葉、「男性のポケットはものをしまうためのもの、女性のポケットは飾り」へ

（左）図版22 ■ ルイ・ヴィトン、メンズウェア2020年秋よりヴァージル・アブローによるスーツ。アブローはミリタリースタイルスーツのシンメトリーをわずかに崩し、パッチポケットを胸のみにつけ、通常は腰にもあるポケットをなくした（腰にあるのはフラップのみ）。

（右）図版23 ■ マリーン・セルのドレス、2019年春プレタポルテ。カーキ地のドレスにフジツボのごとく付着するフラップつきカーゴポケット（一部はジッパーや布のパッチつき）が、ポケットの増殖の根っこにあるのは自然な成長であることを示唆。

の同意と反論、どちらとも受け取れる。一九五四年のディオールに男性服の未来の表現力（ポケットに関しても）が予見できたはずだとするのは酷だが、ディオールはポケットの性の政治学に真正面から取り組んできた彼の先人と同時代人両方の女性服デザイナーたちが築いてきたものをあきらかにないがしろにした。

一九〇〇年頃から、ファッションはデザイン分野、芸術様式、宣言として独自性を持つようになり、それらを生みだす人間の創造力と同じくらい多様な介入を果たしてきた。ちょうど女性参政権論者《サフラジスト》が服に「現れては消える」を繰り返すポケットに苦情を申し立て、ポケットを要求していたとき、デザイナーたちはあっと驚くようなポケットを提供しはじめる。これらのポケットの特徴は幅広い審美的関心と思想的観点にもとをたどることができ、シャネルの控えめで熟慮されたポケットから、マリーン・セルのばかばかしいほど大量のポケットまで、あらゆるものを生みだした。ポケットはあらゆる種類の「遊びと悪ふざけ」[119]の対象でありつづけている。デザイナーたちのアプローチは陽気だったり、皮肉だったりだ。「ママ見て、手で持たなくていいよ！」は一九七三年にカシンがデザインしたレインコートの商品名で、なんでも入れられるバッグが付属している。ほかのデザイナーたちはポケットを親密な場所へ配置し、胸や腰、ヒップの曲線を強調せずにはいられないらしく、ジャンポール・ゴルチエは一九九三年のコレクションで、ヒップに独立したカーゴポケットを取りつけ、歩くとポケットが揺れるようにした。中にものを入れれば入れるほど、ポケットはセクシーに弾んだ。

いまでは長い歴史を持つフェイクポケットに関連する痛烈なジョークのひとつがミウッチャ・プラダが二〇〇二年に発表した透明なレインコートだ[200]（図版24）。透明さを取り入れたスキャパレリ初期の試み（一九三五年のセルロースベースのプラスチック製ケープなど）を意識しながらも、プラダはみごとな仕立のコートの継ぎ目《シーム》を黒のシルクで縁取って仕上げた。遠目には、これらのシームはペンやインクで手描きしたファッションスケッチのラインや、昔のアニメのセル画〔透明シートに描かれた絵〕を思わせ、コートの実体のなさを強調するかのようだ。だがレインコートはスナップボタンでしっかり留められ、両手を差し入れてポーズを取ることのできるポケットもついている。これはフェイクのようでありながら実体を持ち、それ自体の構造を図式化した、トリックの傑作だ。

しかし、このような図式《ダイアグラム》や青写真《ブループリント》が女性服のポケットに安定して採用されることはなかった。フェイクポケットが差しだすのは単純な参政権ではない。ファッションの遊びは「ポケット問題」に単純な解決策はなく、またあったとしてもひとつではないことをはっきりとさえさせたようだ。高尚な概念的《コンセプチュアル》デザインと、新たなポケットが登場しても利益を求めるメーカー側がその機能性を排除する恐れのあるマスマーケ

図版24■ミウッチャ・プラダのレインコ ート、2002-3年 秋冬、デヴィッド・シムズ撮影。この透明なコートで強調されている機能的パーツの中でも、あきらかにもっとも技術を要するのがポケット部分だろう。ポケットが（やや斜めの角度で）ふくらむことなく、中へ差し入れた手がちょうど腰に当たるようにするには、驚くほど大きなサイズになるのがわかる。

ット商品のあいだを、アイデアが行ったり来たりではなおさらそうだ。しかし一見どれほど風変わりに見えても、ポケットはその複雑な歴史と、これまでの一連の独創的貢献になんらかの形で応えていると言えるだろう。新たに登場するポケットは装飾的な「二重の役割」を果たしているだけかもしれない。

第7章

ポケットユートピア

ポケットのない世界を夢見て

ポケットにこだわるデザイナーもいれば、ポケットを忌避するデザイナーもいる。シンプルで抽象的な形を追求するデザイナーたちは、徹底的にミニマルなラップドレスから、心地よく体を包みこむワンピースまで、ポケットをつける余地のなさそうなあらゆる服を生みだしている。この種の服のジェンダー問題を疑問視する者もいるが（すべてとは言わずともドレスやワンピースの多くは女性向けだ）、ポケット賛成派と反対派を別の手段で分けることも――ジェンダーではなく受け止め方によって――可能であり、心配派と楽観派それぞれの意見が服の上で展開されるのを見ることができる。

現代主義《モダニスト》のデザイナーたちは、ポケットのないスタイルを描写するのに楽観的という言葉は使わないかもしれない。しかし二〇世紀に起きたポケットレスの動きは、テクノロジーの進歩を歓迎する表れだった。機械を連想させるつるりとした表面は、服が進歩や未来と歩みをそろえているという宣言だ。[1] 一九六〇年代のスペースエイジに登場したAラインドレスについて語るとき、ファッションエディターや写真家たちはその

図版1 ■ トリジェールのドレスを着たシモーヌ・デーレンクール、リチャード・アヴェドン撮影、1959年11月13日フロリダ州ケープ・カナベラル。

「関連性」を熱狂的に強調した。写真家リチャード・アヴェドンは『ハーパーズバザー』誌のためにケープ・カナベラルで撮影し、シンプルなシフトドレスの「秩序ある完璧さ」[2]を、ロケット、タワー、打ちあげ台、テレメトリーアンテナなどの劇的な背景の「銀河的美しさ《ギャラクティック・ビューティ》」に重ねた（図版1）。『ハーパーズバザー』誌は、米空軍ミサイルテストセンターの発射場は、現代主義《モダニスト》ファッションを披露するための「完璧な背景《コンテクスト》」だとした。ドレスと宇宙開発施設は、「機能的デザインが持つ、同じ禁欲的なコンセプトで結ばれている」

　ファッションページはモダンなドレスと高速ロケットの相乗効果を描く一方で、身軽さにも着目した。一九六〇年の春コレクションに登場したアンサンブルはどれも「装飾がなかった」ことに着目し、『ハーパーズバザー』誌は「もはやファッションがわたしたちに重荷を背負わせることはない」[3]と絶賛した。この種のコメントは編集者の軽いおしゃべりとして片づけることもできるが、ファッションの志向を映し出しているのも事実だ。アヴェドンの写真で、モデルは余分なものをそぎ落とされたチャコールのニットドレスをまとい、アトラスミサイルのように拘束を解かれて、いまにも空へと発射せんばかりに見える。ポケットはドレスのすっきりしたラインを損なうだけでなく、飛翔の障害となっただろう。

　このような形でのポケットの拒絶は、未来派のデザインにつきものながら、認識されることがまれな楽観主義の別の側面を照らしだす。人はそれを着用する文脈《コンテクスト》にもとづいて着るものを選ぶ。[4]コンテクストの特異性は、その日の行動にふさわしい服を着る必要性に勝る（仕事の採用面接にパジャマで行ってはいけない）。また、毎日過ごす環境に対する本人の考えを反映してもいる。人はどのような状況なら、ハンドバッグもポケットも必要としないのだろうか？　そのような状況が存在すると考えること自体が、いささか斬新だ。

H・G・ウェルズのユートピア小説に見る未来のファッション

二〇世紀初期にはるか未来の「すばらしい新世界」を空想した作家たちにとって、未来の服は重要な関心事だった。たとえばハリウッドで作られた最初の大作ＳＦ映画『五十年後の世界』[5]（一九三〇年）で、服はテクノロジーが進化した未来の雰囲気を表現するのに、建築物と同じくらい重要だと考えられた。未来のスーツはセットの背景同様に機能的で洗練されたデザインになり、フォックス社の宣伝文句でもその点が強調された。「そこに描かれるのは未来のニューヨーク……そびえる小尖塔、絡み合う高架橋、橋……そして目を見張るファッション！」[6]。徹底的な引き算により、男性のスリーピーススーツの表面からは上襟《カラー》、下襟《ラペル》、袖口《カフス》、そしてポケットとポケットフラップと、平らさを邪魔するものはすべて取り払われた。主人公は自分用の飛行機で街を飛びまわり（飛行服はスーツ兼用）、現代生活の融合と継ぎ目のなさ《シームレスさ》をその身で示してみせる。[7]

しかしより大きな影響を与えることになるのが、小説家Ｈ・Ｇ・ウェルズが考案した未来服だ。[8] 未来を「発明」した男と呼ばれるウェルズにとって、服は「日常生活における再装備」[9]の一環だった。これはテクノロジーと効果的な計画立案《プランニング》により実現する完璧な世界のありさまをウェルズが描いた数々のユートピア小説で詳しく述べられている。ウェルズが求めたのは男性服からカラーやラペルをなくすといった細かな変化ではなく、服を根本から変えることだったようだ。調和の取れた世界、合理的に計画され、スムーズに航行可能な世界では、あきらかに異なる衣服を着ているだろうとウェルズは考えた。

未来の歴史を描く予言小説『来るべき世界』は一九三六年にＳＦ映画となり、ウェルズの考えは大勢の観客へ向けて視覚化された。この映画でウェルズは未来服のイメージに大きく貢献する。[10] シンプルなライン、身体の露出は、『スター・トレック』から『スター・ウォーズ』までのちのSFの衣装にも引き継がれる[11](図版2)。ウェルズは同作品の映画化に積極的に参加したものの、作家と映画制作者側の共同作業は難航した。ウェルズは通常では考えられない発言権を享受する一方で——みずからシナリオを手掛け、コンサルタントとして毎日撮影現場に顔を出した——未来のイメージに関しては映画制作会社、舞台装置デザイナー、撮影スタッフ、衣装デザイナーとつねに意見の一致を見たわけではなかった。映画プロデューサーのアレクサンダー・コルダは、ウェルズが「衣装にこだわりすぎ」て「自分が考える未来の姿を正確に」表現するため、あらゆる箇所を「こと細かに変更する」と苦情を呈している。

ウェルズのほうは映画の制作プロセスに不満を募らせたあげく、スタッフ全員に宛てた指示を回覧し、のちにそれを公表している。その指示では、未来のスタ

図版2■ウィリアム・キャメロン・メンジース監督の映画『来るべき世界』(1936年)のための『スリー・コスチューム・デザイン』、ジョン・アームストロング作。H・G・ウェルズのアイデアを形にする役目を最終的に与えられたイギリス人の画家兼舞台装置デザイナー、ジョン・アームストロングは、ウェルズの小説と指示を丹念に読み取り、シンプルなチュニックとショーツの組み合わせというユニセックスの未来服をデザインした。

イル――具体的には描写しがたいスタイルだが、そのもっとも際立った特徴は「めざわりでない」こと――を示すガイドラインを説明し、[12]「とにかく好きにやってくれ」[13]とデザイナーたちを激励しながらも、「創意が溢れて独創的であることと、大げさでばかげていることとは違う」[14]と警告した。ウェルズの指示には、未来服の美意識と方向性の矛盾に対するいらだちがあらわで、その矛盾の根源にあるのは矛盾する未来像だった。テクノロジーとマシンに支配された未来は人の心をなくして荒涼とした世界だろうか、それとも――ウェルズが思い描くように――公平で平和な世界だろうか？　服は、一部が信じるように、「大胆さと危険」[15]への備えであるべきか、それともシンプルなチュニック一枚でこと足りるのか？

これらの衣装に対してウェルズが披露した論理的な説明はいまではほぼ忘れ去られたが、SFがファッションに影響をおよぼそうとしていた時代に、ウェルズが未来服のために勘案した原則を振り返ることには価値がある。洗練された現代主義《モダニスト》スタイルは、流線形を描くマシンの機能的な外観を模倣しながらも、着用者には実用的な快適さをもたらさないという謎を解き明かすヒントがそこにあるのだ。

実用的な快適さはウェルズの念頭にもあった。映画『来るべき世界』公開前のインタビューで、彼は自身の未来像をさらに詳しく語り、自分は進化したテクノロジーによって可能となる服を推測しているだけではないと主張。なぜ現在の衣服はこのような形なのかを熟考し、存在の「邪魔をするもの」が詰めこまれた「無数のポケット」つきの分厚いスーツが与える保護の大半は、もはや必要なくなると結論したと説明する。[16]未来の市民は「バックルや金具などの留め具」[17]を必要としないとつけ加えてから、映画の舞台装置デザイナーや衣装デザイナーたちはウェルズの意図を理解しておらず、コミックや安っぽいSF小説に描かれるイメージを参照していると案じた（図版3）。未来のファッションに、防護性は必要ないとウェルズは考えた。「壁、フェンス、錠、（そして）鉄格子」[18]に支配されない、考え抜かれたデザインの世界では、衣服は「防御性や保存性重視ではなくなる」。ウェルズは、未来で「われわれが着ているのは、より自由でシンプル、より美しい服だ」[19]と熱く語った。

　ウェルズはそんな自由を可能にするワイヤレスデバイスの世界を予見した。服に装着する小型化したツールなど、彼の想像は現在のデジタルエイジに驚くほど似ている（図版4）。「未来の男性と女性は、こんにちの小銭入れや紙入れ、万年筆、時計などに相当するものを身に着けるようになる」[20]と彼は考えた。人がこれらの必需品を手放すことはないだろうが、外出時に「ポケットを小銭でいっぱいにしていちいちお金を出す」[21]ことは二度とない、と。ウェルズは通貨に関しては、携帯電話で操作できるデジタルバンキングサービスと同種のE-Zパスシステム〔有料道路の電子料金徴収システム〕のようなものを考えていた。「携帯無線電話」[22]、懐中電灯、メモ帳のような道具は小さくして、肩のパッドや手首のブレスレットに装着するのだ。ウェルズにとってもっと

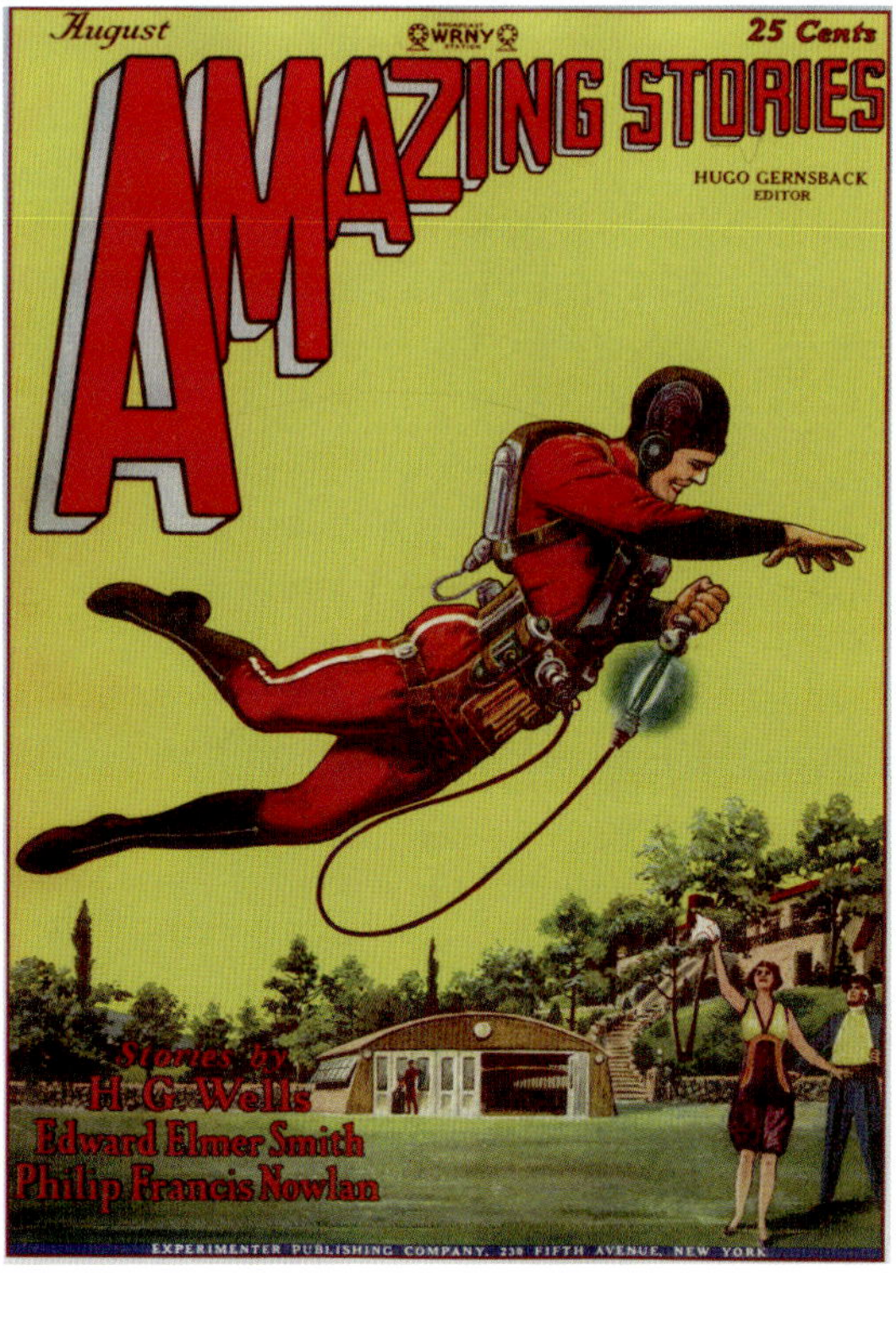

図版3■『アメージング・ストーリーズ』1928年8月号掲載の小説『フライングマン』のためにフランク・R・パウルが描いたイラスト。1938年のスーパーマン登場以前、初期のSFやコミックブックではフライトパックを背中と太腿にしっかり固定し、安全のためにヘッドギアを装着したフライングマンが活躍した。

も重要だったのは、これらのデバイスが「めざわりでない」ことだった[23]。未来では「威厳ある」服を着るべきで、「拘束衣を着た精神錯乱者や鎧を着た剣闘士」[24]のように見えてはならないと主張した。

ウェルズは「電柱みたいに着飾る」[25]ことを求める心理的欲求を、少数のエリート層をのぞく全員が「欠乏」[26]状態に陥った大惨事、世界大恐慌によって引き起こされた貧困に歴史的な根を持つ、準備過多と結びつけた。基本的な生活必需品にすら不自由した人々は、いまあるものまで失わないよう警戒して吝嗇に走ったというわけだ。ウェルズの考える未来では、社会主義国家によって市民ひとりひとりが充分な供給にあずかり、人々は溜めこもうとする衝動から開放される。豊かさがもたらす逆説的な結果のひとつが「余計なものの排除」[27]であるとウェルズは記した。ウェルズが思い描いていたのは、荷造りしたスーツケースや傘なしに出かけることだった。服は使い捨てになり、洗濯の習慣はなくなる。百貨店がクローゼットに取って代わる。なんであれ未来の市民に必要なものは「行く

図版4■『来るべき世界』(1936年)でジョン・カバルに扮するレイモンド・マッセイのスタジオ写真。胸とブレスレットの無線電話通信装置で「IDディスク」、小銭入れ、札入れ、万年筆、時計、メモ帳、懐中電灯にアクセスできる。

さきざきで手に入る」[28]

ウェルズの想像した未来服は、一九六〇年代に入ってスペースエイジを迎えたときのようには、一九三〇年代後半のファッションに幅広い影響を与えることはなかった。しかし、ウェルズのアイデアはスペキュレイティブ・フィクション〔現実とは異なる世界を舞台にした小説、または魔法や空想上の未来の出来事を描く話〕やファンタジーで描写される服を確実に変えた。一九三八年六月、ジェリー・シーゲルとジョー・シャスターが生みだしたコミック・ブック・ヒーロー、スーパーマンはフライトパックやハーネス、酸素ボンベなしに空を飛べた。丸腰で飛翔する謎の物体を目にした人々が口にした有名な言葉、「鳥だ、飛行機だ、いや、スーパーマンだ！」が表すように、身を守るための服は必要なくなるというウェルズの主張に軍配があがったようだ。現在でも通常のスーパーヒーローは、作家マイケル・シェイボンがそのユニフォームを的確に描写したように、「銀色に光る疑似皮膚で覆われただけの宇宙旅行者」[29]に見える。

ウェルズが思い描いた未来像は、一九三九年のニューヨーク万国博覧会にも熱烈に（あまり正確ではなくとも）取り入れられた[30]。これははじめて未来をテーマにした万博で、出展企業は自動運転自動車から食器洗い機、エアコンディショナーまで、そのもっとも有望な最新技術を展示して、まだ世界恐慌から立ちなおりかけのアメリカ人に現代化《モダナイゼーション》の利点を披露し――ウェルズの言葉を借りれば、「来るべき世界」[31]の姿を見せつけた。

未来のファッション像も取りあげようと、万博主催者は『ヴォーグ』誌に要請して「未来のドレス」特集号を組ませる。編集長のエドナ・ウールマン・チェイスは、ファッションデザイナーに依頼してもファッションではなくコスチュームが生みだされるだけではと懸念し、代わりに有名なインダストリアルデザイナーたちに白羽の矢を立てた。九人のインダストリアルデザイナーたちは繊維製品に関しては知識が乏しかった

図版5■ドナルド・デスキーによる未来のドレス、アントン・ブリュール撮影、『ヴォーグ』誌1939年2月1日号
ニューヨーク万国博覧会特集掲載。

もの の(この分野自体が目新しく、当時のインダストリアルデザイナーは機械装置の筐体の洗練化、船、電車、さまざまな家電製品の「流線形版」製作で知られていた)[32]、二〇〇〇年のファッションを果敢に予想してみせた。

特集の最初のページを飾ったドナルド・デスキーは、ウェルズが語った原則を忠実になぞった(図版5)。デスキーは「未来の女性」は空調が完璧に制御されている空間に暮らし(空調設備は発明されたばかりで、多くの人々がいわゆる完璧な気候の体験に心躍らせた)、「成層圏飛行機」[33]で旅して、一日数時間だけ働き、申し分のない健康を楽しむと説明。そんな暮らしにおいては「ゆったりとしたひだの服がほんの少し」[34]必要になるだけだとして、たなびくシフォン地を組み合わせたシンプルなドレスを提案した。さらにデスキーは自身が考える未来像も語っている。女性の化粧は「半永久的に落ちなくなる」[35]。支払いは「クレジット払い」となって現金は使われなくなる。ドアは「オートマチックロック」になり、鍵が不要になる。この「完全に開放された」[36]未来の女性は、化粧品、現金、それに鍵も、バッグやポケットに入れて持ち運ぶ必要がない。もっとも、未来の女性はそんな身軽さにはそっぽを向くかもしれない。デスキーはインタビューの最後に女性のハンドバッグへの愛着ぶりに触れ、さらりと女性差別的な発言をしている。「やはり女性ですので、どのみちレティキュール(ハンドバッグ)は携帯しているでしょうけどね」[37]

ウェルズとデスキーが想像した未来のユートピア像の、余分なものがそぎ落とされたシルエットは、「包括的デザイン《コンプリヘンシブ》」[38]の美点を示した。シンプルかつ「めざわりでない」[39]ドレスは、巧みにデザインされた未来の環境が機能している証だ。身支度や必需品なしに外出できるのは、その責任が服から計画された環境へ、人から場所へと移されたからだろう。ウェルズとデスキーは、身のまわりのものやシステムへ責任を委譲できる世界を想像した。ウェルズは自信を滲ませてこう宣言している。未来では「われわれは祖先のように服を着こむことがなくなるだろう。それはわれわれが健康的になり、美しい身体を覆い隠すのを好まなくなるのもあるが、なにより昔の人々が服を着こんでいたのはあらゆる不測の事態に対処するためだったからだ[40]」

一九六〇年代の未来的《フューチャリスティック》なファッションにポケットなどの機能的なパーツが皆無だったことは、ほぼ言及されずじまいとなった。ミニマリスト・ファッションが流行する一九九〇年代に登場した簡素なドレスでもこの点は同じだった。批評家たちは美学に注目し、ミウッチャ・プラダ、カルバン・クライン、ジル・サンダー、ヘルムート・ラングなどのデザイナーたちの禁欲と抑制を感じさせる美しさを称賛した[41]。ミニマリスト流行の最盛期、サンダーは『ハーパーズバザー』誌のインタビューで、修道院で暮らすのが夢だと語った。修道院には美しい均衡、ギザギザのない縁《エッジ》があり、そして「ほかはなにもない」[42]。「わたしの作品の本質はライフスタイルコンセプトです。人々をよりよくしたいという狂信的な試みですらあるかもしれません。洗練されていない華美なものは心底嫌いです」[43]と説明している。

このような完璧主義はつるりとした表面を一種の道徳的義務、女性を「クリスマス」化しない手段とみなした[44]。このスタイルの服は装飾を手放し、ものを携帯することをも放棄した。これらの服には必ずと言っていいほどポケットがなく、余計な荷物は持ちたくない（なにも持たずにドアの外へ出たい）という意思が視覚化されている。シンプルなデザインからは、なにも必要ない、なにも悪いことは起きないという確信が伝わってくる。

一九九〇年代のミニマリズムは周期的な復活であり、それを好ましい流行とするデザイナーもいる。その機能的な欠点を遠まわしに指摘するファッションスタイリストやブロガーもたまにいる。一九九〇年代のミニマリズムを成功させるヒントとして、とあるライターは「もっと大きなバッグ！」[45]が必要だと記した。一部のファッションブランドはスリップドレスのアクセサリーとして大型リュックやバックパックを組み合わせているが（図版6）、キャットウォークで多くのモデルは手ぶらだ。これは自身のステータスの誇示と言えるだろう。携帯電話をしまう場所もないこれらのドレスは、体にぴったり沿うものであれ、透ける素材であれ、着用者には実際なにも必要ないこと、代わりに鍵を持ち運び、アポイントメントを取る者がそばにいることを示している。これらの幸運な着用者たちは重荷となる荷物から自身を解放したのだ。ミニマリストの服は「わたしはモダンで自由だ」と語るのと同時に、「わたしは自信を持って世界を歩き、アクセサリーで飾りたてる必要がない」とも表明している。

つながった未来とスマートポケット

身軽さや手ぶらを求める声は、ＳＦとファッションが出会った新たな波、ウェアラブルの分野でよりはっきりと表

図版6■CO Collections、2020年春夏よりミニマリストドレス。

現されるようになる。ウェアラブルテクノロジーとは、アクセサリーとして身に着けられる電子機器を指し、服に組みこまれ、人体に埋めこまれる。いまやコンピューターも手首に装着可能で、ウェルズが予見した解決策をアップル社のコンピューターがスマートウォッチという形で実現させた。形状変化ポリマー、E-テキスタイル〔電子機能を付与した布製品〕、ナノスケール電子機器の使用で、ネットワークやコミュニケーションデバイスが実験的な衣服に組みこまれたことにより、人と、人が持ち歩くツールやデバイスのあいだにある垣根をさげ、取り払うという科学技術者《テクノロジスト》たちの願いは、いっそう実現へと近づいた。[46] こんにちのデザイナーたちがエンジニアード・テキスタイル〔人間工学にもとづく技術が取り入れられた繊維製品〕の型破りな可能性を模索している背景において、ポケット問題――はたしてポケットは必要かそれとも無用か――は特に時宜にかなったものに思える。

この議論の要点は一見あまり判然としない。ポータブルツールとウェアラブルツールに明白な違いはあるだろうか？[47] テクノロジーセオリスト、スティーヴ・マン（一九九〇年代にいわゆるマサチューセッツ工科大学のサイボーグ人間と呼ばれたひとり）はノーと考える。彼は「ウェアラブルコンピューターは昔からあった」[48]と主張し、眼鏡、腕時計、計算尺、ポケット電卓はウェアラブルとみなせるとした。これらのツールは着用者を拡張し、計算を行い、視力を高める。この意見に同意しない者もいる。一九九一年から二〇一一年までフィリップスデザイン（フィリップス電機の系列会社）のCEOを務めたステファノ・マルツァーノによると、ゴールは小型化ではなく融合《インテグレーション》であるべきなのだ。マルツァーノはウェルズに賛同し、人は「重たい荷物で身動きが取れなくなるのを好まない」[49]とした。この荷物には、ファッションセンスのなさとその徹底的に合理的な世界観の両方のシンボルとして、かつて科学技術者が誇らしげに胸ポケットに入れていたポケット電卓も含まれる。

ウェアラブル研究の大多数は軍用か健康関連のものだったが（いまでもそうだ）、フィリップス社は一般消費者市場向けにウェアラブル電子機器の開発を開始し、一連の提案を『ニュー遊牧民《ノマド》』（*The New Nomads*）という題の書籍にまとめた。テクノロジーは人類の明確な利益となるべきであり、ウェアラブルは「遍在性、全能性、全知性――どこにでも存在でき、なんでもすることができ、すべてを知っている」[50]能力を促進する可能性を秘めていると語るその内容は、テクノロジーがもたらすとしたかつてのユートピア像に重なる。「人々が真に求めるものは」[51]と、マルツァーノは一九九九年のスピーチで推測している。

あらゆる付属物から解放されることです。われわれはツールに煩わされることはまったく求めていない。飛行機で飛びたいのではなく、鳥のように飛びたいのです。交通渋滞に巻きこまれて車の中に座っていたくなどない、『スター・トレック』の転送装置で一瞬にして移動したいのです。

マルツァーノはこの壮大な目的を果たすため、フィリップスデザインは小型化のさらに先、革新的融合《プログレッシブ・インテグレーション》を目指すとした。[52]

フィリップス社が注目したのは、心拍数の計測に関心があるアスリートから、デバイスで追跡して子どもたちの居場所を把握したがる親まで、テクノロジーに精通した若い世代だ。特に目を向けたのが、空港、コーヒーショップ、その他一時的に滞在している場所でネットワークにつながっている必要のある「ノマドワーカー」[53]〔場所や時間にこだわらない働き方をする人〕だった。「プロ用デジタルスーツ」[54]と銘打たれたニュー・ノマド・ビジネススーツは、袖にキーパッドが縫いこまれ、ネットワークデバイスへの接続を可能にした。

これらの試作品のうち、商品化されたのはフィリップス社とリーバイス社のコラボレーションジャケット、ＩＣＤ＋のみで、二〇〇〇年から二〇〇一年にかけて販売された。[55] フィリップス社の電子機器をポケットに装着できるこのジャケットはメディアで大々的に取りあげられたものの、ほとんど売れなかった。これはバッテリーパック、オーディオスピーカー、ケーブルといったウェアラブルデバイス初期のこまごまとしたもの多数をジャケットの「スマートポケット」[56]に収納しなければならず、スマートにはまったく見えないなど、重大な問題点がいくつも残されたままだったためだ。大勢の批評家が指摘したように、電子機器収納パーツつきの服ならほかに安いものがいくらでも市場に出まわっていた。フィリップス社はターゲットグループにさえ受け入れられなかったニュー・ノマドの失敗を分析し[57]、「エネルギー源は服の構造に組みこまれていなければならない。バッテリーをポケットに入れて持ち運ぶのは万全な解決策ではない」と認めた。

フィリップス社が「ボディケアの増進と装飾」[58]のためにデザインしたニュー・ノマド服のひとつ、フィールズ・グッドには、問題視されそうなおなじみの用途のポケットがついていた。合成繊維で作られたクリーム色のガウンは背中と袖に導電糸で織られたパネルがついていた。ポケットに収納されたデバイスが静電気を発生、これが導電糸に流れて刺激を送り、着用者をリラックスさせる。ガウンのバイオメトリック・センサーがリラックスの度合いをモニターし、刺激レベルを自動調整。フィールズ・グッドを着ることで得られる心の安らぎをイメージした写真では、ラバーサンダルを履いた修道士のような男性が、煙が流れ落ちるお香のボウルをうやうやしげに掲げ、服との神秘的な出会いを表現している。「フィールズ・グッドから手を出しなさい！」と叱りつけられることはあるだろうか。おそらくないだろうが、心地よい刺激をコントロールする隠された手は、ポケットに手を入れるのがタブーとされた理由を思い出させる。

民生品《コンシューマープロダクト》デザインを非専門とする数々のアーティストとデザイナーが、健康促進のためとして、普段着に各種のデータ収集を助けるセンサーやモニターを組みこむことを批判して、機能つき、もしくは機能のない往々にしてばかげた作品を制作し、美術館などで発表した。[59]ウェアラブルが消費するエネルギー量は？

このテクノロジーは本当に効果的なのか？　と、『キャプテン・エレクトリック＆バッテリー・ボーイ』と名づけられた作品群のひとつ、二〇一〇年発表の服『スティッキー』で、制作者ジョアンナ・ベレゾフスカは問いかける（図版7と8）。フードつきレザードレスは一九三〇年代のスーパーヒーローを連想させるよう作られている。動力は外づけではなく、内蔵だ。ドレスの袖はベレゾフスカが「シェル」と呼ぶ腰と胸の仕掛けにつながっている。袖を引くと、シェル内の誘導発電機が身体の運動エネルギーを電気エネルギーに変換、蓄積したエネルギーが発光性のポケット内の小石《ルミネッセント・ポケット・ペブル》、つまりは隠れているシリコン体に電力を供給し、鮮やかなブルーのLEDが明滅する。やわらかであたたかな光を放ち、触れることのできるペブルはウォリー・ビーズ〔心を鎮めるために触る数珠〕、またはサミュエル・ベケットの一九五一年の実験的小説『モロイ』で主人公がポケットに入れてまさぐる「おしゃぶり石」[60]のような役割を果たすようだ。

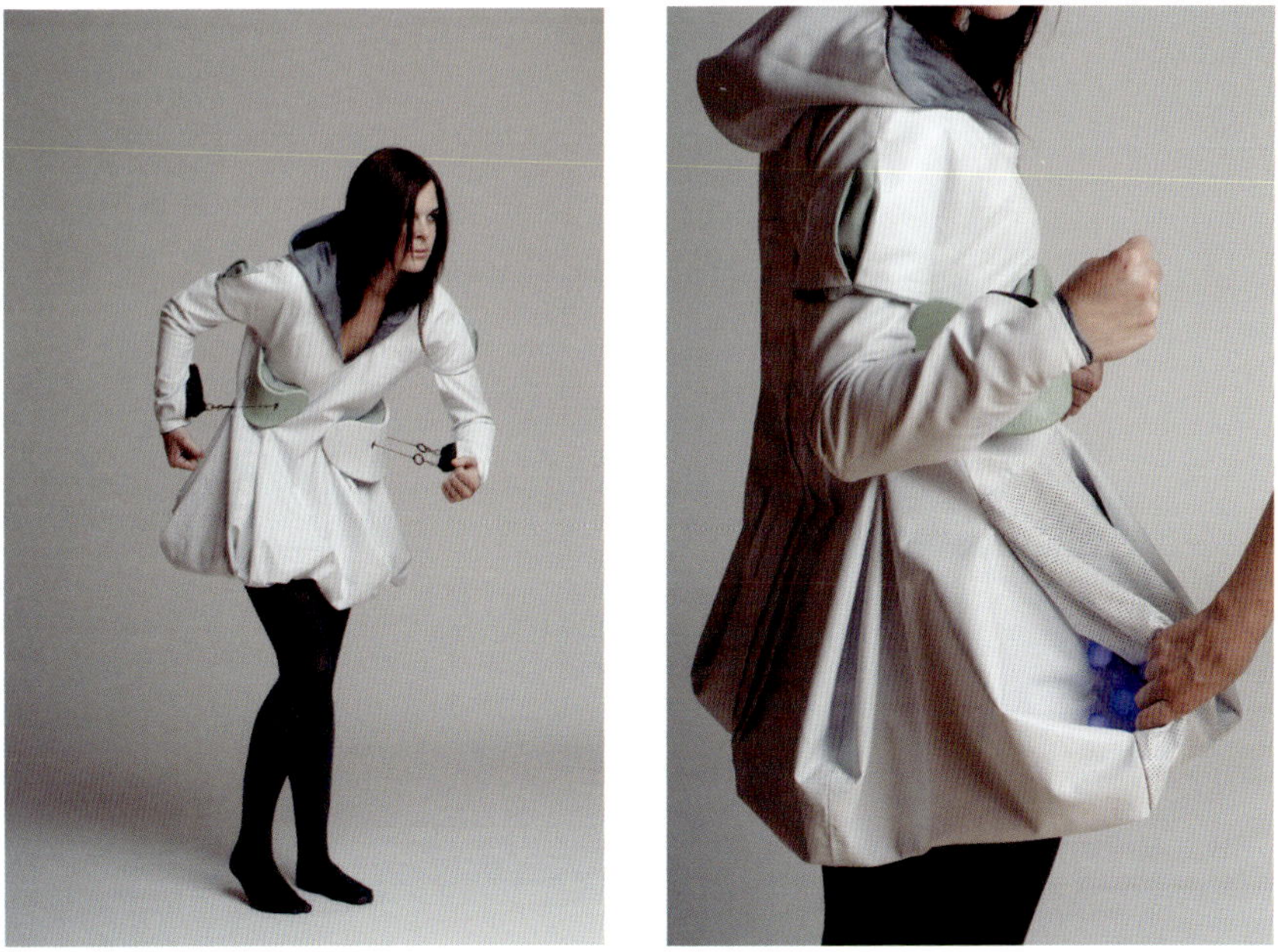

図版7 ■ ジョアンナ・ベレゾフスカのシリーズ『キャプテン・エレクトリック＆バッテリー・ボーイ』2007-2010年より『スティッキー』。ベルトにつながっている袖を引っ張ることで発電する（左）。この動作により「ルミネッセント・ポケット・ペブル」（右）が発熱して光を発し、ウォリー・ビーズのような鎮静効果を与える。

ベレゾフスカはモロイに言及していないが、二〇世紀の折り返しに描かれたこの架空の人物は、気持ちを落ち着けるのに極めてローテクな方法を考案した。とはいえ、それも完璧ではない。海岸を散歩中、一六個の小石を拾ったモロイは問題に直面する。同じ石を二度つかむことなしに、すべての石を順につかむことができたときにだけ「心が比較的平穏になる」[61]のだ。そこで彼はズボンとコートのポケットを一種の計算システムとして活用し、すでにつかんだものとまだつかんでいないものを区別できるようにした。モロイがポケット計算法にたどり着くのはこの問題と少々「格闘」したあとだ。[62]ベレゾフスカの『スティッキー』の着用者も服と格闘しなければならないだろう。どうやらそれがベレゾフスカの主要な狙いらしい。テクノロジーは日々の心配ごとから解放してくれると称賛される中、ベレゾフスカはその冗長性に目を向けさせる。テクノロジーに自分自身で動力を供給するとなると、そのために強いられる緊張も自分で緩和しなければいけなくなるのだ。

(テクノロジーにより拡張された) スマートポケットとは実際にはどのようなものだろう? 新たな挑戦を受けて立つポケットを提案したのが、ベルギーの男性服デザイナー、ウォルター・ヴァン・ベイレンドンクとのコラボレーションでスターラブ研究所が手掛け、短命に終わったi-Wearプロジェクトだ。[63]二〇〇〇年-二〇〇一年秋冬コレクション「ディセクション(解体、解剖)」でベイレンドンクはそれぞれ個別のテクノロジー機能を持ち、順に重ねて着用する六枚のシャツを発表。[64]エネルギーを供給するシャツが全システムに動力を与え(いちばん下のシャツ)、ほかは選んで重ね着する。「メモリーシャツ」、「モーションセンサーシャツ」など、必要に応じてシャツを足し引きできるわけだ。「ストレージシャツ」のポケットはその中身を追跡可能だ。あくまで理論的な作品だが、簡単なタスクのためにわざわざ複雑なシステムを導入するのは、テクノロジストが洒落た新工夫《イノベーション》を正当化する手段らしい。ウェアラブル部門におけるこれまでの多くのテクノロジーと同じように、「ストレージシャツ」は差し迫った問題を解決してはいない。それと同時に、探して見つける喜びを着用者から奪ってもいる。

二〇二〇年代はじめの時点では、小売業《リテール》向けのデザイナーはまだポケットを保っているだけでなく、野心も控えめに保ったままだ。フィリップス社とのコラボレーション終了後、リーバイ・ストラウス社はつぎにグーグルと共同で、コミューターxジャカード・バイ・グーグル・トラッカー・ジャケットを開発した。[65] このいわゆる初のスマートジージャンは、比較的安い価格で商品化され、都会で自転車通勤する若い世代というニッチ市場をターゲットに据え、ポケットに入れたままジャケットで携帯電話を操作可能にし、テクノロジーにより携帯電話の出し入れの手間を省いた。袖の取り外し可能な「スナップタグ」——要するに数日間再充電の必要がないバッテリーつきの送信機《トランスミッター》もしくはブルートゥースコネクター——が袖と携帯電話間でデータをワイヤレスで転送。電話やテキストメッセージ

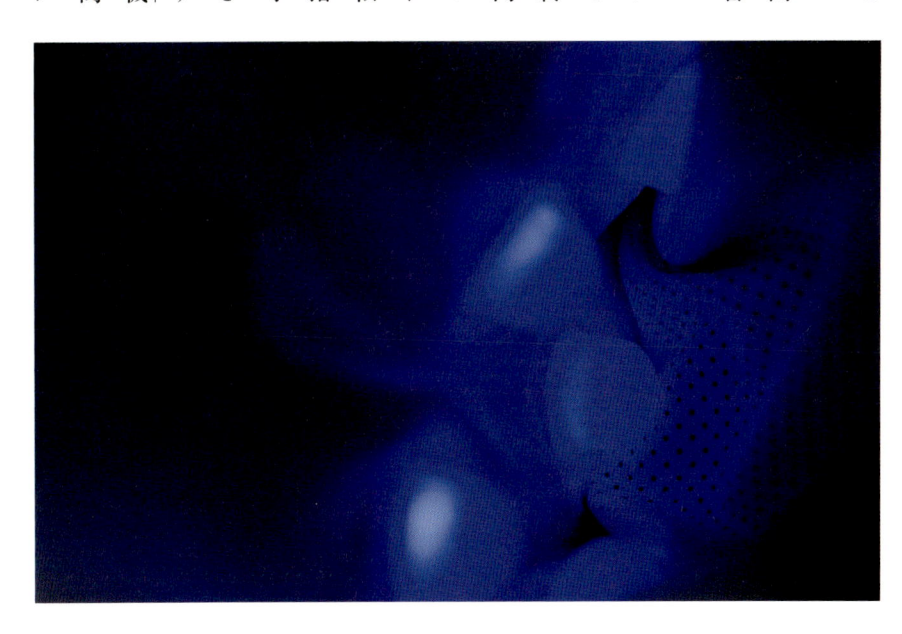

図版8■ジョアンナ・ベレゾフスカのシリーズ『キャプテン・エレクトリック&バッテリー・ボーイ』2007-2010年より『スティッキー』の腰ポケットに入っているルミネッセント・ポケット・ペブル。

の着信は光と振動でわかる仕組みだ。左袖に縫いこまれた導電糸はさまざまなジェスチャーを認識するようプログラムされ、タップ、スワイプ、ホールドの動作で、電話の応答、曲の切り替え、音声ナビゲーションへのアクセスなど、「日常的なデジタルタスク」を実行できる。スナップタグは柔軟性があり、洗濯時には取りだせるので、ジャケットの実用性はかなり高い。

プロジェクト名――ジャカード・バイ・グーグル――には、グーグルの壮大な野心が表れている。一八〇四年にジョゼフ・マリー・ジャカールが開発したジャカード織機は、パンチカードを使う、プログラム可能な機械織機だ。[66] これはテクノロジーの歴史で人の体から機械へと制御が移行した最初の例とされる。コンピューターの電気伝導性を繊維そのものに紡ぎこむことで、リーバイスとグーグルのコラボレーションはコンピューターの概念を一周させてもとの場所へもどし、その過程でついにテクノロジーを「めざわりでない」ようにすることができたように見える。グーグルのエンジニアでデザインリード〔プロジェクトのマネジメントも行うデザイナー〕のイワン・プピレフは、二〇一九年にクーパー・ヒューイット・ナショナル・デザイン・アワードを受賞。「日常使いのものとデバイスで、デジタルと物理的な双方向性《インタラクティビティ》をシームレスに融合させた」[67] と評価された。「未来のデジタルライフへ向けた画期的インタラクションテクノロジー」[68] とクーパー・ヒューイット国立デザイン博物館は述べている。利用者の反応のほうは、やや冷めたものだった。これはスマートジャケットではなく「ちょっとできのいいジャケット」[69] だとニューヨーク市の購入者は感想を記した。今後機能が追加されるのだろうが、コマンドが三つしかないことをこのレビュアーは指摘している。

コミューター・トラッカー・ジャケットについてのインタビューで、当初、「デニムの操作パーツを見えるようにしたがる」[70] テクノロジスト側と、着用者にしかわからないようにしたがるリーバイス側とですれ違いがあったことをプロジェクトメンバーたちは認めている。これは最終的に、潜在的な顧客の多くにとって、ウェアラブルデバイスは野暮ったいSFの小道具であり、めざわりなケーブルやバッテリーがついていた初期の試作品は、手にはフラスコ、頭からは電線が突きだしたマッドサイエンティストのイメージとあまり変わりないという結論に達する。つまりはリーバイス側の勝利だ。「テクノロジーは見せるものではない」と、リーバイス・グローバル・プロダクト・イノベーション担当バイス・プレジデント、ポール・ディリンジャーは語る。彼によると、ウェアラブルデバイスは「マジシャンのトリックのよう」[71]にその能力で驚かさねばならない。

スマートジージャンは人と機械の境目をなくそうとするテクノロジストの夢を実現したが、外部ツールにまったく干渉されないこと、必要なツールを身体自体に埋めこむことという究極の夢を叶えるにはいたっていない。これまでのところ、ツールはわたしたちの手もとに残ったままだ。わたしたちはマジシャンのようにあらゆる種類のことをハンドジェスチャーで、マジシャンの杖なしでも、こなしている。そしてわたしたちは、マジシャンのように、トリックの成功には舞台裏、あるいは少なくとも観客から見えないところに隠してある小道具がしばしば必要なのを理解している。いままでのところ、ウェアラブルが可能にしているのは舞台裏、つまりはポケットに安全にしまってあるツールの操作と言えるだろう。

新たなテクノロジーの成功でウェアラブルの使用頻度は高まり、習慣化する。これがテクノロジストたちがよりどころとする未来像だ。仕事で勝ち残るには、出勤途中にまでメッセージや電話をチェックしなければならないのかとグーグルは自問しなかったらしい。オフィスに到着するまで待てばいいだけではないだろうか？　つねに連絡が取れる状態であるよう期待されること、社会学者シェリー・タークルがつねに「つながっている」[72]文化と呼ぶ状態に反発し、つながりを断つことを可能にするデザインが登場しはじめている。

二〇一九年、ニューヨーク市に拠点を置くブランド、ジ・アライバルズは、ポリエステル、銅、ニッケルを胸ポケットの裏地に混合したウィンターパーカーを発表。一八三六年にイギリスの科学者マイケル・ファラデーが作った電磁場を遮蔽するメッシュシールド、ファラデー・ケージの技術を利用し、さまざまな素材を組み合わせてスマートフォンの電波とGPS信号をさえぎった。「わたしたちは自分が暮らす環境よりもデバイスにつながっている時代に暮らしています」[73]と共同創業者のジェフ・ジョンソンは説明する。「ほかのすべてのものとのつながりを断つことで、アウトドアとふたたびつながることを可能にする解決案《ソリューション》をわたしたちは思い描いています」[74]。称賛すべき目標ではあるが、ここでも自分で作りだした問題に対して、不必要に複雑で資源《リソース》頼みの解決案が提示されている。たんに携帯電話の電源を切ればいいだけなのでは？

反体制派が独裁国家の監視をのがれるためなど、情報保護目的で銅の裏地を張ったポケットなら、需要はありそうだ。たんに携帯電話の電源を切るより、電磁場を遮蔽するシールドは身を守ってくれるだろう。これらの例はデジタル信号を送受信する、衣服やアクセサリーがもたらす脅威を示している。デバイスにもとづく現在のシステムを「身体化されたインターネット（embodied Internet）」に置き換えることは、万人のためになるわけではない。

だが身体化されたインターネットはわたしたちの想像より早く実現するかもしれない。二〇一八年、未来学者エイミー・ウェブは二〇三一年までにスマートフォンはなくなると予測、二〇二二年にも再度同じ予測をした。[75]「いまのようにひとつのデバイスでできることは減っていきます」。アップル社はこれを裏づけるように、二〇三〇年代にはAR（拡張現実）コンタクトレンズがiPhoneに取って替わると発表した。デジタルテクノロジーは「身近になり、全身に身に着けるようになるでしょう」とウェブは考える。彼女の予測は、ツールとはポータブルか、ウェアラブルか、それとも一体型かという議論を無意味にする。しかし自分のツールのコントロールを他者に委譲するとき、わたしたちはそれと引き換えにはるかに大きな問題を抱える。

『ポケットがあるぞ!』

余計なものを手に持ちたくないというのは、ポケット作りの最初の、そして不滅の動機かもしれない。一六世紀、男物のブリーチズに巾着式のポケットがつけられたときからそれは変わらないのだろう。テクノロジーが約束する障害や抵抗のない《フリクションレスな》世界を人々が信用するのか、あるいは求めるのか、そして障害物が減ることを願うのか、その答えが出るのはこれからだ。シームレスな第二の皮膚《セカンドスキン》が実現したあともポケットは求められるだろうか?

未来学者はこれからも新たな流行がぞくぞくと現れ、状況は永遠に変わりつづけると予測するが、ポケットには需要があるという事実は残る。多種多様な道具が「現代社会では求められ」[76]、それらを身に着けておかなければならないのは負担であり、余計なものを持ちたくないのは普遍的な要求だとテクノロジストたちは主張する。すべての答えはテクノロジーにあると彼らは考えるが、いまにいたるまで、デジタル化したハンカチは発明されていない。これらの仮定は人がものに対して抱く愛着を忘れてしまっている。それが本当に必要不可欠で有益なものかは関係ないのだ。不安をなだめるのにモロイの「おしゃぶり石」的なものを誰もが必要とするわけではないにしろ、人間にガラクタを集める収集癖があるのは記録からもあきらかで、それらのガラクタにはあらゆる種類の役割があるのだ。

その役割がどう見てもゲン担ぎのこともある。ペストに感染しないよう「ポケットに花束さして」〔マザーグースの一節。ポケットに薬草を入れておけばペスト感染を防げると信じられていた〕などは、一種のお守りをポケットに忍ばせることで、危険をはらんだ環境に足を踏み入れる勇気を得る行為である。お守りとなる——あるいは自信や元気を与えてくれる——アナログなものを身に着けたがる心理にデザイナーたちはいまも敏感だ。その一例が、ウォルター・ヴァン・ベイレンドンクがパンデミックの年、二〇二一年に行ったバーチャルファッションショーだ。二〇年前にはテクノロジーで拡張され、中身を追跡できる「ストレージポケット」を発表したベイレンドンクは、その真逆に転じて、前近代的な迷信を彷彿とさせるポケットつきの服を提案した。服の胸、腕、背中には聖骨箱のような硬いパッチポケットが並び、その表面についているミラーパネルは、彼の説明によると、「悪しき力から身を守る」[77]。これは小さな鏡や光を反射する金属を服に縫いつけることで、邪視を跳ね返し、悪霊を混乱させて方向を誤らせるという、南ヨーロッパから東南アジアにかけて見られる風習を取り入れたものだ[78]（図版9）。審美的には、角張った大きなパッチポケットは着用者のシルエットを拡張し、ファッションに求められる斬新な形を提示している。感情的には、このポケットが持つ役割は素朴な不安の解消だろう。

ポケットに入れた花束や防腐剤は必ずしもその瞬間に身を守る役に立つわけではない。二〇二二年二月にプーチンによるウクライナ侵攻がはじまってほどなく、ウクライナの都市ヘニチェスクで携帯電話に録画された光景では、ひとりの住民女性がロシア兵に近づいて種を差しだし、「あなたがここで死んだら、そこからひまわりが生えるから」[79]と、それをポケットに入れるよう求めた。女性が兵士に種を渡そうとしたのは、防腐剤としてでも、お守りとしてでもない。種は彼の軍服のポケットからロシア軍が蹂躙したこの地にいずれもどると彼女は予言したのだ。彼の死体は一種の償いとしてひまわりの肥やしになり、そのときはじめて、彼の存在は「いくらかでも役に立つ」[80]と。

まだ誰もポケットをあきらめたくない。女性のポケット欲はまだ満たされていないのだ。ようやく手に入

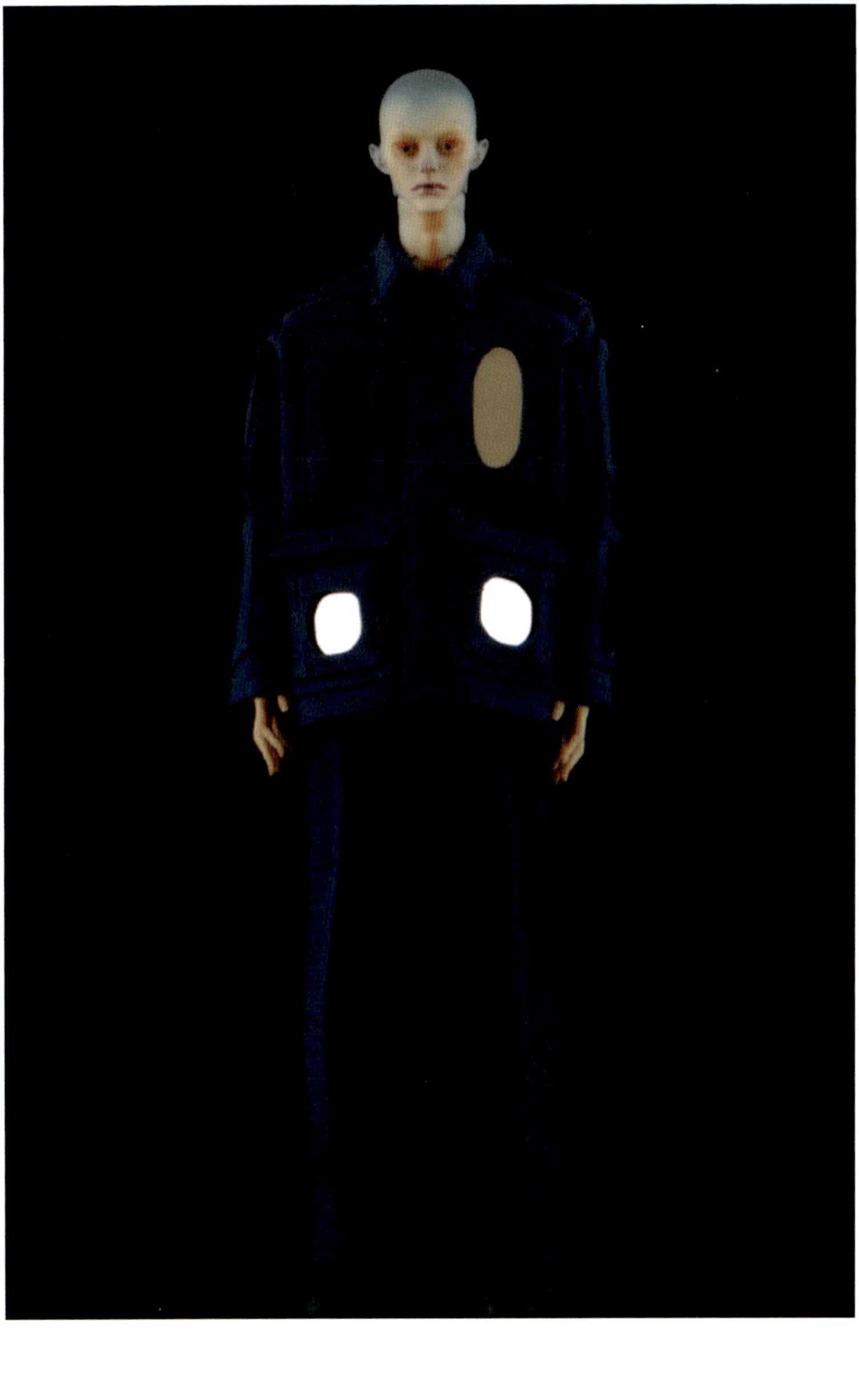

図版9 ■ ウォルター・ヴァン・ベイレンドンク、2021年春夏。2020年、ファッションコレクションが軒並み中止になると、ベイレンドンクは小さな人形を使ってコレクションを発表した。

れられるようになったばかりのものをどうしてあきらめるだろう？　「ポケットがある！」という喜びの悲鳴はいまも頻繁にあがり、それが新しい服を買う決め手となることもしばしばだ。服を褒められたあとにこっそりウィンクしてこう返事することもあるだろう。「ええ、わたしもこの服が好きよ。ポケットがついてるんだもの」。女友だちが新しい服のポケットに手を差し入れて「お決まりのターン」[81]をするのを見たプログラマーで起業家のジム・サボは、「dresseswithpockets.com ってドメインを買ったら金持ちになれるな」と叫んだ。そうは言ったもののサボは当初尻込みし、励まされつづけて、ついに二〇一九年二月にウェブサイトを開設した。自分でポケットつきの服を販売する代わりに、いわばポケットのまとめサイトになり、オンラインショップのメガデータを収集し、通常は個人消費者に公開されないデザインのディテールまでわかるようにした。彼のサイト、Dresseswithpockets.com は少額の手数料を得て、ポケットつきの既製服を紹介している。サボのビジネスは成長した。彼のサイトはトランスジェンダーの女性に大人気で、それは彼女たちがポケット問題を両方の側から経験しているまれな立場にあるからだろうとサボは語る。「最終的な目標はこのサイトが用なしになって消えることです」[82]と彼は言う。

ポケットがあることそのものを売りにする（必ずしも一貫してではないにしろ）ブランドもいくつかある。「ポケットで力を得た《エンパワーした》」わたしたちの服を楽しんで、と女性が所有し、経営するスポーツウェアブランド、タイトルナインは消費者に誘いかけた。「T‐9はポケットを推しています。ポケットのない服は取り扱っていません。ハンドバッグを捨ててもっと自由に生き、なんでもポケットに入れてください」[83]。オンライン販売の商品情報にポケットのアイコンで有無を明示するブランドもある。スキニージーンズのメーカーはバックポケットのかわいいイラストを商品につけ、ポケットクリップでたくさんのツールを固定できることを示した[84]。

このような表示はさらに一般的になるだろうか？　それともポケット自体が標準的な仕様となり、そんな表記もいらなくなるのだろうか？　現在のところ、ポケットの有無の確認はまだ購入者まかせで、女性のスーパーヒーローでさえ先にきちんと確認しなければならない。二〇二一年公開のマーベルスタジオ映画作品『ブラック・ウィドウ』で主人公の「妹」役エレーナ・ベロワは、ネットで購入した作業用ベストには「ポケットがいっぱいついてるでしょう！」と言い訳し、さらに自分でも改良したことを認める。ベストはエレーナがはじめて自分で購入した服だ（幼くして国家のために働く暗殺部隊の一員となったため、自分で服を選ぶこともなかったのだろう）。「これまでは命令どおりに暮らしてきた。でもこれからは自分でなにをするか決めることができる。だからいろいろやりたい」と彼女は説明する。エレーナはスーパーヒーロースーツの上にベストを着用する。スーパーヒーロースーツ自体、昔のぴっちりしたレオタードとタイツの組み合わせではなく、洒落たつなぎ服のイメージで、これにベストを重ねるのは、前代未聞のスーパーヒーロー・コスチューム批判だろう。スーパーヒーローでさえ完全な手ぶらにはなれないのだとしたら、わたしたち一般人は言わずもがなではないだろうか？

ものを収納できること、そしてわたしたちに文字どおり寄り添えること、この二点がポケットの長所だ。ポケットはその中身とともに一種の小宇宙を形成し、「わたしたち自身」を映しだすと、とある「ポケットに哲学的な意味を見出している人」は語る。[85]その小さな世界を探らずとも、多くは別の場所からもあきらかにすることができるだろう。人がやましいことを隠したがるものなのはポケットをのぞきこまなくてもわかるし、服をどう着るかはなにを着るかに負けず劣らず重要なのも、ポケットに手を差し入れる特定のポーズを確認せずともわかる。それに、男女の服でポケットの数に偏りがあるのを調べなくとも、あらゆる種類の伝統が男社会にもとづいているのは明白だ。だがポケットという媒体を通して分析すると、隠す行為、ふるまい、そして力にまつわる議論が鮮やかに見えてくる。

　数世紀におよぶ長い歴史を持つ仕立の伝統は、わたしたちとポケットがなにがしかの産業や決断によって結びつけられているのをさらに物語る。これはちょっとした仕立の謎で、ポケットには（服と同じく）表と裏がある。見ばえの悪い「粗い継ぎ目《シーム》」[86]を詮索しすぎるのは、トーマス・カーライルの言葉によると、その人の威厳ある「外観」を損ないかねない。人が有袋類をねたみつづけるのはこれが理由だろうか。二〇二〇年の『ニューヨーカー』誌に掲載されたシャロン・レヴィの一コマ漫画で、雪男と遭遇したハイカーたちは、「ポケットがあるぞ！」と、謎の生きものよりもその体にポケットがあることに仰天する（図版10）。うらやましげな叫びはわたしたちがすぐにはポケットをあきらめそうにない理由のひとつだ。ポケットがあれば、不測の事態に対処できる、あるいは少なくともなんとかできるという自信を持っていられるのだ。

"Oh, my God—it's got pockets!"

図版10■『おい、嘘だろ—ポケットがあるぞ!』シャロン・レヴィ作、
『ニューヨーカー』誌2020年1月20日号掲載。

このプロジェクトを論文として提案した数日後、ポケットはあまりに小さすぎて、本当に重要なことはなにも入らないと気がつき、わたしは撤回しようとした。「それは、ポケットについて書くということですか、わたしのズボンについてるようなやつのこと？」と、いぶかしげに眉をあげられるものと思ったし、その想像はまったくの間違いでもなかった。そう。ボストン大学のスーザン・ミズルチは続行するようわたしを励ましただけではなく、わたしの代替案を耳にして大げさにあきれ顔をしてみせた――メンターシップ中いかなるときもわたしを支えてくれた彼女が、わざとわたしを挑発した珍しい場面だ。

数年後、ポケットを再考するに当たり、多くのチアリーダーたちとの出会いと彼らが寄せる関心がこの本を軌道に乗せてくれた。ポッドキャスターのピアーズ・ゲリーとエイヴリィ・トルーフェルマンは本質を突く質問を投げかけてくれた。彼らの活発な好奇心とストーリーテリングのすぐれた能力はわたしを奮い立たせた。わたしのエージェント、スーザン・ギンズバーグはこの本の可能性を見いだしてくれた。彼女はつねに思慮深い助言を与えてくれ、キャサリン・ブラッドショーとともにコツを教えてくれた。このプロジェクトを確信し、横糸を紡ぐアドバイスを与えてくれたAlgonquin Booksのエイミー・ガッシュに感謝する。難題に取り組まなければならないときでも、心から楽しい会話をすることができた。本書を出版まで導き、美しい装丁を施してくれたAlgonquinの全チームにお礼を申しあげる。

執筆の大半はパンデミックにより隔離された最初の年に行った。当時、時間は形を持たないように思え、カフェや図書館で人ごみの中にありながらひとりになれる選択肢はなかった。だが思いがけない執筆のパートナー――父ロバート・カールソンの助けにより、わたしは孤独にならずに済んだ。父は勇敢にも不慣れな分野に――弁護士の執筆スタイルとはあきらかに異なる――自信を持って取り組んでくれた。父は抜け目がなく、ときに非情な編集者で、ただの提案だよといつもやんわりとコメントをくれるのだが、「話がある」とテキストメッセージを寄越すときは、なにかわたしの挑戦したことが完全な失敗だったという意味だ。父は事実上、専門用語アレルギーであり、もしまだ残っているものがあれば、それはわたしひとりの責任だ。ありがとう、お父さん。本当に楽しかった。

ほかにもわたしの姉妹が本書を読んでくれた。ジュリア・S・カールソンは言葉のニュアンスを調整し、五歳のときからそうしているようにと言っていいだろう、わたしのペースを遅らせて磨きをかけてくれた。ジャネット・カールソンはリズムに注意を払い、適切な場所にピボットを置く重要さを示してくれた。同僚のジェン・リーズは早く本を売りこむようながしてくれた。パスカル・リウエットは最初の二章に目を通し、拳銃による初の暗殺を描いたものがあるに違いないとアドバイスするなど、すばらしいアイデアを授けてくれた。デフォーの小説『ジャック大佐』に登場する掏摸が自身はポケットなしだったという話に一緒にびっくりしたあと、ガブリエル・セルバンテスは後半のピンチヒッターを務めてくれた。

アメリカ古書協会、アメリカ衣装協会、ボストン大学人文科学基金、メトロポリタン美術館、ヴィンタートゥール美術館が多大な研究助成金と奨励金で支えてくれた。メトロポリタン美術館服飾研究所、Historic Deerfield、FIT美術館、ロードアイランド・スクール・オブ・デザイン美術館（ＲＩＳＤ）、ピーボディ・エセックス博物館、Historic Northampton を含む施設が、所蔵している服のポケットを、手袋をはめた手で、触らせてくれた。ロードアイランド歴史協会のダナ・サイン・Ｋ・マンローには、ジョセフ・ノイエスのベストに関する彼女の考察に特別な感謝を表する。リサーチ・アシスタントのキーラ・ガブリエル・ブエンビアへとソフィア・エリスはデータベースの手がかりを根気よく追跡してくれた。またキーラ・ガブリエル・ブエンビアはファッションにまつわる鋭い洞察を分かち合ってくれた。マーク・カルフーンとエミリー・コクスは研究で直面する数々の難題を手際よく解いてくれた。ベサニー・ジョーンズとドウ・スコットはグラフィック・デザインの疑問に気前よく答えてくれた。クリスティ・ピーターソンはイメージ・ライセンスの迷路のような世界を解き明かすのを助け、いくつかの謎を粘り強く突き止めてくれた。

　友人たち、家族、同僚たちがポケットの参考資料を提供してくれ、多くの人たちがわたしのポケット話に快くつき合ってくれた。シャーロット・ビルテコフは一九〇七年のフェミニストによる反論を見つけてくれた。マシュー・バードは一九三七年に少年のポケットに入っていたものを特定し（その特許を突き止め）てくれた。ナンシー・エコーム・バーカートはエミリー・ディキンソンのポケットを描いたときの感想を語ってくれた。スチュアート・バロウズはモロイのポケット話を教えてくれた。アリソン・カールソンはエッツィのバッグのためにすばらしい宣伝文句を考えてくれた。アンナ・カールソンはサフラジストのポケットを転送してくれた。ジュリア・カールソンはスターンのポケット・パトマイムを知らせてくれた。ジョン・ダニガンもその家具を調べ、ポケットの隠し場所を作ってくれた。ティム・フルフォードは、息子がポケットつきズボンをはくようになったとその成長を実感するロバート・サウジーの愛情のこもった回想を送ってくれた。イーヴリン・フィッシャーとハナ・ギャリソンはミームとソーシャルメディアのアーティファクトを提供しつづけてくれた。ヘンリー・ホークは一六世紀の肖像画に描かれていたものと完全に一致する、現代の男性が身に着けるバッグを知らせてくれた。ジェシカ・スウェルは臨機応変なケイティ・カンガルーに引き合わせてくれた。キャサリン・ステビンスはジェファーソンがポケットサイズのツールに頼っていたのを指摘してくれた。ＲＩＳＤのアパレル・デパートメントの学生たちはここ数年で制作した彼らの独創的なポケットを見せ、その背景にある考えをすべて教えてくれた。

　物にも語るべき物語があるという感覚を与えてくれたわたしの母ナンシー・ウィテカー・カールソンに感謝する。開催中の衣装の展覧会に連れていってくれるときも、Bob Knopper's Dignified Junk and Bottle Shop になにがあるかのぞきに行くときも、母は素材と形のニュアンスを指摘し、それらの機会を冒険に変えてくれた（わたしはいまもその鑑識眼が頼りよ、ママ！）。ポケット話から脱線しても耳を傾けてくれ、発見があるたび大喜びしてくれたキーランとエリザに大きなハグを。そしてチャーリーにはすべてを感謝する――わかってるでしょう、ポケットの底からね。

訳者あとがき

ポケットを取りあげた本書の翻訳の仕事が舞いこんできた年は、新年早々空港の滑走路で航空機が炎上するという大きな事故があり、緊急脱出した乗客たちはさいわい全員無事ではあったものの、避難時に荷物を持たないよう指示があったため、事故後、テレビのインタビューに答える乗客の中には、「家のカギさえない」と途方に暮れた顔の人もいた。

わたしはたまたまそのおよそ一週間後に同じ空港を利用することになっていたので、他人事とはとても思えず、自分ならどうだろうと考えてみると、着ていく予定のコートにはポケットがあるが、セーターとスカートにはポケットがなく、コートを着ないで脱出した場合には、携帯電話はおろか財布さえしまう場所がないのにはたと気がついた。

手持ちの服を調べてみると、コットンのカジュアルなスカートにはポケットがついているが、それ以外の素材のものやワンピースになると、ポケットはついていなかった。つまりそういう服で飛行機に乗っていたら、避難時には必要なものをなにひとつ携帯することができないわけだ。

著者のハンナ・カールソンはかつての勤務先で避難訓練があったときにまさしくそんな体験をしている。〝ただちに避難を〟という指示に従って身ひとつでビルの外まで出たが、携帯電話も持っていなかったため、それが訓練なのか、実際に緊急事態なのかをたしかめるすべもなく、通りで途方に暮れるのだ。

ところが同じようにオフィスから退避してきた男性たちは、スーツのポケットに携帯電話と財布が入っており（おそらくキャッシュカードと地下鉄のＩＣカードも）、携帯電話をチェックしてほどなくどこかへ移動してしまう。

このようにポケットがひとつでもあるのとないのとでは、いざというときの備えに大きな差が出てくることをカールソンは身をもって知ることになる。しかもポケットのあるなしには性差があり、男性服にはほぼ必ずついているのに、女性服の場合は運頼みで、フォーマルな服ほどポケットがついていない。

ではなぜこのような現状になったのかを、本書はポケットの歴史を振り返って紐解いていく。そもそもポケットは服についているものではなく、独立した袋を腰などにぶらさげていたこと、ブリーチズ（王子様のはくカボチャパンツのようなハーフパンツ）にシーツなどの家財を詰めていた例もあったこと、ポケットに手を入れるしぐさの意味、ポケットの中身が語ること、一九三〇年代にH・G・ウェルズが思い描いた未来服にはポケットがなかったこととその理由などなど。

本書はポケットという切り口ひとつから、服とファッションだけでなく、人の行動、性差、偏見、犯罪、文学、映画などに関して幅広い考察を展開していく。正直、ふだんはポケットにも種類があるのは意識することさえないが、いまではズボンによく見られるカーゴポケットも、もとは軍用に考案されたもので、一九七〇年代に入って米軍放出品が若者のあいだで人気となったことから、一般に普及していくことが本書を読むとわかる。

ポケットは必ずしも服の構成に必須の要素ではないが、ポケットひとつにも無限の可能性と広大な歴史があり、著者カールソンが語るように、人とポケットのつき合いが終わることはしばらくはなさそうだ。

二〇二四年七月

岸川由美

原注

はじめに

1 *London Journal*, Sept. 4, 1725, J. Paul Hunter, "Gulliver's Travels and the Novel," in *The Genres of Gulliver's Travels*, ed. Frederick N. Smith (Delaware: Univ. of Delaware, 1990), 68からの引用 . ハンター（Hunter）はこの同時代的な（コンテンポラリー）ジョークで新出小説や「デフォーの偽のリアリズム」に対するジョナサン・スウィフトの攻撃を検証。デフォーの批評家たちはこの小説を「最初から最後まで明白な嘘」と呼び、小説の連続性にまつわる問題がこれを裏づけた。

2 ジャン＝ジャック・ルソー（『エミール』からヨハン・ダビット・ウィース（『スイスのロビンソン』）、ＴＶリアリティ・ショー『ネイキッド・アンド・アフレイド』のプロデューサーたちまで、以後、何世代にもわたって漂流者話の作家たちはこの執筆上の救いの手（デウス・エクス・マキナ）に裏切られ、いくばくかのツールでいかに生きのびるかが問題となった。

3 Hunter, "Gulliver's Travels," 68.

4 Thomas Carlyle, *Sartor Resartus*, ed. Rodger L. Tarr (Berkeley: Univ. of California Press, 2000), 31.

5 同上 ., 50.

6 同上 ., 50.

7 George Barrington, *The History of New South Wales* (London: Printed for M. Jones, [1802] 1810), 432. ヨーロッパで袋を持つカンガルーの挿絵が最初に登場したのは、悪名高き紳士掏摸、ジョージ・バリントンを題材とした本だった。ニューサウスウェールズへ流刑になった「掏摸王子」バリントンはすぐに更生し、オーストラリアでの彼のその後は興味深い。以下を参考に。Ronald Younger, *Kangaroo: Images through the Ages* (Sydney: Hawthorn, 1988) 参照 .

8 William Livingstone Alden, *Domestic Explosives and other Sixth Column Fancies* (New York: Lovell, Adam, Wesson, 1877), 50.

9 Sally Sketch, *An Alphabetical Arrangement of Animals for Young Naturalists* (London: Harris & Son, 1821).

10 Emmy Payne, *Katy No Pocket* (Boston: Houghton Mifflin, 1944).

11 同上 .

12 彼の贈り物のおかげでケイティはプロとしても働けるようになる。森へ帰ったあとはデイケアサービスをはじめ、森のさまざまな生きものを作業用エプロンのポケットに預かるようになる。

13 Howard Nemerov, "Pockets," in *The Western Approaches* (Chicago: Univ. of Chicago Press, 1975), 39.

14 Bernard Rudofsky, *Are Clothes Modern? An Essay on Contemporary Apparel* (Chicago: Paul Theobald, 1947), 124.

15 "Give Woman Equality in Pockets," *Baltimore Sun*, Feb. 23, 1894, 4.

16 William Golding, *Lord of the Flies* (New York: Penguin, [1954] 2006), 111.〔『蝿の王』ウィリアム・ゴールディング著、黒原敏行訳、早川書房 2017 など〕

17 Elaine Scarry, *The Body in Pain: The Making and Unmaking of the World* (New York: Oxford Univ. Press, 1985). 自然のデザインをかんがみて、Elaine Scarry は人工の世界は「生きている体を投影・相応」するため、無名の大量生産のオブジェクトでさえ部分的には「異なる人の慈悲心」を表すとした。人々が想像し作りだす人工物は「人間の能力と必要性をすべて変える」と Scarry は考える。(288, 324).

第１章　ポケットの起源

1 Mark Twain, *Notebooks*, Henry Nash Smith, *Mark Twain's Fable of Progress* (New Brunswick, NJ: Rutgers Univ. Press, 1964), 41 からの引用 .

2 同上 .

3 Mark Twain, *Connecticut Yankee in King Arthur's Court*, vol. 9 of *The Works of Mark Twain*, ed. Bernard L Stein (Berkeley: Univ. of California Press, 1979), 144.〔『アーサー王宮廷のコネチカット・ヤンキー』マーク・トウェイン著、砂川宏一訳、彩流社、2000 など〕

4 Philip Klass, "An Innocent in Time: Mark Twain in King Arthur's Court," *Extrapolation* 16, no. 1 (Dec. 1974): 23.

5 Twain, *Connecticut Yankee*, 116.

6 同上 ., 119.

7 同上 .

8 同上 .

9 According to Alan Gribben's *Mark Twain's Library: A Reconstruction* (Boston: G. K. Hall, 1980) によるとトウェインは、たとえば Paul Lacroix's 1874 *Manners, Customs, and Dress During the Middle Ages, and During the Renaissance Period.*

10 Alison Clarke, *Tupperware:*

The Promise of Plastic in 1950s America (Washington, DC: Smithsonian Institution Press, 1999).

11 たとえば以下などを参照 . Harry Oliver, *Bubble Gum and Hula Hoops: The Origins of Objects in Our Everyday Lives* (2010); Trevor Homer, *The Book of Origins* (2007); Joel Levy, *Really Useful: The Origins of Everyday Things* (2002); Charles Panati, *Panati's Extraordinary Origins of Everyday Things* (1987).

12 Mary Stella Newton, *Fashion in the Age of the Black Prince* (Woodbridge, Suffolk, UK: Boydell Press, 1980), 15–18. 装飾としてのボタンは先史時代やインダス文明、およそ紀元前 2000 年にまでさかのぼれるが、ボタンとボタンホールの使用は中世ヨーロッパで体にぴったりした服が登場してから。

13 Dorothy K. Burnham, *Cut My Cote* (Toronto: Royal Ontario Museum, 1973), 3. を参照 .

14 M. Ahmed and S. Vickery, "Dress of the Exile: Tibetan," in J. Dhamija, ed., *Berg Encyclopedia of World Dress and Fashion: South Asia and Southeast Asia* (Oxford: Bloomsbury Academic, 2010), 194–200.

15 F. P. Leverett, ed., s.v. "sinus," *A New and Copius Lexicon of the Latin Language* (Boston, 1850).「ローマ人はトーガのひだをポケット代わりにして手紙、財布、短剣などを携帯した。そのためアウグストゥスは彼に近づくものの服のひだを調べさせた」

16 Frances Horgan, trans. and ed., *The Romance of the Rose*, Oxford World's Classics (Oxford: Oxford Univ. Press, 1999), 33.〔ギヨーム・ド・ロリス、ジャン・ド・マン著『薔薇物語』篠田勝英訳、筑摩書房 2007〕

17 Claire Wilcox, *Bags* (London: V & A Publications, 1999), chap. 1.

18 Newton, *Fashion*, 6–7.

19 Gale R. Owen-Crocker, "Sensuality and Sexuality," in *Encyclopedia of Medieval Dress and Textiles*, http://dx.doi.org/10.1163/2213-2139_emdt_SIM_000751 (accessed January 17, 2018).

20 *Oxford English Dictionary*, vol. 2, P–Z (Oxford: Oxford Univ. Press, 1987), s.v. "pocket, n. and adj."; *Middle English Dictionary* (Ann Arbor: Univ. of Michigan Press, 1956–), s.v. "pocket."

21 Geoffrey Chaucer, *The Canon's Yeoman's Prologue and Tale*, in *Selected Tales from Chaucer*, ed. Maurice Hussey (Cambridge: Cambridge Univ. Press, [1965] 2016), 85.〔『カンタベリー物語』ジェフリー・チョーサー著、桝井迪夫訳、岩波書店、1995 年など〕

22 William Copland, *A Boke of the Properties of Herbes Called an Herball* (London: Wyllyam Copland for Iohn Wyght [1552?]; Ann Arbor: Text Creation Partnership, 2011), http://name.umdl.umich.edu/A03040.0001.001.

23 Francois Boucher, *20,000 Years of Fashion* (New York: Harry N. Abrams, 1966), 433.

24 Walter L. Strauss, *German Masters of the Sixteenth Century: Erhard Schoen, Niklas Stoer* (New York: Abaris Books, 1984), 336.

25 Sarah Grace Heller, *A Cultural History of Dress and Fashion in the Medieval Age* (London: Bloomsbury Academic, 2017), 50–51.

26 Naomi Tarrant, *The Development of Costume* (London: Routledge, 1994), 44–48.

27 Else Ostegard, *Woven into the Earth: Textiles from Norse Greenland* (Aarhus: Aarhus Univ. Press, 2004).

28 同上 ., 94–95, 179–80.

29 以下を参照 . Degree G. Koslin and Janet E. Snyder, eds., *Encountering Medieval Textiles and Dress: Objects, Texts, Images* (New York: Palgrave Macmillan, 2002) . information in this paragraph is derived from personal communication with Desiree Koslin, February 15, 2007.

30 Naomi Tarrant, Mayake Wagner, et al.「綾織のタペストリーが発明されたのは中央アジアだろう。中国のトルファン地区で発見されたおよそ 3000 年前のものとされる織物の乗馬服には複数の考古学的テキスタイル技術が使用されている」*Archaeological Research in Asia* 29 (March 2022).

31 当初は鎧の下に着用し , その後一般市民の服になったダブレット、プールポワンについては Oldie Blanc の議論を参照 . Blanc, "From Battlefield to Court: The Invention of Fashion in the Fourteenth Century," in Koslin and Snyder, *Encountering Medieval Textiles*, 163.

32 ブリーチズをめぐる争い : Laura Gowing, *Domestic Dangers: Women, Words, and Sex in Early Modern London* (Oxford: Clarendon Press; Oxford: Oxford Univ. Press, 1996), 83.

33 U. Fulwell, *Like Will to Like* (1568), C. Willett Cunnington and Phillis Cunnington, *Handbook of Costume in the Sixteenth Century* (London: Faber and Faber, 1954), 121 からの引用 .

34 Philip Stubbes, *Anatomie of Abuses* (1583), Aileen Ribeiro, *Dress and Morality* (New York: Holmes & Meier, 1988), 68 からの引用 .

35 Wilfred Hooper, "The Tudor Sumptuary Laws," *The English Historical Review* 30, no. 119 (July 1915): 439 からの引用 .

36 同上 . 靴下屋と仕立屋も 40 ポンドを支払って連盟に加入し、この規定を順守するよう求められた。逆らうと罰金や投獄を科された。

37 Richard Edwards, *Damon and Pithias*, in *The Oxford Anthology of Tudor Drama*, ed. Greg Walker (Oxford: Oxford Univ. Press, 2014), 376.

38 同上 .

39 Hooper, "Tudor Sumptuary Laws," 443.

40 同上 ., 441.

41 同上 .

42 同上 .

43 John Bulwer, *Anthropometamorphosis: The Man Transformed or the Artificial Changeling* (London: William Hunt, 1653), 541–42. Bulwer は、Dantisco による 1590 年の改作版、デッラ・カーサの『礼儀作法書（ガラテーオ）』の英訳 Lucas Gracian Dantisco's *Galateo Espagnol, or The Spanish Gallant* の逸話に言及（そして一語一語盗用した）。

44 Janet Arnold, *Patterns of Fashion: The Cut and Construction of Clothes for Men and Women, ca. 1560–1620* (London: Macmillan; New York: Drama Book, 1985), 76–77 からの引用 .

45 同上 .

46 同上 .

47 同上 .

48 同上 .

49 同上 ., 59.

50 Jean MacIntyre, *Costumes and Scripts in the Elizabethan Theatres* (Edmonton: Univ. of Alberta Press, 1992), 132.

51 William Shakespeare, *Cymbeline*, act 3, scene 1, line 47.〔『シンベリン』ウィリアム・シェイクスピア著、松岡和子訳、筑摩書房、2012 など〕

52 William Fisher, *Materializing Gender in Early Modern English Literature and Culture* (Cambridge: Cambridge Univ. Press, 2006), 68–69. 現代の歴史家がこのアクセサリーは「恒常的勃起状態」を示すものとしているのに対し、Fisher は、多くは「あきらかに非男根的」で、その名が暗示するように、陰嚢／精巣と関連があり、生殖と血統という発想に結びついていたと指摘 .

53 Carolyn Dinshaw and David Wallace, *The Cambridge Companion to Medieval Women's Writing* (Cambridge: Cambridge Univ. Press, 2003), 72–73.

54 Henry Medwall, *Fulgens and Lucres*, I.734–5, in *The Plays of Henry Medwall*, ed. Alan H. Nelson (Cambridge: D.S. Brewer, 1980).

55 Fisher, *Materializing Gender*, 59 からの引用 .

56 コッドピースがときにものをしまうのに使われたのは肖像画からあきらかだ。コッドピースは袋状で、その形（機能とは言わずとも）はコッドピースの流行時に顕著だった。たとえば 1460 年のタウンリー・サイクル・ミステリー劇で、登場人物のひとりは「ポケットのようなコッドピース」と言っている。*Middle English Dictionary* (Ann Arbor: Univ. of Michigan Press, 1956–), s.v. "codpiece."

57 Bulwer, *Anthropomet-amorphosis*, 540.

58 Rebecca Unsworth, "Hands Deep in History: Pockets in Men and Women's Dress in Western Europe, ca. 1480–1630," *Costume* 51 no. 2 (2017): 160 からの引用 .

59 Fisher, *Materializing Gender*, 78.

60 Arnold, *Patterns of Fashion*, 3.

61 Cunnington and Cunnington, *Handbook of English Costume*, 122 からの引用 .

62 Arnold, *Patterns of Fashion*, 59, 63, 75, 87, 89, 91.

63 Unsworth, "Hands Deep in History," 156.

64 Paul L. Hughes and James F. Larkin, eds., *Tudor Royal Proclamations*, 2 vols. (New Haven, CT: Yale Univ. Press, 1969), 2:398–99.

65 1549 年 1 月 16 日、ねたみに駆られたトマス・シーモア（兄に代わってエドワード六世の護国卿になろうとしたとされる）は手に入れた鍵を使って王の私室に侵入。物音で吠えだしたエドワードの犬にシーモアが発砲した。シーモアは大逆罪で起訴され、三人中ふたりの判事が無罪としたものの、反逆者として処刑された。以下を参照。Lois G. Schwoerer, *Gun Culture in Early Modern England* (Charlottesville: Univ. of Virginia Press, 2016), 61 参照 .

66 Bert S. Hall, *Weapons and*

Warfare in Renaissance Europe (Baltimore, MD: Johns Hopkins Univ. Press, 1997), 190.

67 Lisa Jardine, *The Awful End of Prince William the Silent: The First Assassination of a Head of State with a Handgun* (New York: Harper Perennial, 2007), 77–85.

68 Schwoerer, *Gun Culture*, 3.

69 Philip Stubbes, *The Anatomie of Abuses* (London: John Kingston for Richard Iones, 1583), 62.

70 フロビッシャーの肖像画は新世界への三度の旅のうち、アジアへの伝説的な北西路も発見できず、出資者たちの期待に応える成果もほとんどなく、なかば失敗に終わった二度目の旅のあとに完成した。不屈の熟練船乗り然としたフロビッシャーのポーズには宣伝の意味もあるだろう。以下を参照。James McDermott, *Martin Frobisher: Elizabethan Privateer* (New Haven: Yale Univ. Press, 2001) .

71 John Stow, *Annales, or a General Chronicle of England* (London: Richardi Meighen, 1631), 869.

72 用途を限定 : Schwoerer, *Gun Culture*, 60.

73 同上 ., 46, 61.

74 Joyce Lee Malcolm, *To Keep and Bear Arms: The Origins of an Anglo-American Right* (Cambridge, MA: Harvard Univ.
Press, 1994), 2.

75 Paul L. Hughes and James F. Larkin, eds., *Tudor Royal Proclamations*, 2 vols. (New Haven: Yale Univ. Press, 1969), 2:398–99.

76 同上 ., 2:442– 45

77 Schwoerer, *Gun Culture*, 97.

78 ドレスの歴史を扱う一九世紀の情報源二冊が、フランスの統治者たちがポケットを禁じようとしたと述べている。発行された布告を調べたところ、ポケットのサイズを小さくするよう定める項目しか見つからなかった。これは長さが一二インチある拳銃を携帯できないようにだろう。以下を参照。Robinson Planche, *A Cyclopaedia of Costume or Dictionary of Dress* (New York: J.W. Bouton, 1877), 84.

79 "Anti Hip-Pocket Bill: South Carolina's Newest Plan for Reducing the Number of Murders," *Boston Daily Globe*, Jan. 6, 1898.

80 England and Wales, Sovereign (1603–1625: James I), *A Proclamation against the Use of Pocket-Dags* (London: Robert Barker, 1613).

81 James I, King of England, *Basilikon doron, or, King James's Instructions to His Dearest Sonne, Henry the Prince* (London: Simon Stafford for Thomas Salisbury, 1604; Ann Arbor: Text Creation Partnership, 2011), 113, https://quod.lib.umich.edu/e/eebo2/A04230.0001.001/1:7?rgn=div1;view=fulltext.

82 John Fletcher and Philip Massinger, *The Custom of the Country*, in *The Dramatic Works in the Beaumont and Fletcher Cannon*, vol. 8, ed. Fredson Bwers (Cambridge: Cambridge Univ. Press, 1992), 672.

83 同上 .

84 Jardine, *Awful End.* を参照。サー・フランシス・ウォルシンガムは、暗殺者は「手紙を届けるようなそぶりで」ウィリアムに近づいたと報告している。(52)

85 Andrew Pettegree, *The Invention of News: How the World Came to Know Itself* (New Haven, CT: Yale Univ. Press, 2014), 88–93.

86 同上 ., 54, 58.

87 Todd M. Richardson, *Pieter Bruegel the Elder: Art Discourse in the Sixteenth-Century Netherlands* (Farnham, Surrey: Ashgate, 2011), 151.

88 John Dunton, *An Hue and Cry after Conscience, or, The Pilgrims Progress by Candlelight in Search after Honesty and Plain-dealing Represented under the Similitude of a Dream* (London: Printed for John Dunton, 1685; Ann Arbor: Text Creation Partnership, 2011), 132–34, http://name.umdl.umich.edu/A36902.0001.001. 若い志願者たちに「商売」を教えるやり方をダイバーが語っている。教室まであり、インストラクターが理論と実践を熱弁する。実習では部屋に張り渡したロープにブリーチズをさげ、(ポケット口にさげてある) 鈴を鳴らさずに財布を抜き取ることができれば卒業だ。

89 Robert Greene, *The Second Part of Conny- Catching* . . . (London: Iohn Wolfe for William Wright, 1591; Ann Arbor: Text Creation Partnership, 2011), http://name.umdl.umich.edu/A02141.0001.001.

90 同上 .

91 Peter Aretine, *Strange News from Bartholomew-Fair, or, the Wandering-Whore Discovered Her Cabinet Unslockt* . . . (London: Printed for Theodorus Microcosmus, 1661; Ann Arbor: Text Creation Partnership, 2011), 4, http://name.umdl.umich.edu/A61777.0001.001.

92 George Basalla, *Evolution of Technology* (Cambridge: Cam-

bridge Univ. Press, 1988), vii.
93 同上 ., viii.
94 同上 ., 209.
95 同上 .
96 *Oxford English Dictionary*, vol. 2, P–Z (Oxford: Oxford Univ. Press, 1987), Pocket という単語のもっとも古い〝派生型〟の用例は "pocket up" a wrong。「怒りを表に出さずに（侮辱などを）受け入れる、服従する、おとなしく耐える、のみこむ」。
97 Anthony Stafford, *Stafford's Niobe: Or His age of Teares* (London: Humfrey Lownes, 1611; Ann Arbor: Text Creation Partnership, 2011), 104, http://name.umdl.umich.edu/A12821.0001.001.
98 同上 .
99 同上 .
100 同上 .
101 Giovanni Della Casa, *Il Galateo*, trans. Konrad Eisenbichler and Kenneth R. Bartlett (Toronto: Centre for Reformation and Renaissance Studies, [1558] 1986), 11.〔『ガラテーオ―よいたしなみの本』デッラ・カーサ著、池田廉訳、春秋社、1961〕
102 William Shakespeare, *The Tempest*, act 2, scene 1, line 63.〔『テンペスト』ウィリアム・シェイクスピア著、松岡和子訳、筑摩書房、2000 など〕
103 Thomas Dekker, *A Tragi-comedy: Called, Match Mee in London* (London, 1631; Ann Arbor: Text Creation Partnership, 2011), 55, https://quod.lib.umich.edu/e/eebo / A20088.0001.001/1:4.4?rgn=div 2;view=fulltext.
104 Joseph Hall, *Virgidemiarum*, 2 vols. (1599; Ann Arbor: Text Creation Partnership, 2011), book 4, satire 6, line 8, https://quod.lib.umich.edu/e/eebo/A71324.0001.001/1:3.7?rgn=div2;view =fulltext;q1=Virgidemiarum.
105 1560 年から 1564 年のあいだにイタリア、フランス、ドイツ、イギリスで描かれた男性の肖像画の多くにOリング・パースが描きこまれている。たとえば以下を参照。 Alessandro Allori, *Portrait of Tommaso De' Bardi* (1560); Hans Eworth, *Portrait of Thomas Howard, 4th Duke of Norfolk* (1563); Pieter Pourbus, *Portrait of Pierre Dominicle* (1558). 参照
106 Jane Ashelford, *Dress in the Age of Elizabeth* (London: Batsford, 1988), 114 からの引用 . 詐欺師や泥棒から見るとこの服装はいいカモの目印になるとグリーンは警告している。
107 Sonja Kudei, "The Problem with Man-Bag and Other Man Words," *The Atlantic*, April 10, 2014. https://www.theatlantic.com /health/archive/2014/04/the-problem-with-man-bag-and-other-man-words/359830/.
108 Christian Allaire, "I Test-Drove the 'Murse,' Summer's Surprising Breakout Trend," *Vogue*, July 4, 2019.

第２章　ポケットの普及

1 Jonathan Swift, letter to Alexander Pope, Sept. 29, 1725, in *Gulliver's Travels*, ed., Albert J. Rivero (New York: W. W. Norton, [1726] 2002), 261.
2 Swift, *Gulliver's Travels*, 25.〔『ガリバー旅行記』ジョナサン・スウィフト著、柴田元幸訳、朝日新聞出版、2022 など〕
3 同上 ., 237.
4 同上 ., 29.
5 同上 ., 28–31.
6 巻末で、ガリバーは自身の事業を擁護し、植民地化も含めて、彼の旅行への「反論」を打ち消そうとする。「わたしが描いたこれらの国々は、支配され、奴隷化され、殺害され、あるいは植民団によって追放されたがっているようにはまったく見えなかった。金、銀、砂糖もしくはタバコが豊富にあるのを求めているようにもだ」と彼は語る。(Swift, *Gulliver's Travels*, 249).
7 Barbara Burman and Ariane Fennetaux, *The Pocket: A Hidden History of Women's Lives, 1660–1900* (New Haven, CT: Yale Univ. Press, 2019), 26.
8 数人の作家がチャールズ二世によるスーツ導入を説明している。以下を参照。Diana de Marly, "King Charles II's Own Fashion: The Theatrical Origins of the English Vest," *Journal of the Warbug and Courtald Institutes* 37 (1974): 378–82; David Kuchta, *The Three-Piece Suit and Modern Masculinity: England, 1550–1850* (Berkeley: Univ. of California Press, 2002); Aileen Ribeiro, *Fashion and Fiction: Dress in Art and Literature in Stuart England* (New Haven: Yale Univ. Press, 2005), 224–38.
9 Ann Hollander, *Sex and Suits* (New York: Knopf, 1994) 15.〔『性とスーツ』アン・ホランダー著、中野香織訳、白水社、1997〕
10 Ribeiro, *Fashion and Fiction*, 202.
11 John Evelyn, *Tyrannus, or The Mode*, ed. J. L. Nevinson (Oxford: Published for the Luttrell Society by B. Blackwell, 1951), 11.
12 Ribeiro, *Fashion and Fiction*,

230 からの引用 .

13 同上 .

14 Kuchta, *Three-Piece Suit*, 90; Ribeiro, *Fashion and Fiction*, 232 からの引用 .

15 Kuchta, *Three-Piece Suit*, 83; Ribeiro, *Fashion and Fiction*, 230 からの引用 .

16 Charlotte Jirousek, "The Kaftan and its Origins," in *Berg Encyclopedia of World Dress and Fashion: Central and Southwest Asia* (Oxford: Berg, 2010), 134.

17 Kuchta, *Three-Piece Suit*, 121 からの引用 .

18 Avril Hart and Susan North, *Historical Fashion in Detail: The 17th and 18th Centuries* (London: V & A Publications, 1998), 96.

19 J. M. Rogers and R. M. Ward, *Suleyman the Magnificent* (Secaucus, NJ: Wellfleet Press, 1988), 166.

20 Beverly Lemire and Giorgio Riello, eds., *Dressing Global Bodies: The Political Power of Dress in World History* (Abingdon, Oxon: Routledge, 2020), 44.

21 Jan van Bremen and Akitoshi Shimizu, *Anthropology and Colonialism in Asia and Oceana* (Richmond, Surrey: Curzon, 1999), 53.

22 Lemire and Riello, *Dressing Global Bodies*, 44.

23 同上 ., 45.

24 Hollander, *Sex and Suits*, 65

25 Richard Steele, *The Guardian*, no. 149, Sept. 1, 1713.

26 Hart and North, *Historic Fashion in Detail*, 98.

27 Claudia B. Kidwell and Margaret C. Christman, *Suiting Everyone: The Democratization of Clothing in America* (Washington, DC: Published for the National Museum of History and Technology by the Smithsonian Institution Press, 1975), 23.

28 *Virginia Gazette* (Williamsburg), April 2, 1767, available at Freedom on the Move, https://www2.vcdh.virginia.edu/gos/search/relatedAd.php?adFile=sg67.xml&adId=v1767041552.

29 1930 年代、公共事業促進局は「ふつうの奴隷服」にポケットがあったかに関心を持っていた。 Charles L. Perdue Jr., Thomas E. Barden, and Robert K. Phillips, eds. *Weevils in the Wheat: Interviews with Virginia Ex-slaves* (Charlottesville: Univ. Press of Virginia, 1976), 374. 以下を参照 . appendix 6, question 265.

30 逃亡奴隷の懸賞広告のひとつは、バージニア州ウィリアムズバーグ近郊でデヴィッドが所持していたジャケット二枚を区別している。「カルゼ生地の茶色のジャケット、(それと) 粗いオスナバーグ生地のポケットつき青と白のバージニア生地のジャケット」。 *Virginia Gazette* (Williamsburg), November 5, 1772, available at the Geography of Slavery, http://www2.vcdh .virginia.edu/saxon/servlet/SaxonServlet?source=/xml_docs/slavery/ads/rg72 .xml&style=/xml_docs/slavery/ads/display_ad.xsl&ad=v1772110772.

31 Linda Baumgarten, *What Clothes Reveal: The Language of Clothing in Colonial and Federal America* (Williamsburg, VA: Colonial Williamsburg Foundation, in association with Yale Univ. Press, 2002), 135.

32 Phillip Morgan, *Slave Counterpoint: Black Culture in the Eighteenth-Century Chesapeake and Lowcountry* (Chapel Hill: Univ. of North Carolina Press, 1998), 129 からの引用 .

33 Lydia Parris, *Slave Songs of the Georgia Sea Islands* (Georgia: Univ. of Georgia Press, [1942] 1990), 131 n4.

34 Kidwell and Christman, *Suiting Everyone*, 19.

35 David Waldstreicher, "Reading the Runaways: Self-Fashioning, Print Culture, and Confidence in Slavery in the Eighteenth-Century Mid-Atlantic," in "African and American Atlantic Worlds," special issue, *William and Mary Quarterly* 56, no. 2 (Apr. 1999): 243–72.

36 *City Gazette* (Charleston, SC), Aug. 8, 1794, available at Freedom on the Move, https://fotm.link/cYzxWrCQBWFVWwcUbXzKhR. ベルベットのケープ(肩につけられたショートケープ)を加えるのはグレートコートのスタイルを受け継いだもので、より高価なドレスだった。

37 シェーン・ホワイトとグレアム・ホワイトはアメリカの奴隷にとって髪は自己表現の重要な場であったとしている。一八世紀アメリカの一部の男性は「支配階級が着用するウィッグに髪型を似せていた」。そうしたのは模倣ではなくパロディだと著者たちは論じている。Shane White and Graham White, *Stylin': African American Expressive Culture from Its Beginnings to the Zoot Suit* (Ithaca, NY: Cornell Univ. Press, 1998),chapter3 参照 .

38 Waldstreicher, "Reading the Runaways," 256. 誰が奴隷で自由民で使用人で逃亡奴隷かを見分けるのは困難で、「それは服のメーカーとス

キルはそれ自体が商品化され、逃亡奴隷は巧みに市場を利用し、民族性を示すものは、頼りにされていたものの、人の身分の案内役としては往々にして頼りにならないからだ。それは、人種が肌の色を意味するのなら、人種も同じであった」。と Waldstreicher は記している。(257).

39 *Virginia Gazette* (Williamsburg), Jan. 10, 1771, available at the Geography of Slavery, http://www2.vcdh.virginia.edu/saxon /servlet/SaxonServlet?source=/xml_docs/slavery/ads/rg71.xml&style=/xml _docs/slavery/ads/display_ad.xsl&ad=v1771010636.

40 混乱を招きやすいが、18 世紀、cotton は低品質のウールを指す言葉だった。

41 *Virginia Gazette* (Williamsburg), Mar. 5, 1772, available at the Geography of Slavery, https://www2.vcdh.virginia.edu/saxon /servlet/SaxonServlet?source=/xml_docs/slavery/ads/rg72.xml&style=/xml _docs/slavery/ads/display_ad.xsl&ad=v1772030702. 別の例では、サウスカロライナ州に三カ月いたロンドンという名の奴隷が 1772 年冬セント・ジョン教区から三人の奴隷とともに脱走。四人とも同じような服装で、奴隷所有者 Daniel Ravenel に与えられた安価な白いウールのジャケットとブリーチズを着ていた。ロンドンだけ「ジャケットがヒッコリーの樹皮で染めてあり、赤いポケットつき」。Ravenel は詳しく言及していないが、おそらく本人が自分で手を加えたのだろう。*South-Carolina Gazette and Country Journal* (Charleston), Feb. 25, 1772, Baumgarten, *What Clothes Reveal*, 135 からの引用 .

42 たとえば a French court suit dated to 1778–85 at the Costume Institute, Metropolitan Museum of Art, Fletcher Fund, 1961, C.I.61.14.2a–c 参照 .

43 とある広告はグレートコートの大きなポケットの機能に言及。「彼が購入したのはフランス製綾織の縞模様生地で作られたグレートコート、共布のポケットつき、側面にポケットフラップがあり、新聞の持ち運びに便利だ」。*Virginia Gazette or American Advertiser* (Richmond), Apr. 16, 1785, available at the Geography of Slavery, http://www2.vcdh.virginia.edu/saxon/servlet/SaxonServlet?-source=/xml_docs /slavery/ads/vg1785.xml&style=/xml_docs/slavery/ads/display_ad.xsl&ad=v1785040016.

44 *Oxford English Dictionary*, vol. 1, A–O (Oxford: Oxford Univ. Press, 1987), s.v. “fob, v. 1.” If the fob pocket was originally a secret pocket, it may have been connected with this sense.

45 Trial of Timonthy Robinson (t17290827-58), Aug. 1729, Old Bailey Proceedings Online, https://www.oldbaileyonline.org version 8.0, accessed July 15, 2022), August 1729.

46 Silvio Bedini, *Jefferson and Science* (Chapel Hill: Univ. of North Carolina Press, 2002), 16 からの引用 .

47 同上 ., 16, 35.

48 Thomas Jefferson Foundation, “I Rise with the Sun,” A Day in the Life of Thomas Jefferson, https://www.monticello .org/thomas-jefferson/a-day-in-the-life-of-jefferson/i-rise-with-the-sun/ (accessed Oct. 3, 2022).

49 それぞれのカードには測量、航海、採鉱、工学、天文学などの分野で使われる道具の絵と説明が描かれている（カードの裏側は無地）。“Nine of Spades: Pocket Cases,” Rare Book Division, New York Public Library Digital Collections, 1702, https://digitalcollections.nypl.org / items/510d47dd-cdea-a3d9-e040-e00a18064a99.

50 Madeline Siefke Estill, “Colonial New England Silver Snuff, Tobacco, and Patch Boxes: Indices of Gentility,” in *New England Silver and Silversmithing, 1620–1815*, ed. Jeannine Falion and Gerald R. Ward (Boston: Colonial Society of Massachusetts, 2008), 54–55 からの引用 .

51 Douglas L. Stein, “Seamen's Protection Certificate,” Mystic Seaport Museum, 1992, https://research.mysticseaport .org/item/l006405/l006405-c041/.

52 Alicia Olushola Ajay, “Bondage by Paper: Devices of Slaveholding Ingenuity,” in *The Black Experience in Design: Identity, Expression and Reflection*, ed. Anne H. Berry, Kareem Collie, Penina Acayo Laker, Lesley-Ann Noel, Jennifer Rittner, Kelly Walters (New York: Allworth Press, 2022), 219.

53 Frederick Douglass, *Life and Times of Frederick Douglass* (Boston: De Wolfe, Fiske & Co., 1892), 247.

54 同上 . ダグラスが説明するように、「わたしの脱走の手段は、法を制定し、わたしをさらにしっかりと奴隷制度で縛りつけるまさにその人たちにより提供された」。Ajay は、「ダグラスは証明書を取りだすことで自由民の役を演じた」としている。

(Ajay, "Bondage by Paper," 219).

55 "The Paradox of Liberty: Joseph Trammel's Freedom Papers," March 7, 2017, National Museum of African American History and Culture, https://nmaahc.si.edu/explore/stories/joseph-trammells-freedom-papers.

56 Ajay, "Bondage by Paper," 225. 「フリー・ネグロ・ボンド(自由証明書)――それ自体慎重に取り扱われ、いつでもすぐに取りだせるよう肌身につけられていた――は自己のアイデンティティの一部となり、所有物からものを所有する人間に変わった記念である」と Ajay は記している。

57 *The Soldier's Pocket Bible* (London: G.B. for G.C., 1644), title page; "Soldier's Bible," in *Puritans and Puritanism in Europe and America*, vol. 1, ed. Francis J. Bremmer and Tom Webster (Santa Barbara, CA: ABC-CLIO, 2005), 584

58 Harriet Preble, letter to Anica Preble Barlow, Aug. 10, 1817, in *Memoir of the Life of Harriet Preble: Containing Portions of her Correspondence, Journal and Other Writings, Literary and Religious* (New York: G.P. Putnam's Sons, 1856), 409.「家路についた馬車の中で、彼はお気に入りのシェイクスピアをポケットから取りだし、家に着くまでずっと読み聞かせてくれた」。

59 Laurence Sterne, *A Sentimental Journey through France and Italy by Yorick* (London: Macdonald, [1768] 1975), 93–94.〔『センチメンタル・ジャーニィ―ヨーリック師のフランスとイタリーを巡る』ローレンス・スターン著、小林亨訳、朝日出版社、1984〕

60『ガリバー旅行記』スウィフト, 189.

61 同上, 213.

62 クリフォード・シスキンとウィリアム・ワーナーが啓発について記しているように、「知識にはツールが必要」。Siskin and Warner, "This Is Enlightenment: An Invitation in the Form of an Argument," in *This Is Enlightenment*, ed. Clifford Siskin and William Warner (Chicago: Univ. of Chicago Press, 2009), 5.

63 17 世紀後半に発達したマンチュア・ドレスは構造を単純化し、この時代、女性のマンチュア・メーカーが男性の仕立屋から女性服作りを奪取した。

64 Daniel Defoe, *Moll Flanders*, ed. Edward H. Kelly (New York: W. W. Norton, [1722] 1973), 139.〔『モル・フランダーズ』ダニエル・デフォー著、伊沢龍雄訳、岩波書店、1968〕「ポケットにお金があればどこにいてもわが家だと心得ているわ」。

65 For an in-depth analysis of women's tie-on pockets, Barbara Burman and Ariane Fennetaux, *The Pocket: A Hidden History of Women's Lives, 1660–1900* (New Haven, CT: Yale Univ. Press, 2019) 参照.

66 同上., 40.

67 Sally Bronsdson, clothing list, 1794–1800, Winterthur Library: Joseph Downs Collection of Manuscripts and Printed Ephemera, Doc 1136.

68 Burman and Fennetaux, *Pocket*, 116.

69 同上., 67–69, 79.

70 Eliza Yonge Wilkinson, *Letters of Eliza Wilkinson, during the Invasion and Possession of Charleston, S.C., by the British in the Revolutionary War* (New York: S. Colman, 1839), 40.「ポケットの中身をどうしても見たいのなら、わたし自身を見せます」と Wilkinson の母親は言い張った。

71 Jedediah Oldbuck, "Lament for an Extinct Article of Female Dress," *The Artist; A Monthly Lady's Book*, Nov. 1842, 124.

72 Burman and Fennetaux, *The Pocket*, 114 からの引用.

73 同上., 21, 187–97.

74 Samuel Richardson, *Clarissa, or the History of a Young Lady*, vol. 4 (London: Printed for S. Richardson, [1749] 1750), 44.

75 同上.

76 Christopher Flint, "Speaking Objects: The Circulation of Stories in Eighteenth-Century Prose Fiction," *PMLA* 113, no. 2 (Mar. 1998): 212–26.

77 *The Adventures of a Black Coat* (Edinburgh: Printed for and sold by Alex. M'Caslan, 1750), 69. 黒いコートが語り手。特別な日のために貸しだされた、擦り切れた黒いコートの視点で語られる。モノを語り手にする手法はイギリスでは一八世紀前半までさかのぼることができ、通常は通貨が語り手になるがその他の日用品も含まれる。語り手のモノはそれを扱い、手から手へと渡していく人間を冷笑する。

78 同上., 71.

79 Aileen Ribeiro, "Dashing Amazons: The Development of Women's Riding Dress, c. 1500–1900," in *Defining Dress: Dress as Object, Meaning, and Identity*, ed. Amy de la Haye and Elizabeth Wilson (Manchester: Manchester Univ. Press; New York: St. Martin's Press, 1999), 10–29 参照.

80 Randle Holme, *Academie or*

Store House of Armory and Blazon (Chester: Printed for the author, 1688; Ann Arbor: Text Creation Partnership, 2011), bk. 3, chap. 3, 95, http://name.umdl.umich .edu/A44230.0001.001.

81 Addison, *Spectator*, no. 435, July 19, 1712, in *The Spectator*, by Joseph Addison and Richard Steele, ed. Donald F. Bond, 5 vols. (Oxford: Clarendon Press, 1965), 4:27.

82 同上 .

83 同上 .

84 "Remarks on the Rage of the Ladies for the Military Dress," *Gentleman's Magazine*, vol. 51 (London: 85 Alexis McCrossen, *Marking Modern Times: A History of Clocks, Watches and Other Timekeepers in American Life* (Chicago: Univ.

of Chicago Press, 2013), 85.

86 "Remarks," 58.

87 Arnold, "Dashing Amazons," 16.

88 Richard Steele, *The Spectator*, Friday, June 29, 1711, No. 104, 同上からの引用 .

89 ファッションではハンカチの見せ方も規定され、「正しいポケットからどれだけハンカチが出ているか」が明記されている。Ribeiro, *Fashion and Fiction*, 262 からの引用 .

90 Pat Rogers, "The Breeches Part," in *Sexuality in Eighteenth-Century Britain*, ed. Paul-Gabriel Bouce (Manchester: Manchester Univ. Press; Totowa, NJ: Barnes & Noble Books, 1982) 参照 .

91 Diane Dugaw, *Warrior Women and Popular Balladry, 1650–1850* (Cambridge: Cambridge Univ. Press, 1989) 参照 .

92 Ribeiro, *Fashion and Fiction*, 266 からの引用 .

93 Harriet Jacobs [Linda Brent], *Incidents in the Life of a Slave Girl*, ed. L. Maria Child (Boston, 1861), 169.〔『ある奴隷少女に起こった出来事』ハリエット・アン・ジェイコブズ著、堀越ゆき訳、新潮社、2017 など〕

94 同上 ., 170.

95 同上 ., 170, 172.

96 Aileen Ribeiro, *Dress in Eighteenth-Century Europe, 1715–1789* (New Haven: Yale Univ. Press, 2002), 211.

97 Charlotte Perkins Gilman, "Why These Clothes?," *Independent* 58 (Jan. 26, 1905): 468–69.

98 Michael Zakim, *Ready-made Democracy: A History of Men's Dress in the American Republic, 1760–1860* (Chicago: Univ. of Chicago Press, 2003).

99 Linzy Brekke-Aloise, "'A Very Pretty Business': Fashion and Consumer Culture in Antebellum American Prints," *Winterthur Portfolio* 48 (Summer–Autumn 2014), 206. ブルックスブラザーズは地主階級相手に上質のスーツを提供するからはじまったのではなく、ニューヨーク市のイーストリバーの波止場で安価なつるしのスーツを販売してはじまった。

100 William Livingstone Alden, *Domestic Explosives and other Sixth Column Fancies* (New York: Lovell, Adam, Wesson, 1877), 49.

101 19 世紀を通してカーライルの『衣装哲学』は頻繁に言及され、ポケットに関する議論では必ず引き合いに出された。たとえばポケットに関する以下のエッセイを参照。Julian Hawthorne (son of Nathaniel Hawthorne), "Pochiasty," *Christian Union* 32, no. 12 (1885): 6.

102 Alden, *Domestic Explosives*, 48.

103 同上 ., 49.

104 同上 ., 48.

105 "A Boy's Pockets," *Harper's Bazaar* 27, no. 13 (Mar. 31, 1894), 257.

106 Christopher Breward, *The Suit: Form, Function and Style* (London: Reaktion Books, 2016), 8 からの引用 .

107 同上 .

第３章　ポケットの流儀

1 Kitty Delicate [Joseph Dennie?], letter to the editor, in "Original Papers," *Port-Folio*, Mar. 27, 1802, 89.

2 Cornelia Holroyd Bradley Richards, *At Home and Abroad* (New York: Evans and Brittan, 1858), 40.

3 Ed Folsom, "Appearing in Print: Illustrations of the Self in *Leaves of Grass*," in *Cambridge Companion to Whitman*, ed. Ezra Greenspan (Cambridge: Cambridge Univ. Press, 1995), 136 からの引用 .

4 Elizabeth Wilson, *Adorned in Dreams: Fashion and Modernity* (New Brunswick, NJ: Rutgers Univ. Press, 2003), 10.

5 Richards, *At Home*, 40.

6 John Russell, "Boke of Nurture," *Babbes Book*, ed. Frederick James Furnivall (New York: Greenwood Press, [1868] 1969), 21 所収．ファーニヴァルの現代英語訳では、Russell のより具体的な言葉が「こすらないように」と変えられている。

7 Harry Berger, *Absence of Grace: Sprezzatura and Suspicion in Two Renaissance Courtesy Books* (Stanford, CA: Stanford Univ Press, 2000) 参照 . デッラ・カーサのアドバイスは

あまりに度を越していて、実際には礼儀作法の指南書というジャンルに対する皮肉だとバーガーは見ている。

8 Giovanni Della Casa, *Galateo* (Toronto: Centre for Reformation and Renaissance Studies, [1558] 1986), 4–5.

9 同上., 5.

10 同上.

11 エラスムスはこれより少し先に出された少年向けの礼儀作法指南書で、「着席中もしくは起立中に股間へ手をやるのは、エレガントで兵士を思わせる姿勢と受け取る人もいるが、みっともない」とした。Desiderius Erasmus, "On Good Manners for Boys" ("De civilitate morum puerilium"), in *Collected Works of Erasmus: Literary and Educational Writings*, vol. 3, ed. J. K. Sowards, trans. Brian McGregor (Toronto: Univ. of Toronto Press, 1985), 277.

12 Della Casa, *Galateo*, 5.

13 Jean Racine, *The Litigants*, trans. Mr. Ozell (London: Printed for Jonas Brown, 1715), act 3, scene 1, 30.

14 あとの箇所で、デッラ・カーサは、使用人は「服に覆われているいかなる場所に手を置くことはおろか、【傍点:そうするように見えることさえ】あってはならない。無神経な使用人は手をシャツの中へ入れたり、服の下で隠れて尻に手をやったりしているものだ」と主張している。(*Galateo*, 9; emphasis added).

15 *The Polite Academy: Or School of Behaviour for Young Gentlemen and Ladies* (London: Printed for R. Baldwin and B. Collins, in Salisbury, [1758] 1765), 37.

16 Norbert Elias, *The Civilizing Process*, trans. Edmund Jephcott (Oxford: Blackwell, [1939] 1994). エリアスは、身体の親密な機能と結びつくふるまいに関するルールは一六、一七世紀以後、エチケットにまつわる話から消えがちなのを明示——これは近代国家における日常的な社会的行動が、身体を恥じる意識の高まりに支配されたと主張するエリアスの最大の根拠だ。〔『文明化の過程』ノルベルト・エリアス著、波田 節夫等訳、法政大学出版局、2004〕

17 "Original Papers," Mar. 27, 1802, 89.

18 "Original Papers, No. 1," *Port-Folio*, Jan. 16, 1802, 1.

19 Francois Nivelon, *The Rudiments of Genteel Behavior* (London: Paul Holberton, [1737] 2003), introduction.

20『アメリカンラウンジャー』の紙面は「われわれの性に対する……凶暴な攻撃」に関する非難と反論で埋め尽くされている。デニーは「多くの独創的な女性」に彼のコラムへ手紙を書くよう誘いかけているものの、みずから手紙を捏造していたことも認めている。「たまに自作自演に気づかれることがあっても、これが慣例だと弁解するさ」。"The American Lounger, No. 1," *Port–Folio*, Jan. 1, 1803, 1.

21 "Original Papers, No. 1," Jan. 16, 1802, 1.

22 Arline Meyer, "Re-dressing Classical Statuary: The Eighteenth-Century 'Hand-in-Waistcoat' Portrait," *Art Bulletin* 77, no. 1 (Mar. 1995), 53.

23 Nivelon, "Standing," in *Rudiments of Genteel Behavior*.

24 Meyer, "Re-dressing Classical Statuary," 49, 61.

25 Joseph Addison, *Spectator*, no. 119, July 17, 1711, in Joseph Addison and Richard Steele, *The Spectator*, ed. Donald F. Bond, 5 vols. (Oxford: Clarendon Press, 1965), 1:489.

26 Tom Brown, *Letters from the Dead to the Living* (London: Printed for Sam Brisco, [1702] 1720), 144.

27 George Farquhar, *The Beaux Strategem*, ed. H. Macaulay Fitzgibbon (London: J. M. Dent, [1707] 1898), 43.

28 同上.

29 Diane Donald, *The Age of Caricature: Satirical Prints in the Reign of George III* (New Haven: Yale Univ. Press, 1996), 80.

30 Peter McNeil, "'That Doubtful Gender': Macaroni Dress and Male Sexualities," *Fashion Theory* 3, no. 4 (1995): 425.

31 "On Fashionable Practices," *The Lady's Miscellany; or, the Weekly Visitor* 11, no. 5 (May 26, 1810), 75–76.

32 Ann Lively, *Philadelphia Repository and Weekly Register* 3, no. 21 (May 21, 1803), 166.

33 "On Fashionable Practices," 76.

34 同上.

35 Della Casa, *Galateo: Or, a Treatise on Politeness and Delicacy of Manners. Addressed to a Young Nobleman*, ed. Richard Graves (London: Printed for J. Dodsley, in Pall-Mall, 1774), ix, xxi. Graves quotes Samuel Johnson's 1738 poem "London."

35b Erin Mackie, *Rakes, Highwaymen, and Pirates: The Making of the Modern Gentleman in the Eighteenth Century* (Baltimore, MD: Johns Hopkins Univ. Press, 2009), 2.

36 Earl of Chesterfield, *The Letters of Phillip Dormer Stan-*

hope, 4the Earl of Chesterfield, ed. Bonamy Dobre´ (London: Eyre & Spottiswoode, 1932). London, May 31, O. S. 1748, 3:1151.〔『わが息子よ、君はどう生きるか』フィリップ・チェスターフィールド著、竹内均訳、三笠書房、2016 など〕

37 同上 .

38 同上 .

39 同上 ., London, June 21, O. S. 1748, 3:1170.

40 Chesterfield, *Letters*, Greenwich, June 13, O. S. 1751, 23, 4:1752.

41 同上 ., London, September 27, O. S. 1749, 4:1408.

42 George Coleman, *The Heir at Law, a Comedy in Five Acts* (London: Printed for Longman, Hurst, Rees and Orms, Paternoster Row, 1808), 42.

43 Ellen Moers, *The Dandy: Brummell to Beerbohm* (Lincoln: Univ. of Nebraska Press, [1960] 1978).

44 Coleman, *Heir at Law*, 42.

45 同上 .

46 Cooper, "On American Deportment," in *The American Democrat: or, Hints on the Social and Civic Relations of the United States of America* (Cooperstown: H & E Phinney, 1838), 155.

47 A Gentleman, *The Perfect Gentleman; or, Etiquette and Eloquence* (New York: Dick & Fitzgerald, 1860), title page.

48 Fred Kasson, *Rudeness and Civility: Manners in Nineteenth-Century Urban America* (New York: Hill and Wang, 1990), 121.

49 "The Family Journal," *New Monthly Magazine and Literary Journal*, vol. 9 (London: Henry Colburn, 1825), 166.

50 *The Canons of Good Breeding* (Philadelphia: Lee and Blanchard, 1839), 14.

51 Michael Zakim, "The Business Clerk as Social Revolutionary; or, A Labor History of the Nonproducing Classes," *Journal of the Early Republic* 26, no. 4 (Winter 2006): 563.

52 Charles Dickens, *American Notes* (New York: Appleton, 1868), 79.〔『アメリカ紀行』チャールズ・ディケンズ著、伊藤弘之等訳、岩波書店、2005〕

53 "Hireling Scribblers—Tom Nichols and the Charleston News," *Subterranean* 4, no. 29 (Dec. 12, 1846), 2.

54 Walt Whitman, *Leaves of Grass* (Brooklyn, NY, 1855), 13, available at the Walt Whitman Archive, ed. Matt Cohen, Ed Folsom, and Kenneth M. Price, https://whitmanarchive.org/published/LG/1855/poems/1.〔『草の葉』、ウォルト・ホイットマン著、有島武郎訳、岩波書店、2005 など〕

55 Folsom, "Appearing in Print." 参照 .

56 Roger Asselineau, *The Evolution of Walt Whitman* (Iowa City: Univ. of Iowa Press, 1999) 44. 弟のジョージによると、ホイットマンはときおり手伝いに現れたが、ほかのときは「遅くまでベッドに寝ていて、起きたあとは気分がのれば数時間ペンを走らせ——あとは一日中出かけていた。うちでは全員が働いていた——ウォルト以外は」。(44).

57 Horace Traubel, *With Walt Whitman in Camden*, 4 vols. (New York: Mitchell Kennerley; Philadelphia: Univ. of Pennsylvania Press, 1914–1915, 1953), 2:502.

58 同上 ., 3:13.

59 同上 ., 2:412.

60 Whitman, "Song of Myself," *Leaves of Grass*, 29.

61 James K. Wallace, "Whitman and *Life Illustrated*: A Forgotten 1855 Review of *Leaves*," *Walt Whitman Review* 17 (Dec. 1971): 137 からの引用 .

62 Traubel, *With Walt Whitman*, 4:150.

63 Folsom, "Appearing in Print," 137 からの引用 .

64 Traubel, *With Walt Whitman*, 2:503.

65 Ted Genoways, "'One Good-shaped and Wellhung Man': Accentuated Sexuality and the Uncertain Authorship of the Frontispiece to the 1855 Edition of *Leaves of Grass*," in *Leaves of Grass: The Sesquicentennial Essays*, Susan Belasco, Ed Folsom, and Kenneth M. Price 編「(Lincoln: Univ. of Nebraska Press, 2007), 87 からの引用 .

66 Genoways, "'One Good-shaped,'" 87–123.

67 Walt Whitman, "One Hour to Madness and Joy," in *Leaves of Grass* (New York: W. E. Chapin, 1867), 112– 13, available at the Walt Whitman Archive, ed. Matt Cohen, Ed Folsom and Kenneth M. Price, https://whitmanarchive.org/published/LG/1867/poems/10.

68 Robert de Valcourt, *The Illustrated Manners Book: A Manual of Good Behavior and Polite Accomplishments* (New York: Leland, Clay, 1854), 54.

69 Claire Perry, *Young America: Childhood in Nineteenth Century Art and Culture* (New Haven: Yale Univ. Press, 2006), 12. The figure of the "country boy" appeared in portraiture, illustration, advertisements, and products.

70 [Walt Whitman], "Walt Whit-

man and His Poems," *United States Review* 5 (Sept. 1855): 205–12, available at the Walt Whitman Archive, ed. Matt Cohen, Ed Folsom, and Kenneth M. Price, https://whitmanarchive.org/criticism/reviews/lg1855/anc.00176.html .

71 Traubel, *With Walt Whitman*, 3:13.

72 Valcourt, *Illustrated Manners Book*, 463.「みすぼらしい気取った服」を着てポケットに手を入れ闊歩する「不運な紳士」は読者の心からの非難に値すると Valcourt は警告した。

73 Eliza Cook, "The Active and the Idle Man," in *Eliza Cook's Journal*, vol. 7 (London: Charles Cook, 1852), 126.

74 "Trouser Pockets," *The Saturday Review of Politics, Literature, Science, and Art*, Mar. 8, 1879.

75 Katherine Mullin, *James Joyce, Sexuality and Social Purity* (Cambridge: Cambridge Univ. Press, 2003), 101.

76 Emily Post, *Etiquette in Society, in Business, in Politics and at Home* (New York: Funk Wagnalls, 1922), 261.

77 "The Frock Coat Toilet," *Philadelphia Inquirer*, Jan. 7, 1900.

78 From the New York Press: Hands in Pockets," *Kansas City Star*, Sept. 1, 1903, 2.

79 "No Bar Now to Women's Emancipation," *New York Tribune*, Mar. 11, 1913.

80 Jonathan Bonner, *Front Pockets* (Providence, RI: Museum of Art, Rhode Island School of Design, 2001).

81 David McNeil, *Gesture and Thought* (Chicago: Univ. of Chicago Press, 2005), 15.

82 "Tales of Fashionable Life," *Select Reviews, and Spirit of the Foreign Magazines* 2 (Dec. 1809): 373. 話し手によると、このように座ることで「隠された過度の傲慢さ」が丸見えになる。

83 Adam Kendon, *Gesture: Visible Action as Utterance* (Cambridge: Cambridge Univ. Press, 2004), 10–12.

84 Mark Johnson, *The Body in the Mind: The Bodily Basis of Meaning, Imagination and Reason* (Chicago: Univ. of Chicago Press, 1987). Johnson によると、「われわれはなにかの【傍点：中に】いる数々の体験に共通する構造を探す」。われわれの身体は食べものや水を入れる容器として体験される。われわれを取り囲むものには、われわれを保護する容器が含まれる（衣服、車、部屋、家など）。そしてわれわれは容器にあらゆる種類のオブジェクトをしまう（カップやバッグなど）。「含有され、境界を設けられることとの遭遇はわれわれの身体的経験のもっとも広い特徴である」と彼は記している（21）。また、「別の種類の別の領域(ドメイン)を構築するため、経験のひとつのドメインからパターンを投影」し、「より抽象的な思考を構造化するのは」われわれの身体的経験だと Johnson は主張（xiv）。われわれは含有されることの身体的結果を理解し――箱の中のオブジェクトには触ることができないなど――それを感情的な記録を含む、別の記録に転用する。

85 Georg Simmel, *The Sociology of Georg Simmel*, ed. and trans. Kurt H. Wolff (Glencoe, IL: Free Press, 1950), 413, 416.

86 Pierre Bourdieu, *The Logic of Practice*, trans. Richard Nice (Stanford, CA: Stanford Univ. Press, 1990), 69.「尊敬の形」で示される敬意は「既成の秩序に対するもっとも自然な敬意の表れ」だとブルデューは論じている。

87 Joel Dinerstein, *The Origins of Cool in Postwar America* (Chicago: Univ. of Chicago Press, 2017), 37–40, 43, 50.

88 Joel Dinerstein and Frank H. Goodyear III, *American Cool* (Washington, DC: National Portrait Gallery, 2014), 10.

第４章　ポケットの性差

1 *Ammi Phillips: Portrait Painter, 1888–1865* (New York: C.N. Potter for the Museum of American Folk Art, 1969), 12.

2 Helen Dare, "Now Dragging the Pocket into Female Emancipation Problem," *San Francisco Chronicle*, Apr. 16, 1913, 7.

3 Claire Wilcox, *Bags* (London: V & A Publications, 1999), 49.

4 Harold Koda, *Goddess: The Classical Mode* (New York: Metropolitan Museum of Art; New Haven: Yale Univ. Press, 2003), 58.

5 Barbara Burman and Ariane Fennetaux, *The Pocket: The Hidden History of Women's Lives, 1660–1900* (New Haven: Yale Univ. Press, 2019). 自著でバーマンとフヌトーは、一部の女性はこの時期にタイ・オン・ポケットを使うようになり、細めの白いポケットを作ったとしている。タイ・オン・ポケットは 19 世紀を通して維持されたとふたりは強調する。

6 Vanda Foster, *Bags and Purses* (New York: Drama Book Publishers, 1982), 33.

7 "Letters from London," *Atheneum; or, Spirit of the English Magazines* 1, no. 7 (July 1,

1817), 467.

8 The article was reprinted as "The Wardrobe of the Nations" in *Rhode-Island American and Providence Gazette*, May 9, 1828, and the *Ladies Garland* (Harper's Ferry, Virginia), April 5, 1828, 1.

9 "Female Dress," *Weekly Visitor; or, Ladies Miscellany* 4, no. 52 (Oct. 25, 1806), 409.

10 同上 .

11 Burman and Fennetaux, *Pocket*, 40.

12 Foster, *Bags*, 33.

13 Advertisement for a book "sufficiently portable to be carried in old ladies' pockets and young ladies work bags." *People's Friend & Daily Advertiser*, 1807.

14 Jedediah Oldbuck, "Lament for an Extinct Article of Female Dress," *Artist; A Monthly Lady's Book*, Nov. 1842, 124.

15 Mabel Lloyd Ridgely, ed., *What Them Befell: The Ridgelys of Delaware and Their Circle in Colonial and Federal Times: Letters, 1751–1890* (Portland, ME: Anthoensen Press, 1949), 94.

16 Edith E. Mecalf, "The Greatest Lack in the World—Pockets," *Congregationalist* 73, no. 42 (Oct. 19, 1893), 530.

17 Mazy Whirl, "Society Notes," *Courier* (Lincoln, NE), Aug. 23, 1902, 4.

18 "A Boy's Pockets," *Harper's Bazaar* 27, no. 13 (Mar. 31, 1894), 257.

19 T. W. H., "Women and Men: Concerning Pockets," *Harper's Bazaar* 26, no. 44 (1893), 902.

20 同上 .

21 同上 .

22 "The World's Use of Pockets," *New York Times*, Aug. 28, 1899, 7.

23 同上 .

24 同上 .

25 Kenneth Grahame, *Wind in the Willows* (Oxford: Oxford Univ. Press, [1908] 2010), 86.〔『たのしい川べ』ケネス・グレアム著、石井桃子訳、岩波書店、2002〕

26 同上 ., 87.

27 同上 .

28 同上 .

29 "A New Agitation," *New York Times*, June 10, 1880, 4

30 "Give Woman Equality in Pockets," *Baltimore Sun*, Feb. 23, 1894, 4.

31 "Fashions Against Suffrage: Elizabeth Cady Stanton's Opinion of Women Who Wear Gowns without Pockets," *New York Tribune*, June 14, 1899, 7.

32 "Pockets and Purses," *Harper's Bazaar* 15, no. 42 (1882), 663.

33 Mecalf, "Greatest Lack," 530.

34 Charlotte Perkins Gilman, "If I Were A Man," *Physical Culture* (July 1914): 32.

35 Charlotte Perkins Gilman, *The Dress of Women: A Critical Introduction to the Symbolism and Sociology of Clothing*, ed. Michael R. Hill and Mary Jo Deegan (Westport, CT: Greenwood Press, 2002), 17–18.

36 ハーランド・ギルマンは自身が執筆・編集した月刊誌【斜体：Forerunner】に数号にわたって【斜体：Herland】とともに【斜体：The Dress of Women】を連載。Carol Farley Kessler, *Charlotte Perkins Gilman: Her Progress towards Utopia* (New York: Syracuse Univ. Press, 1995), 275.

37 Charlotte Perkins Gilman, *Herland* (New York: Pantheon Books, 1979), 36.〔『フェミニジア』シャーロット・P・ギルマン著、三輪妙子訳、現代書館、1984〕

38 同上 .

39 Dare, "Now Dragging," 7.

40 "Superiority in Their Pockets: Woman Discovers Wherein Man Is in Advance of the Gentler Sex," *Detroit Free Press*, Feb. 19, 1907, 7.

41 Helen Campbell, "The Ethics of Pockets," *Boston Cooking-School Magazine* 12, no. 5 (Dec. 1907), 260.

42 Alice Duer Miller, "Why We Oppose Pockets for Women," in *Are Women People? A Book of Rhymes for Suffrage Times* (New York: George H. Doran, 1915), 44.

43 これは Miller の作り話ではない。1901 年、女性参政権反対派は実際に、季刊誌【斜体：Anti-Suffragist】でポケットは男性の生得の権利と主張。「男は有袋類を完成させた。男はポケットを持つ生きものである。男は小袋を必要とし、ゆえにそう進化した。これは進化の法則である。はじめ、ポケットを持つ動物としての男はカンガルーと同じレベルであった。やがて男は自分のベルトに小袋をさげるようになった。現在の男の姿を女と比べてみるがいい。女は自然の法則のもとではなく、ドレスメーカーのより厳格な指示のもとに進化したのだ。ポケットなしの者と豊富にポケットを持つ者はなんたる違いか！」以下より引 用。"Women and Pockets," *Chicago Daily Tribune*, Mar. 16, 1901, 6.

44 Maya Salam, "How Queer Women Powered the Suffrage Movement," *New York Times*, Aug. 19, 2020.

45 "Pockets in Evening Gown Her

Fad," *St. Louis Star and Times*, July 18, 1919.

46 同上 .

47 同上 .

48 Bettina Friedl, ed., *On to Victory: Propaganda Plays of the Woman Suffrage Movement* (Boston: Northeastern Univ. Press, 1987), 246.

49 "Mrs. Belmont in Suffragette Costume," *Nashville Tennessean and the Nashville American*, Oct. 8, 1910, 8.

50 "No Bar Now to Women's Emancipation," *New-York Tribune*, Mar. 11, 1913.

51 "Taxation without Pockets: This, Not Lack of Representation, the Real Grievance of the Female Sex," *New-York Tribune*, Oct. 23, 1910, C5.

52 "The Question of the Pocket," *Harper's Bazaar* 23, no. 50 (Dec. 13, 1890), 997.【斜体：New York Observer】の寄稿者は、女性は「持っていることがつねに手触りで確認できるため」ハンドバッグを手に持つことを好むと主張。「ポケットがない状態を生みだしたのは女性自身だ」と結論した。"A Serious Defect," *New York Observer*, Dec. 27, 1894, 722.

53 Marla Miller, *The Needle's Eye: Women and Work in the Age of Revolution* (Amherst: Univ. of Massachusetts Press, 2006), 第7章参照 .

54 Elizabeth Cady Stanton, "The Pocket Problem," *Utica Sunday Journal*, May 26, 1895.

55 同上 .

56 Nancy Martha West, *Kodak and the Lens of Nostalgia* (Charlottesville: Univ. Press of Virginia, 2000), 121–29.

57 Theodore Dreiser, *Sister Carrie*, ed. Neda M. Westlake (New York: Penguin Books, 1994), 69.〔『シスター・キャリー』シオドア・ドライサー著、村山淳彦訳、岩波書店、1997〕

58 "Fashion: What She Wears," *Vogue*, Oct. 2, 1909, 500.

59 "The New Apron and Pocket Dresses: How Fashion's Most Useful Fancy Is Applied to Cool Summer Suits and Gorgeous Evening Robes," *Washington Post*, July 18, 1913, M6.

60 "Taxation without Pockets," C5.

61 Rebecca Arnold, *The American Look: Fashion, Sportswear and the Image of Women in 1930s and 1940s New York* (London: I. B. Tauris, 2009), 4.

62 "Taxation without Pockets," C5.

63 "Pockets," *Independent*, Sept. 12, 1912, 629.

64 "Military Lines and Military Capes," *Women's Wear Daily*, Aug. 21, 1918, 3.

65 "Vogue Points: Decorative Little Guideposts to Point the Traveler on the Right Road to Smart Spring Fashions," *Vogue* 47, no. 3 (Feb. 1, 1916), 36.

66 "Fashion: First Fruits of the Paris Openings," *Vogue*, Mar. 15, 1915, 32.

67 Virginia Yeaman, "Pockets for Women," *Vogue*, Sept. 1, 1918, 114.

68 同上 .

69 同上 .

70 同上 .

71 同上 .

72 同上 .

73 Wilcox, *Bags*, 73–74.

74 同上 .

75 Fred Cheounne, ed., *Carried Away: All about Bags* (New York: Vendome Press, 2005), 21.

76 Dare, "Now Dragging," 7.

77 Judith Halberstam, *Female Masculinity* (Durham, NC: Duke Univ. Press, 1998), 88.

78 志願陸軍婦人部隊は、米軍の運営および補助的役目のため、人員補充目的で 1942 年に創設された。1943 年には陸軍婦人部隊に改名、公式な地位、福利厚生、給与を得るようになった。最終的に第二次世界大戦時には、一〇万人の隊員、六万人の看護婦部隊員、そして一〇〇〇人のＷＡＳＰ（陸軍航空婦人操縦部隊）が従軍した。

79 Peggy LeBoutillier, "Women's Uniforms Are Made to Last," *New York Times*, Nov. 28, 1943. これらの報告はおうおうにして繊維科学を美化している。伸張強度は「強力な機械」で測定され、防水性は「強度なスプレー」で計測、防寒服は氷点下にさらされる。

80 Mattie Treadwell, *The Women's Army Corps* (Washington, DC: Center of Military History, United States Army, 1954), 36.

81 同上 ., 206.

82 同上 ., 37.

83 検閲局が内容を調べ、記録した自宅宛ての手紙には、女性が軍隊で働くことに対して強い否定的な感情が示されていた。「きみがＷＡＣｓに入るぐらいなら、二〇年間顔を合わせないほうがましだ」と、とある軍人は恋人宛に書いている。軍人たちは離婚や婚約解消をちらつかせ、自身の怒りと困惑を書きつづった。「戦争からもどったとき、ぼくの記憶にあるとおりの女性に出迎えてほしい」と別の軍人は書いた。Treadwell, *Women's Army Corps*, 212.

84 同上 . これはベルトで起きた問題だ。当初ユニフォームはベルトつきだったが、ＷＡＣｓはきつく締めすぎがちであったため、当局はた

んにベルトなしにすることを決定した。Treadwell, *Women's Army Corps*, 157.

85 こんにちにいたるまで、女性および「小柄な人」用のアメリカ陸軍グリーン常装服（ＡＧＳＵ）の胸にはポケットフラップだけがあり、ポケットはついていない。ポケットフラップは勲章やその他の記章をつけるのに使われる。それをのぞけば、性別による軍服の違いは極力減らされている。「ごく細かなフィット感の違いをのぞき、男女のＡＧＳＵは基本的に同じであるよう、全員が女性から成る Army Uniform Board が決定しています」と軍のウェブサイトではていねいな注釈が記されている。US Army, FAQ, Description of the Army Green Service Uniform, https://www.army.mil/uniforms/.

86 "Diana Vreeland Brainwaves!," *Vogue*, Apr. 1, 1984, 347. 1984年に彼女の回顧録【斜体：DV】が発売される前に行われたこのインタビューで、『ヴォーグ』誌はヴリーランドを「ハンドバッグをなくそうとして——失敗した！」女性と呼んだ。

87 同上 .

88 同上 .

89 Cottons at Morro Castle," *Harper's Bazaar*, Jan. 1947, 100.

90 "Headlines for the South," *Harper's Bazaar*, Jan. 1940, 43. この年『ハーパーズバザー』誌は、「ファッションはすてきなポケットといまも熱愛中。ポケットはレディらしくハンカチをしまうだけの場所じゃないと、数カ月前にスキャパレリとバレンシアガが教えてくれた」と記した。"Pockets," *Harper's Bazaar*, July 1940, 76.

91 Richard Martin, *American Ingenuity: Sportswear, 1930s–1970s* (New York: Metropolitan Museum of Art, 1998), 51.

92 Kohle Yohannan and Nancy Nolf, *Claire McCardell: Redefining Modernism* (New York: Harry N. Abrams, 1998), 67.

93 Capella, "Confidential Chat: Don't We Dress Up for Ourselves?," *Boston Globe*, Jan. 24, 1941.

94 Martin, *American Ingenuity*, 52.

95 同上 .

96 Stephanie Lake, *Bonnie Cashin: Chic Is Where You Find It* (New York: Rizzoli, 2016), 198.

97 同上 ., 66.

98 同上 ., 43.

99 Yeaman, "Pockets for Women," 114.

100 "Dear Future, If You Have a Moment," *Harper's Bazaar*, Feb. 1958, 116.

101 同上 .

102 同上 .

103 "Pockets for No Purpose Are Fashion's Newest Decoration," *Life*, Jan. 22, 1940, 32.

104 同上 .

105 Gilman, *Dress of Women*, 3.

106 "A Plea for the Bloomers: A Bicycle Costumer Talks of Women's Cycling Apparel," *New York Times*, Aug. 4, 1895.

107 同上 .

108 "Her Feminine Way," *Kansas City Daily Journal*, Apr. 8, 1896, 4.

109 Chelsea G. Summers, "The Politics of Pockets," *Vox*, Sept. 16, 2016 からの引用 .

110 同上 .

111 Yohannan and Nolf, *Claire McCardell*, 51.

112 Adriana Gorea, Katya Roelse, and Martha L. Hall, *The Book of Pockets: A Practical Guide for Fashion Designers* (London: Bloomsbury Visual Arts, 2019), 174.

113 Jan Diehm and Amber Thomas, "Someone Clever Once Said Women Were Not Allowed Pockets," *Pudding*, August 2018, https://pudding.cool/2018/08/pockets/.

114 同上 .

115 19 世紀、作家たちは思考実験を行い、「ポケットのない男」を想像した。これは「ポケットなしで男といえるか？」などの問いかけからはじまり、ノーと答えたあと、彼が抱えこむさまざまな不都合を空想するものだった。「あげくの果てには腕から紐でぶらさげてバッグを持ち運ぶまで身を落とし……彼の生涯はだいなしになるのだ！」。Mecalf, "Greatest Lack," 530.

116 BuzzFeed Motion Pictures, "Men Experience Pocketless Pants for the First Time: Men, Why Do You Think Ladies Get Excited over Pockets?" July 2017, https://www.buzzfeed.com/bfmp/videos/21406.

117 同上 .

118 Heather Kaczynski (@Hkaczynski), Apr. 20, 2018, www.twitter.com/Hkaczynski.

119 Ed Mazza, "A Mom's Plea for One Simple Change to Girls' Clothing Goes Viral," *HuffPost*, Apr. 23, 2018, https://www.huffpost.com/entry/mom-wants-pockets-in-girls-pants_n_5add5c45e4b089e33c896af0.

120 Heather Marcoux, "Viral Plea for Girls' Pockets Reaches Reese Witherspoon," *Motherly*, May 6, 2018.

121 Hattie Gladwell, "Little Girl Writes Letter to Fat Face Asking for Bigger Pockets on Girls'

Clothes," *Metro UK*, May 15, 2018.
122 同上 .
123 同上 .
124 同上 .
125 Cathy Free, "First-Grader Wrote Old Navy Asking for Girls' Jeans to Have Pockets," *Washington Post*, April 9, 2021.
126 合衆国憲法修正第四条は、自動車の同乗者が身に着けていた、もしくは所持していたハンドバッグを調べるのに相当な理由を必要とするかどうかが争点となったふたつの裁判、マーシアー対オハイオ、ワイオミング対ヒューストンの、オハイオ州最高裁への移送令状請願書を参照。https://law.yale.edu/sites/default/files/documents/pdf /Clinics/Mercier_yale.pdf. 大多数の州は女性のハンドバッグを身体の一部として保護。オハイオ州、モンタナ州、ワイオミング州など少数の州はハンドバッグは車両とともに捜査可能とした。これでは男性のポケットは女性が携帯しているハンドバッグより合衆国憲法修正第四条で守られているとして問題視された。嘆願書には、法は「非論理的、非論理的、そして根本的に不公平である」と記されている。(15).
127 同上 .「社会がプライバシーへ寄せる期待を考慮に入れるかぎりでは、ハンドバッグはリュックやブリーフケースなど、私物を入れるほかの手荷物とは大きく異なる。このような手荷物は通常、車両の同乗者が身に着けていることはない。ドライバーは同乗者のブリーフケースやリュック、その他の大きなバッグはトランクや後部座席に載せるが、女性のハンドバッグをトランクへ入れようかとたずねることはふつうない。これはドライバーが男性の同乗者にポケットの中身を出してトランクへ入れるかとたずねることがないのと同じである」と嘆願書は記した。(15 n2).
128 スカリア判事は「ごくわずかでも上着を調べる」のは個人の安全の深刻な侵害に当たるが、個人の所持品――ハンドバッグ、ブリーフケース、箱などの「入れもの」――のアイテムを警察が調べるのはこれに当たらないとした。
129 Emily Dickinson, "Let Me Not Thirst," in *The Complete Poems of Emily Dickinson*, ed. Thomas H. Johnson (Cambridge: Harvard Univ. Press, [1945] 1983). "Let me not thirst with this Hock at my Lip, / Nor beg, with domains in my pocket—."
130 Dan Chiasson, "Emily Dickinson's Singular Scrap Poetry," *New Yorker*, Nov. 27, 2016.
131 Emily Dickinson, *The Gorgeous Nothings* (New York: Christine Burgin/New Directions, 2013), 1.

第 5 章　ポケット目録

1 "Speaking of Pictures: One Year's Dungaree Debris," *Life*, Apr. 8, 1957, 21.
2 同上 .
3 同上 .
4 同上 .
5 "Speaking of Pictures: A US Family of Four Eats 2. Tons in One Year," *Life*, Sept. 9, 1946, 18.
6 同上 ., 21.
7 アガサ・クリスティが 1953 年に発表した『ポケットにライ麦を』では、社長のポケットの中身が彼女お得意のミスリードとなり、殺人者が捜査を混乱させるためにそこへ入れたものだった――そうすることで失敗した事業、クロツグミ鉱山、そして別の容疑者へと捜査を誘導した。
8 身元を偽るため、諜報員たちはもっともらしい「ポケットのゴミ」を作りだした。イギリスのエージェントは第二次世界大戦のミンスミート作戦で、架空のガールフレンドの写真とともに偽の書類をポケットに入れた死体を沿岸に漂着させた。以下を参照。Ben Macintyre, *Operation Mincemeat: How a Dead Man and a Bizarre Plan Fooled the Nazis and Assured an Allied Victory* (New York: Harmony Books, 2010) 参照 .
9「食べるものがその人を作る」というフレーズはフランスの学者ジャン・アンテルム・ブリア＝サヴァランの 1825 年の著書『美味礼讃』〔玉村豊男訳、新潮社、2017〕の言葉に由来する。「どんなものを食べているか言ってみたまえ。きみがどんな人か言い当ててみせよう」。ブリア＝サヴァランは国別の食べものの違いに着目。食事の好みは文化固有のものであり、異なる食事が異なる人々を作りだすと考えた。このフレーズには格づけと道徳的意味合いが含まれる。Daniel, *Voracious Children: Who Eats Whom in Children's Literature* (New York: Routledge, 2006), 13.
10 "A Boy's Pocket," *New England Farmer; a Monthly Journal*, Nov. 1861, 536.
11 Scott Way, "A Few Random Remarks about Pockets," *Puck*, Jan. 7, 1885, 294
12 "The Contents of a Boy's Pock-

et," *Every Saturday: A Journal of Choice Reading*, Aug. 6, 1870, 499.

13 "What Boy's Pockets Contain," *Maine Farmer*, Apr. 3, 1862, 4.

14 "Contents of a Boy's Pocket," 499.

15 Pyngle Layne, "What's in a Pocket?," *Home Journal*, May 17, 1851, 1.

16 "What Boy's Pockets Contain," 4.

17 同上 .

18 Robert Belknap, *The List: The Uses and Pleasures of Cataloging* (New Haven: Yale Univ. Press, 2004), 31. 七年後、マーク・トウェインはトム・ソーヤーのポケットの中身の無秩序ぶりを四つのアイテムで簡潔に描いてみせた。少年のポケットの中身に関する皮肉はトウェインが活用し、完成させる前からあったことは明白だ。トム・ソーヤーのポケットは「チョーク一本、天然ゴムのボール、釣り針三本、『本物の水晶』という話のビー玉」でいっぱいだった。

19 Belknap, *List*, 18.

20 ポケットの中身は哲学者ウンベルト・エーコが "contextual pressure（文脈上の圧力）" と呼ぶ、かぎられた空間による一種の強いられた相互作用に直面する。Umberto Eco, *The Infinity of Lists* (New York: Rizzoli, 2009), 116.

21 *Monroe City Democrat*, Feb. 24, 1916.

22 Frank H. Cheley, "The Job of Being a Dad: What Is in Your Son's Pockets?," *Boston Daily Globe*, Nov. 20, 1923, 14.

23 同上 .

24 "A Boy's Pockets," *Harper's Bazaar*, Mar. 31, 1894, 257.

25 同上 .

26 同上 .

27 Steven Mintz, *Huck's Raft: A History of American Childhood* (Cambridge, MA: Belknap, 2006), 187.

28 William Dean Howells, *A Boy's Town* (New York: Harper & Brothers, 1890), 1.

29 マーク・トウェインが風刺する「いい子」、南北戦争前の小説に登場する凝り固まった子どもは、母親の言うことにつねに従い、決して嘘をつかず、学校の授業が大好きで日曜学校に「夢中」だ（53）。

30 "For the Children: A Lost Type," *Watchman*, Sept. 26, 1901, 22.

31 Howells, *Boy's Town*, 67.「（少年の）世界を父親や母親がのぞきこめないのはとても残念だ。しかしそれは無理なのだ、その中でなにが起きているかをちらりとでも見ることができるのはあくまで偶然にすぎない」とハウエルズは記している。

32 "Contents of a Boy's Pocket," *Every Saturday*, 499.

33 "For the Children," 22.

34 Cheley, "Job of Being a Dad."

35 Twain, *Tom Sawyer*, 154.

36 "The Diet of Boys," *New York Times*, Oct. 21, 1883, 8.

37 "Contents of a Boy's Pockets," *Every Saturday*.

38 人類学者イゴール・コピトフが論じているように、文化のもっとも重要な役目は、同意済みのカテゴリーを設けて、それを永続させることである。無数のモノが存在する世界では、文化がそれらをグループ化し、「（一部の）モノには価値があるとする」（64）。Igor Kopytoff, *The Social Life of Things*, ed. Arjun Appadurai (Cambridge: Cambridge Univ. Press, 1986).

39 Twain, *Tom Sawyer*, 35.

40 "Boys," *Democratic Enquirer*, Mar. 7, 1867.

41 Howells, *Boy's Town*, 210. ハウエルズの話では少年たちは博物学者のようだ、暴力的な衝動を持った博物学者ではあるが。歩きながらさまざまな鳥の歌声を耳にし、少年たちは、拳銃があれば「たくさん撃ち殺せるのになあ」と考える（162）。

42 Bill Brown, *The Material Unconscious: American Amusement, Stephen Crane, and the Economics of Play* (Cambridge, MA: Harvard Univ. Press, 1996), 177.

43 John C. Whittaker, *American Flintknappers: Stone Age Art in the Age of Computers* (Austin: Univ. of Texas Press, 2004), 39.

44 Twain, *Tom Sawyer*, 50.

45 同上 .

46 Advertisement for Remington, "Your Robinson Crusoe— A Remington Scout Knife Is Your 'Man Friday,'" *Boy's Life*, Feb. 1924, 31.

47 "Pockets," *Independent*, Sept. 12, 1912, 629.

48 同上 .

49 同上 .

50 Henry William Gibson, *Boyology or Boy Analysis* (New York: Association Press, 1922), 141.

51 "A School Girl's Pocket," *Wilmington Daily Commercial*, May 6, 1876.

52 Iona Opie and Peter Opie, *The Oxford Dictionary of Nursery Rhymes* (Oxford: Oxford Univ. Press, 1951; 2nd ed., 1997), 279–80.

53 同上 . イオナ&ピーター・オピーは、ルーシー・ロケットとキティ・フィッシャーのモデルとされる実在の人物は複数いるものの、どれも確証はないとしている。

一九世紀にはこの童謡の起源はよく知られていたことは1856年の『ピッツフィールドサン』紙からもわかり、この童謡は「有名な尻軽女の歌として」はじまったと説明されている。“Yankee Doodle,” *Pittsfield Sun*, Jan. 17, 1856.

54 “A Boy's Pockets,” *Harper's Bazaar*, 257.

55 Sarah Sherwood, “The First Pocket,” *Friend's Intelligencer*, May 5, 1894, 286.

56 同上. ローラ・インガルス・ワイルダーは大喜びでポケットを小石でいっぱいにしたものの、ポケットの縫い目が裂けて小石を落とし、がっかりしたことをつづっている。「(姉の) メアリーはこんなへまは決してしないのに」と彼女はくやしがる。「メアリーは、いつでも服はきれいで、きちんとしているし、お行儀もいい、おりこうさん……ローラはずるいなあと思った」。Laura did not think it was fair.” *Little House in the Big Woods* (New York: Harper & Row, [1932] 1971), 174.〔『大きな森の小さな家』ローラ・インガルス・ワイルダー著、こだまともこ訳、講談社、1988など〕

57 同上.

58 Lewis Carroll, *Alice's Adventures in Wonderland* (New York: MacMillan, 1898), 34.〔『不思議の国のアリス』ルイス・キャロル著、河合祥一郎 訳、KADOKAWA、2010など〕

59 同上.

60 同上.

61 Asa Briggs, *Victorian Things* (Harmondsworth, UK: Penguin, 1990), 209.

62 Theresa Tidy, *Eighteen Maxims of Neatness and Order* (London: J. Hatchard and Son, Piccadilly, 1838), 25.

63 Lynne Vallone, *Disciplines of Virtue: Girls' Culture in the Eighteenth and Nineteenth Centuries* (New Haven: Yale Univ. Press, 1995), 16–17. 慈善行為は理想的な家庭像の延長で、家庭における女性の義務のひとつとされ、児童向けの教訓的小説に詳しく描かれた。

64 Louisa May Alcott, *Little Women* (Boston: Roberts Brothers, 1880), 519.〔『若草物語 続』L・M・オルコット、吉田勝江訳、角川書店、2008など〕

65 同上.

66 Emily Hamilton-Honey, *Turning the Pages of American Girlhood: The Evolution of Girls' Series Fiction, 1865–1930* (Jefferson, NC: McFarland, 2013), 59–60.

67 Opie and Opie, *Oxford Dictionary of Nursery Rhymes*, 100–101.

68 “Contents of a Boy's Pocket,” *Every Saturday*.

69 Cheley, “Job of Being a Dad.”

70 “Pockets,” *Independent*, 629.

71 1922年刊の『バビット』、アメリカ中流階級の同調志向に対する批評で、シンクレア・ルイスの語り手は、BVDの下着を着た赤ら顔のジョージ・バビットが、茶色のスーツからグレイのスーツへとポケットの中身を移す場面を「センセーショナルなイベント」として描く。ほとんどは必要なものと言えず、「バビットが意見を受け売りしている」新聞の社説、「やるつもりのないやることリスト」などだが、バビットは「これらのものに真剣であった。野球や共和党のように、それらの重要さは永遠なのだ」。Sinclair Lewis, *Babbitt* (New York: Harcourt Brace, 1922), 9.

72 Helen Sheumaker, *Love Entwined: The Curious History of Hairwork in America* (Philadelphia: Univ. of Pennsylvania Press, 2007), 50.

73 Alexander Gardner, “A Harvest of Death,” in *Gardner's Photographic Sketch Book of the War* (New York: Dover, [1865–66] 1959), plate 36.

74 同上.

75 James Madison Stone, *Personal Reflections of the Civil War: By One Who Took Part in It as a Private Soldier in the 21st Volunteer Regiment of Infantry from Massachusetts* (Boston, 1918), 143.

76 同上.

77 Library of Congress, “Artifacts of Assassination,” American Treasures, https://www.loc.gov/exhibits/treasures/ tr11b.html.

78 Nardi Reeder Campion, “The Contents of Lincoln's Pockets, and What They Suggest About Him,” *New York Times*, Mar. 29, 1986.

79 これらの聖遺物にはリンカーンが息を引き取ったベッド、メアリー・トッド・リンカーンがまとっていた血のついたケープ、銃弾の射入口そばのものとされる毛髪サンプルも含まれた。Richard Wightman Fox, *Lincoln's Body: A Cultural History* (New York: W. W. Norton, 2015), chap. 3.

80 “Lincoln Carried His Insurance,” *New York Times*, Feb. 13, 1976, 70.

81 同上.

82 Library of Congress, “Artifacts of Assassination.”

83 同上.

84 “Huck Finn Era Gone, Boys'

Pockets Show; Cash and Bank-books Crowd Out Eels, Gum," *New York Times*, May 13, 1950.

85 J. L. Harbour, "What Was In It," *Puck*, July 7, 1905, 11.

86 同上.「少年のポケットはなんでも運べるキャリーオールだと思っている者たちはこれまでの意見をあらため、女性のハンドバッグをのぞいてみるときが来た」も参照.

87 Alfred J. Waterhouse, "Women and Pocket Equilibrium," *New York Times*, Mar. 22, 1903, SM5.

88 同上.

89 同上.

90 P. L. Travers, *Mary Poppins* (New York: Harcourt Brace [1934] 1962), 10.

91 同上., 11.

92 Bill Walsh, dir., *Mary Poppins* (Burbank, CA: Walt Disney Productions, 1964).〔ビル・ウォルシュ脚本映画『メリー・ポピンズ』〕

93 "Beauty in the Bag," *Vogue*, May 15, 1935, 87.

94 同上., 86.

95 "An X-Ray Penetrates the Messy Interior of a Woman's Handbag," *Life*, Nov. 6, 1939, 48–49.

96 同上.

97 同上.

98 Marsha Francis Cassidy, *What Women Watched: Daytime Television in the 1950s* (Austin, TX: Univ. of Texas, 2005), 85 からの引用.

99 Art Linkletter, *Confessions of a Happy Man* (New York: Random House, 1960), 191.「一時停止の標識みたいに赤い」ハンドバッグを調べ、中に入っていた大きなネズミ捕り器に痛い目に遭わされたあと、Linkletter は自分も「わたしみたいな無作法者に自分のハンドバッグを調べられるのはいやだ」と認めた。

100 同上.

101 "Women Cram Handbags Full of Many Odd Things," *Life*, Jan. 15, 1945, 90.

102 ボーイスカウトの Dan Beard は、ハンドバッグに入っているヘアピンのみで荒野でもピンチを乗り切れると妻が宣言したことを報告。Beard はこれを虚勢だと一蹴し、自分の手荷物を正当化する女性たちにより広められたサバイバリスト神話のひとつとした。Dan Beard, "The Scout and his Equipment," *Boy's Life*, Feb. 1934, 35.

103 Franklin Adams, "Handbagitis," *Atlantic Monthly* 172, no. 6 (Dec. 1943): 15–17.

104 同上.

105 同上. アダムスは「女性に対する新手の批判」に貢献したのではと憂慮し、ちゃんとしたポケットがあれば女性たちもこれほど大きなバッグを必要としないと記している。

106 "Secrets in a Woman's Handbag," *Los Angeles Times*, Dec. 1, 1957.

107 Daniel Harris, "Accessory in Crisis," *Salmagundi* (Spring 1997): 123.

108 同上., 126.

109 同上., 127.

110 同上., 123, 130.

111 "Secrets in a Woman's Handbag," *Los Angeles Times*. ニューヨーク大学の心理学教授 Dr. Elsa Robinson は自身の言葉がもたらす予期せぬ結果をそれ以上省察していない――身だしなみを整えるよう女性たちが圧力をかけられている理由とは？

112 フランクリン・アダムスは、女性たちはこれらの儀式をのびのびと行うことができ、ばっちり「化粧」して、さっさと「取りかかる」のはどういうことだと首をひねる。彼は自分も同じように、「ポケットから髭剃りセットを取りだし、タンブラーにブラシを浸してテーブルで髭を剃り」たいという、倒錯した欲求を覚えたことを認めた。Adams, "Handbagitis," 15.

113 Beard, "Scout," 34–35.

114 Katherine Mansfield, "The Escape," in *Bliss, and Other Stories* (New York: Alfred A. Knopf, 1920), 273.

115 Glenna Whitely, "Purse-onally, A Handbag is a Necessity," *Chicago Tribune*, May 8, 1985, 11.

116 Shirley Lord, "The Private World of the Pocketbook," *Vogue*, Dec. 1, 1973, 186.

117 Whitely, "Purse-onally," 11.

118 同上.

119 Susan Reimer, "Carried Away," *Baltimore Sun*, Sept. 17, 2000 からの引用.

120 Valerie Steele and Laird Borrelli, *Bags: A Lexicon of Style* (London: Scriptum Editions, 2005), 35–37.

121 Howells, *Boy's Town*, 2. 特にハンドバッグへの興味は健在のようだ。ニューヨーク州上院議員時代、ヒラリー・クリントンは、「娘を職場へ連れていく日」に参加していた少女からハンドバッグの中身をたずねられた。英王室の担当カメラマンは2007年の書籍『女王のハンドバッグの中身と王室の秘密』(What's in the Queen's Handbag and Other Royal Secrets) でもっとも近づきがたい君主のプライバシーに接近することを約束。ビル・クリントンもフィリップ殿

下も、少なくとも報道されているかぎりでは、ポケットの中身をたずねられたことはない。

122 “Madonna Auctions Contents of Handbag at AIDS Benefit,” AP, May 26, 2008.

123 Candice Chan, “Pockets and Purses Give Up Their Secrets,” *New York Times*, Mar. 15, 2010.

124 Lisa Miller, “Men Know It's Better to Carry Nothing,” *The Cut*, July 17, 2019, https://www.thecut.com/2019/07/ if-men-carried-purses-would-they-clean-up-messes.html. Miller は、女性たちは「奴隷のツール一式を苦労して運ぶ」と、二〇世紀前半のアメリカのサフラジストのような調子で記した。

125 Vincent M. Mallozzi, “How They Proposed,” *New York Times*, Jan. 21, 2021.

第6章　ポケットの遊び

1 Paul Johnson, “The Power of a Pocket: Why It Matters Who Wears the Trousers,” *Spectator*, June 4, 2011. ディオールのコメントは、遠い昔の会話でディオールがそう発言していたのをイギリスの作家 Paul Johnson が覚えていたもの。ジョンソンはふたりの出会いについてこれ以上は語っておらず、ディオールが印象的なポケットの形に関心を持っていたかは不明。

2 “Fashion: Plotted in Paris,” *Vogue*, Apr. 15, 1949, 99.

3 同上 .

4 “Fashion: The News in Paris,” *Vogue*, Mar. 15, 1949, 74.

5 ディオールは便利なポケットには関心がなかった。豪華でフェミニンな「ニュールック」を世界に紹介した、1947 年のディオールの「バー・デイスーツ」にはポケットがひとつもないことに触れる者はいなかった。メトロポリタン美術館服飾研究所所蔵の 1947 年のスーツと（ポケットなし）ヴィクトリア＆アルバート博物館所蔵のスーツ（1955 年、ポケットあり）を比較のこと。

6 Fred Davis, *Fashion Culture and Identity* (Chicago: Chicago Univ. Press, 1990), chap. 1, “Do Clothes Speak?” 衣服の持つ意味合いは布地の視覚的および触覚的特性の解釈に限定される。服の相対的な格式、落ち着き、若々しさ、あるいはセクシーにまつわる暗示は、布地の扱われ方との関わり頼りだ。なんらかの帰属や格言を示すパーカーやグラフィック T シャツを別とすれば、衣服に象徴的言語が記されることはあまりない。これは装飾品が大きな役割を持ちうる理由のひとつだ。

7 Ann Hollander, *Sex and Suits: The Evolution of Modern Dress* (New York: Alfred A Knopf, 1994), 15.

8 “Les Modes cre´e´es a` Paris,” *Harper's Bazaar*, Mar. 1915, 34.〔『性とスーツ』同上〕

9 Stella Blum, *Designs by Erte: Fashion Drawings and Illustrations from “Harper's Bazaar”* (New York: Dover Publications, 1976), preface and v–vi. 1910 年代、エルテがデザインする服はすべてニューヨークの B. Altman と Henri Bendel のもとへ輸出され、これにより彼は「輸出専門クチュリエ」となる。1915 年から 1926 年まで『ハーパーズバザー』誌にデザイン画を寄稿、見開きとして掲載された。デザイン画の一部は実際に服になったことはないようだ。彼の生みだしたデザイン画は数が少なく、ほとんど現存していない。エルテは代わりにそのイラストレーション、特に『ハーパーズバザー』誌の表紙（これは 1936 年まで継続した）、コスチュームデザイン、そして舞台セットのデザインで記憶されている。

10 Vogue Points: Decorative Little Guideposts to Point the Traveler on the Right Road to Smart Spring Fashions,” *Vogue*, Feb. 1, 1916, 36.

11 “Les Modes cre´e´es,” 34.

12 *Women's Wear Daily*, Mar. 23, 1920, 22.

13 Blum, *Designs by Erte*, xi からの引用 .

14 “Vogue Points,” 36.

15 “Fashion May Desert the Riviera but Erte Is Stimulated by Monte Carlo's Summer Skies,” *Harper's Bazaar*, Aug. 1920, 49.

16 同上 . エルテはファッションと景観の考察も含め、モンテカルロからの自身の手紙を提供。ときに三人称で自身に言及するが、この手紙ではエルテ以外の筆者の意味。

17 Blum, *Designs by Erte*, 42 からの引用 .

18 Elsa Schiaparelli, *Shocking Life* (New York: Dutton, 1954), 59.〔『ショッキング・ピンクを生んだ女』エルザ・スキャパレリ著、スペースシャワーネットワーク、2008〕スキャパレリは「わたしにとって洋服をデザインすることは職業ではなく芸術だった」と記した。引退を前にして、彼女は「もし、偶然服飾デザイナーになっていなかったら、わたしはほかになにになれただろう？　彫刻家？」と思案する（249）。

19 Ghislaine Wood, ed., *Surreal Things: Surrealism and Design* (London: V & A Publications, 2007), 15 からの引用 .
20 Schiaparelli, *Shocking Life*, 67.
21 同上 .
22 同上 ., 114.
23 同上 .
24 ダリの絵画の題名は『引き出しの街　擬人化されたキャビネットのための習作』。1936 年。
25 Sigmund Freud, *The Interpretation of Dreams*, trans. A. A. Brill (New York: Modern Library, [1899] 1920), 72.〔『夢判断』ジグムント・フロイト、大平健訳、新潮社、2019 など〕"フロイトは「小さなケース、箱、手箱、クローゼット、かまど」それに「空洞のオブジェクト（チェスト、箱、ポーチなど）」は「女性器の比喩」と記している。
26 Richard Martin, *Fashion and Surrealism* (New York: Rizzoli, 1987), 109. Martin は、ダリは女性の身体に侵入することに強い不安を抱き、1936 年の『引き出しのあるミロのヴィーナス』の一連の引き出しは侵入を可能にしたと論じている。ダリは引き出しにまつわる「ある種の寓意」と「それぞれから発散される無数の自己陶酔的な香気」を嗅ぐ必要性について語っている。
27 Schiaparelli, *Shocking Life*, 115.
28 同上 .
29 同上 .
30 Martin, *Fashion and Surrealism*, 120
30b Gaston Bachelard, *The Poetics of Space* (New York: Orion Press, 1964), 84.〔『空間の詩学』ガストン・バシュラール著、岩村行雄訳、思潮社、1969〕
31 同上 ., 78.
32 同上 ., 82.
33 Bachelard, *Poetics of Space*, 82.
34 Janet Flanner, "Profiles: Comet," *New Yorker*, June 18, 1932, 23.
35 Schiaparelli, *Shocking Life*, 114. スキャパレリのピンクは、製陶所のいちばんの出資者で後援者であったルイ一五世の公妾ポンパドール夫人にちなんで「ポンパドール・ピンク」として知られる、セーブル陶磁器の淡いピンクよりやや鮮やかだ。さまざまな権力争いに装飾の力を行使した女性たちに、スキャパレリは敬意を表したのかもしれない。ポンパドール夫人は国王との共同事業で、倒産しかけていた私設製陶所に救いの手を差し伸べてセーブル陶磁器を開発させ、ドイツのマイセン磁器製作所と同等品質の陶磁器をフランスで生産させることに成功。ポンパドール夫人は国王との性的パートナーシップが終わりを迎えたあとも確固たる影響を与えられる事業を探していたため、セーブル陶磁器に関心を持ち、支援した。
36 "Les Modes cre´e´es," 34.
37 Robyn Gibson, "Schiaparelli, Surrealism and the Desk Suit," *Dress: The Journal of the Costume Society of America* 30, no. 1 (2003): 52.
38 胸ポケットをつけたディオールは、「胸から離し」て「新たにセクシーなデコルテを作りだした」と 1949 年の『ハーパーズバザー』誌は記している。"Paris: The Day-Length Dinner Dress," *Harper's Bazaar*, Apr. 1949, 111.
39 Caroline Evans and Minna Thornton, *Women and Fashion: A New Look* (London: Quartet, 1989), 125.
40 Gianfranco Ferre, "Fashion: Impeccable, Untouchable; Karl Lagerfeld's Version of Dress-for-Success," *Vogue*, Jan. 1, 1985, 209.
41 "Chanel Designs Again," *Vogue*, Feb. 15, 1954, 83.
42 同上 .
43 同上 .
44 同上 .
45 同上 .
46 Sally Dee, "Shortages: You Can Dodge Them," *Evening Star*, Apr. 4, 1943, 21.
47 "The Trompe-L'Oeil Resort Dress," *Vogue*, Dec. 1, 1952, 154.
48 同上 .
49 同上 .
50 Evans and Thornton, *Women and Fashion*, 143. スキャパレリの最初のヒットデザインは 1927 年の手編みのセーターで、首まわりにトロンプ・ルイユのリボンが編まれていた。引き出しスーツにも本物のポケットともに偽ポケットがついていた。だが偽物の装飾（偽のリボン）は偽物の機能と同じではない。
51 1959 年の水着が一例で、ポケットにはウエストを引き延ばす役目があった。『ヴォーグ』誌の説明文は、ポケットは「まったくの偽物——貝殻は捨てて」と明るく警告している。"Fashion: 1959 Beach Changes; The Scene Brightens," *Vogue*, Jan. 1, 1959, 109.
52 "Point of View: Style that Works," *Vogue*, Aug. 1, 1989, 267.
53 たとえば以下を参照 . Jane Kramer, "The Chanel Obsession," *Vogue*, Sept. 1, 1991, 512–19, 608, 610.

54 "Point Of View," 267.
55 "Chanel Designs Again," 83.
56 Philadelphia Museum of Art, "Patrick Kelly: Runway of Love," Apr. 27, 2014–Dec. 7, 2014, https://www.philamuseum.org/ exhibitions/799.html.
57 Dilys E. Blum "Patrick Kelly and Paris Fashion," in *Patrick Kelly: Runway of Love* (San Francisco: Fine Arts Museums of San Francisco; New Haven, CT: Yale Univ. Press, 2021), 24 からの引用 .
58 "Pocket Picking," *Esquire*, Jan. 1, 1955, 82.
59 同上 .
60 同上 .
61 同上 .
62 Levi Strauss and Co. advertisement, ca. 1890, reprinted in Emma McClendon, *Denim: Fashion's Frontier* (New Haven, CT: Yale Univ. Press, in association with FIT, New York), 12.
63 James Agee, *Let Us Now Praise Famous Men: Three Tennent Families* (Boston: Houghton Mifflin, 1969), 265.
64 同上 ., 266.
65 同上 ., 265.
66 John Mollo, *Military Fashion: A Comparative History of the Uniforms of the Great Armies from the 17th Century to the First World War* (New York: Putnam, 1972), 207–8 からの引用 . 英軍最高指揮官 Lord Wolseley は効率を擁護し、1889 年の書簡に苦情をしたためた。
67 Nick Foulkes, *Mogambo: The Safari Jacket* (Milan: Skira, 2011), 16.
68 同上 ., 9. サファリジャケットは東アフリカ起源でアーネスト・ヘミングウェイのような人物がもたらしたものと考えられがちだが、Foulkes はそれより先にインドで考案されたとしている。「猛獣ハンターのイメージが生まれたのはインドであり、サファリジャケットが考案されたのもこの地だ」と Foulkes は記している。
69 近代の軍服のモデルはノーフォーク狩猟服だとする歴史家もいる。しかしノーフォーク狩猟服には通常外側に胸ポケットはついていない。
70 William F. Ross and Charles F. Romans, *The Quartermaster Corps: Operations in the War Against Germany* (Washington, DC: Office of the Chief of Military History, Dept. of the Army, 1965), 195.
71 同上 ., 559. アイゼンハワーは、軍服は「いささかタフ」に見えると懸念し、「米兵の生まれながらの傾向」をかんがみると、軍服を着用した兵士たちは「風紀を乱す暴徒という全体的な印象をたちどころに作りだす」と考えた（559）。
72 "American Informal," *Apparel Arts*, Dec. 1949, 61–69.
73 同上 .
74 同上 .
75 "Outerwear Is Everywhere," *GQ*, Sept. 1955, 98–99.
76 同上 .
77 同上 .
78 同上 .
79 "How to Dress in the Worst of Taste," *GQ*, Feb. 1964, 61.
80 "Casual Fridays without Tears," *GQ*, July 1995, 75.
81 Foulkes, *Mogambo*, 24.
82 "Suited for the Non-Occasion," GQ, Feb. 1972, 104–5.
83 同上 .
84 同上 .
85 "Casual Check on California," *Apparel Arts*, June 1949, 66.
86 "Jeaneology: A Fitting Tribute to Fashion's Hot Pants," *GQ*, Apr. 1977, 110.
87 同上 .
88 McClendon, *Denim*, 106.
89 これは女性服にも言える。たとえば、イブニングドレスのカンガルー・フーディー・ポケットを参照 .
90 "How to Dress," 61.
91 "The Splashy Seventies," *GQ*, Oct. 1980, 210.
92『エスクァイア』誌に寄稿した Jay Lee によると、カーゴパンツのクールさは、1958 年、カーゴパンツで野球のピッチャーをするチェ・ゲバラが写真に撮られたときに再発見された。ふたつのカウンター・カルチャー、パンクとヒップホップがこれにつづく。その後カーゴパンツはアバクロンビー & フィッチやオールドネイビーなど大手ブランで販売されるようになる。Jay Lee, "Amazing Stories: The Intrepid Histories of Three Style Icons. Part 2: Cargo Pants," *Esquire*, Spring 2010.
93 "Pants," *GQ*, Feb. 1973, 97.
94 Peter Carlsen, "Clotheslines," *GQ*, Oct. 1980, 15.
95 "What's Hot!," *GQ*, Sept. 1977, 172.
96 James Sherwood, "The Nineties Utility Movement: Prime Suspect in the Death of Designer Fashion," in *Uniform: Order and Disorder*, ed. Francesco Bonami, Maria Luisa Frisa, Stefano Tonchi (Milan: Charta, 2000), 176.
97 Jennifer Jackson, "Vogue's View: Working Class," *Vogue*, May 1, 1994, 119.
98 "Moderate Report: Utility Chic; A Quick Interpretation," *Women's Wear Daily*, Nov. 25, 1998, 25.
99 "Fabric for Fighters: Life-sav-

ing Research for Military Uniform Designs," *Made to Measure Magazine*, Aug. 8, 2012, https://www.madeto-measuremag.com/fabric-for-fighters-life-saving-research-helps-latest-military-uniform-designs.

100 同上 .

101 アナ・スイは 1995 年のインタビューで、「軍服はデニムと同じく、世界一すぐれたデザインの服です」と発言。「あれを超えるものは作れません。機能的で全天候型。すべてが考え尽くされ、だからこそわたしたちは戦闘服に魅了されるのです」。以下から引用。Amy Spindler, "Design Review: From Lethal Cause to Artistic One," *New York Times*, Sept. 15, 1995, C23.

102 Shelby Stanton, U.S. Army Uniforms of World War II (Mechanicsburg, PA: Stackpole Books, 1991), 110.

103『ＧＱ』誌の Peter Carlsen は 1980 年代には「本物の軍放出品の大半はとうになくなった」が、さまざまなブランドが正真正銘の軍放出品と謳って服を販売しつづけていると不満を漏らした。Peter Carlsen, "Express Male," *GQ*, May 1981, 108.

104 Frank van Lunteren, *Spearhead of the Fifth Army* (Philadelphia: Casemate, 2016), 245.

105 Sherwood, "Nineties Utility," 177.

106 シャーウッドが言うように、自己防衛のための服を着る権利が誰にあると、誰に言えるだろう？　公道は歴史的にも女性にとってはより危険な場所であり、女性が――裕福で特権のある女性であっても――威圧的に見せようとする努力を糾弾するのは不公平に思える。

107 "Urban Uniform," *Harper's Bazaar*, Nov. 2002, 210.

108 "Military Issue," *Vogue*, Mar. 1, 2010, 447.

109 "Urban Uniform," 214.

110 Richard Martin and Harold Koda, *Swords into Ploughshares* (New York: Metropolitan Museum of Art, 1995). 展覧会、【斜体：Swords Into Ploughshares: Military Dress and the Civilian Wardrobe】では軍服がファッションに与えた影響を検証。1995 年 9 月 7 日から 11 月 26 まで開催された。マーティンは自身のイントロダクションでメンケスを引用。

111 Suzy Menkes, "Fashion's Unsettling Reflection: Designers Focus on 1940s," *International Herald Tribune*, May 9, 1995.

112 "The No-Bro Car Go—," *GQ*, May 2011, 128.

113 同上 .

114 "In the Pocket," *Women's Wear Daily*, Nov. 16, 2016, 22.

115 "Fashion: Marine Serre, Glenn Martens Look To Fashion's Future," *Women's Wear Daily*, July 6, 2020, 14.

116 Chris Gayomali, "Errolson Hugh Sees the Future," *GQ*, May 2019, 86.

117 Russell Smith, *Men's Style: The Thinking Man's Guide to Dress* (New York: Thomas Dunne Books, 2007), 232–33.

118 "In the Pocket," 22.

119 Schiaparelli, *Shocking Life*, 67.

200 プラダの透明なレインコートは、カフ、カラー、ボタン、ポケットを絵筆で表現したヘルメスの 1952 年のスクリーン印刷ドレスのように、トロンプ・ルイユの伝統を踏襲（この章の図版 9 参照）。(本章図版 9 参照).

第７章　ポケットユートピア

1 Elyssa Dimant, *Minimalism and Fashion: Reduction in the Post-modern Era* (New York: Collins Design, 2010), 11.

2 "The World of Now," *Harper's Bazaar*, Feb. 1960, 77.

3 同上 .

4 同上 .

4 同上 .

5 映画については James Chapman and Nicholas J. Cull, *Projecting Tomorrow: Science Fiction and Popular Cinema* (London: I. B. Tauris; New York, NY: Palgrave Macmillan, 2013) を参照。コスチュームデザインは Alice O'Neil と Dolly Tree。スタジオの制度により、1930 年代の映画における特定の個人の個々の貢献についてはほとんどわからない。

6 Howard Mandlebaum and Eric Myers, *Screen Deco: A Celebration of High Style in Hollywood* (Santa Monica: Hennessy and Ingalls, [1985] 2000), 169 からの引用 .

7 サブプロットとして、1930 年からのタイムトラベラーは未来服に慣れようと奮闘。あるシーンでは、禁酒法時代からやって来たのに性懲りもなく酒好きな男は、アルコールの代用品のピルを探す。反射的にポケットに手をやってから、滑稽なしぐさで体をバンバンと叩くが、見つけることができない。男は過去への思いと必要性にとらわれ――食べものも飲みものもピルの形状なのを知って嘆く。「昔はよかった」。ふたつの時代を知るこの男だけがポケットがないことを実感する――『五十年後の世界』では、未来の市民はポケットがなくてもいいようだ。

8 R. D. Haynes, *H. G. Wells: Discoverer of the Future* (London: Macmillan, 1980), 2. ウェルズは若い頃、徒弟として呉服商で奉公した。労働条件のせいでこの体験は彼の人生で最悪の日々となるが、布地と衣服の重要性にウェルズが関心を持っていたのは、彼がその著作で服に注目していることからあきらかだ。また、下流中産階級の貧困生活と、見苦しくない外見を取り繕おうとする人々への同情心もウェルズの指示に表れている。

9 H. G. Wells, *A Modern Utopia*, ed. Gregory Claeys and Patrick Parrinder (London: Penguin Books, [1905] 2005), 13.

10 "Fashion," in *The Greenwood Encyclopedia of Science Fiction and Fantasy*, vol. 1, ed. Gary Westfahl (Westport, CT: Greenwood Press, 2005), 284.

11 Christopher Frayling, *Things to Come* (London: BFI Publishing, 1995), 36.

12 H. G. Wells, "Rules of Thumb for Things to Come," *New York Times*, Apr. 12, 1936, X4.

13 同上 .

14 同上 .

15 Giacomo Balla, "The Antineutral Suit: Futurist Manifesto," Sept. 11, 1914, reprinted in Emily Braun, "Futurist Fashion: Three Manifestos," *Art Journal* (Spring 1995): 39.

16 Don Glassman, "H. G. Wells, Film-maker, Considers the Future," *New York Times*, Sept. 22, 1935, X5 からの引用 .

17 同上 .

18 H. G. Wells, "Wells Sees Man Better Off in '88," *New York Times*, Jan. 16, 1938, 41.

19 同上 .

20 Wells, "Rules of Thumb," X4.

21 H. G. Wells, *Men Like Gods* (New York: Macmillan, 1923), 279.

22 Wells, "Rules of Thumb," X4.

23 同上 .

24 同上 .

25 Wells, "Rules of Thumb," X4.

26 H. G. Wells, *The Shape of Things to Come* (New York: Macmillan, 1933), 402.〔『世界はこうなる』H・G・ウェルズ、吉岡義二訳、明徳出版社、1995〕

27 同上 ., 403.

28 同上 .

29 Michael Chabon, "Secret Skin: An Essay in Unitard Theory," *New Yorker*, Mar. 10, 2008, reprinted in Andrew Bolton, *Super Heroes: Fashion and Fantasy* (New Haven, CT: Yale Univ. Press, 2008).

30 Jeffrey Meikle, *Twentieth Century Limited: Industrial Design in America, 1925–1939* (Philadelphia: Temple Univ. Press, 1979), 197.

31 同上 .

32 "Industrial Designers Dress Woman of the Future," *Life*, Jan. 30, 1939, 34.

33 "Donald Deskey Foresees a Great Emancipation," *Vogue*, Feb. 1, 1939, 137.

34 同上 . アイデア自体はオリジナルではない。セパレーツはスポーツウェアデザイナーが当時探求していたアイデア。

35 同上 .

36 同上 .

37 同上 .

38 Wells, *Modern Utopia*, 159.

39 Wells, "Rules of Thumb," X4.

40 Wells, "Wells Sees Man Better Off," 41.

41 これほどあからさまにフューチャリストのオーラはまとっていないが、1990年代のミニマリスト・ファッションは、1980年代の行きすぎたオートクチュールに対する不景気時代の反応として広く理解されている。「九〇年代前半、人々はあらゆるものを消し去るためにただシンプルな服を求めました」とミウッチャ・プラダは『ヴォーグ』誌に語っている。以下に引用。James Sherwood, "The Nineties Utility Movement: Prime Suspect in the Death of Designer Fashion," in *Uniform: Order and Disorder*, ed. Francesco Bonami, Maria Luisa Frisa, Stefano Tonchi (Milan: Charta, 2001), 177.

42 "Minimalist No More: Jil Sander," *Harper's Bazaar*, Mar. 1993, 307.

43 同上 .

44 同上 .

45 Madeline Fass, "5 Trends Every Minimalist Should Try This Spring," *Vogue*, Mar. 5, 2020.

46 Susan Elizabeth Ryan, "Re-Visioning the Interface: Technological Fashion as Critical Media," *Leonardo* 42, no. 4 (Aug. 2009): 307.

47 Susan Elizabeth Ryan, *Garments of Paradise: Wearable Discourse in the Digital Age* (Cambridge, MA: MIT Press, 2014), 20.

48 Steve Mann with Hal Niedzviecki, *Cyborg: Digital Destiny and Human Possibility in the Age of the Wearable Computer* (Toronto: Doubleday Canada, 2001), 55.

49 Ryan, *Garments of Paradise*, 63 からの引用 .

50 Philips Design, *New Nomads: An Exploration of Wearable Electronics by Philips* (Rotterdam: 010 Publishers, 2000), 4.

51 Ryan, *Garments of Paradise*, 63 からの引用 .

52 同上 .

53 Philips Design, *New Nomads*,

28.

54 同上., 28–29. この仕組みはいささかあいまいで、エネルギー源は示されていない。キーパッドには電話、ポケットベル、口述装置、ラジオといったデバイスが表示されている。これらは「服に組みこまれた秘密装置で、着用者が使用するまでほかの人たちからは見えない」とされている（28–29）。

55 Joseph Gleasure, "An Expanded History of Levi's ICD+ and Philips," *Shell Zine*, July 20, 2020, https://shellzine.net/levis-icd/. ＩＣＤは Industrial Clothing Division の頭字語。

56 同上. たとえば "Surround Sound Audio Jacket" の「スマート・ポケット」はデジタル・オーディオ・プレイヤーをジャック・プラグでインターフェイスに接続する。

57 Rose Sinclair, *Textiles and Fashion: Materials, Design, and Technology* (Amsterdam: Elsevier, 2014), 367–68.

58 Philips Design, *New Nomads*, 121.「身体を持続的にそれとわからないほどリラックスさせることでストレスを軽減する素材を組みこんだ服の開発が可能です。これはたとえば、通常、疲れた筋肉に断続的に直接適用するマッサージ機とは対照的です……。バイオメトリック・センサーがリラックスの度合いをモニターし、刺激レベルを自動調整します」（124–25）。

59 たとえばジョアンナ・ベレゾフスカは、彼女の作品は「テクノロジーに対するわれわれの期待を覆す。これらの作品は問題解決を意図するものではなく、デザインがいかに作用するかという問題提起だ」と説明する。以下に引用。Ryan, *Garments of Paradise*, 162 からの引用.

60 Samuel Beckett, *Molloy*, in *Samuel Becket, The Grove Centenary Edition*, vol. 2, *Novels*, ed. Paul Auster (New York: Grove Press, 2006), 68.〔『モロイ』サミュエル・ベケット著、宇野邦一訳、河出書房新社、2019〕

61 同上., 68.

62 同上., 65. モロイは「ポケットの数を増やしたり、石の数を減らしたり」するのではなく、「変える」というアイデアを犠牲にしなくてはと悟る。彼は片方のポケットはからにして、反対のポケットは小石でいっぱいにする。これで「非の打ちどころのない連続性」にたどり着き、「同じ小石を二度つかむことも、つかまれない石が出ること」もなくなった。「あらゆる心配から解放された」ものの、この解決策はエレガントではなく、小石の重さで体が片方に傾いてしまう。「ここにあるのは両立することのない、対立するふたつの身体的要求だ。こんなこともあるさ」。

63 i-Wear はウェアラブル、もしくはインテリジェント・クロージング（ｉはインテリジェントから）の分野で資金供給、専門技術の共有、製品開発に関心のある幅広い会社が参加したコンソーシアム。i-Wear は Starlab の一部で、Bell Labs、MIT Media Lab、Xerox Parc をモデルとし、突飛なアイデアで課題の克服を目指したリサーチ・イニシアティブ。Starlab は2001年に突如として倒産、フィリップス社が i-Wear の知的財産権を購入した。

64 Andrew Bolton, *Supermodern Wardrobe* (London: V & A Publications, 2002), 18.

65 Ivan Poupyrev, "More Than Just a Jacket: Levi's Commuter Trucker Jacket Powered by Jacquard Technology," *Keyword* (blog), Sept. 25, 2007, https://blog.google/products/ atap/more-just-jacket-levis-commuter-trucker-jacket-powered-jacquardtechnology/.

66 Manuel De Landa, *War in the Age of the Intelligent Machine* (New York: Zone Books, 1991), 159.

67 Cooper Hewitt, "Interaction Design: Ivan Poupyrev," National Design Awards, 2019, https://www.cooperhewitt .org/national-design-awards/2019-national-design-awards-winners/.

68 同上.

69 Rafftraff, "Great Jacket - Limited Functionality," product review, https://www.levi.com/US/en_US/apparel/clothing/tops /levis-commuter-x-jacquard-by-google-trucker-jacket/p/286600000 (accessed Jan. 16, 2022).

70 Rachel Arthur, "Project Jacquard: Google and Levi's Launch the First 'Smart' Jean Jacket For Urban Cyclists," *Forbes*, May 20, 2016.

71 同上.

72 Sherry Turkle, *Alone Together: Why We Expect More from Technology and Less from Each Other* (New York: Basic Books, 2011), 17.

73 Bridget Cogley, "The Arrivals Designs Aer Parka with Pocket That Blocks Mobile Phone Signal," *Dezeen*, Nov. 26, 2019, https://www.dezeen.com/2019/11/26/the-arrivals-aer-jacket-blocks-signal/.

74 同上.

75 Steven Zeitchek, "Futurist Amy

Webb Says Babymaking Could Get Crazy and the Smartphone Will Die," *Washington Post*, Jan. 10, 2022.

76 J. C. Flugel, *Psychology of Clothes* (New York: International Univs. Press, [1930] 1966), 187.「細かなものを大量に携帯しなければならないのは現代社会の深刻なデメリットのひとつだ」と精神分析学者フリューゲルは1930年の自著でいささか大げさに不満を述べた。H・G・ウェルズを含むユートピア小説に親しんでいたフリューゲルは、未来では人は服を着なくなると予想。もっとも、細かなものを携帯するために「衣服のハーネスのようなもの」つけているという滑稽な格好で、これ以外の代替案が彼には思い浮かばなかった。

77 Rachel Tashjian, "Let's Never Go Back to the Runway," *GQ*, July 10, 2020 からの引用 .

78 Linda Welters, "Introduction: Folk Dress, Supernatural Beliefs, and the Body," in *Folk Dress in Europe and Anatolia* (Oxford: Berg, 1999), 8.

79 Dmitriy Khavin, Ainara Tiefenthaler, Christoph Koettl, and Brenna Smith, "Videos show Ukrainian Citizens Confronting Russian Troops," *New York Times*, Feb. 26, 2022.

80 Michael Marder, "Vegetable Redemption: A Ukrainian Woman and Russian Soldiers," *Philosophical Salon*, Feb. 26, 2022, https://thephilosophicalsalon.com/vegetal-redemption-a-ukrainian-woman-and-russian-soldiers/.

81 ポケットのある服を網羅するため、手数料を出してくれないサイトも掲載しているとサボは述べている。

82 同上 .

83 Spring 2022 Catalog, Title Nine.

84 たとえば以下を参照 . https://radianjeans.com/products/deep-pocket -women-s-skinny-jeans-light-blue-mid-rise?variant=31629321732145 (accessed Apr. 26, 2022).

85 Julian Hawthorne, "Pochiastry," *Christian Union* 32, no. 12 (1885): 6.

86 Thomas Carlyle, *Sartor Resartus*, ed. Rodger L. Tarr (Berkeley: Univ. of California Press, 2000), 50.

図版出典

著者と出版社より以下の必要資料の提供と掲載を許可していただいたアーティスト、デザイナー、写真家、企業、出版物、図書館、博物館、および個人にお礼を申しあげます。著作物の使用には著作権保有者を探して許可を得る最大限の努力を払いました。万一、誤りや脱落がありましたらお詫びいたします。その際は訂正箇所をお知らせいただけると幸いです。

扉　: 男性用、シルクのベルベットの宮廷服よりポケットの細部。銀糸、真珠、スパンコール、ガラスペーストの刺繍つき、1780. Accession # 1611&A- 1900. © Victoria and Albert Museum, London.

はじめに

図版 1: *K* page from Sally Sketch, *An Alphabetical Arrangement of Animals for Young Naturalists* (1821). Courtesy of Osborne Collection of early children's books, Toronto Public Library.

図版 2: H. A. Rey's illustration of Katy and Freddy in conversation with the aproned workman in Emmy Payne's *Katy No Pocket* (Boston: Houghton Mifflin Company, 1944). De Grummond Children's Literature Collection, The University of Southern Mississippi, Courtesy Estate of H. A. Rey.

図版 3: Tullio Pericoli, *Ritratto di Robinson*, 1984, watercolor and ink on paper.

Courtesy Tullio Pericoli.

図版 4: Bernard Rudofsky, "24 Pockets," *Are Clothes Modern? An Essay on Contemporary Apparel* (Chicago: Paul Theobald, 1947). c 2022 Artists Rights Society (ARS), New York / Bildrecht, Vienna.

第１章　ポケットの起源

図版 1: Front cover of the Clemens family copy of *The Chronicle of the Cid*. The Mark Twain House & Museum, Hartford Connecticut.

図版 2: Illustration in a 1414 edition of Giovanni Boccaccio's *The Decameron*.

Paris, Bibliotheque Nationale de France.

図版 3: ノース・グリーンランドの泥炭湿原で発見された服のひとつ。放射性炭素年代測定で 1180–1530 のものとされている。Photo Peter Danstrom, Nationalmuseet, Denmark.

図版 4: Sculpture of Joan, the daughter of King Edward III, Westminster Abbey, 1377. c Dean and Chapter of Westminster.

図版 5: Master E. S., *The Knight and the Lady with Helmet and Lance*, German, mid fifteenth century. New York: The Metropolitan Museum of Art, Harris Brisbane Dick Fund, 1922.

図版 6: Contemporary international pictograms. Photo: Erik Gould.

図版 7: "The Married Man's Complaint: Who Took a Shrew Instead of a Saint," ca. 1550s. The Bodleian Libraries, University of Oxford, Douce Ballads 2(150a), Ballad Round Number V29054.

図版 8: Janet Arnold's drawing of the trunk hose worn by Svante Sture in 1567.

Courtesy estate of Janet Arnold.

図版 9: Ballad woodblock illustration, "The Plow-mans Prophesie," ca. 1550s.

The Bodleian Libraries, University of Oxford, 4o Rawl. 566(120). Ballad Round Number V32041.

図版 10: Vittore Carpaccio, *Young Knight in a Landscape*, 1510. Museo Nacional Thyssen-Bornemisza / Scala / Art Resource, NY.

図版 11: Attributed to Maerten de Vos, *The Vanity of Women: Ruffs*, ca.

1600 (Detail). New York: The Metropolitan Museum of Art. Purchase, Irene Lewisohn Trust Gift, 2001.

図版 12: Attributed to Maerten de Vos, *The Vanity of Women: Masks and Bustles* ca. 1600 (Detail). New York: The Metropolitan Museum of Art.

Purchase, Irene Lewisohn Trust Gift, 2001.

図版 13: Cornelis Ketel, portrait of Sir Martin Frobisher (1535?–1594), 1577. The Bodleian Libraries, University of Oxford, Bodleian Library LP 50.

図版 14: England and Wales. Sovereign, *A Proclamation against the use of Pocket-Dags* (Imprinted at London: By Robert Barker, Printer to the Kings most Excellent Maiestie, 1613), RB 53282, The Huntington Library, San Marino, California.

図版 15: Frans Hogenberg, *The Assassination of William the Silent*, 1584.

Rijksmuseum, Amsterdam.

図版 16: Pieter Bruegel, *The Misanthropist*, 1568. Courtesy of the Ministry of Culture, Museo E Real Bosco di Capodimonte,

Naples.

図版 17: Steven van der Meulen, Robert Dudley, Earl of Leicester, c 1564; oil on panel; Waddesdon (Rothschild Family). On loan since 1996; acc. no. 14.1996.

Photo: Waddesdon Image Library, The Public Catalogue Foundation, Art UK.

図版 18: c DIOR, Dior x Sacai collection, Spring 2022. Photo: Brett Lloyd / Total World.

第2章　ポケットの普及

図版 1: Illustration in *The Adventures of Captain Gulliver, in a Voyage to the Islands of Lilliput and Brobdingnag* (London: F. Newbery, 1776), Ch.770/46, British Library / GRANGER.

図版 2: Anonymous, *The English Antic, or The Habit of an English Gentleman*, 1646. British Library / GRANGER.

図版 3: Ballad illustration, "Cupid's Kindness to Constant Coridon, or, Fair Silvia Wounded with a Dart," 1675. The Bodleian Libraries, University of Oxford, UK, Douce Ballads 2(150a). Ballad Round Number, V8253.

図版 4: Nicholas de Nicolai, "Aga Capitaine, general des Jannissaires," from *Costume Engravings Made during Travels in the East*, 1587. Rosenwald Collection, Library of Congress, Manuscript Division.

図版 5: Illustrated page of Churyo Morishima's 1787 *Komo Zatsuwa* (*Red Hair Miscellany*). c The Trustees of the British Museum.

図版 6: Court suit, France, ca. 1810, National Gallery of Victoria, Melbourne, Australia.

図版 7: Pompeo Girolamo Batoni, *Portrait of a man in a Green Suit*, 1760s, oil on canvas, 39 1/8 × 29 1/8 in., Dallas Museum of Art, gift of Leon A. Harris, Jr. 1954.

図版 8: 男性物のスーパーファインウール・スーツコートよりポケットの細部、1760–1770。 Dutch. c Victoria & Albert Museum, London.

図版 9: Drawing Design for Embroidery, Gentleman's Waistcoat Pocket; Designed by Fabrique de Saint Ruf; France; brush and gouache, watercolor, and graphite on cream laid paper; 20.6 × 32 cm (8 1/8 × 12 5/8 in.); Cooper Hewitt, Gift of Eleanor and Sarah Hewitt; 1925-2-507.

図版 10: Joseph Noyes's jacket and detail, RHiX17 1689A and B. Courtesy the Rhode Island Historical Society.

図版 11: Marcellus Laroon, "Old Cloaks, Suits or Coats" from *The Cryes of the City of London*, 1687, retouched 1755, engraving, c Museum of London.

図版 12: Illustration in George Bruce & Co., *A Specimen of Printing Types and Ornaments Cast by Geo. Bruce & Co.* (New York, 1833). Courtesy, American Antiquarian Society.

図版 13: Pocket tool kits. The Colonial Williamsburg Foundation. Museum Purchase.

図版 14: Jefferson's Ivory Pocket Notebooks c Thomas Jefferson Foundation at Monticello. Photo: Edward Owen.

図版 15: Rare Book Division, The New York Public Library. "Nine of Spades: Pocket Cases." New York Public Library Digital Collections. Accessed June 1, 2022.

https://digitalcollections.nypl.org/items/510d47dd-cdea-a3d9-e040-e00a18064a99.

図版 16: Anon. "The Reforming Constable," ca. 1750. c The Trustees of the British Museum.

図版 17: Joseph Trammel, 自由証明書をポケットに携帯するためのハンドメイドのブリキ缶、1852。Collection of the Smithsonian National Museum of African American History and Culture, Gift of Elaine E. Thompson, in memory of Joseph Trammell, on behalf of his direct descendants.

図版 18: タイ・オン・ポケット、18 世紀。ウールの刺繍、リネン生地、コットンの裏張り；H x W: 36.8 x 22.9 cm (14. x 9 in.); 1957-157-6; Cooper Hewitt.

図版 19: "Tight Lacing, or Fashion before Ease" by Bowles and Carver after John Collet, London, England, ca. 1770–1775. c The Trustees of the British Museum.

図版 20: Thomas Sanders, British, active 1767–1773. After Tim Bobbin (John Collier), English, 1708–1786. *Untitled*, plate 19 from Tim Bobbin [pseudonym of John Collier], *Human Passions Delineated (1773)*, 1773. Engraving. Fine Arts Museums of San Francisco, Achenbach Foundation for Graphic Arts, 1963.30.22613.

図版 21: Simon Verelst, portrait of Mary Modena when Duchess of York, ca.

1675. Royal Collection Trust / c Her Majesty Queen Elizabeth II 2022.

図版 22: John Collet, *An Actress At Her Toilet, or Miss Brazen Just Breecht*, 1779. Courtesy of The Lewis Walpole Library, Yale University.

図版 23: "A Boy's First Trousers," *Peterson's Magazine*, 1860. Author's collection.

第３章　ポケットの流儀

図 版 1: Jean Dieu de Saint-Jean, *Ho'me de qualite en habit de garni d'agrements*, 1683. Paris Musees.

図 版 2: William Hogarth, *A Harlot's Progress*, Plate 1, 1732. Metropolitan Museum of Art, New York, Gift of Sarah Lazarus, 1891.

図版 3: Thomas Hudson, *Portrait of William Shirley*, 1750. National Portrait Gallery, Smithsonian Institution, Washington, DC.

図　版 4: J. Elwood, *Print Shop*, 1790. c The Trustees of the British Museum.

図　版 5: *How D'Ye Like Me*, 19 November 1772. Printed by Carrington Bowles.
c The Trustees of the British Museum.

図　版 6: "Full falls" breeches. Courtesy Historic Northampton, Northampton, Massachusetts.

図版 7: *The Beauties of Bagnigge Wells*, 1778. c Museum of London.

図版 8: Philibert-Louis Debucourt, "Conversation misterieuse," Plate 50 in *Modes et Manieres du Jour*, 1808. New York, Metropolitan Museum of Art, Watson Library Special Collections / Irene Lewisohn Costume Reference Library, 233.4 D35.

図版 9: A fashionable fop [Graphic] / Williams fect., 1816. Courtesy of The Lewis Walpole Library, Yale University.

図　版 10: Title page illustration from Frank Fergurson's *The Young man's Guide to Knowledge and Virtue* (Boston: Published by G.W. Cottrell & Co.; New York: T. W. Strong, 1853). Courtesy, American Antiquarian Society.

図 版 11: George Caleb Bingham, American (1811–1879). *Village Character*, 1847. Black India ink, wash, and pencil on rag paper, 20. x 16 x ⅞ in.
(52.705 x 40.64 x 2.2225 cm). The Nelson-Atkins Museum of Art, Kansas City, Missouri. Lent by the People of Missouri, 8-1977/22. Photo c The Nelson Gallery Foundation.

図版 12: "The Loafer," from *Prisoner's Friend*, May 15, 1847. Courtesy, American Antiquarian Society.

図　版 13: Frontispiece portrait of Walt Whitman, *Leaves of Grass*, 1855. Engraved by Samuel Hollyer after a daguerreotype by Gabriel Harrison. National Portrait Gallery, Smithsonian Institution.

図 版 14: Portrait of Ralph Waldo Emerson, by Elliott & Fry, published by Bickers & Son. Woodburytype on album page mount, 1873, published 1886 NPG Ax27806. c National Portrait Gallery, London.

図　版 15: "A 'Bowery Boy,' Sketched from the Life," in *Frank Leslie's Illustrated Newspaper*, July 18, 1857. Courtesy, American Antiquarian Society.

図版 16: *Anapauomenos* (*Leaning Satyr*). Roman copy of a Greek original of the fourth century BC, usually attributed to Praxiteles. Galleria delle Statue / Museo Pio Clementino / Vatican Museums c Vanni Archive / Art Resource, NY.

図版 17: L. Prang & Co., Eastman Johnson, and John Greenleaf Whittier.
Whittier's Barefooted Boy. United States, ca. 1868. Boston: Chromolithographed and published by L. Prang & Co., No. 159 Washington St. Photograph.
https://www.loc.gov/item/2003664015/.

図 版 18: "Fellows," three women in pants, cabinet card, White River Junction, VT, ca. 1890. Courtesy Catherine Smith.

図版 19: Jonathan Bonner, American, b. 1947. Bill Gallery, associated artist/ maker, American. Ric Murray, associated artist/ maker. *Front Pockets*, 1999. Bound album with forty-two tipped-in gelatin silver prints. Album: 19.3 x 31 x 2.2 cm (7 ⅝ x 123 / 16 x ⅞ inches). Gift from the Collection of Dr. and Mrs. Joseph A. Chazan 2006.126.1. Courtesy Jonathan Bonner. Photo courtesy of the RISD Museum, Providence, RI.

図版 20: W. E. B. Du Bois, Exposition Universalle International of 1900. W. E.
B. Du Bois Papers, Robert S. Cox Special Collections and University Archives Research Center, UMass Amherst Libraries.

第４章　ポケットの性差

図　版 1: Ammi Phillips, portrait of Harriet Campbell, ca. 1815. Courtesy Clark Art Institute.

図 版 2: G. M. Woodward, *Fashionable Convenience!!*, ca. 1789. Courtesy of The Lewis Walpole Library, Yale University.

図　版 3: John Cawse, "Parisian Ladies in Their Winter Dress for 1800." Library of Congress, Prints and Photographs Division.

図版 4: Fashion Plate, "Les Modes Parisiennes," *Peterson's Magazine*, Nov., 1885. The Metropolitan Museum of Art, Thomas J. Watson Library, Gift of Leo Van Witsen, 2011 (b17509853).

図版 5: "World's Use of Pockets," *New York Times*, August 28, 1899.

図版 6: Frontispiece illustration by Arthur Rackham for the 1940 edition of Kenneth Grahame's *The Wind in the Willows*. Photo: Fleet Library, RISD Special Collections. Estate of Arthur Rackham / c Bridgeman Images.

図版 7: Alice Duer Miller, "Why We Oppose Pockets for Women," *Are Women People? A Book of Rhymes for Suffrage Times*, 1915. Library of Congress, Rare Books and Special Collections.

図版 8: Playbill for Charles H. Hoyt's *A Contented Woman: A Sketch of the Fair Sex in Politics*, 1898. Library of Congress, Prints and Photographs Division.

図版 9: Kodak advertisement, "Pocket Photography," appearing in *Munsey's Magazine*, 1899. John W. Hartman Center for Sales, Advertising and Marketing History, David M. Rubenstein Rare Book and Manuscript Library, Duke University.

図版 10: Kodak advertisement, "Take a Kodak with You," appearing in *Ladies Home Journal*, 1901. John W. Hartman Center for Sales, Advertising and Marketing History, David M. Rubenstein Rare Book and Manuscript Library, Duke University.

図版 11: "Summer Fashions," *Harper's Bazaar*, June 1895.

図版 12: WAAC recruitment poster, 1942. Schlesinger Library, Harvard Radcliffe Institute.

図版 13: Claire McCardell sketch, "Pop over," 1942. Brooklyn Museum Libraries. Special Collections. c Estate of Claire McCardell.

図版 14: Bonnie Cashin, purse-pocket skirt. The Metropolitan Museum of Art, Gift of Bonnie Cashin, 1982 (1982.40.3). c The Metropolitan Museum of Art.

Art Resource, NY.

図版 15: Adlers publicity material for Bonnie Cashin, 1952. Courtesy Estate of Bonnie Cashin.

図版 16: "The Day Shift," Designed by Bonnie Cashin; Illustrated by Andy Warhol. Published in *Harper's Bazaar*, Feb. 1958. c 2022 The Andy Warhol Foundation for the Visual Arts, Inc. / Licensed by Artists Rights Society (ARS), New York.

図版 17: "Women's Pockets are Inferior," Jan Diehm and Amber Thomas, *The Pudding*, August 2018, https://pudding.cool/2018/08/pockets/. Courtesy Jan Diehm and Amber Thomas.

図版 18: Delilah S. Dawson (@DelilahSDawson), pocket tweet, June 20, 2018.

Courtesy Delilah S. Dawson.

図版 19: 女性のワークウェアブランド、アージェントの豊富なポケット、2019。Courtesy Argent.

第5章　ポケット目録

図版 1: Ralph Morse, "One Year's Dungaree Debris," *Life*, April 8, 1957. Life Picture Collections / Shutterstock.

図版 2: "Contents of a Boy's Pocket," *Every Saturday*, August 1870. Courtesy, American Antiquarian Society.

図版 3: Grace Albee, "Contents of a Small Boy's Pocket," 1937. Wood engraving; 13.0 x 11.8 cm (5⅛ x 4⅝ inches) (plate); Gift of Mrs. J. J. Bodell in memory of Joseph J. Bodell 52.140; Museum of Art, Rhode Island School of Design, Providence; Courtesy Estate of Grace Albee.

図版 4: The Miriam and Ira D. Wallach Division of Art, Prints and Photographs: Picture Collection, The New York Public Library. "Lucy Locket, Lost Her Pocket," The New York Public Library Digital Collections. https://digitalcollections.nypl.org/items/68dc0359-781a-7a41-e040-e00a1806442f.

図版 5: William Beechey, *Portrait of Sir Francis Ford's Children Giving a Coin to a Beggar Boy*, exhibited 1793. Photo: Tate.

図版 6: *Black Soldier Seated with Pistol in Hand, Watch Chain in Pocket*. Between 1860 and 1870. Gladstone Collection of African American Photographs, Library of Congress, Prints and Photographs Division. Retrieved from the Library of Congress, https://www.loc.gov/item/2002719396/.

図版 7: リンカーンの眼鏡、暗殺された夜にポケットに入っていたもののひとつ、製造年不明。Alfred Whital Stern Collection of Lincolniana, Library of Congress, Rare Book and Special Collections Division. Retrieved from the Library of Congress, https://www.loc.gov/item/scsm001049/.

図版 8: Still image from Disney's 1964 film adaptation of *Mary Poppins*. c 1964 Disney.

図版 9: Herbert Gehr (with Doctor H. Volmer-Pix, top), Contents of a woman's handbag, 1939. Courtesy Estate of Herbert Gehr.

図版 10: Herbert Gehr, Fashion photograph, woman and red handbag, 1939.

Courtesy Estate of Herbert Gehr.

図版 11: Francois Robert, "21 Sweet'N Lows," *Contents*

(2010). Courtesy Francois Robert.

図 版 12: Francois Robert, "Ten Chicklets," *Contents* (2010). Courtesy Francois Robert.

第６章　ポケットの遊び

図 版 1: "Fashion: The News in Paris," *Vogue*, March 15, 1949. Arik Nepo / Vogue c Conde Nast.

図 版 2: Illustration by Erte for "Les Modes creees a Paris," published in *Harper's Bazaar*, March 1915. c 2022 Chalk & Vermilion / Artists Rights Society (ARS) New York.

図 版 3: Illustration by Erte for "Fashion may desert the Riviera but Erte´ is stimulated by Monte Carlo's summer skies," published in *Harper's Bazaar*, August 1920. c 2022 Chalk & Vermilion / Artists Rights Society (ARS) New York.

図版 4: Fashion Sketch from Bergdorf Goodman illustrating Elsa Schiaparelli's bureau-drawer suit no. 235, 1936. The Metropolitan Museum of Art, New York, Costume Institute, LY4051-2.

図 版 5: Salvador Dali, *Venus de Milo with Drawers*, 1936. Photo: Art Institute Chicago. c 2022 Salvador Dali´, Fundacio´ Gala-Salvador Dali´, Artists Rights Society (ARS), New York.

図版 6: Elsa Schiaparelli. Evening Coat, winter 1938–39. Designed by Elsa Schiaparelli and Embroidered by Lesage, Paris. 黒のウールにピンクのシルク、金糸の刺繡、スパンコール、磁器製の小花。Philadelphia Museum of Art. Gift of Mme Elsa Schiaparelli, 1969.

図 版 7: Gabrielle (Coco) Chanel, Suit, 1959. c The Museum at FIT.

図 版 8: "The T'rompe-L'Oeil Resort Dress," pictured in *Vogue*, December 1, 1952. c Norman Parkinson / Iconic Images.

図 版 9: Franco Moschino suit pictured in "Suitable Plaids," *Vogue*, August 1, 1989. Walter Chin, Vogue c Conde´ Nast.

図 版 10: Patrick Kelly, suit from *Mona's Bet* group, Spring/Summer 1989.

Courtesy of the Texas Fashion Collection, College of Visual Arts and Design, University of North Texas.

図版 11: Invitation to Patrick Kelly's Spring/Summer 1989 show. The Philadelphia Museum of Art. Courtesy of Bjoorn G. Amelan.

図 版 12: Portrait of Frank Tengle near Moundville, Hale County, Alabama by Walker Evans, from James Agee's *Let Us Now Praise Famous Men*, 1936.

Library of Congress, Division of Prints and Photographs.

図 版 13: World War I enlisted soldier's tailored woolen tunic with cigarette holder discovered in pocket, 1914–18. National Museum of African American History and Culture.

図 版 14: 79th Infantry Division soldiers Pfc. Arthur Henry Muth, Sgt. Carmine Robert Sileo, and Sgt. Kelly C. Lasalle after an October 1944 battle. US Army Signal Corps.

図版 15: Safari suits in "Suited for the Non-Occasion," *GQ*, February 1972.

Photo: Courtesy Earl Steinbicker.

図 版 16: Back-jean pockets in "Jeaneology: A Fitting Tribute to Fashions Hot Pants," *GQ*, April 1977. Photo: Courtesy John Peden.

図版 17: Pinky and Dianne man's jacket, Repurposed Denim, 1973. c The Museum at FIT.

図 版 18: Jean Paul Gaultier, Suit coat with pockets, 1990. c The Museum at FIT.

図 版 19: Cargo pockets tested in Camp Lee Virginia from November 1942 until July 1943. US Army Quartermaster Board T-149 Final Report (Appendix Exhibits), National Archives.

図版 20: Erin Wasson, New York, published in *Harper's Bazaar*, Nov. 2002. c Peter Lindbergh, courtesy Peter Lindbergh Foundation, Paris.

図 版 21: Roz Chast, "Introducing . . . New GrandmaR Cargo Pants," *New Yorker*, July 12 and 19, 2021. Roz Chast / The New Yorker Collection / The Cartoon Bank.

図 版 22: Virgil Abloh for Louis Vuitton men's wear, Fall 2020. IMAXtree by Launchmetrics.

図 版 23: Marine Serre, Spring 2019 Ready-to-Wear. Courtesy Marine Serre.

図版 24: Miuccia Prada, Autumn–Winter 2002–3, Raincoat. Photo c David Sims.

第７章　ポケットユートピア

図 版 1: Simone d'Aillencourt, dress by Trigere, Cape Canaveral, Florida, November 13, 1959. Photograph by Richard Avedon. c The Richard Avedon Foundation.

図 版 2: John Armstrong, "Three Costume Designs," pencil on cream paper for *Things to Come* (1936), dir. William Cameron Menzies, Costume Designer John Armstrong. Courtesy British Cinema and Television Research Group Archive. c John Armstrong / Bridgeman.

図 版 3: Frank R. Paul, cover illustration of a "Flying Man," *Amazing Stories*, August 1928.

Courtesy Frank R. Paul Estate.

図版 4: Studio portrait of Raymond Massey as John Cabal in *Things to Come* (1936). British Cinema and Television Research Group Archive.

図版 5: "Donald Deskey Foresees a Great Emancipation," *Vogue* (World's Fair edition), February 1, 1939. Photo by Anton Bruehl. c Vogue, Conde´ Nast.

図版 6: A minimalist dress by CO Collections, Spring–Summer 2020. Courtesy CO Collections.

図版 7: Joanna Berzowska, "Sticky" from *Captain Electric and Battery Boy*, 2007–2010. Photo: Guillaume Pelletier. Courtesy Joanna Berzowska.

図版 8: Joanna Berzowska's luminescent pocket pebbles in the hip pocket of "Sticky" from *Captain Electric and Battery Boy*, 2007-2010. Photo: Guillaume Pelletier. Courtesy Joanna Berzowska.

図版 9: Walter Van Beirendonck, Spring-Summer, 2021. Courtesy Walter Van Beirendonck.

図版 10: Sharon Levy, "Oh, my God—it's got pockets!," *New Yorker*, January 20, 2020. Sharon Levy / The New Yorker Collection / The Cartoon Bank.

著者
ハンナ・カールソン（Laetitia Barbier）
ニューヨーク州立ファッション工科大学で衣服や織物の保存管理を学んだのち、ボストン大学にて物質的文化の博士号を取得。以降、研究を続けながら雑誌への寄稿も行っている。書籍の出版は本作が初めて。現在はアメリカ最高の美術大学として名高いロードアイランド・スクール・オブ・デザイン（RISD）にて衣服の歴史などについての講義を行っている。

訳者
岸川由美（きしかわ・ゆみ）
英国ニューカッスル大学英語教育法修士課程修了。ロマンス小説、サスペンス小説、ノンフィクション等の翻訳を手がける。

POCKETS:
An Intimate History of How We Keep Things Close
by Hannah Carlson

［図説《ずせつ》］
ポケットと人《ひと》の文化史《ぶんかし》

●

2024 年 9 月 6 日　第 1 刷

著者……………ハンナ・カールソン
監訳者……………岸川由美《きしかわゆみ》
装幀……………岡孝治
発行者……………成瀬雅人
発行所……………株式会社原書房
〒 160-0022 東京都新宿区新宿 1-25-13
電話・代表　03(3354)0685
http://www.harashobo.co.jp/
振替・00150-6-151594
印刷……………株式会社シナノ
製本……………東京美術紙工協業組合

ISBN 978-4-562-07453-2, printed in Japan